REFLEXIONS
CRITIQUES
SUR LA POESIE
ET
SUR LA PEINTURE.

UT PICTURA POESIS.

Hor. de Art.

SECONDE PARTIE

par l'abbé Du Bos

HÆC META LABORUM.

A PARIS,

Chez JEAN MARIETTE, rüe Saint Jacques, aux
Colonnes d'Hercules.

M. DCCXIX.

AVEC PRIVILEGE DU ROY.

TABLE
DES MATIERES.
SECONDE PARTIE.

Tom. II.   A ij

TABLE.

TABLE.

TABLE.

TABLE.

Fin de la Table.

REFLEXIONS

REFLEXIONS
CRITIQUES
SUR LA POESIE
ET
SUR LA PEINTURE.

SECONDE PARTIE.

SECTION I.

Du genie en general.

E Sublime de la Poëſie & de la Peinture eſt de toucher & de plaire, comme celuy de l'Eloquence eſt de perſuader. Il ne ſuffit pas que vos Vers ſoient beaux, dit Horace en ſtile de Legiſlateur, pour donner plus de poids à ſa déciſion, il

Tome II. A

faut encore que ces Vers puiſſent remuer les cœurs , & qu'ils ſoient capables d'y faire naître les ſentimens qu'ils
prétendentexciter.

Non ſatis eſt pulchra eſſe Poëmata , dulcia ſunto.
Et quocumque volent animum Auditoris agunto.

Horace auroit dit la même choſe aux
Peintres.

Un Poëme , ainſi qu'un Tableau ,
ne ſçauroit produire cet effet , s'il n'a
pas d'autre merite que la regularité &
l'élegance de l'execution. Le Tableau
le mieux peint , comme le Poëme le
mieux diſtribué & le plus exactement
écrit , peuvent être des ouvrages froids
& ennuyeux. Afin qu'un ouvrage nous
touche , il faut que l'élegance du deſſein
& la verité du coloris , ſi c'eſt un Tableau , il faut que la richeſſe de la ver-
ſification , ſi c'eſt un Poëme , y ſervent
à donner l'eſtre à des objets capables
par eux-mêmes de nous émouvoir &
de nous plaire. *Ars enim cùm à natura*
profecta ſit , niſi natura moveat & de-
lectet , nihil ſanè egiſſe videatur.

Cicer. Lib.
3. de Ora.

Si les Heros du Poëte tragique ne
m'intereſſent point par leurs caracteres
& par leurs avantures , ſa piece m'ennuye quoiqu'elle ſoit écrite purement ,
& quoyqu'il n'y ait pas de fautes con-

tre ce qu'on appelle les regles du Théatre
Mais si le Poëte m'expose des avantures, s'il me fait voir des caracteres qui
m'interessent autant que ceux de Pyr-
rhus & de Pauline, sa piece me fait
pleurer, & je reconnois l'Artisan qui se
joüe ainsi de mon cœur, pour un homme
qui sçait faire quelque chose de divin.

Horat.
Ep. pr.
Lib. 2.

Ille per extensum funem mihi posse videtur.

Ire Poëta, meum qui pectus inaniter angit,

Irritat, mulcet falsis terroribus implet.

La ressemblance des idées que le Poëte
tire de son genie, avec les idées que
peuvent avoir des hommes qui se trou-
veroient être dans la même situation où
ce Poëte place ses personnages, le pathetique des images qu'il a conçuës
avant que de prendre la plume ou le
pinceau, font donc le plus grand merite des Poëmes, ainsi que le plus grand
merite des tableaux. C'est à l'intention
du Peintre ou du Poëte : c'est à l'invention des idées & des images propres à
nous émouvoir qu'on distingue le grand
Artisan du simple manœuvre, qui souvent est plus habile ouvrier que luy
dans l'execution. Les plus grands Versificateurs ne sont pas les plus grands
Poëtes, comme les Dessinateurs les plus
Reguliers ne sont pas les plus grands Peintres.   A ij

On n'examine pas long-tems les Ouvrages des grands Maîtres , fans s'appercevoir qu'ils n'ont pas regardé la regularité & les beautés de l'execution
comme le dernier but de leur art, mais
bien comme les moyens de mettre en
œuvre des beautés d'un ordre fuperieur.

Ils ont obfervé les regles afin de gagner nôtre efprit par une vraifemblan-
ce jamais démentie , & capable de luy
faire endurer que nôtre cœur s'attendrit
fur une fiction. Ils ont mis en œuvre
les beautés d'execution , afin de nous
prévenir en faveur de leurs perfonnages , par l'élegance de leur exterieur,
ou par l'agrement de leur langage.Ils ont
voulu arrêter nos fens fur les objets
deftinés à toucher nôtre ame. C'eft le but
de l'Orateur , quand il s'affujettit aux
préceptes de la Grammaire & de la Rhé-
torique : Sa derniere fin n'eft pas d'être
loüé fur la correction& fur le brillant de
fa compofition;deux chofes quineperfua-
dent point , mais de nous amener à fon
fentiment par la force de fes raifonnemens , ou par le pathetique des images
que fon invention lui fournit , & dont
fon art ne lui enfeigne que l'œconomie.

Or il faut être né avec du genie, pour
inventer , & l'on ne parvient même
qu'à l'aide d'une longue étude à bien in-

venter. Un homme qui invente mal, qui produit fans jugement, ne merite pas le nom d'*Inventeur. Ego porro ne invenifle quidem credo eum, qui non judicavit*, dit Quintilien, en parlant de l'invention. Les regles qui font déja reduites en méthode, font des guides qui ne montrent le chemin que de loin, & ce n'eft qu'avec le fecours de l'experience que les genies les plus heureux apprennent comment il faut appliquer dans la pratique les maximes fuccinctes & les preceptes trop generaux de ces regles. Soyez toûjours pathetiques, difent-elles, & ne laiffez jamais languir vos fpectateurs ny vos auditeurs. Voilà de grandes maximes, mais l'homme né fans genie n'entend rien au precepte qu'elles renferment, & le genie le plus heureux ne devient pas même capable en un jour de les bien appliquer. Il convient donc de traiter icy du genie & des études qui forment les Peintres & les Poëtes

Si cet enthoufiafme divin, qui rend les Peintres Poetes, & les Poetes Peintres, manque à nos Artifans, s'ils n'ont pas, comme le dit Monfieur Perrault.

Ce feu, cette divine flâme,
L'Efprit de nôtre efprit, & l'Ame de nôtre ame.

Inft. or. lib. 3. Cap. 3.

Epître du genie à M-de Fonte-nelle.

A iij

Les uns & les autres reftent toute leur vie de vils ouvriers, & des manœuvres, dont il faut payer les journées, mais qui ne meritent pas la confideration & les récompenfes que les Nations polies doivent aux Artifans illuftres. Ils font de ces gens dont Ciceron dit : *Quorum opera non quorum artes emuntur.* Ce qu'ils fçavent de leur profeffion n'eft qu'une routine qui fe peut apprendre comme on apprend les autres mêtiers. Les efprits les plus communs font capables d'être des Peintres & des Poëtes mediocres.

de Officiis lib. prim.

On appelle genie l'aptitude qu'un homme a receu de la nature, pour faire bien & facilement certaines chofes, que les autres ne fçauroient faire que trés-mal, même en prenant beaucoup de peine. Nous apprenons à faire les chofes pour lefquelles nous avons du genie, avec autant de facilité que nous apprenons à parler nôtre langue naturelle.

Un homme né avec le genie du commandement à la guerre, & capable de devenir un grand Capitaine à l'aide de l'experience, c'eft un homme dont la conformation organique eft telle que fa valeur n'ôte rien à fa prefence d'efprit, & que fa prefence d'efprit n'ôte rien à fa valeur. C'eft un homme doüé d'un jugement fain, d'une imagination prompte, & qui conferve le libre ufage de ces deux facultés dans ce boüillonnement du fang qui vient à la fuite du froid que la premiere vûe des grands dangers jette dans le cœur humain, comme la chaleur vient à la fuite du froid dans les accés de fievre. Dans cette ardeur qui fait oublier le peril, il voit, il délibere, & il prend fon parti comme s'il etoit tranquile fous fa tente. Auffi découvre-t-il d'un coup d'œil le mauvais mouvement que fait fon Ennemy, & que des Officiers plus vieux que lui regarderont long-tems, avant que d'en appercevoir le défaut.

On n'acquiert point la difpofition d'efprit dont je parle ; on ne l'a jamais fi on ne l'apporte point en naiffant. La crainte de la mort intimide ceux qui ne s'animent point à la vûe de l'ennemy, & ceux qui s'animent trop perdent cette prefence d'efprit, fi neceffaire pour voir diftinctement ce qui fe paffe, & pour découvrir ce qu'il conviendroit de faire. Quelqu'efprit qu'ait un homme quand il eft de fang froid, il ne fçauroit être un bon General fi l'afpect de l'Ennemy le rend ou fougueux ou timide. Voilà pourquoy tant de gens, qui raifonnent fi bien fur la guerre dans leur cabinet, la font si mal en campagne. Voilà pourquoi tant degens vont à la guerre toute leur vie sans se rendre capables d'y commander.

Je sçais bien que l'honneur & l'émulation font faire souvent à des hommes nés timides les démarches & les démonstrations que font ceux qui sont nés braves. Les plus impetueux obéissent de même à ceux qui leur défendent de s'avancer où leur fougue les porte. Mais les hommes n'ont pas le même empire sur leur imagination que sur leurs jambes. Ainsi la discipline militaire, quoyqu'elle puisse contenir le fougueux dans son rang, & retenir le timide dans son poste, ne sçauroit empêcher que l'interieur de l'un & de l'autre ne soit boulversé, pour me servir d'une expression de Montagne , & que l'ame de l'ûn n'avance , quand l'ame de l'autre recule. L'un & l'autre ne sont plus capables d'avoir dans le danger cette liberté d'esprit & d'imagination que les Romains mêmes loüoient dans Annibal. *Plurimum consilii inter ipsa pericula.* C'est ce que nous appellons être general dans l'action.

Livius lib. 21.

Il en est de toutes les professions, comme de celle de la guerre. La gestion des grandes affaires , l'art d'appliquer les hommes aux Emplois pour lesquels ils sont nés ; la Medecine , le jeu mê-

me, tout a son génie. La nature a voulu répartir ses talens entre les hommes
afin de les rendre necessaires les uns aux
autres. Les besoins des hommes sont le
premier fondement de la societé La nature a donc choisi les uns pour leur distribuer l'aptitude à bien faire certaines
choses impossibles à d'autres, & ces
derniers ont pour des choses differentes
une facilité qu'elle a refusée aux premiers. Les uns ont un genie sublime &
étendu en une certaine sphere, d'autres
ont le talent de l'application & le don
de l'attention, si propre à conduire les
détails dans la même sphere. Si les premiers sont necessaires aux seconds pour
les guider, les seconds sont necessaires
aux premiers pour operer. La nature a
fait un partage inégal de ses biens entre ses enfans, mais elle n'a voulu des-
heriter personne, & l'homme entierement dépourvû de toute espece de talent est aussi rare qu'un genie univer-
sel. Les hommes sans aucun esprit sont
aussi rares que les monstres, dit celuy
de tous les hommes qui s'est fait la
plus grande reputation dans la profes-
sion d'instruire les enfans. *Hebetes verò*   Quintil.
& indociles non magis secundùm naturam libr. 1.
hominis eduntur, quàm prodigiosa corpora Cap. 1.
& monstris insignia.

A v

Il femble même que la Providence n'ait voulu rendre certains talens & certaines inclinations plus communes parmy un certain peuple que parmy d'autres peuples, qu'afin de mettre entre les Nations la dépendance reciproque qu'elle a pris tant de foin d'établir entre les particuliers. Les befoins qui engagent les particuliers d'entrer en focieté les uns avec les autres, engagent auffi les Nations à lier entre-elles une focieté. La Providence a donc voulu que les Nations fuffent obligées de faire les unes avec les autres, un échange de talens & d'induftrie, comme elles font échange des fruits differens de leurs pays, afin qu'elles fe recherchaffent reciproquement, par le même motif qui fait que les particuliers fe joignent enfemble pour compofer un même peuple : le defir d'être bien ou l'envie d'être mieux.

De la difference des genies naît la diverfité des inclinations des hommes, que la nature a pris foin de porter aux emplois, pour lefquels elle les deftine, avec plus ou moins d'impetuofité, fuivant qu'ils doivent avoir plus ou moins d'obftacles à furmonter, pour fe rendre capables de remplir cette vocation. Les inclinations des hommes ne font fi differentes que parce qu'ils fuivent tous le même mobile, je veux dire l'impulfion de leur genie.

Castor gaudet equis, ovo prognatus eodem
Pugnis, quot capitum vivunt totidem ftudiorum
millia.

D'où vient cette difference ? Demandez-le, dit le même Philofophe, au genie d'un chacun, qui peut feul vous en rendre compte : chaque particulier a le fien qui ne reffemble pas à celuy des autres ; il en eft même qui font auffi differens que le blanc & le noir.

Scit genius natale comes qui temperat aftrum
Natura Deus humana, mortalis in unum
quodque caput, vultu mutabilis, albus & ater.

Ep. 2.
lib. 2.

C'eft ce qui fait qu'un Poete plaît fans obferver les regles, quand un autre déplaît en les obfervant. *In quibufdam virtutes non habent gratiam, in quibufdam vitia ipfa delectant.* Le caractere que les hommes apportènt en naiffant fait que les uns plaifent par leurs défauts mêmes, quand les autres déplaifent par leurs bonnes qualités.

Quintil.
Inf.lib. 11
Cap. 3.

Mon fujet ne veut pas que je parle plus au long de la difference qui fe rencontre entre le genie des hommes, & même entre le genie des fiécles & des Nations. Ceux qui voudroient s'en in-

ſtruire & peɾfectionner par des lumieres acquiſes , cet inſtinct naturel qui
nous fait faire le diſcernement des
hommes , peuvent lire *l'Examen des
eſprits* par Huarté, & l) *Portrait du caractere des Hommes , des Siecles & des
Nations* , par Barclai. On peut profiter
beaucoup dans la lecture de ces Ouvrages , quoyqu'ils ne meritent pas
toute la confiance du Lecteur : je ne
dois parler icy que du genie qui fait le
Peintre & le Poëte.

SECTION II.

*Du genie qui fait les Peintres & les
Poëtes.*

JE conçois que le genie de leurs Arts
consiſte en un arrangement heureux
des organes du cerveau , dans la bonne
conformation de chacun de ces organes,
comme dans la qualité du ſang , laquelle
le diſpoſe à fermenter durant le travail,
de maniere qu'il fourniſſe en abondance
des eſprits aux reſſorts qui ſervent aux
fonctions de l'imagination. En effet l'ex-
trême laſſitude & l'épuiſement qui ſui-
vent une longue contention d'eſprit rendent ſenſible que les travaux d'imagi-

nation font une grande diffipation des forces du corps. J'ai fuppofé que le fang de celuy qui compofe s'échauffât ; car les Peintres & les Poëtes ne peuvent inventer de fang froid : on fçait bien qu'ils entrent en une efpece d'enthoufiafme, lorfqu'ils produifent leurs idées. Ariftote parle même d'un Poëte qui ne compofoit jamais mieux, que lorfque fa fureur poëtique alloit jufques à la phrenefie. Le Taffe n'enfantoit ces peintures admirables, qu'il nous a faites d'Armide & de Clorinde, qu'au prix de la difpofition qu'il avoit à une demence veritable, dans laquelle il tomba avant la fin de fa vie ; Apollon a fon yvreffe, ainfi que Bacchus. Croyez-vous, dit Ciceron, que Pacuvius composât de fang froid ? cela ne peut être. Il faut être infpiré d'une efpece de fureur, pour faire de beaux Vers. *Pacuvium putatis in fcribendo leni animo ac remiffo fuiße. Fieri nullo modo potuit, fæpè enim audivi Poëtam bonum neminem, fine inflamma-* De Orat. *tione animorum exiftere poffe, & fine quo-* lib. 3. *dam afflatu quafi furoris.*

Mais la fermentation du fang la plus heureufe ne produira que des chimeres bizarres dans un cerveau compofé d'organes, ou vicieux ou mal difpofés, & par confequent incapables de reprefen-

ter au Poëte la nature, telle qu'elle paroît aux autres hommes. Les copies
qu'il fait de la nature ne reſſemblent
point, parce que ſon miroir n'eſt pas
fidele, pour ainſi dire. Tantôt rampant,
& tantôt dans les nuës, il n'eſt dans le
vray que durant quelques inſtans, parce qu'il n'y eſt que par hazard. Tels ont
été parmy nous l'Auteur du poëme de
la Magdelaine & celuy du poëme de
Saint Loüis, deux eſprits pleins de verve,
mais qui n'ont jamais peint la nature,
parcequ'ils l'ont coppiée d'aprés les
vains phantômes que leur imagination
brûlée en avoit formés : tous deux
ſe ſont également éloignés du vray,
quoy qu'ils s'en ſoient écartés par des
routes differentes.

D'un autre côté ſi ce feu qui provient
d'un ſang chaud & rempli d'eſprits manque en un cerveau bien diſpoſé, ſes
productions ſeront regulieres, mais elles
ſeront froides.

Ovid. de Pont. lib. 4. El. 2.   *Impetus ille jacet vatum qui pectora nutrit.*

Si le feu poétique l'anime quelquefois,
il s'éteint bien-tôt, & il ne jette que
des lueurs. Voilà pourquoy on dit que
l'homme d'eſprit peut bien faire un cou-
plet ; mais qu'il faut être Poéte pour
en faire trois. L'haleine manque à ceux

qui ne sont pas nés Poëtes dés qu'il faut s'élever sur le Parnasse. Ils entrevoyent ce qu'il faudroit faire dire à leurs personnages; mais ils ne peuvent le penser distinctement, & encore moins l'exprimer. Ils demeurent froids en s'efforçans d'être touchans. *Nervi deficiunt animique.*

Lorsque la qualité du sang est jointe avec l'heureuse disposition des organes, ce concours favorable forme, à ce que je m'imagine, le genie poétique ou pittoresque; car je me défie des explications physiques, attendu l'imperfection de cette science; où il faut toûjours déviner. Mais les faits que j'explique sont certains, & ces faits suffisent, quoyque nous n'en concevions pas bien la raison. Pour appuyer mon systême. J'imagine donc que cet assemblage heureux est, physiquement parlant, cette divinité que les Poëtes disent être dans leur sein pour les animer.

Est Deus in nobis agitante calescimus illo,
Impetus hic, sacra semina mentis habet.
　　　　　　　　　　　　　　　Ovid.
　　　　　　　　　　　　　　　Fast. lib.
　　　　　　　　　　　　　　　I.

Voilà en quoy consiste cette fureur divine, dont les Anciens ont tant parlé, & sur laquelle un Moderne composa un sçavant Traité il y a trente ans. C'est ce qui fait dire à Montagne: *Les Poët.*　*Petitus de furore*

faillies Poëtiques qui emportent leur Au-
teur & le raviſſent hors de ſoy : pourquoy
ne les attribuërions - nous à ſon bonheur ?
puiſqu'il confeſſe luy - même qu'elles ſur-
paſſent ſes forces , & les reconnoiſt venir
d'ailleurs que de ſoy , & ne les avoir au-
cunement en ſa puiſſance. Il en eſt de même
de la Peinture , où il échappe par fois des
traits de la main du Peintre ſurpaſſans ſa
conception & ſa ſcience qui le tirent luy-mê-
me en admiration & qui l'étonnent. Ce
bonheur eſt celuy d'être né avec du genie. Le genie eſt ce feu qui éleve les
Peintres au-deſſus d'eux-mêmes , qui
leur fait mettre de l'ame dans leurs figures & du mouvement dans leurs compoſitions. C'eſt l'enthouſiaſme qui poſſe-
de les Poétes , quand ils voyent les
Graces danſer ſur une prairie , où le
commun des hommes n'apperçoit que
des troupeaux. Voilà pourquoy leur veine n'eſt pas toûjours à leur diſpoſition.
Voilà pourquoy leur eſprit ſembl les
abandonner quelquefois , & quelque-
fois *les tirer par l'oreille* , ſuivant la phraſe
d'Horace, pour les obliger d'écrire ou
de peindre. Comme nous l'expoſerons
plus au long dans le cours de ces Reflexions , le genie doit ſe ſentir de toutes les alterations auſquelles nôtre m -
chine eſt ſi ſujette , par l'effet de plu-

Eſſais liv.
premier
Chap. 23.

fieurs caufes qui nous font comme in-
connues. Heureux les Peintres & les
Poétes qui ont plus d'empire fur leur
genie que les autres , qui fortent de leur
enthoufiafme en quittant le travail, &
qui n'apportent point dans la focieté
l'yvreffe du Parnaffe.

L'experience prouve fuffifamment que
tous les hommes ne naiffent pas avec
un genie propre à les rendre Peintres
ou Poëtes : nous en voyons qu'un travail continué durant plufieurs années ,
plûtôt avec obftination qu'avec perfeverance , ne fçauroit élever au-deffus du
rang de fimples verfificateurs. Nous
avons vû de même des hommes d'efprit , qui avoient coppié plufieurs fois
ce que la peinture a produit de plus fu-
blime, vieillir le pinceau & la palette
à la main , fans s'élever au-deffus du
rang de Coloriftes mediocres & de fer-
viles Deffinateurs d'aprés les figures
d'autrui.

Les hommes nés avec le genie qui
forme les grands Generaux, ou ces Magiftrats dignes de faire des Loix , meurent fouvent avant que leurs talens fe
foient fait connoître. L'homme dépofitaire d'un pareil genie ne le fçauroit
mettre en évidence fans être appellé aux
Emplois aufquels ce genie le rend pro-

pre , & il meurt fouvent avant qu'on
les lui ait confiés. Suppofant même que
le hazard l'ait fait naître à une telle
diftance de ces Emplois , qu'il lui foit
poffible de la franchir dans le cours
d'une vie humaine ; il manque fouvent
des talens qui peuvent les lui faire ob-
tenir. Capable de les bien exercer , il
eft incapable de tenir la route par laquelle on y parvient de fon tems. Le
genie eft prefque toûjours accompagné
de hauteur. Je ne parle point de celle
qui confifte dans le ton de voix & dans
l'air de tefte , cette efpece de hauteur
n'eft qu'une morgue qui marque un efprit borné , & qui rend un homme plus
méprifable aux yeux des Philofophes ,
que ne l'eft aux yeux des Courtifans le
laquais chargé de la livrée d'un Miniftre difgracié. Je parle de cette hauteur qui confifte dans la noblefle des
fentimens du cœur & dans une éleva-
vation d'efprit , laquelle fait mettre un
jufte prix aux *Avancemens* où l'on peut
afpirer , comme à la peine qu'il faut
prendre pour y parvenir , fur tout quand
il eft queftion de les folliciter auprés de
perfonnes qu'on ne croit pas être des
Juges competens du merite. Enfin les
vertus rendent bien capable des grandes places, mais il arrive fouvent dans

tous les siecles qu'on n'y puisse parvenir que par des bassesses & par des vices. Il doit donc arriver que plusieurs genies, nés propres aux grands Emplois, meurent sans avoir manifesté leurs talens. On n'a pas voulu leur confier le commandement des Armées, ny des Provinces à conduire. On n'a pas voulu donner à celuy qui étoit né avec le genie de l'Architecture la conduite d'un bâtiment où son talent pût se déployer.

Mais les hommes nés pour être de grands Peintres ou de grands Poëtes ne sont point de ceux, s'il est permis de parler ainsi, qui ne sçauroient se produire que sous le bon plaisir de la Fortune. Elle ne sçauroit les priver des secours necessaires pour manifester leurs talens : c'est ce que nous allons discuter.

La Mécanique de la Peinture est trés pénible, mais elle n'est pas rebutante pour ceux qui sont nés avec le genie de l'Art. Ils sont soûtenus contre le dégoût par l'attrait d'une profession à laquelle ils se sentent propres, & par le progrés sensible qu'ils font dans leurs études. Les Eleves trouvent encore par tout des Maîtres qui leur abregent le chemin. Que ces Maîtres soient de

grands hommes ou des ouvriers mediocres, il n'importe, l'Eleve qui aura du genie profitera toûjours de leurs enseignemens. Il lui suffit que ces Maîtres lui puissent enseigner une pratique , qu'on ne
sçauroit ignorer quand on a professé cet
Art durant quelques années. Un Eleve
qui a du genie apprend à bien faire en
voyant son Maître faire mal. La force
du genie change en bonne nourriture
les preceptes les plus mal digerés. Ce
qu'un homme né avec du genie fait de
mieux est ce que personne ne luy a
montré à faire. Il en est des leçons que
les Maîtres donnent , dit Seneque ,
comme des graines. La qualité du fruit
que les graines produisent dépend principalement de la qualité de la terre où
elles sont semées. La plus chetive donne
un bon fruit dans une terre excellente.
Ainsi quand les preceptes tombent en
un esprit bien disposé , ils germent heu-
reusement , & cet esprit , pour ainsi
dire , raporte une graine de meilleure
qualité que la graine qui luy fut confiée.
Eadem præceptorum ratio quæ seminum :
multùm efficiunt & si angusta sint , tan-
tùm, ut dixi, idonea mens accipiat illa,
& in se trahat : Multa invicem genera-
bit, & plus prestet quàm acceperit. Combien d'hommes illustres en toutes

Epist. 38.

fortes de professions, ont appris les premiers élemens des professions qui les ont rendus si celebres, de Maîtres qui n'acquirent jamais d'autre reputation que celle de les avoir eu pour Eleves.

Ainsi Raphaël instruit par un Peintre mediocre, mais soûtenu par son genie, s'éleva fort au-dessus de son Maître, après quelques années de travail Il n'avoit eu besoin des enseignemens de Pierre Perugin que pour apprendre comment il falloit étudier. Il en a été de même d'Annibal Carache, de Rubens, du Poussin, de le Brun, & des autres Peintres dont nous admirons le genie.

Quant aux Poëtes, les principes de la pratique de leur Art sont si faciles à comprendre, & à mettre en œuvre, qu'ils n'ont pas même besoin d'un maître qui leur montre à les étudier. Un homme né avec du genie peut s'instruire luy-même en deux mois de toutes les regles de la Poësie françoise. Il est même capable bientôt de remonter jusques à la source de ces regles, & de juger de l'importance de chacune d'elle par l'importance des principes qui l'ont fait établir. Aussi le monde n'attacha-t-il jamais aucune gloire au bonheur d'avoir enseigné les élemens de la Poësie à des Eleves qui auront rempli tous

les siecles du bruit de leur reputation.
On ne parla jamais du Maître en Poësie de Virgile , ny de celuy d'Horace.
Nous ignorons qui sont ceux qui peuvent avoir enseigné à Moliere & à
Corneille , si voisins de nous , la césure &
la mésure de nos Vers. On n'a point
crû que ces Maîtres eussent assez de part
à la gloire de leurs Eleves pour meriter
qu'on se donnât la peine de demander
& de retenir leurs noms.

SECTION III.

*Que l'impulsion du genie détermine à
étre Peintre ou Poëte ceux qui l'ont
apporté en naissant.*

EN Effet, il n'y a pas un grand merite à mettre la plume à la main
d'un jeune Poëte , le premier venu ,
son genie seul la luy auroit fait prendre. Le genie ne se borne pas à une simple sollicitation , pour obliger celuy qui
le reçoit de se produire. Le genie ne se
rebute point , parce que ses premieres
impulsions n'auroient pas d'effet : il
prêsse, il pousse, il aiguillone, & il sçait
enfin se faire jour à travers l'inaplica-

tion & la diffipation de la jeuneffe.

Des Emplois ou trop élevés ou trop bas, une éducation qui femble éloigner l'homme de genie de s'apliquer aux chofes pour lefquels il eft né, rien ne fçauroit l'empêcher de montrer du moins qu'elle étoit fa deftinée, quand même il ne la remplit pas. Ce qu'on luy propofe pour être l'objet de fon aplication, ne fçauroit le fixer, fi cet objet n'eft pas celuy que la nature veut qu'il fuive. Il ne s'en laiffe jamais écarter pour long temps, & il y revient toûjours malgré les autres, & quelquefois malgré luy-même. De toutes les impulfions, celle de la nature, dont il tient fon penchant, eft la plus forte.

Cuftode & cura natura potentior omni.

Juven. Sat. X.

Tout dévient palettes & pinceaux entre les mains d'un enfant doué du genie de la Peinture. Il fe fait connoître aux autres pour ce qu'il eft, quand luy-même il ne le fçait pas encore.

Les Annaliftes de la Peinture raportent une infinité de faits qui confirment ceque j'avance. La pluspart des grands Peintres ne font pas nés dans les atteliers. Trés-peu font des fils de Peintre, qui, fuivant l'ufage ordinaire, auroient été

élevés dans la profeſſion de leurs peres.
Parmy les Artiſans illuſtres qui font tant
d'honneur aux deux derniers ſiecles, le
ſeul Raphaël, autant qu'il m'en ſou-
vient, fut le fils d'un Peintre. Le pere
du Georgeon & celuy du Titien ne ma-
nierent jamais ny pinceaux ny cizeaux,
Leonard de Vinci & Paul Veronéze
n'eurent point des Peintres pour peres.
Les parens de Michel Ange vivoient,
comme on dit, noblement, c'eſt-à-dire
ſans exercer aucune profeſſion lucra-
tive. André del Sarte étoit fils d'un Tailleur, & le Tintoret d'un Tinturier. Le
pere des Caraches, n'étoit pas d'une
profeſſion où l'on manie le crayon.
Michel Ange de Caravage étoit fils d'un
Maſſon, & le Correge fils d'un Labou-
reur. Le Guide étoit fils d'un Muſicien,
le Dominiquin d'un Cordonier, & l'Al-
bane d'nn Marchand de ſoye. Lanfranc
étoit un enfant trouvé, à qui ſon genie enſeigna la Peinture, à peu prés
comme le genie de M. Paſcal luy enſeigna les Mathematiques. Le pere de
Rubens, qui étoit dans la Magiſtrature
d'Anvers, n'avoit ny attelier ny boutique dans ſa maiſon. Le Pere de Vandick n'étoit ny Peintre ny Sculpteur.
Du Freſnoy, dont nous avons un poëme ſur la Peinture, qui a merité d'être
tra-

traduit & commencé par M. de Piles, & dont nous avons auſſi des tableaux au-deſſus du mediocre, avoit étudié pour être Medecin. Les peres des quatre meilleurs Peintres François du dernier ſiecle, le Valentin, le Sueur, le Pouſſin & le Brun n'étoient pas des Peintres. C'eſt le genie de ces grands hommes qui les a été chercher, pour ainſi dire, dans la maiſon de leurs parens, afin de les conduire ſur le Parnaſſe. Les Peintres ont leur Parnaſſe comme les Poëtes.

Tous les Poëtes, dont le nom s'eſt rendu celébre, ſont une preuve encore plus forte de ce que j'avance ſur la force de l'impulſion du genie. Il n'y auroit point de Poëte, ſi l'aſcendant du genie ne déterminoit pas de certains hommes à faire leur profeſſion de la Poeſie. Jamais pere ne deſtina ſon fils à faire la profeſſion de Poëte. Il y a même quelque choſe de plus: ceux qui prennent ſoin de l'éducation d'un enfant de ſeize ans tâchent toûjours de le détourner de la Poëſie, dés qu'il témoigne un peu trop de goût pour les Vers. Le Pere d'Ovide ne s'étoit pas même borné à des remontrances pour éteindre la verve de ſon fils. Mais telle eſt la force du genie que le petit Ovide,

dit-on , promettoit en vers de ne plus
faire des Vers , quand on le châtioit
pour en avoir fait. La premiere profeſſion d'Horace fut de porter les armes. Virgile étoit une eſpece de Ma-
quignon. Du moins voyons - nous dans
ſa vie que ce qui le fit connoître d'Auguſte ce furent des ſecrets pour guerir les chevaux : à la faveur deſquels ce
grand Poëte s'introduiſit dans l'écurie
de l'Empereur. Mais ſans nous arrêter plus long-temps ſur l'hiſtoire ancienne , reflechiſſons ſur la vocation
des Poëtes de nôtre temps. Ces exemples , dont on ſçait les circonſtances
plus diſtinctement, fraperont mieux que
les exemples tirés des ſiecles paſſés ; &
l'on croira facilement que ce qui eſt
arrivé à nos Poëtes , eſt arrivé aux Poëtes de tous les temps.

Tous les grands Poëtes François , qui
font l'honneur du ſiecle de Loüis XIV.
étoient éloignés par leur naiſſance &
par leur éducation , de faire leur profeſſion de la Poëſie. Aucun d'eux n'é-
toit même engagé dans l'employ d'inſtruire la jeuneſſe , ny dans les autres
fonctions qui conduiſent inſenſible-
ment un homme d'eſprit juſques ſur le
Parnaſſe. Au contraire ils en paroiſ-
ſoient écartés , ou par la profeſſion qu'ils

faifoient déja, ou par les emplois aufquels leur naiffance & leur éducation
les deftinoient. Le pere de Moliere
avoit élevé fon fils pour en faire un
bon Tapiffier. Pierre Corneille portoit
la robe d'Avocat, quand il fit fes premieres pieces. Quinault travailloit chez
un Avocat au Confeil, quand il fe jetta
entre les bras de la Poëfie. Ce fut fur
des papiers à demy-barbouillés du gri-
fonnage de la chicane qu'il fit les brouil-
lons de fes premieres Comedies. Racine
portoit encore l'habit de la plus ferieufe
des profeffions, quand il compofa fa
premiere Tragedie, *des Freres ennemis.*
Le Lecteur croira même fans peine que
les Solitaires qui éleverent fon enfance,
& qui inftruifirent fa jeuneffe, ne l'a-
voient jamais excité à travailler pour
le Theatre. Au contraire ils n'obmirent
rien pour éteindre en luy l'ardeur de
rimer. M. le Maître, auprés duquel il
étoit particulierement attaché, lui cachoit les livres de Poëfie françoife, dés
qu'il fe fut apperçu de fon inclination,
avec autant de foin, que le pere de
M. Pafcal en avoit pour dérober à fon
fils la connoiffance de tout ce qui peut
faire penfer à la Géometrie. La Fontaine revêtu d'une charge dans les Faux
& Forefts, étoit deftiné par fon Emploi

B ij

à faire planter & couper des arbres, &
non point à les faire parler. Si M.
l'Huillier, le pere de Chapelle, eut été le
maître des occupations de son fils, il l'auroit appliqué à toute autre chose qu'à la
Poësie. Enfin le monde sçait par cœur les
vers dans lesquels Despreaux fils, frere, oncle & cousin de Greffier rend
compte de la vocation qui l'appella de
la poudre du Greffe au Parnasse. Tous
ces grands hommes ont montré que
c'est la nature, & non pas l'éducation,
qui fait les Poëtes. *Poëtam natura ipsa*
Cicer. pro. *valere & mentis viribus excitari, & quasi*
Arch. Poet *divino quodam spiritu afflari.*

Sans sortir de nôtre temps, jettons
un coup d'œil sur l'histoire des autres
professions qui demandent un genie particulier. Nous y verrons que la pluspart de ceux qui se sont rendus illustres
en exerçant ces professions, n'y ont pas
été engagés par les conseils & par l'impulsion de leurs parens, mais par une
inclination naturelle qui venoit de leur
genie. Les parens de Nanteuil firent les
mêmes efforts, pour l'empêcher d'être
Graveur, que les parens font pour obliger les enfans à s'instruire dans quelque profession. Nanteuil étoit obligé de
monter sur un arbre & de s'y cacher
pour dessiner.

Le Févre, né pour être Algebrifte & grand Aftrologue, commença de remplir fa deftinée en faifant le métier de Tifferan à Lifieux. Les fils de fa toile furent pour lui l'occafion de fe former dans la fcience des calculs. Roberval , en gardant des moutons, ne pût échaper à fon étoile, qui l'avoit deftiné pour être un grand Géomettre. Avant que de fçavoir qu'il y eut au monde une fcience nommée Géometrie, il l'aprenoit en traçant fur la terre des figures avec fa houlette, quand il fe rencontra une perfonne qui fit attention fur les amufemens de cet enfant , & qui fe chargea de luy procurer une éducation plus convenable à fes talens que celle qu'il recevoit du payfan qui le nourriffoit. Tant de gens ont pris foin de publier l'avanture arrivée à M Pafcal qu'elle eft fçue de toute l'Europe. Son pere loin de le pouffer à l'étude de la Géometrie lui avoit caché avec une attention fuivie tout ce qui pouvoit lui donner l'idée de cette fcience, dans la crainte que fon fils ne fe livrât avec trop d'affection à fes attraits. Mais il fe trouva que le genie feul de cet enfant n'avoit pas laiffé de le mener jufques à l'intelligence de plufieurs propofitions d'Euclide. Denué de guide & de maître, il avoit fait déja des progrés

B iij

furprenans dans la Géometrie, fans qu'il
eut fongé à étudier une fcience.

Les parens de M. Tournefort avoient
fait leur poffible pour éteindre en luy
le genie qui le portoit à l'étude de la
Botanique. Il falloit pour aller her-
borifer qu'il fe cachât comme les autres enfans fe cachent pour perdre
leur temps. M. Bernoulli qui s'étoit acquis dés la jeuneffe une fi grande reputation, & qui mourut il y a treize ans
Profeffeur en Mathematiques dans l'U-
niverfité de Bafle, s'étoit livré à cette
fcience malgré les efforts que fon pere
avoit faits durant long-temps pour l'en
détourner. Il fe cachoit pour étudier les
Mathematiques ; & c'eft ce qui lui
avoit fait prendre pour Devife un Phaëton avec ces mots : *Invito patre fide-a*
verfo. C'eft ainfi qu'elle eft écrite au
bas de fon portrait, placé dans la Bibliotheque de Bafle. Que le Lecteur fe
fouvienne enfin de ce qu'il a lû, comme de ce qu'il a entendu dire à des témoins oculaires, fur le fujet dont il s'a-
git ici. Je l'ennuierois par les hiftoires
qui prouvent que rien ne fait un obfta-
cle infurmontable à l'impulfion du genie : Il les fçait déja. N'eft-ce pas malgré fes parens que l'Auteur moderne
de la vie de Philippe Augufte & de

Charles VII. s'est adonné à compo- M. Raudo: de fully Receveur des Tailles de Sarlat. fer l'histoire, pour laquelle il a reçu de grands talens de la nature? Hercules, Soliman, & plusieurs autres pieces de Theatre auroient-elles été composées jamais, si le genie n'avoit fait violence à leurs veritables Auteurs, & s'il ne les avoit pas forcés de s'occuper à son gré, en depit de l'éducatioin qu'ils avoient reçuë, & de la profession qu'ils avoient embrassée ? Que seroit-ce si nous sortions de la Republique des Lettres, pour parcourir l'histoire des autres professions, & principalement celle des Armes ? N'est-ce point ordinairement malgré les conseils des parens que ceux qui ne sont point nés dans une famille, dont l'emploi est d'aller à la guerre, embrassent la profession des Armes ?

La naissance des hommes peut être considerée de deux côtez. On peut la considerer du côté de leur conformation physique & des inclinations naturelles qui dépendent de cette conformation. On peut aussi la considerer du côté de la fortune & de la condition, dans laquelle ils naissent comme membres d'une certaine societé. Or la naissance physique l'emporte toûjours sur la naissance morale. Je m'explique. L'éducation, laquelle ne sçauroit donner un certain ge-

nie ny de certaines inclinations aux enfans qui ne les ont point , ne fçauroit
auffi priver de ce genie , ny dépouiller
de ces inclinations , les enfans qui les
ont apportées en naiffant. Les enfans ne
font contraints , ils ne font gênez que
durant un tems , par l'éducation qu'ils
reçoivent en confequence de leur naiffance morale Mais les inclinations qu'ils
ont , en confequence de leur naiffance
phyfique , durent , plus ou moins vives,
auffi long-tems que l'homme même.
Elles font l'effet de la conftruction &
de l'arrangement des fes organes , &
fans ceffe elles le pouffent au penchant
où eft fa pente.

Naturam expellas furca tamen ufque recurret.

Dit Horace. Il arrive encore que ces
inclinations font dans toute leur
impetuofité precifément dans l'âge
où ceffe la contrainte de l'éducation.

SECTION IV.

Objection contre la Proposition precedente, & Réponse à l'Objection.

ON me dira que je connois mal l'arrangement du genre humain, quand je supose que tous les genies remplissent leur vocation Vous ignorez, ajoûtera-t-on, que les besoins de la vie asservissent la pluspart des hommes à la condition dans laquelle ils ont été élevez dés l'enfance. La misere de ces conditions doit étouffer un grand nombre de genies, qui se seroient distinguez s'ils fussent nez dans des conditions plus relevées.

Ut sepè somma ingenia in oculto latent,

Hîc qualis Imperator ; nunc privatus est.

Plaut
Captiv.
A&. prim.

La pluspart des hommes, apliquez dés l'enfance à de vils mêtiers, vieillissent donc sans avoir eu l'occasion d'aprendre ce qu'il étoit cecessaire que ces hommes sceussent, afin que leur genie pût prendre son essort? On me dira en stile poëtique, que ce cocher couvert de haillons en lambeaux, qui gagne pauvrement sa vie en assommant de coups de fouet deux chevaux étiques,

B v

liez à un caroffe prêt à s'écrouler, feroit peut-être devenu un Raphaël ou
bien un Virgile, fi né dans une famille
honête, il avoit reçu une éducation
proportionnée à fes talens naturels.

Je fuis déja tombé d'accord que les
hommes qui naiffent avec le genie du
commandement des Armées, ou bien
avec le genie de tous les grands emplois, & même, fi l'on veut, avec le
genie de l'Architecture, ne peuvent fe
manifefter qu'ils ne foient fecondez par
la fortune & fervis par les conjonctures.
Ainfi j'avoue que la pluspart de ces
hommes paffent quelquefois comme
les hommes vulgaires, & qu'ils meurent fans laiffer un nom qui aprenne
à la pofterité qu'ils ont été. Leurs talens reftent enfouis, parce que la fortune ne les déterre pas. Mais il n'en eft
pas de même des hommes qui naiffent
Peintres ou ou Poëtes. Par raport à ces
derniers, je regarde l'arrangement des
conditions diverfes qui forment la focieté, comme une mer. Les genies mediocres font les feuls qui foient fubmergez ;
mais les genies puiffans trouvent enfin
le moyen d'aborder au rivage.

Les hommes ne naiffent pas ce qu'ils
font à trente ans. Avant que d'être Maffons, Laboureurs, ou Cordoniers, ils

font long-temps des enfans. Ils font durant long-temps des adolefcens , propres à faire encore l'aprentiffage d'une profeffion, à laquelle ils feroient appellez par leur genie. Le temps que la nature a donné aux enfans deftinez à être de grands Peintres , pour faire leur aprentiffage , dure jufques à vingt-cinq ans. Or le genie qui rend Peintre ou Poëte prévient dés l'enfance l'afferviffement de celuy qui en eft le dépofitaire aux emplois mécaniques, & il lui fait chercher de luy-même les voyes & les moyens de s'inftruire. Supofé qu'un pere foit affez denué de toute protection, pour être hors d'état de procurer l'éducation convenable à fon enfant, qui témoigne une inclination plus noble que celle de fes pareils, un autre en prend foin. Cet enfant la cherche de luy-même avec tant d'ardeur, qu'enfin le hazard la luy fournit. Quand je dis le hazard, j'entens chaque occafion prife en particulier , car ces occafions fe prefentent fi frequament, qu'il faut que le hazard qui en fait profiter l'enfant dont je parle arrive un peu plus tôt ou un peu plus tard. Les enfans nez avec du genie & ceux qui cherchent à inftruire des enfans de ce caractere fe rencontrent à la fin.

B v j

On n'eſt pas en peine comment les
enfans de genie, nez dans les Villes, tombent entrent les mains des perſonnes
capables de les inſtruire. Quant à la
Campagne, dans la meilleure partie de
l'Europe, elle eſt parſemée de Convents
dont les Religieux ne manquent jamais
de faire attention ſur un jeune payſan,
qui montre plus de curioſité & plus d'ouverture d'eſprit que ſes pareils. On l'y
reçoit pour ſervir à la Meſſe, & le
voilà à portée de faire les premieres
études. Il ne luy en faut pas davantage? L'eſprit qu'elles luy donnent lieu
de montrer engage d'autres perſonnes
à l'aider, & luy-même court au-devant
des ſecours qu'elles luy preſentent. On
doit à ces aziles de genies déplacez une
infinité d'excellens ſejets. M. Baillet à
qui nous avons l'obligation d'un grand
nombre de livres, remplis d'une érudi-
dition trés recherchée, étoit tombé dans
cette piſcine.

D'ailleurs le genie qui détermine un
enfant aux Lettres, ou bien à la Peinture, lui donne une grande averſion pour
les emplois mécaniques, auſquels on
applique ſes égaux. Il prend donc en
haine les métiers vils auſquels on voudroit rabaiſſer l'élevation de ſon eſprit.
Cette contrainte pénible dés l'enfance

lui dévient inſuportable à meſure que l'âge lui fait encore mieux ſentir & ſon talent & ſa miſere. Son inſtinct & le peu qu'il entend dire du monde luy donnent des lumieres confuſes de ſa vocation. Il ſent bien qu'il eſt hors de ſa place. Enfin il ſe dérobe de la maiſon paternelle, comme fit Sixte-Quint, & comme ont fait encore tant d'autres, pour venir dans une Ville voiſine. Si ſon genie le détermine à la Poëſie, & par conſequent à l'amour des Lettres, ſon heureux naturel meritera qu'un honête homme le trouve digne de ſon attention. Il tombera dans les mains de quelqu'un qui le deſtinera aux emplois Eccleſiaſtiques ; & toutes les Communions Chrétienes ſont remplies de perſonnes charitables qui ſe font un devoir de procurer l'éducation convenable à des étudians indigens, leſquels montrent quelque lueur de genie, & cela, dans la vûë de procurer de bons ſujets à leurs Egliſes. Ces enfans devenus de jeunes gens ne ſe tiennent pas toûjours obligez de ſuivre les vûës pieuſes de leurs bienfaicteurs. Si leur genie les pouſſe à la Poëſie, ils s'y livrent, & ils ſe font un employ pour lequel ils n'avoient pas été deſtinez, mais dont leur éducation les a rendus capables.

Comment croire qu'il reste de bonnes
graines sur la terre, quand le monde
recueille avec soin celle qui donne la
moindre esperance de réussir un jour.

Je dirai encore plus. Quand la malignité des conjonctures auroit asservi
l'homme de genie à une profession ab-
jecte avant qu'il eût apris à lire : Voilà ce qu'on peut supofer de plus odieux
contre la Fortune, son genie ne laisseroit
pas de se manifester. Il aprendra à lire
à vingt ans pour jouir indépendemment
de personne du plaisir sensible que font
les Vers à tout homme qui est né Poëte.
Bien-tôt il fera lui-même des Vers. N'a-
vons-nous pas vû deux Poëtes se former dans les boutiques de deux mêtiers
qui ne sont pas certainement des plus
nobles : le fameux Menuisier de Nevers,
& le Cordonier *Reparateur des Brodequins d'Apollon* ? Aubry Maître Paveur
à Paris n'a-t-il pas fait representer depuis trente ans des Tragedies de sa façon ? Nous avons même pû voir un cocher qui ne sçavoit pas lire faire des
vers, trés mauvais à la verité, mais ils
ne laissent pas de prouver que la moindre étincelle du feu poëtique le plus
grossier ne sçauroit être si bien couverte qu'elle ne jette quelque lueur.
Enfin ce ne sont pas les Lettres qu'on

enseigne à un homme qui le rendent
Poëte : c'est le genie poëtique que la
nature lui donna en naissant qui les lui
fait aprendre, en le forçant de chercher les moyens d'acquerir les connoissances propres à perfectionner son talent.

L'enfant né avec le genie qui fait les
Peintres crayonne avec du charbon,
dés l'âge de dix ans, les Saints qu'il
voit dans son église : Vingt années se
passeront-elles avant qu'il trouve une
occasion de cultiver son talent ? Ce talent ne frappera-t-il personne qui le me-
nera dans une Ville voisine, où, sous
le Maître le plus grossier, il se rendra
digne de l'attention d'un plus habile
qu'il ira bien-tôt chercher de Province
en Province ? Mais je veux bien que cet
enfant reste dans sa bourgade: il y cultive-
ra son genie naturel, jusques à ce que ses
tableaux surprennent quelque passant.
Telle fut la destinée du Correge, qui
se trouva être un grand Peintre avant
que le monde eut entendu dire qu'il y
avoit dans le bourg de Corregio un jeune homme d'une grande esperance,& qui
montroit un talent nouveau dans son Art.
Si la chose arrive rarement, c'est qu'il
naist rarement des genies aussi puissans
que celui du Correge, & qu'il est en-

core plus rare que de tels genies ne fe
trouvent point en leur place dés l'âge
de vingt ans. Les genies qui demeurent
enfevelis toute leur vie, je l'ai déja dit,
font des genies foibles ; ce font de ces
hommes qui n'auroient jamais fongé
à peindre ny à compofer fi l'on ne leur
avoit pas dit de le faire ; de ces hommes qui ne chercheroient jamais l'Art
d'eux-mêmes , mais aufquels il faut
l'indiquer. Leur perte n'eft pas grande,
ces hommes n'étoient pas nez pour être
d'illuftres Artifans.

L'Hiftoire des Peintres , des Poëtes
& des autres gens de lettres eft remplie
de faits qui convaincront pleinement
que rien ne fçauroit empêcher les enfans, nez avec du genie , de franchir
la plus grande diftance que la naiffance
puiffe mettre entre eux & les écoles.
En une pareille matiere les faits font
plus éloquens que le raifonnement ne
peut l'être. Que ceux qui ne voudront
pas fe donner la peine de lire cette
hiftoire faffent du moins reflexion fur
la vivacité de la jeuneffe, fur fa docilité , fur les voyes fans nombre dont
nous n'avons indiqué qu'une partie, &
qui peuvent toutes en particulier conduire un enfant jufques à une fituation
où il puiffe cultiver fes talens naturels.

Ils seront convaincus qu'il eſt comme impoſſible que de cent genies un ſeul demeure toûjours enſeveli, à moins que par une bizarerie particuliere le hazard ne le fiſt naiſtre parmy les Tartares Calmucs, ou qu'on ne le tranſpotât dans ſon enfance chez les Lappons.

SECTION V.

Des Etudes & des progrés des Peintres & des Poëtes.

LE genie eſt donc uns plante, qui, pour ainſi dire, pouſſe d'elle-même; mais la qualité comme la quantité de ſes fruits dépendent beaucoup de la culture qu'elle reçoit. Le genie le plus heureux ne peut être perfectionné qu'à l'aide d'une longue étude.

> *Natura fieret laudabile carmen an arte.*
> *quæſitum eſt, ego nec ſtudium ſine divite vena.*
> *nec rude quid proſit video ingenium alterius ſit*
> *altera poſcit opem res & conjurat amicè.*

Hor. de Art.

Quintilien, un autre grand maître dans les ouvrages d'eſprit, ne veut pas même qu'on agite la queſtion, ſi c'eſt le genie ou ſi c'eſt l'étude qui forme l'Orateur excellent. Il n'eſt pas de grand

Orateur , dit il , fans le concours de
l'art du genie. *Scio qua i natura ne plus
conferat ad eloquentiam quàm doctrina.
Quod ad propofitum noftri quidem operis*

Inf. L. XI. *non pertinet. Nec enim confummatus artifex,
nifi ex utraque fieri poteft.*

Mais un homme né avec du genie eft
bien-tôt capable d'étudier tout feul, &
c'êft l'étude qu'il fait par fon choix,
& determiné par fon goût ; qui contribuë le plus à le former. Cette étude
confifte dans une attention continuelle
fur la nature. Elle confifte dans une reflexion ferieufe fur les ouvrages des
grands maîtres , fuivie d'obfervations
fur ce qu'il convient d'imiter , & fur
ce qu'il faudroit tâcher de furpaffer. Ces
obfervations aprennent beaucoup de
chofes, que nôtre genie ne nous auroit jamais fuggerées de luy-même , ou
dont il ne feroit avifé que bien tard.
On fe rend propre en un jour des tours
& des façons d'operer qui couterent
aux inventeurs des années de recherche
& de travail. En fuppofant même que
nôtre genie auroit eu la force de nous
porter un jour jufques-là , quoyque la
route n'eut pas été frayée , nous n'y
ferions parvenus du moins , avec le feul
fecours de fes forces , qu'au prix d'une
fatigue pareille à celle des inventeurs,

Michel Ange avoit aparemment travaillé durant long-temps avant que de parvenir à peindre la majesté du Pere Eternel avec ce caractere de fierté divine qu'il a sçu luy donner. Peut-être que Raphaël, né avec un genie moins hardi que le Florentin, ne feroit jamais parvenu en volant de ses propres aîles au sublime de cette idée. Du moins n'y feroit-il arrivé qu'aprés une infinité de tentatives inutiles, & au prix de grands efforts réiterez plusieurs fois. Mais Raphaël voit un moment le Pere Eternel peint par Michel Ange, frappé par la noblesse de l'idée de ce puissant genie, qu'on peut appeller le Corneille de la Peinture ; il la saisit, & il se rend capable en un jour de mettre dans les figures qu'il fait pour representer le Pere Eternel le caractere de grandeur, de fierté & de divinité qu'il venoit d'admirer dans l'ouvrage de son concurrent. Racontons le fait historiquement, car il prouve mieux ce que j'avance que de longs raisonnemens ne le pourroient faire.

Dans le temps dont je parle, Raphaël peignoit la voute de la gallerie qui distribue aux appartemens du second étage du Vatican. Cette gallerie s'appelle communement les Loges. La voute de la gallerie n'eſt pas un berceau continu, mais ce berceau eſt partagé en autant de vouſſures quarrées qu'il y a de fenêtres à la gallerie, & les vouſ-ſures ont chacune leur ceintre particu-lier. Ainſi chaque vouſſure a quatre faces, & Raphaël peignoit au tems dont je parle une hiſtoire de l'ancien Teſta-ment ſur chacune des faces de la pre-miere vouſſure. Il avoit déja fini ſur trois de ces faces trois journées de l'œu-vre de la Creation, lorſque l'avanture dont je vais parler luy arriva. La figure qui repreſente Dieu le Pere dans ces trois tableaux eſt veritablement noble & venerable, mais il y a trop de dou-ceur & point aſſez de majeſté. Sa tête n'eſt que la tête d'un homme : Raphaël l'a traitée dans le goût des têtes que les Peintres font pour les Chriſts, & l'on n'y trouve d'autre difference que celle qu'il faut mettre ſuivant les loix de l'Art entre deux têtes, dont l'une eſt deſtinée à repreſenter le pere, & l'autre à repreſenter le fils. Tandis que Raphaël peignoit la voûte des loges, Michel Ange peignoit la voûte de celles des chapelles du Vatican, qui fut bâtie par le Pape Sixte IV. Quoique Michel Ange jaloux de ſes idées, en fiſt fer-mer la porte à tout le monde, Raphaël eut l'adreffe de s'y introduire. Frappé de la majefté divine & de la fierté no- ble que Michel Ange faifoit fentir dans le caractere de tête du Pere Eternel, qu'on voit en differens endroits de la chapelle de Sixte, faifant l'ouvrage de la Creation : il condamna fa maniere fur ce point, & il prit celle de fon concurrent. Raphaël a reprefenté le Pere Eternel dans le dernier tableau de la premiere loge avec une majefté au- deffus de l'humain. Il n'infpire pas une fimple veneration, il imprime une ter- reur refpectueufe.

Raphaël colorioit encore foiblement quand il vit un tableau du Georgeon. Il conçut en un moment que l'art pou- voit tirer des couleurs qu'il employe bien d'autres beautez que celles que luy-même il en avoit tirées jufques - là. Il comprit qu'il avoit ignoré le merite du coloris. Raphaël tenta de faire com- me le Georgeon avoit fait, & devinant par la force de fon genie la façon d'o- perer du Peintre qu'il admiroit, il ap- procha de fon modele. Raphaël fit fon effai d'imitation en peignant le tableau qui reprefente un miracle arrivé à Or- viette, où le Prêtre qui difoit la meffe devant le Pape, & qui doutoit de la tranfubftantiation, vit l'hoftie confa-

crée devenir fanglante entre fes mains.
Le tableau dont je parle s'appelle com.
munement la meffe du Pape Jules, &
il eft peint à frefque au-deffus & aux
côtez de la fenêtre dans la feconde piece
de l'apartement de la Signature au Vatican. Il fuffit que le Lecteur fçache
que cette Peinture eft du bon temps de
Raphaël, pour être perfuadé que la
Poéfie en eft merveilleufe. Le Prêtre
qui doutoit de la prefence réelle, &
qui a vû l'hoftie qu'il avoit confacrée
devenir fanglante entre fes mains durant l'élevation, paroît penetré de terreur & de refpect. Le Peintre a trés
bien confervé à chacun des affiftans fon
caractere propre ; mais fur tout l'on
voit avec plaifir le genre d'étonnement
des Suiffes du Pape, qui regardent le
miracle du bas du tableau où Raphaël
les a placez. C'eft ainfi que ce grand
Artifan a fçu tirer une beauté poëtique
de la neceffité d'obferver la coûtume,
en donnant au fouverain Pontife fon
cortege accoûtumé. Par une liberté poëtique Raphaël employe la tête de Jules
II. pour reprefenter le Pape devant qui
le miracle arriva. Jules regarde bien le
miracle avec attention, mais il n'en paroît pas beaucoup ému. Le Peintre fuppofe qu'il fut trop perfuadé de la pre-

fence réelle, pour eftre furpris des évenemens les plus miraculeux qui puffent
arriver fur une hoftie confacrée On ne
fçauroit caracterifer le chef vifible de
l'Eglife, introduit dans un femblable
évenement par une expreffion plus noble
& plus convenable.Cette expreffionlaiffe
encore voir les traits du caractere particulier de Jules II. On reconnoît dans fon
portrait l'affiegeant obftiné de la Mi-
randole. Mais le coloris de ce tableau
qui eft caufe que nous en avons parlé,
eft très fuperieur au coloris des autres
tableaux de Raphaël. Le Titien n'a pas
peint de chair où l'on voye mieux cette
moleffe qui doit eftre dans un corps
compofé de liqueurs & de folides. Les
drapperies paroiffent de belles étoffes
de laine & de foie que le tailleur vien-
droit d'employer. Si Raphaël avoit fait
plufieurs tableaux d'un coloris auffi vrai
& auffi riche, il feroit cité entre les
plus excellens coloriftes.

Il en eft de même des jeunes gens
qui font nez Poëtes : Les beautez qui
font dans les ouvrages faits avant eux
les frappent vivement. Ils fe rendent
propres facilement la façon de tourner les Vers & la mécanique des Auteurs de ces ouvrages. Je voudrois que
des memoires fidéles nous appriffent à
quel point l'imagination de Virgile s'é-

Tom. II. *

chauffât & s'enrichit, lorfqu'il lut l'I-
liade pour la premiere fois.

Les ouvrages des grands maîtres ont encore un autre attrait pour les jeunes gens
qui ont du genie : c'eſt de flater leur
amour propre. Un jeune homme qui a du
genie découvre dans ces ouvrages des
beautez & des graces , dont il avoit déja
une idée confufe , mifes dans tout le
jour dont elles font fufceptibles. Il croit
reconnoître fes idées propres dans les
beautez d'un chef-d'œuvre confacré par
l'aprobation publique. Il lui arrive l'a-
vanture qui arriva au Correge lorfqu'il
vit pour la premiere fois un tableau de
Raphaël , quand il étoit encore un fimple
bourgeois du bourg de Corregio , & non-
pas un pauvre payfan. Monſieur Crozat
a extrait des Regiſtres de l'Abbaye de S.
Jean de Parme plufieurs preuves qui font
voir que Vafari fe trompe dans l'idée
qu'il donne de la fortune du Correge , &
fur tout dans le recit qu'il fait des circonſtances de fa mort. Le Correge qui n'étoit
pas encore forti de fon état, quoi qu'il fut
déja un grand Peintre , étoit fi rempli de
ce qu'il entendoit dire de Raphaël ,
que les Princes combloient à l'envi de prefens & d'honneurs , qu'il s'é-
toit imaginé qu'il faloit que l'Artifan ,
qui faifoit une fi grande figure dans le
monde , fût d'un merite bien fuperieur
au

au sien qui ne l'avoit pas encore tiré de l'indigence. En homme sans experience du monde, il jugeoit de la superiorité du merite de Raphaël sur le sien par la difference de leurs fortunes. Enfin le Correge parvint à voir un tableau de ce Peintre si celebre : après l'avoir examiné avec attention : après avoir pensé à ce qu'il auroit fait, s'il avoit eu à traiter le même sujet que Raphaël avoit traité, il s'écria : *Je suis un Peintre aussi bien que luy.* La même chose arriva peut être à Racine, lorsqu'il lût le Cid pour la premiere fois.

Au contraire rien ne décele mieux l'homme né sans genie que de le voir examiner avec froideur, & discuter de sens rassis, le merite des productions des hommes qui excellerent dans l'art qu'il veut professer. Un homme de genie ne sçauroit parler des fautes que les grands maîtres ont commises, qu'après plusieurs éloges donnez aux beautez de leurs productions. Il n'en parle que comme un pere parle des défauts de son fils. Cesar, né avec le genie de la guerre, fut touché jusques aux larmes en voyant une statue d'Alexandre. La premiere idée qui lui vint à la vue de la statue de ce heros Grec, dont la renommée avoit porté la gloire aux extrêmitez de

la terre , ne fut point l'idée des fautes
qu'Alexandre avoit faites dans fes expeditions. Il ne les opofa point à fes
belles actions : Cefar fut faifi.

Je ne dis point pour cela qu'il faille
prendre à mauvais augure la critique
d'un jeune homme qui remarque des
deffauts dans les ouurages des grands
maîtres : Il y en a veritablement , car
ils étoient des hommes. Le genie loin
d'empêcher qu'on ne voye ces fautes
les fait même apercevoir. Ce que je
regarde comme un mauvais préfage ,
c'eft qu'un jeune homme foit peu touché de l'excellence des productions des
grands maîtres : c'eft qu'il n'entre point
dans une efpece d'enthoufiafme en les
lifant : c'eft qu'il ait befoin , pour connoître s'il doit les eftimer, de calculer
les beautez & les deffauts qu'il y compte,
& qu'il ne forme fon avis fur leur merite qu'aprés avoir foudé fon calcul. S'il
avoit la vivacité & la délicateffe de fentiment , qui font infeparables du genie,
il feroit tellement faifi par les beautez
des ouvrages confacrez , qu'il jetteroit
fa balance & fon compas pour en juger
ainfi que les hommes en ont toûjours
jugé , je veux dire par l'impreffion que
ces ouvrages feroient fur luy. La balance eft peu propre à décider du prix

des perles & des diamans. Une perle baroque & de vilaine eau, de quelque poids qu'elle soit, ne sçauroit valoir la fameuse *peregrine*; cette perle, dont un marchand avoit osé donner cent mille écus, en songeant, dit-il, à Philippe IV. qu'il y avoit un Roy d'Espagne au monde. Cent mille beautez mediocres mises ensemble ne valent pas, ne pesent pas, pour ainsi dire, un de ces traits qu'il faut bien que les modernes mêmes ceux qui ont fait des églogues, louent dans les Poësies Bucoliques de Virgile.

Le genie se fait sentir bien tôt dans les ouvrages des jeunes gens qui en sont douez, quoiqu'ils ne sçachent pas encore bien la pratique de l'art, ils donnent à connoître déja qu'ils ont un genie. On voit dans leurs ouvrages des idées & des expressions qu'on n'a point vues encore. On y voit des pensées nouvelles. On y remarque à travers bien des deffauts un esprit qui veut atteindre à de grandes beautez, & qui pour y parvenir, fait des choses que son maître n'a point été capable de luy montrer. Si ces jeunes gens sont Poëtes, ils inventent de nouveaux caracteres, ils disent ce qu'on n'a jamais lu, & leurs vers sont remplis de tours & d'expressions qu'on n'a point lues ailleurs.

C ij

Par exemple, les verfificateurs fans genie qui écrivent des Opera ne fçavent
autre chofe que de retourner ces phrafes & ces expreffions fi fouvent rebat-
tues : *Que Lully réchauffoit des fons de fa
Mufique* , pour parler avec Defpreaux.
Comme Quinault étoit l'auteur & l'inventeur de ce ftyle particulier aux Opera;
il montre que Quinault n'étoit pas fans
genie ; mais ceux qui ne peuvent faire
autre chofe que de les repeter en manquent. Un Poëte, capable par fon genie
de donner l'eftre à de nouvelles idées,
eft capable en même temps de produire
des figures nouvelles , & de créer des
tours nouveaux pour les exprimer. Il
eft bien rare qu'il faille emprunter d'autrui des expreffions pour rendre ce que
nous avons penfé. Il eft même rare qu'il
les faille chercher avec peine La penfée & l'expreffion naiffent prefque toûjours en même tems

Le jeune Peintre qui a du genie commence donc bien-tôt à s'écarter de fon
maître dans les chofes où le maître s'é-
carte de la nature. Ses yeux à peine entr'ouverts la découvrent déja. Souvent
il la voit mieux que ceux qui prétendent la lui montrer. Raphaël n'avoit
que vingt ans , & il étoit encore Eleve
de Pierre Perrugin, lorfqu'il peignoit à

sienne. Neanmoins Raphaël se distingua si bien qu'on lui distribua des tableaux dont il fit la composition. On y voit que Raphaël cherchoit deja comment il feroit pour varier les airs de teste, qu'il vouloit donner de l'ame à ses figures, qu'il dessinoit le nud sous les drapperies, enfin qu'il faisoit plusieurs choses que son maître ne lui enseignoit pas. Le maître devint même le disciple. On voit par les tableaux que le Perrugin a faits à la chapelle de Sixte qu'il avoit appris de Raphaël. Un autre indice de genie dans les jeunes gens, c'est de faire des progrés trés lents dans les arts, & dans ces pratiques qui font l'occupation generale du commun des hommes durant l'adolescence, en même temps qu'ils s'avancent à pas de geant dans la profession, à laquelle la nature les a destinez entierement. Nez uniquement pour cette profession, leur esprit paroît au-dessous du mediocre, quand ils veulent l'appliquer à d'autres choses. Ils les apprennent avec peine, & ils les font de mauvaise grace. Ainsi le Peintre Eleve, dont l'esprit s'abandonne aux idées qui ont rapport à sa profession, qui se forme plus lentement pour le commerce du monde que les jeunes gens de son âge, que

sa vivacité fait paroître étourdi, & que
la distraction, qui vient de son attention continuelle à ses idées, rend gauche dans ses manieres, devient ordinairement un Artisan excellent. Ses défauts mêmes sont une preuve de l'activité de son genie. Le monde n'est pour
luy qu'un assemblage d'objets propres
à être imitez avec des couleurs. Ce
qu'il trouve de plus heroïque dans la
vie de Charles-Quint, c'est que ce
grand Empereur ait ramassé luy-même le pinceau du Titien. Ne desabu-
sez pas si-tôt un jeune Artisan, trop
prevenu sur la consideration que son
art merite, & laissez-luy croire du
moins durant les premieres années de
son travail que les hommes illustres
dans les arts & dans les sciences tiennent encore aujourd'huy le même rang
dans le monde qu'ils y tenoient autrefois en Grece. L'experience ne le desabu-
sera peut-être que trop tôt.

SECTION VI.

Des Artisans sans genie.

NOus avons dit qu'il n'y avoit pas d'hommes, generalement parlant, qui n'aportât en naissant quelque talent propre aux besoins ou aux agremens de la societé, mais tous ces talens sont differens. Il est des hommes qui viennent au monde avec un talent déterminé pour une certaine profession : d'autres naissent propres à differentes professions. Ils sont capables de réussir en plusieurs, mais aussi leurs succez n'y sçauroient être que mediocres. La nature les met au monde pour supléer à la disette des hommes de genie, destinez à faire des prodiges dans une sphere hors de laquelle ils n'auront point d'activité.

Veritablement un homme propre à réussir dans plusieurs professions est trésrarement un homme propre à réussir éminamment dans aucune. C'est ainsi qu'une terre propre à nourrir plusieurs especes de plantes ne sçauroit donner à aucune de ces plantes la même perfection, où elle parviendroit dans un

C iiij

terroir qui luy feroit propre fi fpecialement qu'il ne conviendroit point aux
autres efpeces. Une terre auffi propre
à porter des raifins qu'à porter du bled
ne raporte ny du vin exquis ny du
bled excellent. Les mêmes qualitez qui
rendent une terre fpecialement propre
pour une certaine plante , font qu'elle
ne vaut rien pour une autre plante.

　Quand un de ces efprits indeterminez
qui ne font propres à tout que parce
qu'ils ne font propres à rien , eft conduit fur le Parnaffe par les conjonctures , il aprend les regles de la Poëfie
affez bien pour ne point faire des fautes
groffieres. Il s'attache ordinairement à
quelque Auteur qu'il choifit pour fon
modele. Il fe nourrit l'efprit des penfées de fon original , & il charge fa
memoire de fes expreffions. Comme les
perfonnes dont je parle , deftinées pour
être la pepiniere des Artifans mediocres ,
n'ont pas les yeux ouverts par le genie,
nôtre imitateur ne fçauroit apercevoir
dans la nature même ce qu'il y faut
choifir pour l'imiter. Il ne peut les difcerner que dans les copies de la nature , faites par des hommes de genie.
Si cet Artifan imitateur a du fens ,
quoique né pauvre , il fubfifte honora-
blement du butin qu'il fait dans le pa-

trimoine d'autruy. Il verfifie fi corre&te-
ment, & fur tout, il rime fi richement
que fes ouvrages nouveaux ne laiffent
pas d'avoir un certain cours dans le
monde. Si leur Auteur n'y paffe pas
pour un genie il y paffe du moins pour
être bel efprit. Il eft impoffible, dit-on,
de compofer de meilleurs vers à moins
que d'être Poëte. Qu'il évite feulement
de fe commettre avec le public attrou-
pé, je veux dire de compofer pour le
theatre. Les vers les mieux faits, mais
vuides d'invention, ou riches uniquement d'une poëfie empruntée ne veulent être produits qu'avec un grand menagement. Il n'y a que certains reduits
qui foient propres à leur fervir de ber-
ceaux. Il faut qu'ils ne voient le jour
d'abord que devant certaines perfonnes,
& que les indifferens ne les entendent
qu'aprés avoir été informez que tels
& tels les ont approuvez. La prévention que ces applaudiffemens infpirent
en impofe du moins durant quelque
temps.

Si nôtre Artifan imitateur manque de
fens, il employe hors de propos les
traits & les expreffions de fon modele,
& fes vers ne nous offrent que des reminifcences mal placées: il fe conduit
dans la production de fes ouvrages com-

me dans leur compofition : il affronte le
public raffemblé avec plus d'intrepidité
que Racine & Quinault n'en avoient
dans de pareilles avantures. Siflé fur
un theatre il va fe faire huer fur l'autre. Plus méprifé à mefure qu'il eft
plus connu, fon nom dévient enfin l'ap-
pellation dont le public fe fert pour
defigner un méchant Poëte. Il eft heureux quand fa honte ne lui furvit pas.

Ces efprits mediocrement propres à
beaucoup de chofes, ont la même deftinée quand on les applique à la Peinture. Un homme de cette trempe, que
les conjonctures engagent à fe faire
Peintre, imite fervilement plûtôt qu'e-
xactement le goût de fon maître dans
les contours & dans le coloris. Il dévient un deffinateur correct, s'il ne devient pas un deffinateur élegant, & fi
l'on ne fçauroit loüer l'excellence de
fon coloris, du moins n'y remarque-
t on pas de fautes groffieres contre la
verité ; il eft des regles pour n'en point
faire : mais comme les regles ne peuvent enfeigner qu'aux perfonnes de genie à réuffir dans l'ordonnance & dans
la compofition poëtique, fes tableaux
font très défectueux dans ces deux parties. Ses ouvrages ne font beaux que
par endroits, parce que n'ayant pas ima-

giné tout son plan, mais l'ayant fait
seulement piece à piece, rien n'y est
ensemble.

Infelix operis summa quia ponere totum
Nesciet.

Horat. de
Art.

C'est en vain qu'un pareil sujet fait
son aprentissage sous le meilleur maître, il ne sçauroit faire dans son école
les mêmes progrés qu'un homme de
genie fait dans l'école d'un maître mediocre. Celui qui enseigne, comme le
dit Quintilien, ne sçauroit communiquer à son disciple le talent de produire
& l'art d'inventer, qui font le plus grand
merite des Peintres & des Orateurs.
Ea quæ in oratore maxima sunt, imita-
bilia non sunt. Ingenium, inventio, vis,
facilitas & quidquid arte non traditur.
Le Peintre peut donc faire part des secrets de sa pratique, mais il ne sçauroit faire part de ses talens pour la composition & pour l'expression. Souvent
même l'Eleve dépourvû de genie ne
peut atteindre la perfection où son maître est parvenu dans la mécanique de
l'Art. L'imitateur servile doit demeurer au-dessous de son modele, parce
qu'il joint ses propres défauts aux défauts de celui qu'il imite. D'ailleurs si
le maître est homme de genie, il se

C vj

dégoute bientôt d'enseigner un pareil
sujet. Il est au suplice quand il voit que
son Eleve n'entend qu'avec peine ce
qu'il comprenoit d'abord, lorsque luy-
même étoit Eleve. *Quod enim ipse cele-*

riter arripuit, id cùm tarde percipi videt,
discruciatur.

On ne trouve rien de nouveau dans
les compositions des Peintres sans genie, on ne voit rien de singulier dans
leurs expressions. Ils sont si steriles qu'a-
prés avoir long-temps copié les autres
ils en viennent enfin à se copier eux-
mêmes; & quand on sçait le tableau
qu'ils ont promis, on devine la plus
grande partie des figures de l'ouvrage.
L'habitude d'imiter les autres nous conduit à nous copier nous mêmes. L'idée
de ce que nous avons peint est toûjours
plus presente à nôtre esprit que l'idée
de ce qu'ont peint les autres. C'est
la premiere idée qui s'offre aux Peintres qui cherchent la composition,
& les figures des tableaux qu'ils ont
entrepris plûtôt dans leur memoire
que dans leur imagination. Les uns,
comme le Bassan, se livrent de bonne
foi à une repetition sincere de leurs
ouvrages. Les autres en voulant cacher les larcins qu'ils se font à
eux-mêmes reproduisent sur la scene

leurs perfonnages déguifez , mais non
pas méconnoiffables , & ils rendent ainfi leurs larcins encore plus odieux. Le
Public regarde un ouvrage dont il eft
en poffeffion comme un bien qui lui
feroit devenu propre , & il trouve mauvais qu'on luy faffe achepter une feconde fois ce qu'il croit avoir déja payé
par fes louanges.

Comme il eft plus facile de marcher
fur les pas d'un autre que de fe frayer
de nouvelles routes , un Artifan fans
genie parvient bientôt au degré de perfection où il eft capable de s'élever.
Il atteint bientôt cette grandeur propre à chaque homme , & aprés laquelle
il ne croît plus. Ses premiers effais fe
trouvent fouvent auffi beaux que les ouvrages qu'il fait dans les temps de fa
maturité. Nous avons vû des Peintres
fans genie , mais devenus habiles pour
un temps par l'art de fe faire valoir ,
travailler plus mal durant l'âge viril
qu'ils ne l'avoient fait durant la jeuneffe.
Leurs chef-d'œuvres font dans les pays
où ils avoient fait leurs études. Il femble qu'ils euffent perdu la moitié de
leur merite en repaffant les Alpes.
En effet ces Artifans de retour à Paris,
n'y trouvoient pas auffi facilement qu'à
Rome l'occafion de dérober des parties

& souvent des figures entieres pour enrichir leurs compofitions. Leurs tableaux
fe font apauvris dés qu'ils n'ont plus
été à portée de rencontrer à point nom-
mé dans les ouvrages des grands maîtres la tête, le pied, l'attitude, &
quelquefois l'ordonnance dont ils a-
voient befoin.

Je comparerois volontiers ce fuper-
be étalage de chef-d'œuvres anciens &
modernes, qui rendent Rome la plus
augufte Ville de l'Univers, à ces boutiques où l'on étale une grande quantité
de pierreries. En quelque profufion que
les pierreries y foiént étalées, on n'en raporte chez foi qu'à proportion de l'argent qu'on avoit porté pour faire fon
emplette. Ainfi l'on ne profite folide-
ment de tous les chef-d'œuvres de Rome qu'à proportion du genie avec lequel on les regarde. Le Sueur qui n'a-
voit jamais été à Rome, & qui n'a-
voit vû que de loin, c'eft-à-dire dans
des copies, les richeffes de cette capitale
de beaux arts, en avoit mieux profité
que beaucoup de Peintres qui fe glo-
rifioient d'un fejour de plufieurs années au pied du Capitole. De même un
jeune Poëte ne profite de la lecture de
Virgile & d'Horace qu'à proportion
des lumieres de fon genie, à la clarté

deſquelles il étudie les Anciens, pour ainſi dire.

Que les hommes nez ſans un genie déterminé, que ces hommes propres à tout s'apliquent donc aux Arts & aux Sciences, où les plus habiles ſont ceux qui ſçavent davantage. Il eſt mê-me des profeſſions où l'imagination, où l'art d'inventer eſt auſſi nuiſible qu'il eſt neceſſaire en Poëſie & en Peinture.

SECTION VII.

Que les genies ſont limités.

LEs hommes qui ſont nez avec un genie déterminé pour un certain art, ou pour une certaine profeſſion, ſont les ſeuls leſquels y puiſſent réuſſir éminamment ; mais auſſi ces profeſſions & ces arts ſont les ſeuls où ils puiſſent réuſſir. Ils deviennent des hommes au-deſſous du mediocre auſſi-tôt qu'ils ſor-tent de leur ſphere. On n'aperçoit plus alors en eux cette vigueur d'eſprit, ny cette intelligence qu'ils montrent, dés qu'il s'agit des choſes pour leſquelles ils ſont nez.

Non ſeulement les hommes dont je

parle n'excellent que dans une profeffion, mais ils font encore bornez ordinairement à n'exceller que dans quelques - uns des genres dans lefquels cette

Liv. III.
de la Re-
publ.

profeffion fe divife. *Il eſt comme impoſſible*, dit Platon, *que le même homme ex-
celle en des ouvrages d'un genre different.
La Tragedie & la Comedie font de toutes
les imitations poëtiques celles qui fe reſſemblent davantage. Cependant le même Poëte
n'y réuſſit pas également. Les Acteurs qui
recitent les Tragedies ne font pas les mêmes
que ceux qui jouent les Comedies.* Ceux
des Peintres qui ont excellé à peindre
l'ame des hommes, & à bien exprimer
toutes les paffions, ont été des coloriftes
mediocres. D'autres ont fait circuler le
fang dans la chair de leurs figures ; mais
ils n'ont pas fçu l'art des expreffions
auffi - bien que les ouvriers mediocres
de l'école Romaine. Nous avons vu
plufieurs Peintres Hollandois, douez
d'un talent merveilleux pour imiter les
effets du clair-obfcur dans un petit efpace renfermé ; talent, dont ils avoient
l'obligation à une patience d'efprit fin-
guliere, laquelle leur permettoit de
fe clouer long-temps fur un même ouvrage fans être dégoutez par ce dépit
qui s'excite dans les hommes d'un temperament plus vif, quand ils voyent

leurs efforts avorter plufieurs fois de
fuite. Ces Peintres flegmatiques ont
donc eu la perfeverance de chercher par
un nombre infini de tentatives, fouvent
réiterées fans fruit, les teintes, les de-
my-teintes, enfin toutes le diminutions
de couleur neceffaires pour dégrader la
couleur des objets, & ils font ainfi parvenus à peindre la lumiere même. On
eft enchanté par la magie de leur clair-
obfcur. Les nuances ne font pas mieux
fondues dans la nature que dans leurs
tableaux. Mais ces Peintres ont mal
réuffi dans les autres parties de l'art,
qui ne font pas les moins importantes.
Sans invention dans leurs expreffions:
incapables de s'élever au-deffus de la
nature qu'ils avoient devant les yeux,
ils n'ont peint que des paffions baffes
& une nature ignoble. La fcene de leurs
tableaux eft une boutique, un corps de
garde, ou la cuifine d'un payfan: Leurs
heros font des *faquins*. Ceux des Peintres Hollandois, dont je parle, qui ont
ofé faire des tableaux d hiftoire, ont peint
des ouvrages admirables pour le clair-
obfcur, mais ridicules pour le refte.
Les vêtemens de leurs perfonnages font
extravagans, & les expreffions de ces
perfonnages font encore baffes & comiques. Ces Peintres peignent Uliffe

fans fineffe , Sufanne fans pudeur , &
Scipion fans aucun trait de nobleffe ny
de courage. Le pinceau de ces froids
Artifans fait perdre à toutes les têtes
illuftres leur caractere connu. A peine
quelques‑uns d'entre eux ont‑ils pû
réuffir dans certaines teintes des cou‑
leurs locales. Mais le talent de colo‑
rier, comme l'a fait le Titien, deman‑
de de l'invention , & il dépend plus
d'une imagination fertile en expedients
pour le mêlange des couleurs que d'u‑
ne perfeverance opiniâtre à refaire dix
fois la même chofe.

On peut mettre en quelque façon Te‑
niers au nombre des Peintres dont je
parle , quoiqu'il fût né en Brabant,
parce que fon genie l'a déterminé à tra‑
vailler plûtôt dans le goût des Peintres
Hollandois que dans le goût de Rubens
& de Vandick fes compatriotes , &
même fes contemporains. Aucun Pein‑
tre n'a mieux réuffi que Teniers dans les
fujets bas : fon pinceau étoit excellent.
Il entendoit trés bien le clair‑obfcur ,
& il a furpaffé dans la couleur locale
fes concurrens. Mais Teniers, lorfqu'il
a voulu peindre l'hiftoire, eft demeuré
au deffous du mediocre. On reconnoît
d'abord les paftiches qu'il a faits en trés
grand nombre à la baffeffe comme à la

ftupidité des airs de tête dés principaux perfonnages de ces tableaux. On appelle communement des *paftiches* les tableaux que fait un Peintre impofteur, en imitant la main, la maniere de compofer & le coloris d'un autre Peintre, fous le nom duquel il veut produire fon ouvrage.

On voit à Bruxelles dans la gallerie du Prince de la Tour de grands tableaux d'hiftoire, faits pour fervir de cartons à une tenture de tapifferie qui reprefente l'hiftoire de Turriani de Lombardie, dont defcend la maifon de la Tour-Taxis. Les premiers tableaux font de Teniers, qui fit achever les autres par fon fils. Rien n'eft plus mediocre pour la compofition & pour l'expreffion.

M. de la Fontaine étoit né certainement avec beaucoup de genie pour la Poëfie; mais fon talent étoit pour les contes & encore plus pour les fables, qu'il a traitées avec une érudition enjouée, dont ce genre d'écrire ne paroiffoit pas fufceptible. Quand la Fontaine voulut faire des Comedies le fiflet du parterre demeura toûjours le plus fort. On fçait la deftinée de fes Opera. Chaque genre de Poëfie demande un talent particulier, & la nature ne fçauroit gueres donner un ta-

lent êminant à un homme , que ce ne
foit à l'exclufion des autres talents. Ainfi loin d'être furpris que M. de la Fontaine ait fait de mauvaifes Comedies ,
il faudroit s'étonner s'ilen avoit fait d'excellentes. Si le Pouffin eut colorié auffi
bien que le Baffan , il ne feroit pas
moins admirable parmy les Peintres ,
que Jules Cefar l'eft parmy les Heros.
C'eft celuy de tous les hommes qui
feroit le plus d'honneur à l'humanité,
s'il avoit été jufte.

Il eft donc également important aux
nobles Artifans , dont je parle , de connoître à quel genre de Poëfie & de Peinture leur talent les deftine , & de fe
borner au genre pour lequel ils font
nez propres. L'Art ne fçauroit faire autre chofe que de perfectionner *l'apti-*
tude ou le talent que nous avons apor-
té en naiffant ; mais l'art ne fçauroit
nous donner le talent que la nature
nous a refufé , l'art adjoute beaucoup
aux talents naturels , mais c'eft quand
on étudie un art pour lequel on eft né.
Caput eft artis decere quod facia. Ita ne-
Inft. Lib. *que fine arte , neque totum arte tradi po-*
xi. *teft* , dit Quintilien. Tel Peintre demeure confondu dans la foule qui feroit au
rang des Peintres illuftres s'il ne fe fût
point laiffé entraîner par une émulation

aveugle, qui lui a fait entreprendre de
se rendre habile dans des genres de la
Peinture, pour lesquels il n'étoit point
né, & qui luy a fait negliger les genres de la Peinture ausquels il étoit
propre. Les ouvrages qu'il a tenté
de faire sont, si l'on veut, d'une classe superieure. Mais ne vaut - il pas
mieux être un des premiers parmy les
paysagistes que le dernier des Peintres d'histoire ? Ne vaut-il pas mieux
être cité pour un des premiers faiseurs
de portraits de son temps que pour un
miserable arrangeur de figures ignobles
& estropiées.

L'envie d'être reputé un genie uni-
versel dégrade bien des Artisans : quand
il s'agit d'apretier un Artisan en general on fait autant d'attention à ses ouvrages mediocres qu'a ses bons ouvrages. Il court le risque d'être défini comme l'auteur des premiers. Que de gens
seroient de grands auteurs s'ils avoient
moins écrit. Si Martial ne nous avoit
laissé que les cent Epigrammes, que les
gens de Lettres de toutes Nations sçavent communement par cœur, si son
livre n'en contenoit pas un plus grand
nombre que le livre de Catulle, on ne
trouveroit plus une si grande difference
entre cet ingenieux chevalier Romain

& Martial. Du moins jamais bel-efprit
n'eut été affez indigné de les voir comparer, pour brûler avec ceremonie toutes les années un exemplaire de Martial, afin d'apaifer, par ce facrifice bizarre les manes poëtiques de Catulle.

Revenons aux bornes que la nature
a prefcrites aux genies les plus étendus, & difons que le genie le moins
borné c'eft le genie dont les limites font
moins refferrées que ceux des autres.
Optimus ille qui minimis urgetur. Or rien
n'eft plus porpre à faire apercevoir les
bornes du genie d'un artifan, que des
ouvrages d'un genre, dans lequel il
n'eft point né pour réuffir.

L'émulation & l'étude ne fçauroit donner à un genie la force de franchir les
limites que la nature a prefcrites à fon
activité. Le travail peut bien le perfectionner, mais je doute qu'il puiffe luy
donner réellement plus d'étenduë qu'il
n'en a. L'étendue que le travail femble
donner aux genies n'eft qu'une étendue
aparente. L'art leur enfeigne à cacher
leurs bornes, mais il ne les recule pas.
Il arrive donc aux hommes, dans toutes les profeffions, ce qu'il leur arrive
dans la fcience des jeux. Un homme
parvenu dans un certain jeu au point
d'habileté dont il eft capable n'avance

plus, & les leçons des meilleurs maîtres, ny la pratique même du jeu,
continuée durant des années entieres ne peuvent plus le perfectionner
davantage. Ainſi le travail & l'experience font bien faire aux Peintres, comme aux Poëtes, des ouvrages plus corrects, mais ils ne ſçauroient leur en
faire produire de plus ſublimes. Ils ne
ſçauroient leur faire enfanter des ouvrages d'un caractere élevé au-deſſus de leur
portée naturelle. Un genie à qui la nature ne donna que des aîles de tourte-
relle, n'aprendra jamais à s'élever d'un
vol d'aigle. Comme le dit Montagne,
on n'acquiert gueres, en étudiant les
ouvrages des autres, le talent qu'ils
avoient pour l'invention. *L'imitation du* *Eſſais liv.*
parler ſuit incontinent. L'imitation de ju- *1. Ch. 5.*
ger & de l'inventer ne va pas ſi viſte.
La force & les nerfs ne s'empruntent point.
Les atours & le manteau s'empruntent.

Les leçons d'un maître de muſique
habile développent nos organes, &
nous aprennent à chanter méthodique-
ment; mais ces leçons ne peuvent changer que trés peu de choſes dans le ſon &
dans l'étendue de nôtre voix naturelle,
quoiqu'elles la faſſent paroître plus
douce & tant ſoit peu plus étendue.

Or ce qui fait la difference des eſ-

prits, tant que l'ame demeure unie avec
le corps , n'eſt pas moins réel que ce
qui fait la difference des voix & des
viſages. Tous les Philoſophes , de quelque ſecte qu'ils ſoient , tombent d'accord que le caractere des eſprits vient
de la conformation de ceux des organes
du cerveau qui ſervent à l'ame ſpirituelle à faire ſes fonctions. Or il ne
dépend pas plus de nous de changer la
conformation ny la configuration des
organes du cerveau qu'il dépend de
nous de changer la conformation & la
configuration des muſcles , ny des car-
tilages de nôtre viſage & de nôtre go-
ſier. S'il arrive quelque alteration phyſique dans ces organes , elle n'y eſt pas
produite par un effort de nôtre volonté ; mais par un changement phyſique
qui ſurvient dans nôtre conſtitution. Ces
organes ne s'alterent que comme les
autres parties de nôtre corps viennent
à s'alterer. Les eſprits ne deviennent
donc ſemblables , à force de ſe regarder les uns les autres , que comme les
voix & les viſages peuvent devenir ſemblables. L'art n'augmente l'étendue phyſique de nôtre voix , il n'augmente nôtre genie qu'autant que l'exercice , dans
lequel conſiſte la pratique de l'art , peut
changer réellement quelque choſe dans

la

la configuration & dans la conformation de nos organes. Or ce que cet exercice y peut changer est bien peu de
choses. L'art ne suprime pas plus
les défauts d'organisation qu'il aprend
à cacher, qu'il augmente l'étendue
naturelle des talens physiques ques ses
leçons perfectionent.

SECTION VIII.

Des Plagiaires. En quoy ils different
de ceux qui mettent leurs études à
profit.

MAis, me dira-t-on, un Artisan ne
peut-il pas supléer au peu d'élevation, & à la sterilité de son genie, en
transplantant dans ses ouvrages les beautez qui sont dans les ouvrages des grands
maîtres ? Les conseils de ses amis ne peuvent-ils pas l'élever où les forces de
son genie n'auroient pû le porter.

Je répons, quant au premier point,
qu'il fut toûjours permis de s'aider de
l'esprit des autres, pourvû qu'on ne le
fasse point en plagiaire. Ce qui consti-
tue le plagiaire, c'est de donner l'ouvrage d'autrui comme son propre ou-

vrage. C'eſt de donner, comme étans
de nous, des vers entiers que nous n'a-
vons eu aucune peine ny aucun merite
à tranſplanter d'un poéme étranger
dans le nôtre. Je dis que nous avons
tranſplanté ſans peine dans nôtre ouvrage, car lorſque nous prenons les vers
dans un Poëte, qui a compoſé dans une
langue autre que la langue dans laquelle
nous écrivons, nous ne faiſons pas un
plagiat. Ce vers devient nôtre en quelque façon, à cauſe que l'expreſſion
nouvelle que nous avons prêtée à la
penſée d'autruy nous apartient. Il y a
du merite à faire un pareil larcin, parcequ'on ne ſçauroit le faire bien ſans peine,
& ſans avoir du moins le talent de l'expreſſion. Il faut autant d'induſtrie pour y
réuſſir qu'il en falloit à Lacedemone
pour faire un larcin en galand homme.
Trouver en ſa langue les mots propres
& les expreſſions équivalentes à celles
dont ſe ſert l'auteur ancien ou moderne
qu'on traduit: ſçavoir leur donner le tour
neceſſaire, pour qu'elles faſſent ſentir
l'énergie de la penſée, & qu'elles preſentent la même image que l'original,
ce n'eſt point la beſogne d'un écolier.
Ces penſées tranſplantées d'une langue
dans un autre ne peuvent réuſſir qu'entre les mains de ceux qui du moins ont

le don de l'invention des termes. Ainfi, lorfqu'elles réuffiffent, la moitié de leur beauté appartient à celuy qui les a remifes en œuvre.

On ne diminue donc gueres le merite de Virgile en faifant voir qu'il avoit emprunté d'Homere une infinité de chofes. Fulvius Urfinus auroit pris une peine fort inutile, s'il n'avoit recueilli tous les endroits que le Poëte Latin a imitez du Poëte Grec que pour diminuer la reputation du Poëte Latin. Virgile s'eft, pour ainfi dire, acquis à bon titre la proprieté de toutes les idées qu'il a prifes dans Homere. Elles luy appartiennent en Latin, à caufe du tour élegant & de la précifion avec laquelle il les a rendues en fa langue, & à caufe de l'art avec lequel il enchaffe ces differens morceaux dans le bâtiment regulier dont il eft l'Architecte. Ceux qui fe feroient flatez de diminuer la reputation de M. Defpreaux, en faifant imprimer, par forme de commentaire mis au bas du texte de fes ouvrages, les vers d'Horace & de Juvenal qu'il a enchaffez dans les fiens, fe feroient bien abufez. Les vers des Anciens, que ce Poëte a tournez en françois avec tant d'adreffe, & qu'il a fi bien rendu la partie homogene de l'ouvrage, où il les

infere, que tout paroît penſé de ſuite
par une même perſonne , font autant
d'honneur à Deſpreaux que les vers qui
ſont ſortis tout neufs de ſa veine. Le
tour original qu'il donne à ſes traductions , la hardieſſe de ſes expreſſions,
auſſi peu gênées que ſi elles étoient nées
avec ſes penſées , montrent preſqu'autant d'invention, qu'en montre la production d'une penſée toute nouvelle.
Harangue Voilà ce qui fit dire à la Bruyere que
à l'Aca- Deſpreaux paroiſſoit créer les penſées
demie. d'autruy.

C'eſt même donner une grace à ſes
ouvrages que de les orner de fragmens
antiques. Des vers d'Horace & de Virgile bien traduits , & mis en œuvre à
propos dans un Poëme François y font
le même effet que les ſtatues antiques
font dans la Gallerie de Verſailles. Les
Lecteurs retrouvent avec plaiſir , ſous
une nouvelle forme , la penſée qui leur
plût autrefois en Latin. Ils ſont bien
aiſes d'avoir l'occaſion de reciter les
vers du Poëte ancien, pour les comparer avec les vers de l'imitateur moderne qui a voulu lutter contre ſon
original. Il n'y a rien de ſi petit dont
l'amour propre ne faſſe cas quand il
flate nôtre vanité. Auſſi les Auteurs les
plus vantez pour la fecondité de leur

genie n'ont-ils pas dedaigné d'ajoûter
quelque fois cette efpece d'agrement à
leurs ouvrages? Etoit-ce la fterilité d'i-
magination qui contraignoit Corneille
& la Fontaine d'emprunter tant de chofes des Anciens. Moliere a fait fouvent
la même chofe, & riche de fon propre
fonds il n'a pas laiffé de traduire dix
vers d'Ovide de fuite dans le fecond
Acte du Mifantrope.

On peut s'aider des ouvrages des
Poëtes qui ont écrit en des langues
vivantes, comme on peut s'aider de
ceux des Grecs & des Romains ; mais
je crois que lorfqu'on fe fert des ouvrages des Poëtes modernes, il faut leur
faire honneur de leur bien, fur tout
fi l'on en fait beaucoup d'ufage. Je
n'aprouve point, par exemple, que
M. de la Foffe ait pris l'intrigue, les caracteres & les principaux incidens de
la Tragedie de Manlius dans la Tragedie Angloife de M. Otvvai, intitu-
lée, *Venife prefervée*, fans citer l'ouvrage dont il avoit tant profité. Tout ce
qu'on peut alleguer pour la défenfe de
M. de la Foffe, c'eft qu'il n'a fait qu'u-
fer de reprefailles en qualité de François, parce que M. Otvvai avoit pris
luy-même dans l'hiftoire de la Conjuration de Venife par l'abbé de Saint

Real, le fujet, les caracteres principaux
& les plus beaux endroits de fa piece.
Si M. de la Foſſe a pris à M. Otvvai
quelque chofe que l'Anglois n'eut pas
emprunté de l'abbé de Saint Real, comme l'épifode du mariage de Servilius.&
la cataſtrophe, c'eſt que celuy qui reprend ſon vaiſſeau enlevé par l'ennemy eſt cenſé le maître de la marchan-
diſe que l'ennemy peut avoir ajoûtée à
la charge de ce vaiſſeau.

Comme les Peintres parlent tous,
pour ainfi dire, la même langue, ils ne
peuvent pas emplover les traits celebres, dont un autre Peintre s'eſt déja
fervi, lorfque les ouvrages de ce Peintre fubfiſtent encore. Le Pouſſin a pu
fe fervir de l'idée du Peintre Grec qui
avoit reprefenté Agamemnon la tête voi-
lée au facrifice d'Iphigenie, pour mieux
donner à comprendre l'excez de la dou-
leur du pere de la victime. Le Pouſſin
a pu fe fervir de ce trait pour exprimer la même chofe, en reprefentant
Agrippine qui fe cache le vifage avec
les mains dans fon tableau de la mort
de Germanicus. Le tableau du Peintre
Grec ne fubfiſtoit plus, quand le Peintre François fit le fien. Mais le Pouſſin
auroit été blâmé d'avoir volé ce trait
s'il fe fût trouvé dans un tableau de

Raphaël ou du Carrache.

Comme il n'y a point de merite à derober une tête de Raphaël ou une figure du Dominiquin : Comme le larcin se fait sans peine , il est défendu sous peine du mépris public. Mais comme il faut du talent & du travail pour animer le marbre d'une figure antique , & pour faire d'une statue un personnage vivant, & qui concourt à une action avec d'autres personnages , on est loué de l'avoir fait. Qu'un Peintre se serve donc de l'Apollon de *Belveder* pour representer Persée ou quelque autre Heros de l'âge de Persée, pourvû qu'il anime cette statue , & qu'il ne se contente pas de la dessiner correctement pour la placer dans un tableau telle qu'elle est dans sa niche. Que les Peintres donnent donc la vie à ces statues , avant que de les faire agir comme l'a fait Raphaël qui semble , nouveau Prométhée , avoir dérobé le feu celeste pour les animer. Je renvoie ceux qui voudront avoir des éclaircissemens sur cette matiere à l'écrit latin de Rubens, touchant l'imitation des statues antiques. Qu'il seroit à souhaiter que ce puissant genie eût toujours pratiqué dans ses ouvrages les leçons qu'il donne dans cet écrit.

D iij

Les Peintres qui font de l'antique
le même ufage que Raphaël, Michel
Ange & quelques autres en ont fait,
peuvent être comparez à Virgile, comme à Racine & à Defpreaux. Ils fe
font fervis des Poefies anciennes, par
raport à leurs tems, comme les Peintres
illuftres que j'ai citez fe font fervis des
ftatues antiques. Quant à ces Peintres
fans verve qui ne fçavent faire autre
chofe en compofant que mettre, pour
ainfi dire, à contribution les tableaux
des grands maîtres, taxant l'un à deux
têtes, impofant l'autre à un bras, &
celuy qui eft plus riche a un groupe:
Brigands qui ne frequentent le Parnaffe que pour y détrouffer les paffans,
je les compare aux coufeurs de cen-
tons les plus méprifez de tous les faifeurs de vers. Qu'ils évitent de tomber entre les mains du Barigel que le
Boccalin établit fur le double Mont.
Il pourroit les faire flétrir.

Il y a bien de la difference entre emporter d'une gallerie l'art du Peintre,
entre fe rendre propre la maniere d'o-
perer de l'Artifan qu'on vient d'admirer, & remporter dans fon portefeuille
une partie de fes idées. Un homme fans
genie n'eft point capable de conver-
tir en fa propre fubftance comme le fit

Raphaël, ce qu'on y remarque de grand
& de singulier. Sans saisir les principes
generaux, il se contente de copier ce
qu'il a dessous les yeux. Il emportera
donc une des figures, mais il n'aprendra point à traiter dans le même goût
une figure qui seroit de son invention.
L'homme de genie devine comment
l'ouvrier a fait. Il le voit travailler,
pour ainsi dire, en regardant son ouvrage & saisissant sa maniere, c'est dans
l'imagination qu'il remporte son butin.

Quant aux avis des personnes intel-
ligentes, il est vrai qu'ils peuvent empêcher les Peintres & les Poëtes de faire
des fautes ; mais comme ils ne sugge-
rent pas les expressions, ny la Poësie
du stile, ils ne sçauroient suppléer au
genie. Ils peuvent bien redresser l'arbre,
mais non pas le charger de fruits. Ces
avis ne sont bons que pour corriger les
fautes & principalement pour rectifier
le plan d'un ouvrage de quelque étenduë, supposant que les Auteurs fassent
voir leur plan en esquisse & que ceux
qu'ils consultent le meditent, & se le
rendent present comme s'ils l'avoient
fait eux-mêmes. *Diligentes legendum est*,
dit Quintilien, *ac pænæ ad scribendi sol-
licitudinem. Nec per partes modò scrutan-
da sunt omnia, sed perfectus liber utique*

D v

ex integro resumendus. C'est ainsi que Despreaux donnoit à Racine des avis qui luy furent tant de fois utiles. Que peut gagner en effet un Poëte qui lit un ouvrage, lequel a déja reçu sa derniere main, que d'être redressé sur quelque mot, ou tout au plus sur quelque sentiment? Supposé même qu'on pût, aprés une simple lecture, donner un bon avis a l'Artisan sur la conformation de son ouvrage: Seroit-il assez docile pour s'y rendre? Seroit il assez patient pour refondre un ouvrage déja terminé, & dont il se tient quitte?

Les genies les plus heureux ne naissent pas de grands Artisans. Ils naissent seulement capables de le devenir. Ce n'est qu'à force de travail qu'ils s'élevent au point de perfection qu'ils peuvent atteindre.

Ode 4. liv. IV. *Doctrina sed vim promovet insitam*
Rectique cultus pectora roborant.

dit Horace. Mais l'impatience de nous produire nous aiguillonne. Nous voulons déja faire un poëme, quand nous sommes à peine capables de bien faire des vers. Au lieu de commencer à travailler pour nous mêmes, nous voulons travailler pour le public. Telle est principalement la destinée des jeunes Poëtes

Mais comme leur genie ne fe connoît
pas bien luy-même, comme ils n'ont
pas encore un ftile formé qui foit propre
au caractere de leur genie & convenable pour exprimer les idées de leur
imagination, ils s'égarent en choififfant
des fujets qui ne conviennent pas à leurs
talens, & en imitant dans leurs premieres productions le ftile, le tour &
la maniere de penfer des autres. Par
exemple, Racine compofa fa premiere *Les Freres*
Tragedie dans le goût de Corneille, *ennemis.*
quoique fon talent ne fût pas pour traiter la Tragedie comme Corneille l'a-
voit traitée. Racine n'auroit pû fe fou-
tenir, fi pour me fervir de cette expreffion, il avoit continué de marcher
avec les brodequins de fon devancier.
Il eft donc naturel que les jeunes Poëtes, qui, au lieu d'imiter la nature du
côté que le genie la leur montre, l'i-
mitent du côté par lequel les autres l'ont
imitée, qui forcent leur talent, & le veulent affujettir à tenir la même route
qu'un autre tient avec fuccez, ne faffent d'abord que des ouvrages mediocres. Ce font des aînez indignes ordinairement de leurs cadets.

Il feroit inutile cependant de vouloir
engager de jeunes gens, preffez par l'émulation, excitez par l'activité de l'âge,

& entraînez par un genie impatient de
s'annoncer au public , d'attendre à fe
produire qu'ils euffent connu l'efpece
dont eft leur talent , & qu'ils l'euffent
perfectionné. On leur reprefenteroit
en vain qu'ils peuvent gagner beaucoup à furprendre le Public : Que le
Public auroit bien plus de veneration
pour eux s'il ne les avoit jamais vû
des aprentifs : Que des chef-d'œuvres inefperez , contre lefquels l'envie n'a point eu le tems de cabaler ,
font bien un autre progrés que des ouvrages attendus durant long tems qui
trouvent les rivaux fur leurs gardes, &
dont on peut définir l'auteur par un
poëme ou par un tableau mediocre. Rien
n'eft capable de retenir la fougue d'un
jeune homme , feduit encore par la
vanité , dont l'excés feul eft à blâmer dans la jeuneffe. D'ailleurs, comme dit Ciceron , *Prudentia non cadit in*
hanc ætatem.

ProCælio.

Ces ouvrages precipitez demeurent ;
mais il eft injnfte de les reprocher à la
memoire des Artifans illuftres. Ne faut-il
pas faire un apprentiffage dans toutes
les profeffions ? Or tout aprentiffage
confifte à faire des fautes , afin de fe
rendre capable de n'en plus faire. S'a-
vifa-t-on jamais de reprocher à celuy

qui écrit bien en latin les barbarifmes
& les folécifmes, dont fes premiers thê-
mes ont été remplis certainement. Si
les Peintres & les Poëtes ont le malheur
de faire leur aprentiffage fous les yeux
du public, il ne faut pas du moins que
le public mette en ligne de compte les
fautes qu'il leur a vû faire, lorfqu'il les
definit après qu'ils font devenus de
grands Artifans.

Au lieu que les Artifans fans genie,
qui font auffi propres à être les éleves du
Pouffin que du Titien demeurent durant
toute leur vie dans la route ou le hazard les peut avoir engagez, les Artifans doüez de genie, s'apperçoivent
quand le hazard les égare, que la route qu'ils ont prife n'eft point celle qui
leur eft propre. Ils l'abandonnent pour
en prendre une autre ; ils quittent celle
de leur maître pour s'en faire une nouvelle. Par maître j'entens ici les ouvrages auffi-bien que les perfonnes. Raphaël mort depuis deux cens ans, peut
encore faire des éleves. Nôtre jeune Ar-
tifant doüé de genie, fe forme donc lui
même une pratique pour imiter la nature, & il forme cette pratique des maximes refultantes de la reflection qu'il
fait fur fon travail & fur le travail des
autres. Chaque jour adjoûte ainfi de nou-

velleslumieresà celles qu'il avoit acquifes précedament. Il ne fait pas une élegie ni un tableau fans devenir meilleur Peintre ou meilleur Poëte;& il furpafleenfin ceux qui peuvent avoir été plus heureux que lui, en maître & en modeles. Tout eft pour lui, l'occafion de quelque refléxion utile, & dans le milieu d'une plaine il étudie avec autant de profit que s'il étoit dans fon cabinet. Enfin fon merite parvenu où il peut atteindre fe foûtient toûjours jufques à ce que la vielleffe affoibliffant les organes, fa main tremblante fe refufe à l'imagination encore vigoureufe. Le genie eft dans les hommes, ce qui viellit le dernier. Les viellards les plus caducs fe raniment : ils redeviennent de jeunes gens dès qu'il s'agit des chofes qui font du reffort de la profeffion dont la nature leur avoit donné le genie. Faites parler de guerre cet Officier decrepit, il s'échauffe comme par infpiration ; on diroit qu'il fe foit affis fur le trepied : il s'énonce comme un homme de quarante ans, & il trouve les chofes & les expreffions avec la facilité que donne pour penfer & pour parler un fang petillant d'efprits.

Plufieurs témoins occulaires m'ont raconté, que le Pouffin avoit été jufques à la fin de fa vie un jeune Peintre du côté de l'imagination. Son merite avoit furvécu à la dexterité de fa main, & il inventoit encore quand il n'avoit plus les talens néceffaires à l'execution de fes inventions. A cet égard, il n'en eft pas tout à fait des Poëtes comme des Peintres. Le plan d'un long ouvrage, dont la difpofition pour être bonne, veut être faite dans la tête de l'inventeur, ne peut être produit fans le fecours de la memoire ; ainfi ce plan doit fe fentir de l'affoibliffement de cette faculté : fuite trop ordinaire de la vieilleffe. La memoire des vieillards eft infidelle pour les chofes nouvelles. Voilà d'où viennent les defauts qui font dans le plan des dernieres Tragedies du Grand Corneille. Les évenemens y font mal amenez, & fouvent les perfonnages s'y trouvent dans des fituations où ils n'ont naturellement rien de bon & de naturel à dire: mais on y reconnoît de tems en tems l'élevation & même la fertilité du genie de Corneille à la Poëfie de fon ftile.

SECTION IX.

Des Obstacles qui retardent le progrez des jeunes Artisans.

TOus les genies se manifestent bien, mais ils ne parviennent point tous au degré de perfection où la nature les a rendus capables d'atteindre. Il en est dont le progrez est arrêté au milieu de la course. Un jeune homme ne sauroit faire dans l'art de la Peinture tout le progrez dont il est capable, si sa main ne se perfectionne pas en même-tems que son imagination. Il ne suffit pas aux Peintre de concevoir des idées nobles, d'imaginer les compositions les plus élegantes, & de trouver les expressions les les plus pathetiques, il faut encore que leur main ait été renduë docile à se flêchir avec précision en cent manieres differentes, pour être capable de tirer avec justesse la ligne que l'imagination luy demande. Nous ne sçaurions faire rien de bien, dit du Fresnoi, dans son Poëme de la Peinture, si nôtre main n'est pas capable de mettre sur la toile les beautez que nôtre esprit produit.

Sic nihil ars opera manuum privata , fupremum
Exequitur, fed languet iners uti vincta lacertos,
Difpofitum que typum non lingua pinxit Appelles.

Verf. 56.

Le Genie a pour ainfi dire les bras
liez dans un Artifan, dont la main n'eft
pas denouée. Il en eft de l'œil comme
de la main. Il faut que l'œil d'un Peintre foit accoûtumé de bonne heure à juger par, une operation feure & facile en
même tems, quel effet doit faire un
certain mêlange ou bien une certaine
oppofition de couleur, quel effet doit
faire une figure d'une certaine hauteur
dans un Grouppe, & quel effet un certain Grouppe fera dans le tableau, après
que le tableau fera colorié. Si l'imagination n'a pas à fa difpofition une main &
un œil capables de la feconder à fon
gré, il ne refulte des plus belles idées
qu'enfante l'imagination, qu'un tableau
groffier, & que dédaigne l'Artifan même qui la peint, tant il trouve l'œuvre
de fa main au-deffous de l'œuvre de fon
efprit.

L'étude néceffaire pour perfectionner l'œil & la main ne fe fait point en
donnant quelques heures diftraites à un
travail interrompu. Cette étude demande une attention entiere & une perfe-

verance continuée durant plufieurs années. On fçait la maxime qui défend
aux Peintres de laiſſer écouler un jour
entier fans donner quelque coup de pinceau : maxime qu'on aplique communement à toutes les profeſſions , tant on
la trouve judicieuſe. *Nulla dies fine linea.*

Le feul tems de la vie qui foit bien
propre à faire acquerir leur perfection
à l'œil & à la main eſt le tems où nos
organes tant interieurs qu'exterieurs
achevent de fe former. C'eſt le tems qui
s'écoule depuis l'âge de quinze ans jufques a l'âge de trente ans. Les organes contractent fans peine durant ces
années , toutes les habitudes dont leur
premiere conformation les rend fufceptibles. Mais fi l'on perd ces années pretieufes , fi l'on les laiſſe écouler fans les
mettre à profit, la docilité des organes fe paſſe fans que tous nos efforts
puiſſent jamais la rappeller Quoique
nôtre langue foit une organe bien plus
fouple que nôtre main; cependant nous
prononçons toûjours mal une langue
étrangere , que nous apprenons après
trante ans.

Malheureufement pour nous ces années fi pretieufes font celles où nous
fommes diſtraits le plus facilement de
toutes les applications ferieuſes. C'eſt

le tems où nous commençons à prendre
confiance en nos lumieres, qui ne font
encore qne le premier crépuſcule de la
prudence. Nous avons déja perdu cette
docilité pour les conſeils des autres, qui
tient lieu aux enfans de bien des vertus;
& nôtre perſeverance auſſi foible que
nôtre raiſon n'eſt point à l'épreuve des
degouts. Horace définit un Adoleſcent.

de Arᵐ

> *Monitoribus aſper*
> *Vtilium tardus proviſor, prodigus æris,*
> *Sublimis, cupiduſque & amata relinquere pernix.*

D'ailleurs tout eſt pour cet âge l'occaſion d'un plaiſir plein d'attraits. Les
gouts d'un jeune homme font des paſſions, & ſes paſſions font des fureurs.
Le feu de l'âge en donne pluſieurs à la
fois, & c'eſt beaucoup ſi la raiſon encore naiſſante peut être la maîtreſſe durant quelques momens.

Je dois encore ajoûter une reflexion;
c'eſt que le genie de la Poëſie & celui
de la Peinture n'habite point dans un
homme d'un temperament froid & d'u-
ne humeur indolente. La même conſtitution qui le fait Peintre ou Poëte, le
diſpoſe aux paſſions les plus vives. L'hiſtoire des grands Artiſans, ſoit en Poëſie, ſoit en Peinture, qui n'ont pas fait

naufrage fur les écciils dont je parle,
eft remplie du moins des dangers qu'ils
y ont couru; quelques-uns fi font bri-
fez : mais tous y ont échoué.

J'ignore quel fujet peut avoir été caufe que l'Evêque d'Alba fe foit furpaffé
luy même dans la Peinture qu'il nous
donne des inquietudes & des tranfports
d'un jeune Poëte tirannifé par une foi-
bleffe qui lutte contre fon genie, & qui
le diftrait malgré lui-même des occupations pour lefquelles il eft né.

Sape & enim tectos immitis in offibus ignes

Vida
Poët. lib.
I rim.
Verfat amor, mollifque eft intus flamma medullas
Nec miferum patitur Vatum meminiffe nec unda
Caftalia, tantum fufpirat vulnere caco.
Ante oculos fimulacra volant noctefque diefque
Nuntia virginei vultus quem perditus ardet,
Nec potis eft alio fixam traducere mentem.

Saucius.

La nature des eaux de l'Hipocrêne, ne
les rend pas encore bien propres à éteindre de pareils incendies.

La paffion du vin eft encore plus dan-
gereufe que l'autre. Elle fait perdre beaucoup de tems, & met encore un jeune
Artifan hors d'état de faire un bon ufage
de celui qu'elle lui laiffe. L'excès du vin
n'eft pas même un de ces vices dont l'â-

ge corrige les hommes. Cependant en quelques années, il ôte à l'esprit sa vigueur & au corps une partie de ses forces. Un homme trop adonné au vin, est morne quand il n'est pas à table, & son esprit n'est plus fondé que sur les digestion d'un estomac, qui s'use enfin avant le tems. Quand Horace veut parler serieusement, il dit, que le jeune homme qui veut se rendre habile, doit être temperant. *Abstinuit venere & vino.* Petrone le moins austére des écrivains, exige d'un jeune homme qui veut réussir dans ses études, d'être sobre. *Frugalitatis lege palleat exacta.* Juvenal, en parlant des poëtes de son tems qui composoient de grands ouvrages, dit qu'ils s'abstenoient du vin même, dans les jours que la coûtume destinoit particulierement aux plaisirs de la table.

De Arte Poë.

Fuit utile multis

Pallere & vinum toto nescire Decembri.   *Sati. 7.*

On ne m'accusera pas du moins de citèr les jeunes gens, à qui je veux faire le procès devant des Juges trop sevéres.

Enfin, comme le succès ne sçauroit répondre toûjours à la précipitation d'un jeune Peintre, il peut bien se dégoûter de tems en tems d'un travail laborieux,

dont il ne voit pas n'aître un fruit qui le
satisfasse. L'impatience naturelle à cet â-
ge fait qu'on voudroit moissonner un inf-
ttant après avoir semé. L'attrait qu'un
travail où nous pousse nôtre génie a pour
nous, aide beaucoup à vaincre ses dé-
gouts, comme à resister aux distractions :
mais il est bon encore que le desir de faire
fortune vienne au secours de l'impulsion de nôtre genie. Il est donc à sou-
haitter qu'un jeune homme, que son
genie determine à être Peintre, se trouve dans une situation telle qu'il lui faille regarder son art comme son établissement, & qu'il attende sa consideration dans le monde de la capacité qu'il
acquerera dans cet art. Si la fortune
d'un jeune homme, loin de le porter à
un travail assidu, concourt avec la legereté de son âge pour le distraire du travail ? Qu'augurer de luy, sinon qu'il lais-
sera passer le tems de former ses organnes sans le faire ? Un travail souvent interrompu & distrait encore plus souvent,
ne suffit pas à perfectionner un Artisan.
En effet le succès de nôtre travail dépend presqu'autant de la disposition dans
laquelle nous sommes lorsque nous
nous appliquons, il dépend presqu'autant de ce que nous faisions avant que
de commencer nôtre travail, & de ce

que nous avons projetté de faire après
que nous l'aurons quitté, que de la durée même de ce travail. Quand la force
du genie ramenera nôtre jeune Peintre
à une étude plus ferieufe de fon art,
parce que l'ivreffe de la jeuneffe fera
paffée, fa main & fes yeux ne feront
plus capables d'en bien profiter. S'il veut
faire de bons tableaux, qu'après les avoir
imaginez, il les faffent peindre par un
autre.

Les Poëtes dont l'aprentiffage n'eft
pas auffi difficile que celui des Peintres, fe rendent toûjours capables de
remplir leur deftinée. La premiere ardeur que donne le genie fuffit pour aprendre les regles de la Poefie ; ce n'eft point
par ignorance de regles, que tant de
gens pêchent contre les regles. La plûpart de ceux qui manquent à les obferver les connoiffent bien : mais ils n'ont
point affez de talent pour mettre leurs
maximes en pratique.

Il eft vrai qu'un Poëte peut être dé-
gouté de nous donner de grands ouvrages par la peine que coûte la difpofition
de leur plan. La perfeverance n'eft pas
la vertu des jeunes gens. S'il n'eft point
de travail fi penible, & fi difficile qu'ils
ne s'y portent avec ardeur, c'eft à condition que ce travail ne durera point

long-tems. Il eſt donc heureux pour la
ſocieté, que les jeunes Poëtes ſoient dé-
terminez par leur fortune à un travail
aſſidu.

Je n'entens point par néceſſité de
faire fortune, la néceſſité de ſubſiſter.
Cette extreme indigence qui force à travailler pour avoir du pain, n'eſt propre
qu'a égarer un homme de genie, qui, ſans
conſulter ſes talens, s'attache preſſé par
le beſoin, aux genres de Poëſie qui ſont
plus lucratifs que les autres. Au lieu de
compoſer des Allegories ingenieuſes &
des ſatires excellentes, il fera de mauvaiſes pieces de theâtre : le theâtre eſt
en France le Perou des Poëtes.

L'enthouſiaſme Poëtique, n'eſt pas un
de ces talens, que la crainte de mourir
de faim ſçait donner. Si comme le dit
Perſe, qui nomme le ventre, le pere de
l'induſtrie, *Ingeni largitor venter*, les en-
trailles à jeun font croître l'eſprit, ce
n'eſt pas aux écrivains.

Horace a bû ſon ſaoul quand il voit les Menades.

Dit, Deſpreaux après Juvenal. En effet,
comme ce PoëteLatin l'expoſe très bien:
mettre les pieds dans l'Olimpe, entrer
dans les projets des Dieux, & donner
des fêtes aux Déeſſes ; ce n'eſt point la
beſogne

besogne d'un mal vêtu, qui ne sçait point où il ira souper. Si Virgile, adjoûte Juvenal, n'avoit pas eû les commoditez de la vie, ces Hidres dont il sçait faire des monstres si terribles, n'auroient été que des couleuvres ordinaires. La furie qui porte la rage dans le sein de Turnus & d'Amata, n'auroit été pour parler à nôtre maniere, qu'une furie pareille à la tranquille Eumenide de l'Opera d'Isis.

Magna mentis opus, nec delodice parandâ
Attonitâ, currus & equos faciesque deorum,
Aspicere & qualis Rutulum confundat Erinnis.
Nam si Virgilio puer & tolerabile desit
Hospitium, caderent omnes à crinibus Hydri.

Sat.

L'extreme besoin dégrade l'esprit, & le genie, reduit par la misere à composer, perd la moitié de sa vigueur.

D'un autre côté, les plaisirs détournent les Poëtes du travail, aussi-bien que le besoin. Il est vrai que Lucain composa sa Pharsale malgré toutes les distractions qui viennent à la suite de l'opulence. Il reçût les complimens de ses amis sur le succès de son Poëme dans ses jardins enrichis de marbre : mais un seul exemple ne conclut pas. De tous les Poëtes qui se font acquis un grand nom.

Lucain eft le feul, autant qu'il m'en fouvient, qui dès fa jeuneffe ait pû
vivre dans l'abondance. Tout le monde fera de mon avis, quand j'avancerai
que Moliere n'auroit jamais pris la peine néceffaire pour fe rendre capable de
produire les femmes fçavantes, ni celle
de compofer enfuite cette Comedie
après s'être rendu capable de le faire,
s'il fe fût trouvé un homme de condition, en poffeffion de cent mille livres de
rente dès l'âge de vingt ans. Je crois
rencontrer quelle eft la fituation où
l'on peut fouhaitter, que foit un jeune
Poëte, dans un bon mot de nôtre Roy
Charles IX. Il faut, difoit ce Prince,
en fe fervant de la langue latine, dont
le bel ufage permettoit alors aux perfonnes polies, de mêler quelques mots
dans la converfation. Que les chevaux
& les Poëtes foient bien nourris, mais
non pas engraiffez. *Equi & Poëtæ alendi
funt non faginandi.* On doit pardonner la
comparaifon à la paffion demefurée des
Seigneurs de ce tems-là pour leurs écu-
ries : la mode l'autorifoit. L'envie d'augmenter fa fortune excite un Poëte qui
fe trouve dans cette fituation, fans que
le befoin lui rabaiffe l'efprit, ni l'oblige à courir après un vil falaire, comme
ont fait les ouvriers mercenaires de tant

de Poëmes Dramatiques, qui ne se soucioient guerre de la destinée de leurs pieces, dès qu'ils avoient touché l'argent
qui devoit leur en revenir.

Gestit enim nummum in loculos demittere, post
   hac
Securus, cadat an recto stet fabula talo.

Horat.
Ep. pr.
Lib. 2.

Comme la mecanique de nôtre Poësie, si difficile pour ceux qui ne veulent faire que des vers excellens, est
facile pour ceux qui se contentent d'en
faire de mediocres, il est parmi nous
bien plus de mauvais Poëtes, que de
mauvais Peintres. Toutes les personnes
qui ont quelque lueur d'esprit, ou quelque teinture des lettres, veulent se mêler de faire des vers, & pour le malheur des Poëtes, elles deviennent ainsi
des Juges qui prononcent sur tous les
Poëmes nouveaux, avec la severité d'un
concurrent. C'est depuis long-tems, que
les Poëtes se plaignent du grand nombre
de rivaux, que la facilité de la mecanique
de la Poësie leur procure. Celui qui n'est
pas Pilote, dit Horace, n'ose s'asseoir
au gouvernail. On ne se mêle point de
composer des remedes, quand on n'a
pas étudié la vertu des Simples. Il n'y a
que les Medecins qui ordonnent la sai-

E ij

gnée aux malades. Ce n'est même qu'a-
près un apprentissage qu'on exerce les
plus vils métiers, mais tout le monde capable ou non, veut faire des vers.

Horat.
Ip. pr.
Lib. se-
cund.

Navem agere ignarus navis timet, Abrotomum
    agro
Non audet nisi qui didicit dare, quod medicorum
    est,
Promittunt Medici, tractant fabrilia fabri.
Scribimus indocti docti que Poëmata.

Les versificateurs les plus ineptes, font
même ceux qui composent le plus cou-
ramment. De-là naissent tant d'ouvrages
ennuieux qui font prendre en mauvaise part le nom de Poëte, & qui empêchent que personne veuille s'honorer
d'un si beau titre.

Il me souvient de ce que dit Monsieur Despreaux, à Monsieur Racine
touchant la facilité de faire des vers. Ce
dernier venoit de donner sa Tragedie
d'Alexandre, lorsqu'il se lia d'amitié
avec l'Auteur de l'art Poëtique. Racine
lui dit en parlant de son travail, qu'il
trouvoit une facilité surprenante à faire
ses vers. Je veux vous apprendre à faire
des vers avec peine, répondit Despreaux,
& vous avez assez de talent pour le
sçavoir bien-tôt. Racine disoit que Des-

preaux lui avoit tenu parole.

Mais ces peines ne font point capables de dégouter de la poëfie un jeune homme qui tient fa vocation d'Apollon même , & qu'excite encore le defir de fe faire un nom & une fortune. Il atteindra , foit un peu plûtôt , foit un peu plus tard , le degré du Parnaffe où il eft capable de monter : mais l'ufage qu'il fera de fa capacité , dépendra beaucoup du tems où fon étoile l'aura fait n'aître. S'il vient en des tems malheureux , fans Augufte & fans Mécéne, fes productions ne feront , ni fi frequentes , ni de fi longue haleine que s'il étoit né dans un fiécle plus fortuné pour les arts & pour les fciences. Virgile encouragé par l'attention qu'Augufte donnoit à fes vers : Virgile excité par l'émulation à produit l'Eneide : Il a emploié une infinité de veilles à compofer un Poëme de longue haleine , qui malgré le goût que fon genie devoit lui donner pour ce travail, doit l'avoir fatigué fouvent jufques à la laffitude. Si Virgile avoit vécu dans un tems, fans Augufte , fans Mécéne & fans concurrens , Virgile auroit bien été déterminé par l'impulfion du genie & par le défir de fe diftinguer à cultiver fon talent. Il fe feroit bien rendu capable de compofer une Eneide , mais on peut

croire qu'il n'auroit pas eu la perseverance neceſſaire pour terminer un ſi long
ouvrage. Peut-être n'aurions nous de
Virgile que quelques Eglogues qui auroient coulé ſans peine d'une veine abon-
dante, & l'eſquiſſe de l'Eneide dont il
auroit terminé un livre ou deux.

Les grands Artiſans ne ſont pas ceux
à qui leurs productions coûtent le moins.
Leur inaction vient ſouvent de la
crainte qu'ils ont des peines que leur
coûtent des ouvrages dignes d'eux, quand
il ſemble que c'eſt la pareſſe qui les tient
dans l'oiſiveté. Comme des matelots qui
viennent de mettre pied à terre, après
avoir vû, pour me ſervir de l'expreſſion
d'un ancien, la mort dans chaque flot
qui s'aprochoit d'eux, ſont dégoûtez
pour un tems de s'expoſer aux perils de
la mer, de même un bon Poëte qui ſçait
combien il lui en a coûté pour terminer
ſa tragedie, n'entreprend pas ſi volontiers d'en faire une autre. Il faut qu'il
ſe repoſe durant un tems. Après s'être
ennuié du travail, il faut qu'il s'ennuie
du repos avant que de ſe remettre au
travail.

Un Poëte ne diſpoſe pas ſans un travail penible & ſans une attention labo-
rieuſe l'eſquiſſe d'un long ouvrage. Le
travail de limer & de polir ſes propres

vers est encore ennuieux. Il est impossible que l'attention serieuse sur des minuties que ce travail exige ne fatigue pas bien-tôt. Cependant il faut la continuer durant long-tems. J'en appelle à témoin les Poëtes à qui la perseverance dans ce labeur a manqué. Il est vrai que les Poëtes trouvent un plaisir sensible dans l'Enthousiasme de la composition. L'ame livrée toute entiere aux idées qui s'excitent dans l'imagination échauffée, ne sent pas les efforts qu'elle fait pour les produire : elle ne s'apperçoit de sa peine que par certe lassitude & par cet épuisement qui suivent la composition.

> *Neque idem umquam*
> *Aeque est beatus ac Poëma cum scribit,*
> *Tam gaudet in se.*

Catull.
Epig. 20.

Ceux qui composent des vers sans être Poëtes sont contens de ce qu'ils ont produit, plûtôt dans un delire que dans un veritable Enthousiasme. La pluspart, comme Pigmalion, deviennent amoureux de leurs productions informes ou languissantes,& ils ne les retouchent plus: car qui dit amoureux, dit aveugle sur les défauts de ce qu'il aime. Aussi aucun tiran de la Grece, n'entendit-il jamais autant de flatterie qu'un Poëte medio-

cre s'en dit à lui même quand il en-
cenfe les prétenduës divinitez qui viennent de naître fous fa plume. C'eft des
mauvais Poëtes qu'il faut entendre, ce
que dit Ciceron. *In hoc enim genere nefcio* *Tuſcul.*
Lib. 5.
quo pacto magis quam in aliis fuum cui-
que pulcherrimum eft. Adhuc neminem
cognovi Poëtam qui fibi non optimus vide-
retur. Il étoit naturel que Ciceron fît le
portrait des Poëtes mediocres, quand
il vouloit parler des Poëtes en general.
Il eft connu pour avoir fait des vers
auffi mauvais que fa profe eft bonne.

SECTION X.

Du tems où les hommes de genie par-
viennent au merite dont ils font ca-
pables.

LE tems où les genies parviennent au
merite dont ils font capables eft di-
ferent. En Premier lieu les genies nez
pour ces profeffions qui demandent
beaucoup d'experience & de la maturité d'efprit, font formez plus tard que
ceux qui font nez pour ces profeffions
où l'on réuffit avec un peu de prudence & beaucoup d'imagination. Par exemple, un grand Miniftre, un grand Ge-

neral, un grand Magistrat deviennent ce qu'ils sont capables d'être, dans un âge plus avancé que celuy où les Peintres & les Poëtes atteignent le degré d'excellence que leur étoille leur permet d'atteindre. Les premiers ne sçauroient être formez sans des connoissances & sans des lumieresqu'on n'acquiert quepar l'experience, & même par sa propre experience. L'étenduë de l'esprit, la subtilité de l'imagination, l'application même ne sçauroient y suppléer. Enfin ces professions demandent un jugement mur, & sur tout de la fermeté sans opiniâtreté. On naît bien avec une disposition à ces qualitez, mais on ne naît point avec ces qualitez toutes formées. On ne peut même les avoir acquises de si bonne heure.

Comme l'imagination a plûtôt acquis ses forces que le jugement ne peut avoir acquis les siennes, les Peintres, les Poëtes, les Musiciens & ceux dont le talent consiste principalement dans l'invention, ne sont pas si long-tems à se former. Je crois donc que l'âge de trente ans, est l'âge où communement parlant, les Peintres & les Poëtes se trouvent être parvenus au plus haut degré du Parnasse, où leur genie leur permette de monter. Ils deviennent bien plus corrects dans la fuite, ils devienent bien plus fages dans leurs productions; mais ils ne deviennent pas ni plus fertiles, ni plus pathetiques, ni plus élevez.

Comme les genies font plus tardifs les uns que les autres, c'eft ce que j'avois à dire en fecond lieu, comme leurs progrez peuvent être retardez par tous les obftacles dont nous avons parlé, nous n'avons pas pretendu marquer l'âge de trente ans, comme une année fatale, avant laquelle & après laquelle on ne dût rien attendre. Il peut fe trouver cinq ou fix années de difference, dans l'âge auquel deux grands Peintres ou deux grands Poëtes feront parvenus à leur perfection. L'un y peut être arrivé à vingt-huit ans & l'autre à trente trois. Racine fut formé des vingt-huit ans. La Fontaine étoit bien plus âgé quand il fit les premiers de fes bons ouvrages. Le genre de Poëfie auquel s'aplique un Artifan paroît même retarder encore cette année heureufe. Moliere avoit quarante ans, lorfqu'il fit les premieres de ces Comedies, dignes d'être comptées au nombre des pieces, lefquelles luy ont acquis fa reputation. Mais il ne fuffifoit pas à Moliere d'être grand Poë-te pour être capable de les compofer: il falloit encore qu'il eût acquis une connoiffance des hommes & du monde qu'on n'a pas de fi bonne heure, & fans laquelle le meilleur Poëte ne fçauroit faire que des Comedies mediocres.

Il eft naturel que les grands genies atteignent le point de leur perfection un peu plus tard que les genies moins élevez & moins étendus. Les grands genies font comme ces arbres qui portent des fruits excellens, & qui dans le printems pouffent a peine quelques feüilles, lorfque les autres arbres font déja tous couverts de leur feüillage. Quintilien, que fa profeffion obligeoit d'étudier le caractere des enfans, parle avec un fens merveilleux fur ce qu'on appelle communement *des efprits tardifs & des efprits précoces.* Si le corps, dit-il, n'eft pas chargé de chairs dans l'enfance, il ne fçauroit être bien fait dans l'âge viril. Les enfans, dont les membres font formez de trop bonne heure, deviennent infirmes & maigres dès l'adolefcence : Ainfi de tous les enfans, ceux qui me donnent le moins d'efperance, ajoûte Quintilien, ce font ceux-là mêmes à qui le monde trouve plus d'efprit qu'aux autres, parce que leur jugement eft avancé. Mais cette raifon prematurée ne vient que du peut de vigueur de leurs efprits : ils fe portent bien plûtôt parce qu'ils n'ont pas de mauvaiſes humeurs, que parce qu'ils aient un fonds de ſanté. *Erit illud plenius interim corpus quod mox adulta ætas aſtringat. Hinc ſpes roboris, Maciem namque & infirmitatem in poſterum minari ſolet protinus omnibus membris expreſſus infans.... Illa mihi in pueris natura minimum ſpei dabit in qua ingenium judicio præſumitur.... Macies illis pro ſanitate & judicii loco infirmitas eſt.* Ce paſſage dont j'ai ſeulement ramaſſé quelques traits, merite d'être lû en entier.

Inſtit. lib. 2. cap. 4.

Voilà cependant le caractere que les Maîtres trouvent de meilleur augure. Je parle des Maîtres ordinaires, car ſi le Maître luy-même a du genie, il diſcernera l'Eleve de dix-huit ans qui en aura. Il le reconnoîtra d'abord à la maniere dont il luy verra digerer ſes leçons, & aux objections qu'il formera. Enfin il le reconnoîtra parce qu'il luy verra faire tout ce qu'il faiſoit luy même quand il étoit Eleve. C'eſt ainſi que Scipion l'Emilien avoit reconnu le genie de Marius, quand il repondit à ceux qui luy demandoient quel homme ſeroit capable de commander les armées de la Republique, ſi l'on venoit à le perdre, que c'étoit Marius. Cependant Marius à peine officier ſubalterne n'avoit encore fait aucun exploit, il n'avoit mis encore en évidence aucune qualité qui le rendît digne dès lors aux yeux des hommes ordinaires d'être le fuccelleur de *Scipion.*

Dès que les jeunes gens font arrivez au tems où il faut penfer de foi-même, & tirer de fon propre fonds, la differrence qui eft entre l'homme de genie & celuy qui n'en a pas, fe manifefte & devient fenfible à tout le monde. L'homme de genie invente beaucoup, quoiqu'il invente encore mal, & l'autre n'invente rien. Mais, *Facile eft remedium ubertatis ; fterilia nullo labore vincuntur.* L'art qui ne fçauroit trouver de l'eau où il n'y en a point, fçait refferrer dans leurs lits les fleuves qui fe débordent. Plus l'homme de genie & celuy qui n'en a point s'avancent vers l'âge viril, plus la differrence qui eft entre-eux devient fenfible. Il n'arrive à cet égard dans la Peinture & dans la Poëfie, que la même chofe qu'on voit arriver dans toutes les conditions de la vie. L'art d'un Gouverneur & les leçons d'un Precepteur changent un enfant en un jeune homme : elles luy donnent plus d'efprit qu'on n'en peut avoir naturellement à cet âge. Mais cet enfant dès qu'il eft parvenu dans l'âge où il faut penfer, parler & agir de foi-mê-

Quintl
Lib. 2.
cap. 4.

me, déchoit tout à coup de ce merite précoce. Son Eté dément toutes les es_perances de son Printems. L'éducation trop soigneuse qu'il a reçûë luy devient même nuisible, parce qu'elle luy a été l'occasion de prendre l'habitude dange-reuse de laisser penser d'autres pour luy. Son esprit a contractè une faineantise in-terieure qui luy laisse attendre des im-pulsions exterieures pour se determiner & pour agir. L'esprit contracte aussi facilement une habitude de paresse que les jambes & les pieds. Un homme qui ne va jamais qu'une voiture ne le mene, est bientoft hors d'etat de se servir de ses jambes aussi.bien qu'un homme qui se tient dans l'habitude de marcher. Comme il faut donner la main au pre-mier quand il marche, de mefme il faut aider l'autre à penser & mefme à vou-loir. Dans l'enfant élevé sans tant de soin, l'interieur s'évertue de lui-meme, & l'esprit devient actif. Il aprend à rai-fonner & à decider luy-mefme comme on aprend les autres chofes. Il parvient enfin à bien raifonner & à bien pren-dre son parti, à force de raifonner & de reflêchir fur ce qui l'a trompé, lorf-que les evenemens luy ont fait voir qu'il avoit mal conclu.

Plus un artifan doué de genie met de

temps à fe former, plus il lui faut d'experience pour devenir moderé dans fes
faillies, retenu dans fes inventions, &
fage dans fes productions, plus il va
loin ordinairement. Le Midi des jours
d'Eté eft plus éloigné du Levant que le
Midi des jours d'Hyver. Les Cerifes
parviennent à leur maturité dès les premieres chaleurs, mais les Raifins n'y
parviennent qu'avec le fecours des ar-
deurs de l'Eté & de la tiedeur de l'Au-
tomne. La nature n'a pas voulu, dit
Quintilien, que rien de confiderable fut
achevé en peu de temps. Plus le genre
d'un ouvrage eft excellent, plus il faut
furmonter de difficultés pour le terminer. C'eft le fentiment de l'Auteur que
je viens de citer, qui certainement s'y
connoiffoit, quoi qu'il n'eut pas lû
Defcartes. *Nihil enim rerum ipfa Natura, voluit magnum effici cito, præpofuit
que pulcherrimo cuique operi difficultatem
quæ nafcendi quoque hanc fecerit legem ut*
majora animalia diutius vifceribus paren-
tum continerentur. Ainfi plus les fibres
d'un cerveau doivent avoir de reffort,
plus ces fibres font en grand nombre,
plus il leur faut de temps pour acquerir toutes les qualités dont ils font
capables.

Les grands Maîtres font donc des

Quintil.
inft. lib. x.
cap. 2.

études plus longues que les Artifans ordinaires. Ils font, fi l'on veut, apren-tifs durant un plus longtemps , parce qu'ils aprennent encore à un âge où les Artifans ordinaires fçavent déja le peu qu'ils font capables de fçavoir. Que le titre d'aprentif n'épouvante perfonne , car il eft des aprentifs qui valent déja mieux que des Maîtres , bien que ces Maîtres faffent moins de fautes qu'eux.

Plin.
Epift.
Sed & his non labentibus nulla laus , illis non nulla laus etiam fi labantur. Quand le Guide & le Dominiquin eurent fait chacun leur tableau dans une petite Eglife dédiée à Saint André, & bâtie dans le jardin du Monaftere de Saint Gregoire *Au Mont Cœlius.* Annibal Carache leur Maître fut preffé de pro-noncer qui de fes deux Eléves meritoit le prix. Le tableau du Guide reprefente

Le Do-miniquin a rejeté ce fujet à S. André de la Val.
Saint André à genoux devant la Croix , & celui du Dominiquin reprefente la flagellation de cet Apôtre. Ce font de grands morceaux ou nos deux Antago-niftes avoient eu le champ libre pour mettre en évidence tout leur genie, & ils les avoient executés avec d'autant plus de foin qu'étans peints à frefque vis-à-vis l'un de l'autre, ils devoient être perpetuellement rivaux, & pour ainfi dire éternifer la concurrence de

leurs artisans. Le Guide, dit le Carache, a fait en maître, & le Domini-
niquin en apprentif ; mais, ajoûta-t'il,
l'apprentif vaut mieux que le maître.
Veritablement on voit des fautes dans
le tableau du Dominiquin que le Guide
n'a pas faites dans le sien ; mais on y
voit aussi des traits qui ne sont pas dans
celui de son rival. On y remarque un
genie qui tendoit à des beautés où le
genie doux & paisible du Guide n'as-
piroit point.

Plus les hommes sont capables de
s'élever, plus ils ont de degrés a monter pour arriver au faîte de leur élevation. Horace devoit être un homme
fait quand il se fit connoître pour Poëte.
Virgile avoit près de trente ans quand
il fit sa premiere Eglogue. Monsieur
Racine avoit à peu près cet âge, au
dire de Monsieur Despréaux, quand il
fit jouer Andromaque, qu'on peut regarder comme la premiere Tragedie
du grand Poëte. Corneille avoit plus
de trente ans quand il fit le Cid. Moliere n'avoit point encore fait à cet âge
aucune des Comedies qui lui ont acquis
la reputation qu'il a laissée. Despreaux
avoit trente ans quand il donna ses Satires telles que nous les avons. Il est
vrai que les dattes de ses pieces qu'on

a mifes dans une édition pofthume de
fes ouvrages difent le contraire ; mais
ces dattes fouvent dementies même par
la piece de poëfie, à la tête de laqu'elle
on les a placées, ne me paroiffent d'aucun poids. Raphaël avoit près de trente
ans lors qu'il fit connoître la nobleffe
& la fublimité de fon genie dans le Vatican. C'eft là qu'on voit fes premiers
ouvrages, dignes du grand nom qu'il a
prefentement.

SECTION XI.

Des ouvrages convenables aux gens de
genie, & de ceux qui contrefont
la maniere des autres.

L E S hommes de genie qui font jaloux
de leur reputation ne devroient du
moins mettre au jour que de grands ouvrages, puifqu'il ne leur à pas été poffible de
derober leur apprentiffage aux yeux du
public. Ils éviteroient par cette precaution de donner lieu à des comparaifons mortifiantes. Quand les Poëtes
& les Peintres les mieux infpirés donnent, ou des poëmes compofés d'un
petit nombre de vers ou des tableaux
qui ne contiennent qu'une figure fans

expreſſion & poſée dans une attitude
commune, ces productions ſont expo-
ſées à des paralelles odieux. Comme
on peut ſans genie faire quatre ou cinq
vers heureux, ou peindre une Vierge
avec l'enfant ſur ſes genouils ſans être
grand Peintre, la difference du ſimple
ouvrier & de l'artiſan divin ne ſe fait
pas ſentir dans des ouvrages ſi
bornés, de la même maniere qu'elle ſe
fait ſentir dans des ouvrages plus compoſés & qui ſont ſuſceptibles d'un plus
grand nombre de beautés. C'eſt dans
les derniers que cette difference paroît
dans toute ſon étenduë.

Il eſt quelques Vierges de Carle Maratte que les amis de ce Peintre ſoû-
tiennent aprocher aſſés de la beauté de
celles de Raphaël, ſans qu'on puiſſe
les accuſer d'une éxageration outrée.
Quelle difference entre les grandes
compoſitions de ces deux Peintres, &
qui s'aviſât jamais de les mettre en paralelle. Quoi que la preſomption ſoit
familiere aux Peintres preſqu'autant
qu'aux Poëtes, Carle Maratte lui-même
ne s'eſt pas cru digne de méler ſon
Pinceau avec celui de Raphaël. Peu de
temps avant la derniere année Sainte
on voulut faire racomoder le Plafond
du *Salon* de ce Palais, qu'on appelle à

Rome le petit Farnese. C'eft la maifon bâtie par le Chigi qui vivoit fous le Pontificat de Leon X. Les Peintures que ce Chigi fit faire dans cette maifon par Raphaël ont rendu le nom de Chigi auffi celebre dans l'Europe que le Pontificat d'Alexandre VII. Carle Maratte ayant efté choifi comme le premier Peintre de Rome pour mettre la main au Plafond dont je parle, & fur lequel Raphaël a reprefenté l'hiftoire de Pfyché, ce galand homme n'y voulut rien retoucher qu'au Paftel, afin, dit-il, que s'il fe trouve un jour quelqu'un plus digne que moi d'affocier fon pinceau avec celui de Raphaël, il puiffe effacer mon ouvrage pour y fubftituer le fien.

Vander Meulen auroit peint un Cheval auffi-bien que le Brun & Bâtifte auroit fait un Pannier de fleurs mieux que le Pouffin. Pour parler de la Poëfie, Defpreaux a fait des Epigrames très inferieures à celles de deux ou trois Poëtes, qui ne voudroient pas eux-mêmes s'égaler à lui. On connoît mal la fuperiorité d'un courfier fur un autre courfier, quand ils fourniffent une carriere trop courte. Elle fe fait bien mieux voir quand la carriere eft de longue haleine. Il feroit fuperflu d'expliquer icy en quel fens je prens le mot de petit ouvrage, car un Tableau de trois pieds peut être quelquefois un grand ouvrage. Un Poëme de trois cens vers peut être un grand Poëme.

J'adjoûterai encore une consideration touchant les ouvrages qui ne demandent pas beaucoup d'invention, c'est que les faussaires en Peinture les contrefont bien plus aisement qu'ils ne peuvent contrefaire les ouvrages, où toute l'imagination de l'Artisan a eu lieu de se deployer. Les faiseurs de Pastiches, ce sont ces tableaux peints dans la maniere d'un grand Artisan & qu'on expose sous son nom, bien qu'il ne les ait jamais vûs, les faiseurs de Pastiches, disje, ne sçauroient contrefaire l'ordonnance, le coloris ni l'expression des grands Maîtres. On imite la main d'un autre, mais on n'imite pas de même son esprit, & l'on n'aprend point à penser comme un autre, ainsi qu'on peut aprendre à prononcer comme lui.

Le Peintre mediocre qui voudroit contrefaire une grande composition du Dominiquin ou de Rubens, ne sçauroit imposer non-plus que celui qui voudroit faire un Pastiche sous le nom du Georgeon ou du Titien. Il faudroit avoir un genie presque égal à celui du Peintre qu'on veut contrefaire, pour reuſſir à faire prendre nôtre ouvrage, pour être de ce Peintre. On ne ſçauroit donc contrefaire le genie des grands hommes, mais on réuſſit quelque fois à contrefaire leur main, c'eſt à dire leur maniere de coucher la couleur & de tirer les traits, les airs de tête qu'ils repetoient, & ce qui pouvoit être de vitieux dans leur pratique. Il eſt plus facile d'imiter les défauts des hommes que leurs perfections. Par exemple, on reproche au Guide d'avoir fait ſes têtes trop plates. Ses têtes manquent ſouvent de rondeur, parce que leurs parties ne ſe détachent point & ne s'élevent pas aſſés l'une ſur l'autre. Le Peintre qui voudroit faire une tête dans le dernier goût du Guide s'y prendroit mal, s'il lui donnoit la rondeur d'une tête de Rubens.

Jordan le Napolitain, que ſes Compatriottes appelloient *Il fa preſto*, ou *le depêche beſogne*, étoit après Teniers un des grands faiſeurs de Paſtiche, qui jamais ait tendu des pieges aux curieux. Fier d'avoir contrefait avec ſuccés quelques têtes du Guide, il entreprit de faire de grandes compoſitions dans le goût de cet aimable Artiſan, & dans le goût des autres Eleves du Carache. Tous ces Tableaux qui repreſentent differents évenemens de l'hiſtoire de

Perfée, font à Gennes dans le Palais du Marquis Grillo, qui paya le fauffaire mieux que les grands maîtres, dont il fe faifoit le finge, n'avoient efté payés dans leur temps. On eft furpris en voyant ces Tableaux, mais c'eft qu'un Peintre qui ne manquoit pas de talens ait fi mal placé fes veilles, & qu'un Seigneur Gennois ait fait un fi mauvais ufage de fon argent.

La même chofe eft veritable en Poëfie. Un homme fans genie, mais qui a lû beacoup de vers, peut bien, en arrangeant fes reminifcences avec difcernement, compofer une Epigram-me qui reffemblera fi bien à celles de Martial, qu'on pourra la prendre pour être de ce Poëte. Mais un Poëte qui après s'être diverti à compofer un trei-ziéme livre de l'Eneïde feroit affés hardi pour l'attribuer à Virgile, n'en impoferoit à perfonne. Muret a bien pu faire prendre fix vers qu'il avoit compofés lui-même pour fix vers de Trabea, Poëte Comique Latin qui ve-quit fix cens ans après la fondation de Rome.

Here fi quarelis, ejulatu, fletibus
Medicina fieret miferijs mortalium,

Auro paranda lacrima contra forent.

Nunc hæc ad minuenda mala non magis valent

Quam Nœnia Præfica ad excitandos mortuos.

Res turbida confilium non fletum expetunt.

Ces vers ont pu éblouïr Jofeph Scaliger au point qu'il les ait cités dans
Pag. 212. fon Commentaire fur Varron comme
Edit. ann. un fragment de Trabea trouvé dans
1573. un ancien manufcrit. Si Muret avoit
voulu fupofer une Comedie entiere à
Térence, Muret n'en auroit pas impofé
à Scaliger. Or les hommes foigneux
de leur reputation ne doivent pas donner lieu aux fauffaires à venir, d'imputer
à leur nom des ouvrages qu'ils n'auront pas faits. C'eft affés que d'avoir
à répondre de fes propres fautes à la
pofterité.

SECTION XII.

*Des fiecles illuftres & de la part que les
caufes morales ont au progrés des arts.*

Tous les fiecles ne font pas également
fertiles en grands Artifans. Les perfonnes les moins fpeculatives ont fait
plufieurs fois reflexion qu'il étoit des
fiecles

fiecles ou les Arts languiffoient, comme il en étoit d'autres ou les Arts & les Sciences donnoient des fleurs & des fruits en abondance ? Qu'elle comparaifon entre les productions de la Poëfie dans le fiecle d'Augufte & les productions du même Art dans le fiecle de Gallien. La Peinture étoit-elle le même art, pour ainfi dire, dans les deux fiecles qui precederent le fiecle de Leon X. que dans le fiecle de ce Pape. Mais la fuperiorité de certains fiecles fur les autres fiecles eft trop connuë pour qu'il foit befoin que nous nous arrétions à la prouver. Il s'agit uniquement de remonter, s'il eft poffible, aux caufes qui donnent tant de fuperiorité à un certain fiecle fur les autres fiecles.

Avant que d'entrer en matiere, je dois demander à mon lecteur qu'il me foit permis de prendre icy le mot de fiecle en une fignification un peu differente de celle qu'il doit avoir à la rigueur. Le mot de fiecle pris dans fon fens précis, fignifie une durée de cent années, & quelquefois je l'employerai pour fignifier une durée de foixante ou de foixante & dix ans. J'ai cru pouvoir employer le mot de fiecle dans cette fignification avec d'autant plus de liberté, que la durée d'un fiecle eft arbitraire essentiellement, & qu'on est convenu de donner cent années à chaque siecle uniquement pour faciliter en Chronologie les calculs & les citations. Il ne s'acheve point aucune revolution Phisique dans la nature en l'espace de cent ans, ainsi qu'il se fait une revolution phisique dans la nature dans le terme d'une année, qui est cette revolution du Soleil qu'on nomme annuelle. Le mot d'âge signifie un temps trop court pour m'en servir icy, & d'aillieurs le monde est dans l'habitude de se servir du mot de siecle quand il parle de ce temps heureux où les Arts & les Sciences ont fleuri extraordinairement. On est dans l'habitude de dire & d'entendre dire, le siecle d'Auguste, le siecle d'Alexandre & le siecle de Loüis le Grand.

On trouve d'abord que les causes morales ont beaucoup de part à la difference sensible qui est entre les siecles. J'apelle icy causes morales, celles qui operent en faveur des arts, sans donner réellement plus d'esprit aux Artisans, mais qui sont seulement pour les Artisans une occasion de perfectionner leur genie, parce que ces causes leur rendent le travail plus facile, & parce qu'elles les excitent par l'émulation &

par les recompenfes à l'étude & à l'a-
plication. J'apelle donc des caufes morales de la perfection des arts la fituation heureufe où fe trouve la patrie
des Peintres & des Poëtes lors qu'ils
fourniffent leur carriere ; l'inclination
de leur fouverain & de leur concitoiens
pour les beaux arts ; enfin, les excellens Maîtres qui vivent de leur temps,
dont les enfeignemens abregent les études & en affûrent le fruit ? Qui doute que
Raphaël n'eût efté formé quatre ans
plûtoft, s'il eût efté l'Eleve d'un autre
Raphaël ? Croit-on qu'un Peintre François, qui auroit pris fon effort au commencement des trente-cinq années de
guerre qui défolerent la France jufqu'à
la Paix de Vervins, eût eu les mêmes   *en 1598.*
occafions de fe perfectionner, qu'il
eût reçû les mêmes *encouragemen* qu'il
auroit reçû, s'il eût pris fon effort en
mil fix cens foixante.

Les Compatriotes des grands Artifans peuvent-ils donner aux beaux arts
cette attention qui les encourage avec
tant de fuccès, s'ils ne vivent pas dans
un temps où il foit permis aux hommes d'eftre plus attentifs à leurs plaifirs qu'à leurs befoins. Cette attention
generale aux plaifirs fuppofe une fuitte
de plufieurs années exemptes des inquie-

tudes & des craintes qu'ameinent les
guerres, du moins celles qui peuvent
faire perdre aux particuliers leur état
& qui mettent en danger la conftitution de la focieté, dont nous fommes
des membres. Le goût pour les beaux
arts ne vint pas aux Romains tandis
qu'ils faifoient dans leur propre pays
une guerre dont les évenemens pouvoient eftre mortels à la Republique :
quand l'ennemi pouvoit, s'il gagnoit
une bataille, venir camper fur les bords
du Teveron. Les Romains ne commencerent d'aimer les vers & les tableaux qu'après avoir tranfporté le fiege
de leurs guerres en Grece, en Afrique,
en Afie & en Efpagne, & quand les
batailles que donnoient leurs Generaux
ne decidoient plus du falut de la Republique, mais feulement de la gloire
& de l'étenduë de fa domination. Le
Peuple Romain, comme dit Horace,

Et poft Punica bella quietus quærere cœpit
Quid Sophocles & Thefpis & Æfchylus utile ferrent

Les recompenfes du Souverain viennent à la fuitte de l'attention des contemporains. S'il diftribuë fes faveurs
avec équité, elles font un grand *encou-*
ragement pour les Artifans, car elles

ceſſent de l'eſtre lorſqu'elles ſont mal placées. Il vaudroit mieux même que le Souverain ne repandit pas de graces que de les diſtribuer ſans diſcernement. Un habile homme peut ſe conſoler d'un mépris qui tombe ſur ſon art. Un Poëte peut même pardonner de ne point aimer les vers ; mais il eſt outré de dépit lorſqu'il voit couroner des ouvrages qui ne valent pas les ſiens. Il eſt deſeſperé d'une injuſtice qui l'humilie perſonnellement , & il renonce à la Poëſie autant qu'il lui eſt poſſible de le faire.

Les hommes ne ſe flattent point interieurement autant qu'on le croit communement. Ils ont du moins quelque lueur de ce qu'ils peuvent valoir au juſte , & ils s'aprêtoient eux-mêmes dans le fond de leur cœur à peu près à la valeur qu'ils ont dans le monde. Les hommes qui ne ſont ni Souverains ni Miniſtres , ni trop proches parents des uns & des autres, ont des occaſions ſi frequentes de connoître ce qu'ils valent veritablement, qu'il faut bien qu'ils s'en doutent à la fin, à moins que d'eſtre pleinement ſtupides. On ne s'aplaudit pas ſeul durant lon-temps, & Cotin ne pouvoit pas ignorer que ſes vers ne fuſſent hués du public. Cette hauteur

de bonne opinion que montrent les
Poëtes mediocres, est souvent affectée.
Ils ne pensent pas tout le bien qu'ils
disent de leur ouvrage ? Peut-on douter que les Poëtes ne parlent souvent
de mauvaise foi sur le merite de leurs
vers ? N'est-ce pas contre leur propre
conscience qu'ils protestent que le meil-
lieur de leurs ouvrages est precisement
celui que le public estime le moins.
Mais ils veulent soûtenir le Poëme dont
la foiblesse a besoin d'apui, en mon-
trant une predilection affectée pour lui,
quand ils abandonnent à leur destinée
ceux de leurs ouvrages qui peuvent
se soûtenir de leurs propres aîles. Corneille a dit souvent, qu'Attila étoit sa
meilleure piece, & Racine donnoit à
entendre qu'il aimoit mieux Bérenice
que ses autres Tragedies.

Non seulement il faut que les grands
Maîtres soient recompensés, mais il
faut encore qu'ils le soient avec distinction. Sans cette distinction les dons
cessent d'être des recompenses, & ils
deviennent un simple salaire commun
aux mauvais & aux bons Artisans.
Personne ne s'en tient honoré. Le Soldat Romain n'auroit plus fait de cas de
cette Couronne de chêne pour laquelle
il s'exposoit aux plus grands dangers,

fi la faveur l'eût fait donner quatre fois de suite à des personnes qui ne l'auroient pas meritée.

On trouve que les causes morales ont beaucoup favorisé les arts dans les siecles où la Poësie & la Peinture ont fleuri. Les Annales du genre humain font mention de quatre siecles dont les productions ont esté admirées par les autres siecles. Ces siecles heureux où les arts ont atteint une perfection à laqu'elle ils ne font point parvenus dans les autres, font celui qui commença dix ou douze années avant le regne de Philippe pere d'Alexandre le Grand, celui de Jules Cesar & d'Auguste, celui de Jules second & de Leon X. enfin, celui de nôtre Roy Loüis XIV.

La Grece ne craignoit plus d'être envahie par les Barbares du temps de Philippe. Les guerres que les Grecs se faisoient entr'eux n'étoient point de ces guerres destructives de la societé, où le particulier est chassé de ses foyers & fait esclave d'un ennemi étranger, telles que furent les guerres que ces Conquerans brutaux, sortis de dessous les neiges du Nord, firent à l'Empire Romain. Les guerres qui se faisoient alors en Grece ressembloient à celles

qui fe font faites fi fouvent fur les
Frontieres du Pays bas Efpagnol ; c'eft
à dire à des guerres où le peuple court
le rifque d'être conquis, mais non pas
d'être fait efclave & de perdre la proprieté de fes biens; malheur qui lui
arrive dans les guerres qui fe font encore entre les Turcs & les Chrêtiens.
Les guerres que les Grecs fe faifoient
entr'eux étoient donc ce qu'on appelle
proprement des guerres reglées où l'humanité fe pratiquoit fouvent avec cour-
toifie. Une Loy du droit des gens de
ce temps là portoit, qu'on ne pouvoit
point abbatre le Trophée que l'ennemi
avoit élevé pour éternifer fa gloire &
nôtre honte. Or, toutes ces Loix, qui
diftinguent les combats des hommes
des combats des bêtes feroces, s'ob-
fervoient alors fi religieufement, que
les Rhodiens aimerent mieux élever un
bâtiment pour renfermer & pour cacher le Trophée qu'Artemife avoit
dreffé dans leur Ville, après l'avoir
prife, que de le renverfer, s'il eft permis de parler ainfi, d'un coup de pied.
Toute la Grece étoit encore pleine d'a-
ziles également refpectés des deux partis. Une neutralité parfaite regnoit
toûjours dans ces fanctuaires, & l'ennemi le plus aigri n'ofoit pas y attaquer

le plus foible. On peut fe faire une
idée du peû d'acharnement des combats qui fe donnoient entre les Grecs,
par la furprife ou Titelive nous dit
qu'ils tomberent quand ils virent les
armes meurtrieres des Romains, & leur
acharnement dans la mêlée. Cette furprife fût égale à l'étonnement que les
Italiens eurent quand ils virent la maniere dont les François faifoient la
guerre lors de l'expedition de nôtre
Roy Charles VIII. au Royaume de
Naples.

L'aifance devoit être naturellement
trés-grande pour les Citoyens de toute
condition durant les jours heureux de
la Grece. La focieté étoit alors parta-
gée en maîtres & en efclaves, qui la
fervoient bien mieux qu'elle ne peut
être fervie par un menu peuple mal
élevé, qui ne travaille que par neceffité & qui fe trouve encore dépourvû
des chofes dont il auroit befoin pour
travailler avec utilité, lorfqu'il eft reduit à le faire. Les Guefpes & les Fré-
lons étoient encore alors en plus petit
nombre, par raport aux Abeilles, qu'ils
ne le font aujourdhui. Les Grecs,
par exemple, n'élevoient pas une partie de leurs Citoyens pour être ineptes
à tout, hors à faire la guerre; genre

d'éducation qui fait depuis lontemps un
des plus grands fleaux de l'Europe. Le
commun de la nation faifoit donc alors
fa principale occupation de fon plaifir,
comme le font ceux de nos Citoyens
qui naiffent avec cent mille livres de
rente, & le climat heureux de leur
patrie les rendoit très fenfibles aux
plaifirs de l'efprit, dont la Poëfie & la
Peinture font le charme le plus dece-
vant. Ainfi la plûpart des Grecs deve-
noient des connoiffeurs, du moins en
acquerant un goût de comparaifon.
Un ouvrier étoit donc en Grece un artifan celebre auffi-tôt qu'il meritoit de
l'être, & rien n'y annobliffoit plus que
le titre d'homme illuftre dans les arts
& dans les fciences. Ce genre de merite faifoit d'un homme du commun
un perfonnage, & il l'égaloit à ce
qu'il y avoit de plus grand & de plus
important dans un Etat.

Les Grecs étoient fi fort prevenus en
faveur de tous les talens qui mettent
Livius de l'agrément dans la focieté, que leurs
Hiftor. liv Rois ne dedaignoient pas de choifir des
24 Quia- Miniftres parmi des Comédiens. *In fce-*
til. Dial. *nam vero prodire & populo effe fpectaculo*
de orator. *nemini in eisdem gentibus fuit turpitudini,*
quæ omnia apud nos partim infamia,
partim humilia, partim ab honeftate remota

ponuntur, dit Cornelius Nepos en par-*In Premie.* lant des Grecs.

Les occasions de recevoir des aplaudissemens & des distinctions devant un grand peuple, étoient encore très frequentes dans la Grece. Comme nous voyons presentement qu'il se forme de temps en temps des Congrés ou les representans des Rois & des Peuples qui composent la societé des nations s'assemblent pour terminer des guerres & pour regler la destinée des Etats ; de même il se formoit alors de temps en temps des Assemblées ou ce qu'il y avoit de plus illustre dans la Grece se rendoit pour juger qu'el étoit le plus grand Peintre, le Poëte le plus touchant, & le meilleur Athlete. C'étoit là le veritable motif qui attiroit tant de monde aux jeux qui se celebroient en differentes Villes. Les Portiques publics où les Poëtes venoient lire leurs vers, & où les Peintres exposoient leurs tableaux étoient les lieux où ce qui s'apelle le monde se rassembloit. Enfin, les ouvrages des grands Maîtres n'étoient point regardés, dans les temps dont je parle, comme des meubles ordinaires destinés pour embelir les appartemens d'un particulier. On les reputoit les joyaux d'un Etat & un tresor public, dont la joüiſſance étoit dûë à tous les Citoyens. *Non enim parietes ex-colebant dominis tantum, nec domos uno in loco manſuras, quæ ex incendio rapi non* *poſſent. Omnis eorum ars urbibus excuba-bat, pictor que res communis terrarum erat.* Qu'on juge donc de l'ardeur que les Peintres & les Poëtes avoient alors pour perfectionner leurs talens, par l'ardeur que nous voyons dans nos Citoyens pour amaſſer du bien & pour parvenir aux grands emplois d'un Etat. Auſſi comme le dit Horace, c'eſt aux Grecs que les Muſes ont fait preſent de l'eſprit & du talent de la parolle, pour les recompenſer de s'être attachés à leur faire la cour & d'avoir été deſintereſſés ſur tout, hors ſur les loüanges.

Plinius Hiſt. lib. 35.

Graijs ingenium, Graijs dedit ore rotondo
Muſa loqui, præter laudem nullius avaris.

Horat. de Arte.

Si l'on conſidere qu'elle étoit la ſituation de Rome quand Virgile, Pollion, Varius, Horace, Tibulle & leurs contemporains firent tant d'honneur à la Poëſie, on verra que de leur temps cette Ville étoit la capitale floriſſante du plus grand & du plus heureux Empire qui fut jamais. Rome tranquille goûtoit, après pluſieurs années de troubles & de

guerres civiles , les douceurs d'un repos inconnu depuis lontemps , & cela
ſous le gouvernement d'un Prince qui
aimoit veritablement le merite , parce
que lui même il en avoit beaucoup.
D'ailleurs , Auguſte étoit tenu de faire
un bon uſage de ſon autorité naiſſante
pour la mieux établir , & par conſequent de ne la confier qu'à des Miniſtres amis de la juſtice & qui ſe ſer-
viſſent de leur pouvoir avec pudeur.
Ainſi les richeſſes , les honneurs & les
diſtinctions couroient au devant du merite. Comme une Cour étoit à Rome
une choſe nouvelle & odieuſe , Auguſte
vouloit du moins qu'on ne pût pas reprocher à la ſienne rien de plus que
d'être une Cour.

Si nous deſcendons au ſiecle de **Leon
X.** ou les lettres & les arts qui avoient
eſté enſevelis durant dix ſiecles ſorti-
rent du tombeau , nous verrons que
ſous ſon Pontificat l'Italie étoit dans la
plus grande opulence où elle ait eſté
depuis l'Empire des Ceſars. Ces petits
Tirans , *nichés* avec leurs Satellites dans
une infinité de Fortereſſes , & dont la
bonne intelligence & les querelles
étoient également un fleau terrible pour
la ſocieté , venoient d'être exterminés
par la prudence & par le courage du

Pape Alexandre VI. Les feditions venoient d'être bannies des Villes , qui
generalement parlant avoient enfin fçû
fe former à la fin du fiecle precedent
un gouvernement ftable & reglé. On
peut dire que les guerres étrangeres
qui commencerent alors en Italie par
l'expedition de Charles VIII. à Naples, ne tourmenterent pas la Societé
autant que la crainte perpetuelle d'être
enlevé par les bandits du fcelerat qui
s'étoit établi , & comme on le difoit
alors , *qui s'étoit fait fort* dans un Château fi l'on alloit à la campagne , ou
l'aprehenfion de voir le feu mis à fa
maifon dans une émeute populaire. Les
guerres qui fe faifoient alors femblables à la grêle , ne venoient que par
bouffées, & comme ce fleau elles ne
ravageoient qu'une langue de pays.
L'art d'épuifer les Provinces pour faire
fubfifter les Armées fur une frontiere ;
cet art pernicieux qui éternife les querelles des Souverains & qui fait durer
les calamités de la guerre lontemps encore après les Traités , de maniere que
la paix ne peut recommencer que plufieurs années après que la guérre eft
finie , n'étoit pas encore inventé. On
vit fucceffivement fur le Thrône deux
Papes defireux de laiffer des Monumens

illuftres de leur Pontificat , & confe-
quamment obligés à rechercher l'atta-
chement de tous les artifans & de tous
les gens de lettres qui pouvoient les
immortalifer en s'immortalifant eux
mêmes. François I. Charles - Quint &
Henry VIII. devinrent rivaux de reputation, & ils favoriferent à l'envi les
lettres & les fciences. Les Lettres &
les Arts firent donc des progrés merveilleux. La Peinture fe perfectionna dans
peu d'années , *Cum expeteretur à Regi-*
bus populis que , illos nobilitante quos di-   *Plin. lib.*
gnata eſſet poſteris tradere.   35.

Le regne du feu Roi fut un temps
de profperité pour les arts & pour les
lettres. Dès que ce Prince eût commencé de regner par lui même, il fit
des établiſſemens les plus favorables
aux perfonnes de genie qui jamais aient
efté faits par aucun Souverain. Le Miniftre qu'il employa pour ces détails,
étoit capable de le fervir. Sa protection ne fut jamais le prix d'une affi-
duité fervile à lui faire la cour , ni d'un
d'evoument feint ou veritable pour fes
volontés. Il n'avoit d'autre volonté
que de faire fervir fon Prince par les
perfonnes les plus capables. Seul auteur
de fes décifions & maître de fa faveur ,
il alloit chercher ceux qui avoient cette

capacité, & il leur offroit sa protection & son amitié, qu'ils n'osoient encore demander. Par la magnificence
du Prince & par la conduitte du Ministre le merite devint alors un Pa-
trimoine.

SECTION XIII.

*Qu'il est probable que les causes
Physiques ont aussi leur part aux progrés surprenants des Lettres & des Arts.*

ENfin on ne sçauroit douter que les
causes morales ne contribuent aux
progrés surprenans que la Poësie & la
Peinture font en certains siecles ? Mais
les causes physiques n'auroient-elles pas
aussi leur influence dans ces progrés ? Ne
contribuent-elles pas à la difference
prodigieuse qui se remarque entre l'é-
tat des Arts & des Lettres dans deux
siecles voisins ? Ne sont-ce pas les causes physiques qui mettent les causes
morales en mouvement ? Sont-ce les
liberalités des Souverains & les aplaudissemens des contemporains qui forment des Peintres & des Poëtes illustres ? Ne sont-ce pas plûtost les grands

Artifans qui provoquent ces liberalités
& qui par les merveilles qu'ils enfan-
tent attirent fur leurs arts une attention
que le monde n'y faifoit pas quand ces
arts étoient encore groffiers. Tacite remarque que les temps feconds en hommes illuftres font auffi fertiles en hommes capables de leur rendre juftice,
Virtutes iisdem temporibus optime æftiman- **Vit. Agric**
tur quibus facillime gignuntur ? Ne fcau-
roit-on croire donc qu'il eft des temps
où dans le même pays les hommes
naiffent avec plus d'efprit que dans les
temps ordinaires ? Peut - on penfer
qu'Augufte, quand il auroit efté fervi
par deux Mecenes, auroit pû, s'il eut
regné aux temps où regna Conftantin,
changer par fes liberalités les écrivains
du quatriéme fiecle en des Titelives & en
des Cicerons ? Si Jules II. & Leon X.
avoient regné en Suede, croit-on que
leur *Munificence* eut formé dans les climats Hiperborées des Raphaëls, des
Bembes & des Machiavels ? Tous les
pays font - ils propres à produire de
grands Poëtes & de grands Peintres ?
N'eft - il point des fiecles fteriles dans
les pays capables d'en produire.

En meditant fur ce fujet il m'eft fouvent venu dans l'efprit plufieurs idées
que je reconnois moi - même pour être

plûtoſt de ſimples lueurs que de veritables lumieres. J'ignore donc encore
après toutes mes reflexions, s'il eſt bien
vrai que les hommes qui naiſſent durant certaines années ſurpaſſent autant
leurs anceſtres & leurs neveux en étenduë & en vigueur d'eſprit, que ces
premiers hommes dont parle l'hiſtoire
ſainte & l'hiſtoire prophane de pluſieurs nations & qui ont vecu pluſieurs
ſiecles ſurpaſſoient certainement leurs
deſcendans en égalité d'humeurs & en
bonne complexion. Mais il ſe trouve
aſſés de vrai-ſemblance dans mes idées
pour en diſcourir avec le Lecteur.

Les hommes attribuent ſouvent aux
cauſes morales des effets qui appartiennent aux cauſes phyſiques. Souvent
nous imputons aux contretemps des
chagrins dont la ſource eſt uniquement
dans l'intemperie de nos humeurs ou
dans une diſpoſition de l'air qui afflige
nôtre machine. Si l'air avoit eſté plus
ſerain, peut-être aurions nous vû avec
indifference une choſe qui vient de nous
deſeſperer. Je vais donc expoſer icy
mes reflexions d'autant plus volontiers
qu'en fait de probabilités & de conjectures on ſe voit refuter avec plaiſir
quand on aprend dans une réponſe des
choſes plus ſolides que celles qu'on

avoit imaginées. Comme dit Ciceron :
Nos qui sequimur probabilia nec ultra id   *Tuscul.*
quod verisimile occurerit progredi possu-   *Qu. lib. 2.*
mus, & refellere sine pertinacia & refel-
li sine iracundia parati sumus.

Ma premiere reflexion, c'est qu'il est
des pays & des temps où les arts & les
lettres ne fleurissent pas, quoique les
causes morales y travaillent à leur avancement avec activité.

La seconde reflexion, c'est que les
arts & les lettres ne parviennent pas à
leur perfection par un progrés lent &
proportionné avec le temps qu'on a
employé à leur culture, mais bien par
un progrés subit. Ils y parviennent
quand les causes morales ne font rien
pour leur avancement qu'elles ne fissent
déja depuis longtemps, sans qu'on aper-
çût aucun fruit bien sensible de leur
activité. Les arts & les lettres retombent encore quand les causes morales
font des efforts redoublés pour les soûtenir dans le point d'élevation où ils
étoient montés comme d'eux-mêmes.

Enfin les grands Peintres furent toûjours contemporains des grands Poëtes,
& les uns & les autres vequirent toûjours dans le même temps que les plus
grands hommes leurs compatriotes. Il
a paru que de leurs jours, je ne sçai

qu'el esprit de perfection, se répandoit
sur le genre humain dans leur patrie.
Les professions qui avoient fleuri en
même temps que la Poësie & que la
Peinture, sont encore déchuës avec
elles

l'Premiere reflexion.   Il seroit inutile de prouver fort au
long qu'il est des pays où l'on ne vit
jamais de grands Peintres ni de grands
Poëtes. Par exemple, tout le monde
sçait qu'il n'est sorti des extremités du
Nord que des Poëtes sauvages, des versificateurs grossiers & de froids coloristes. La Peinture & la Poësie ne se sont
point aprochées du Pole plus près que la
hauteur de la Hollande. On n'a vû même
dans cette Province qu'une Peinture
morfonduë. Les Poëtes Hollandois ont
montré plus de vigueur & plus de feu
d'esprit que les Peintres leurs compatriottes. Il semble que la Poësie ne
craigne pas le froid autant que la
Peinture.

On s'est aperçû dans tous les temps
que la gloire de l'esprit étoit tellement
reservée à de certaines contrées, que
les pays limitrophes ne la partageoient
Lib. Hist. guere avec elles. Paterculus dit, qu'il
pri. ne faut plus s'étonner de voir tant d'A-
theniens illustres par l'éloquence, que
de ne pas trouver à Thebes, à Lacede-

mone & dans Argos un homme celebre en qualité de grand Orateur. L'experience avoit accoûtumé à voir sans
surprise cette distribution inegale de
l'esprit & des contrées si voisines. *Les*
differentes idées, dit un Auteur moderne, *sont comme des p'antes & des fleurs*
qui ne viennent pas également bien en tou- *Fonte-*
tes sortes de climats. Peut-être nôtre ter- *nellé Di-*
roir de France n'est-il pas propre pour les *les anciens*
raisonnemens que font les Egiptiens, *non* *greff. sur*
plus que pour leurs Palmiers, & sans aller si
loin, peut-être que les Orangers qui ne
viennent pas ici aussi facilement qu'en
Italie, *marquent-ils qu'on a en Italie un*
certain tour d'esprit que l'on n'a pas tout
à fait semblable en France. Il est toûjours
seur que par l'enchaînement & la dépen-
dance reciproque qui est entre toutes les
parties du monde materiel, *les differences*
de climat qui se font sentir dans les plan-
tes doivent s'étendre jusqu'aux cerveaux
& y faire quelque effet. Il seroit à de-
sirer que cet Auteur eût bien voulu
prendre la peine de developer lui même
ce principe ! Il auroit éclairci bien
mieux que moi les verités que je tâche
de developer, lui qui possede en un degré éminent le talent le plus pretieux
dont un homme de lettres puisse être
revétu, je veux dire le don de mettre

les connoiſſances les plus abſtraites à
portée de tous le monde & de faire
concevoir, au prix d'une attention mediocre, les verités les plus compliquées,
même à ceux qui n'étudierent jamais
les ſciences, dont elles font une partie,
que dans ſes ouvrages.

Il ne faut point alleguer que la raiſon pour laqu'elle les arts n'ont pas
fleuri au déla du cinquante - deuxiéme
degré de latitude boréale, ni plus près
de la ligne que le vingt-cinquiéme degré, c'eſt qu'ils n'ont pas eſté tranſportés ſous la Zone ardente ni ſous les
Zones glacées. Les arts naiſſent d'eux
mêmes ſous les climats qui leur ſont
propres. Avant que les arts ayent pû
eſtre tranſportés, il faut que les arts
ayent eſté nez. Il faut bien qu'ils aïent
un berceau, & des premiers inventeurs ? Qui avoit tranſporté les arts en
Egipte; perſonne. Mais les Egiptiens,
favoriſés par le climat du pays, leur y
donnerent la naiſſance. Les arts n'aî-
troient d'eux mêmes dans les pays qui
leur ſeroient propres, ſi l'on ne les y
tranſportoit pas. Ils y paroîtroient un
peu plus tard, mais ils y paroîtroient
enfin. Les peuples chez qui les arts
n'ont pas fleuri, ſont les peuples qui
habitent un climat qui n'eſt point propre

aux arts. Ils y feroient nez d'eux-mêmes fans cela, ou du moins ils y feroient paffés à la faveur du commerce.

Les Grecs, par exemple, ne frequentoient pas plus communement en Egipte que les Polonois, les autres peuples du Nord & les Anglois frequentent en Italie. Cependant les Grecs eurent bientôt tranfplanté d'Egipte en Grece l'art de la Peinture, fans que fes Souverains & fes Republiques, encore groffieres, fe fuffent fait une affaire importante de l'acquifition de cet art. C'eft ainfi qu'un champ qu'on laiffe en friche auprès d'une forêt fe feme de lui même & devient bientôt un taillis quand fon terroir eft propre à porter des arbres.

Depuis deux fiecles que les Anglois aiment la Peinture autant qu'aucune autre nation, fi l'on en excepte l'Italienne, il ne s'eft point établi de Peintre étranger en Angleterre qui n'ait gagné trois fois plus qu'il n'auroit pû gagner ailleurs. On fcait le cas que Henri VIII. faifoit des tableaux & avec quelle magnificence il recompenfoit Holbeins. La *munificence* de la Reine Elizabeth fe repandit fur toutes fortes de *vertus* durant un regne de près de cinquante années. Charles I. qui vecut dans une grande abondance les quinze premieres

années de fon regne porta l'amour
de la Peinture jufqu'à une paffion qui
avoit tous les caracteres des plus vives.
Sa jaloufie fit monter les tableaux au
prix où ils font aujourd'huy. Comme il
en faifoit achepter par tout avec profufion dans le même temps que Philippe IV. Roi d'Efpagne en faifoit achepter
par tout avec prodigalité ; la concurrence de ces deux Souverains fit tri-
pler dans toute l'Europe le prix des
ouvrages des grands Maîtres. Les
threfors de l'art devinrent des threfors
réels dans le commerce. Jufqu'ici ce-

Dryden pendant aucun Anglois n'a merité d'a-
Cata. des voir un rang parmi les Peintres de la
Peintres. premiere, & même parmi ceux de la
feconde claffe. Le climat d'Angleterre
a bien pouffé fa chaleur jufqu'à produire de grands fujets dans toutes les
fciences & dans toutes les profeffions.
Il a même donné de bons Muficiens &
d'excellens Poëtes, mais il n'a point
produit de Peintres qui tiennent parmi
les Peintres celebres le même rang que
les Philofophes, les Sçavans, les Poëtes
& les autres Anglois illuftres tiennent
parmi ceux des autres nations qui fe

Cooper. font diftingués dans la même profeffion
Obfon. Ri- qu'eux. Les Peintres Anglois fe redui-
ley. fent à trois faifeurs de portrait.

Les

Les Peintres qui fleurirent en Angleterre
fous Henri V I I I. & fous Charles I.
étoient des Peintres étrangers qui apporterent dans cette Ifle un art que les
naturels du pays ne fûrent point y fixer. Holbeins & Lely étoient Allemands. Vandyck étoit Flamand. Ceux
mêmes qui de nos jours ont paffé en
Angleterre pour les premiers Peintres
du pays n'étoient pas Anglois. Vario
étoit Napolitain , & Kneller eft Allemand. Les monnoyes qui furent fa-
briquées en Angleterre du temps de
Cromwel, & les Medailles lefquelles y
furent faites fous Charles II. & fous
Jacques II. font d'affés beaux ouvrages ;
mais celui qui les fitétoit un étranger.C'é-
toit Rootiers d'Anvers , le compatriotte
de Guibbons , qui durant long-temps a
efté le premier Sculpteur de Londres.

Nous voyons même que le goût de
deffein eft mauvais communement
dans les ouvrages d'Angleterre qui en
demandent. S'ils font admirables ,
c'eft par l'execution : c'eft par la main
de l'ouvrier & non par le deffein de
l'artifan. Veritablement il n'eft point
d'ouvriers qui ayent plus de propreté
dans l'execution ni qui fçachent mieux fe
prevaloir des outils que les ouvriers Anglois. Mais ils n'ont pas fçû jufques ici fe

rendre propre le goût de deſſein que quelques ouvriers étrangers qui ſe ſont établis
à Londres y ont porté. Ce goût n'eſt point
ſorti de la boutique de ces ouvriers.

Ce n'eſt pas ſeulement dans les pays
exceſſivement froids ou humides que
les arts ne ſçauroient fleurir. Il eſt des
climats temperés où il ne ſont que languir. Quoique les Eſpagnols ayent eu
pluſieurs Souverains magnifiques, &
auſſi épris des charmes de la Peinture
qu'aucun Pape l'ait jamais été; cependant
cette nation ſi fertile en grands Perſonna-
ges & même en grands Poëtes, tant en
vers qu'en proſe, n'a point eu de Peintre
de la premiere claſſe, à peine compte-on
deux Eſpagnols de la ſeconde. Charles-
Quint, Philippe II. Philippe IV. & Charles II. ont été obligés d'employer, pour
travailler à l'Eſcurial & ailleurs, des
Peintres étrangers.

Les arts liberaux ne ſont jamais ſortis d'Europe que pour ſe promener, s'il
eſt permis de parler ainſi, ſur les côtes
de l'Aſie & de l'Afrique. On remarque que les hommes nez en Europe &
ſur les côtes voiſines de l'Europe ont
toûjours eſté plus propres que les autres peuples aux arts, aux ſciences &
au gouvernement politique. Par tous
où les Europeans ont porté leurs ar-

mes, ils ont affujeti les naturels du pays. Les Europeans les ont toûjours battu quand ils ont pu être dix contre trente. Souvent les Europeans les ont défait, quoi qu'ils ne fuffent que dix contre cent. Sans citer icy le grand Alexandre & les Romains, qu'on fe souvienne de la facilité avec laqu'elle des poignées d'Efpagnols & de Portugais, aidés par leur induftrie & par les armes qu'ils avoient apportées d'Europe, affujetirent les deux Indes. Alleguer que les Indiens ne fe feroient pas laiffés fubjuguer fi facilement, s'ils avoient eu les mêmes machines de guerre, les mêmes armes & la même difcipline que leurs conquerants; c'eft prouver la fuperiorité de genie de nôtre Europe, qui avoit inventé toutes ces chofes, fans que les Afiatiques & les Ameriquains euffent encore rien trouvé d'équivalent, quoi qu'ils fiffent continuellement la guerre les uns contre les autres S'il eft veritable que le hazard ait fait trouver aux Chinois plûtôt qu'à nous la poudre à canon & l'imprimerie, nous avons fi bien perfectionné ces deux arts dès qu'ils nous ont efté connus, que nous autres Europeans nous nous trouvons en état d'en donner des leçons aux Chinois mêmes. Ce font nos Miffio-

naires qui dirigent prefentement la fonte
de leur canon, & nous leur avons porté des livres imprimés avec des caracteres feparés. Tout le monde fçait bien
que les Chinois n'imprimoient qu'avec
des planches gravées & qui ne pouvoient
fervir que pour imprimer une feule
chofe, au lieu que les caracteres feparés, fans compter les autres commodités qu'ils donnent aux Imprimeurs, ont
celle de pouvoir fervir à l'impreffion
de plufieurs feuilles differentes. Nous
imprimons l'Eneïde de Virgile avec les
mêmes caracteres qui ont fervi à imprimer le nouveau Teftament. Lorfque
les Europeans entrerent à la Chine,
les Aftronomes du pays, qui depuis
plufieurs fiecles étoient très-bien payés,
ne fcavoient pas encore predire les
Eclipfes avec jufteffe. Il y a plus de deux
mille ans que les Aftronomes Europeans
les fçavent predire avec precifion.

Les arts paroiffent même fouffrir dès
qu'on les éloigne trop de l'Europe,
dès qu'ils la perdent de vûë. Quoique
les Egiptiens foient des premiers inventeurs de la Peinture & de la Sculpture,
ils n'ont point la même part que les
Grecs & que les Italiens à la gloire de
ces deux arts. Les Sculptures qui font
conftamment des Egiptiens, je veux di-

re celles qui font attachées aux bâtimens
antiques de l'Egipte, celles qui font fur
leurs Obelifques & fur leurs Mumies
n'aprochent pas des Sculptures faites en
Grece & dans l'Italie, S'il fe rencontre quelque Sphinx d'une beauté merveilleufe, on peut croire qu'elle foit
l'ouvrage de quelque Sculpteur Grec
qui fe fera diverti à faire des figures
Egiptiennes, comme nos Peintres fe
divertiffent quelque fois à imiter dans
leurs ouvrages le goût des bas-reliefs
& des tableaux des Indes & de la Chine ? Nous mêmes n'avons nous pas eu
des Ouvriers qui fe font divertis à faire
des Sphinx. On en compte plufieurs
dans les Jardins de Verfailles qui font des
Originaux de nos Sculpteurs modernes.
Pline ne nous vante pas dans fon livre
aucun chef-d'œuvre de Peinture ou de
Sculpture fait par un ouvrier Egiptien,
lui qui nous fait de fi longues énume-
rations des ouvrages des Artifans cele- *Diod. fi-*
bres. Nous voyons même que les *cul. lib.*
Sculpteurs Grecs alloient travailler en *prim.*
Egipte. Pour revenir au filence de Pline,
cet Auteur vivoit dans un temps où les
ouvrages des Egiptiens fubfiftoient encore. Petrone nous dit que les Egiptiens
ne formoient que de mauvais Peintres.
Il dit que les Egiptiens avoient corrompu cet art.   G iij

Il y a fept ans que le feu Chevalier Chardin nous donna enfin les defleins des ruines de Perfepolis. On voit par ces defleins que les Roys de Perfe, dont l'hiftoire ancienne nous vante tant l'opulence, n'avoient à leurs gages que des Ouvriers mediocres. Les Ouvriers Grecs n'alloient point apparament chercher fortune au fervice du Roi des Perfes, auffi volontiers que le faifoient les Soldats Grecs. Quoi qu'il en foit, on n'eft plus fi furpris, après avoir vû ces defleins, qu'Alexandre ait mis le feu dans un Palais dont les ornemens lui devoient paroître groffiers en comparaifon de ce qu'il avoit vû dans la Grece. Les Perfes étoient fous Darius ce que font aujourd'hui les Perfans qui habitent le même pays qu'eux, c'eft à dire des Ouvriers très patients & très habiles quant au travail de la main, mais fans genie pour inventer & fans talent pour imiter les plus grandes beautées de la nature.

L'Europe n'eft que trop remplie aujourd'hui d'Etoffes, de Porcelaines & des autres curiofités de la Chine & de l'Afie Orientale. Rien n'eft moins Pittorefque que le goût de deffein & de coloris qui regne dans ces ouvrages. On a traduit plufieurs compofitions Poë-

tiques des Orientaux. Quand on y
trouve un trait mis en sa place ou bien
une avanture vrai-semblable, on l'admire. C'est en dire assés. Aussi toutes
ces traductions, qui ne se r'impriment
jamais, n'ont qu'une vogue passagere
qu'elles doivent à l'air étranger de l'o-
riginal & à l'amour inconsideré que
bien des gens ont pour les choses sin-
gulieres. La même curiosité qui fait
courir après les Compatriottes des Auteurs de ces écrits lorsqu'ils paroissent
en France vêtus à la mode de leur
pays, fait lire avec empressement ces
traductions quand elles sont nouvelles.

Si les Brachmanes & les anciens
Perses avoient eu quelque Poëte du merite d'Homere, il est à croire que les
Grecs qui voyageoient pour enrichir
leurs Bibliotheques, comme d'autres
peuples n'aviguent aujourd'hui pour
fournir leurs Magazins, se le seroient
aproprié par une traduction. Un de
leurs Princes l'eût fait traduire en
grec, ainsi qu'on dit qu'un des Ptolomées y fit mettre la Bible, quoi que
ce Prince payen ne la regardat que
comme un livre que des hommes auroient esté capables de composer.

Quand les Espagnols découvrirent le
Continent de l'Amerique, ils y trou-

verent deux grands Empires fleuriſſans
depuis pluſieurs années, celui du Mexique & celui du Perou. Depuis long-
temps on y cultivoit l'art de la Peinture.
Les peuples d'une patience & d'une
ſubtilité de main inconcevable avoient
même créé l'art de faire une eſpece de
Moſaïque avec les plumes des oyſeaux.
Il eſt prodigieux que la main des hommes ait eu aſſez d'adreſſe pour arranger & pour reduire en forme de figures coloriées tant de filets differents.
Mais comme le genie manquoit à ces
peuples, ils étoient, malgré l'adreſſe
de leurs mains, des Artiſans groſſiers.
Ils n'avoient ni les regles du deſſein les
plus ſimples, ni les premiers principes
de la compoſition, de la perſpective &
du clair-obſcur. Ils ne ſçavoient pas
même peindre avec les mineraux & les
autres couleurs naturelles qui viennent
de leur pays. Dans la ſuitte ils ont vû
des meilleurs tableaux d'Italie dont les
Eſpagnols ont tranſporté un grand
nombre dans le nouveau Monde. Ces
Maîtres leur ont encore enſeigné
comment il falloit ſe ſervir des pinceaux & des couleurs, mais ſans pouvoir en faire des Peintres intelligents.
Les Indiens qui ont ſi bien appris les
autres arts que les Eſpagnols leur ont

enfeignés, qu'ils font devenus par exemple, meilleurs maffons que leurs maîtres, n'ont rien trouvé dans les tableaux d'Europe qui fût à leur portée, que les couleurs locales brillantes. C'eft ce qu'ils ont imité avec fuccès. Ils y furpaffent même leurs originaux, à ce que j'ai oüi dire à des perfonnes qui ont vû dans le Mexique plufieurs Coupoles peintes par des Artifans Indiens.

Les Chinois fi curieux des Peintures de leur pays, ont peu de goût pour les tableaux d'Europe, où, difent-ils, on voit trop de taches noires. C'eft ainfi qu'ils appellent les ombres. Après avoir fait reflexion fur toutes les chofes que je viens d'alleguer, & fur plufieurs autres connuës generalement & qui prouvent nôtre propofition, on ne fçauroit s'empêcher d'être de l'opinion de Monfieur de Fontenelle, qui dit, en parlant des lumieres & du tour d'efprit des Orientaux : *En verité, je crois toûjours de plus en plus qu'il y a un certain genie qui n'a pas encore efté hors de nôtre Europe, ou du moins qui ne s'en eft pas beaucoup éloigné.* *Pluralité des mondes. Sixiême foir.*

Non feulement il eft des pays où les caufes morales n'ont jamais fait éclore de grands Peintres ni de grands Poëtes ;

G v

mais ce qui prouve encore danvanta-
ge, il y a eu des temps où les caufes
morales n'ont pas pû former de grands
Artifans, même dans les pays qui dans
des temps differents en ont produits
avec facilité, & pour parler ainfi, gra-
tuitement. La nature capricieufe, à ce
qu'il femble, n'y fait naître ces grands
Artifans que lorfqu'il lui plaît.

Avant Jules II. l'Italie avoit eu des
Papes liberaux envers les Peintres & les
gens de Lettres, fans que leur magnificence eût fait prendre l'effort à aucun
Artifan & l'eût fait atteindre au point
de perfection où font parvenus les hommes de fa profeffion qui fe manifefte-
rent en fi grand nombre fous le Pontificat de ce Pape. Durant long-temps
Laurent de Medicis fit à Florence cette
dépenfe royale qui obligea le monde à
lui donner le furnom de Magnifique,
& la plus grande partie de fes profufions
étoient des liberailtés qu'il diftribuoit
avec difcernement à toutes fortes de
vertus. Les Bentivolles avoient fait la
même chofe à Boulogne, & les Seigneurs de la Maifon d'Eft à Ferrare.
Les Vifcomti & les Sforzes avoient
efté les bien-faiteurs des beaux arts à
Milan. Perfonne ne parût alors dont les
ouvrages puiffent tenir un rang parmi

ceux qui se sont faits dans la suitte, &
l'orsque les Sciences & les Arts eurent
esté, pour ainsi dire, renouvellés. Il
semble que les grands hommes en tout
merite, & qui selon le sentiment ordinaire auroient dû être distribués dans
plusieurs siecles, attendissent le Pontificat de Jules II. pour paroître.

Tournons les yeux presentement sur
ce qui s'est passé en France, par rapport à la Poësie comme à la Peinture ?
Les causes morales ont-elles attendu
pour favoriser la Poësie & la Peinture
que le Sueur, le Brun, Corneille, la
Fontaine & Racine se produississent ?
Peut-on-dire qu'on ait vû les effets
suivre si promptement l'action des causes morales dans nôtre Patrie, qu'il
leur faille attribuer les succès surprenants des grands Artisans. Avant François I. nous avons eu des Rois liberaux
envers tous les gens de merite, sans
que leurs largesses ayent procuré à leurs
regnes l'honneur d'avoir produit un
Peintre ou un Poëte François dont les
ouvrages fussent mis en paralelle par la
posterité avec ceux qui ont esté faits
sous nos deux derniers Rois. A peine nous
demeure-t'il de ces temps là quelques
fragmens de vers ou de prose que
nous lisons avec plaisir. Le Chancelier

de l'Hôpital dit dans la Harangue qu'il prononça aux Etats generaux assemblés à Orleans : *Que le bon Roy Loüis XII. prenoit plaisir à oüir les Farces & Comedies , même celles qui étoient joüées en grande liberté , disant que par là il apprenoit beaucoup de choses qui étoient faites en son Royaume & qu'autrement il n'eût sçû.* De toutes ces farces dont Loüis XII. payoit bien les Poëtes , suivant les apparences , celle de Patelin est la seule qui se soit conservée une place dans nos cabinets.

Le grand Roi François est un des ardens protecteurs dont les Lettres & les Arts puissent se glorifier. On sçait quelle faveur , ou pour parler plus exactement , quelle amitié il montroit à maître Roux , à André Del Sarte comme à tous les hommes illustres par quelque talent ou par quelque merite , Leonard de Vinci mourut entre ses bras. On sçait avec quelle profusion il payoit les tableaux qu'il faisoit faire à Raphaël. Ses liberalités & son accüeil attirerent les Peintres en France ; mais bien que continuées durant un regne de 33. ans elles ne purent y fixer l'art de la Peinture dans son lustre. Les Peintres qui s'établirent alors en France y moururent sans Eleves , du moins qui fussent dignes d'eux, ainsi que ces oyseaux qu'on trans-porte sous un climat trop different du leur meurent sans laisser race.

Ce Roi genereux n'aima pas moins la Poësie que la Peinture, & lui même il faisoit des vers. Sà Sœur Marguerite de Valois, la premiere des deux Reines de Navarre qui ont porté ce nom, en composoit aussi. Nous avons encore un volume entier de ses Poësies sous le nom de *Marguerite-Françoise.* Aussi le regne de François I. produisit-il une grande quantité de Poësies, mais celles de Clement Marot & de Saint Gelais sont presque les seules dont on lise quelque chose aujourd'huy. Les autres ne servent plus que d'ornement à ces Biblioteques, où les livres rares ont autant de droit de prendre place que les bons livres. Comme les change-mens survenus dans nôtre langue ne nous empêchent pas de lire avec plaisir les morceaux que Marot a composé dans la Sphere de son genie, qui n'étoit pas propre aux grands ouvrages, ils ne nous empêcheroient pas aussi de lire les œuvres de ses contemporains, si d'ailleurs ils y avoient mis les mêmes beautés que les Poëtes du siecle de Loüis XIV. ont mises dans les leurs.

Henri II. & Diane de Valentinois se

plaifoient beaucoup avec les Mufes.
Charles I X. les honoroit jufqu'à leur
facrifier lui-même, pour ainfi dire, &
les vers qu'il compofa pour Ronfard
valent bien les meilleurs qu'ait fait ce
Poëte illuftre.

Ta Lyre qui ravit par de fi doux accords
Te donne les efprits dont je n'ai que le corps.
Le maître elle t'en rend & te fçait introduire
Où le plus fier Tyran ne peut avoir d'empire.

Ce Prince fit le celebre Jacques Amiot
fils d'un Boucher de Melun, grand
Aumônier de France. On fçait à quels
excès Henri III. porta fes profufions
envers la Pleyade Françoife, ou la
focieté des fept aftres les plus illuftres
de la Poëfie Françoife fous fon regne.
Il ne pratiqua point certainement à
leur égard la maxime de fon frere
Charles IX. que nous avons déja citée touchant la fubfiftance qu'il convient de donner aux Poëtes. Tous les beaux efprits
qui véquirent fous Henri III. & même
ceux qui fouvent abufoient de leur talent pour prêcher & pour écrire contre
lui, eurent part à fes prodigalités. Dans
les temps dont je parle les Poëtes &
les Sçavants étoient admis par nos Rois

à une efpece de familiarité. Ils en ap-
prochoient avec autant de privauté, ils
en étoient auſſi bien accueillis que *les*
mieux huppés de la Cour. Cependant
toutes ces graces ni tous ces honneurs
ne donnerent point aſſés d'haleine à
perſonne pour s'élever au haut du Parnaſſe. Tous ces encouragemens ne firent pas beaucoup de fruit dans un pays
où un regard affable du Souverain ſuffit pour envoyer vingt perſonnes de
condition affronter gaiement ſur une
breche la mort la moins évitable.

Il eſt de l'eſſence d'une Cour d'entrer
avec ardeur dans tous les goûts de ſes
Maîtres ; & celle de France épouſa
toûjours le goût des ſiens avec encore
plus d'affection que les autres Cours.
Ainſi je laiſſe à penſer ſi ce fut par la faute
des cauſes morales qu'il ne ſe format
point un Moliere ni un Corneille à la
Cour des Valois ? Terence, Plaute,
Horace, Virgile & les autres bons Auteurs de l'antiquité, qui contribuerent
tant à former les Poëtes du dernier
ſiecle, n'étoient-ils pas entre les mains
des beaux eſprits de la Cour de François I. & de Henri III. ? Eſt-ce parce que
Ronfard & ſes contemporains ne ſçavoient pas les langues anciennes qu'ils
ont fait des ouvrages dont le goût

reſſemble ſi peu au goût des bons ouvrages Grecs & Romains. Au contraire, le plus grand de leurs défauts eſt
de les avoir imités trop ſervilement ;
c'eſt d'avoir voulu parler Grec & Latin avec des mots François.

Le feu Roi a fait des établiſſe-
ments auſſi judicieux & auſſi magnifiques que les Romains les auroient pû
faire en faveur des arts qui relevent du
deſſein. Afin de donner aux jeunes
gens nés avec le genie de la Peinture
toutes les facilités imaginables pour
perfeĉtioner leurs talens , il a fondé
pour eux une Academie dans Rome. Il
leur a établi un domicile dans la patrie des beaux arts. Les Eleves , qui
jettent quelque lueur de genie, y ſont
entretenus aſſés long-temps pour avoir
le loiſir d'aprendre ce qu'ils ſont capables de ſçavoir. Les recompenſes & la
conſideration attendent les ouvriers habiles : nous les avons vû même prevenir quelquefois le merite. Cependant
cinquante années de ſoin & de dépen-
ſes ont à peine produit deux ou trois
Peintres dont les ouvrages ſoient marqués au coin de l'immortalité.

On obſervera même que les trois
Peintres François qui firent un ſi grand
honneur à nôtre nation ſous le regne

de Loüis XIV. ne devoient rien à ces établissements. Ils étoient formés avant que ces établissements fussent faits. En mil six cens soixante & un, ce fut l'année où le Roi Loüis XIV. prit lui même les rênes du gouvernement, & où il commença son siecle ; le Poussin avoit soixante ans & le Sueur étoit mort. Le Brun avoit déja quarante ans , & si la magnificence du Prince l'a excité à travailler, ce n'est point elle qui l'a rendu capable de le faire. Enfin , la nature que Loüis le Grand força tant de fois à plier sous ses volontés , a refusé constamment de lui obéïr sur ce point là. Elle n'a pas voulu produire dans son siecle la quantité d'habiles Peintres qu'elle produisit d'elle-même dans le siecle de Leon X. Les causes physiques dénioient leur concours aux causes morales. Ainsi ce Prince n'a pû voir en France une Ecole comme celles qui se sont formées subitement en d'autres temps à Rome, à Venise & à Boulogne,

Les soins somptueux de Loüis XIV. ne réüssirent donc qu'à former une grande quantité de Sculpteurs excellents. Comme on est bon Sculpteur quand on sçait faire de belles Statuës, & comme il n'est pas necessaire pour

meriter ce titre d'avoir mis au jour de
ces grands ouvrages dont nous avons
parlé dans la premiere partie de nos
Reflexions, l'on peut dire que la Sculpture ne demande point autant de genie
que la Peinture. Le Souverain, qui ne
fçauroit trouver une certaine quantité
de jeunes gens qui puiſſent, à l'aide des
moyens qu'il leur donne, devenir un
jour des Raphaëls & des Carraches,
en trouve un grand nombre qui peuvent avec ſon ſecours devenir de bons
Sculpteurs. L'Ecole qui n'a pas eſté formée en des temps où les cauſes phyſiques vouluſſent bien concourir avec les
cauſes morales, enfante ainſi des hommes excellents dans la Sculpture & dans
la Gravure, au lieu de produire des
Peintres excellents. C'eſt preciſement
ce que nous avons vû arriver en France.
Depuis le renouvellement des arts on
n'a jamais vû en quelque lieu que ce
ſoit le grand nombre de Sculpteurs excellents, ni de bons Graveurs en tout genre & en toute eſpece, qu'on a vû en
France ſous le regne du feu Roy.

Les Italiens, de qui nous avons
apris l'art de la Sculpture, ſont reduits
depuis long temps à ſe ſervir de nos
Mort en ouvriers. Puget, Sculpteur de Mar-
1695. ſeille, fut choiſi preferablement à plu-

sieurs Sculpteurs Italiens pour tailler
deux des quatre Statuës dont on vouloit orner les Niches des gros pilastres
qui portent le Dome de la magnifique
Eglise de Sainte Marie de Carignan à
Gennes. Le Saint Sebastien & le Saint
Alexandre Sauli sont de lui. Je ne veux
point faire tort à la reputation de Do-
menico Guidi qui fit le Saint Jean, ni
à l'Ouvrier qui fit le Saint Barthele-
mi ; mais les Gennois regrettent aujourd'hui que Puget n'ait pas fait les
quatre Statuës. Quand les Jesuites de
Rome firent élever il y a vingt ans
l'Autel de Saint Ignace dans l'Eglise du
Jesus , ils mirent au concours deux
groupes chacun de cinq figures de marbre blanc qui devoient être placés à
côté de ce superbe Monument. Les
plus habiles Sculpteurs qui fussent en
Italie presenterent un modelle , & ces
modelles ayant esté exposés, il fut decidé sur la voix publique que celui de
Theodon , alors Sculpteur de la Fabrique de Saint Pierre , & celui de le Gros,
tous deux François, étoient les meilleurs.
Ils firent les deux Groupes qui sont cités aujourd'hui parmi les chef-d'œuvres
de *la Rome moderne.* La balustrade de
bronze qui renferme cet Autel, laquelle est composée d'Anges qui se joüent

dans des feps de vigne mêlés d'épics
de bleds , elt encore l'ouvrage d'un
Sculpteur François. Les cinq meilleurs Graveurs d'Eftampes que nous
ayons vû étoient François par leur
naiffance ou par leur éducation.
Il en eft de même des Graveurs fur
métaux. L'orfeverie en grand & en petit,
enfin tous les arts qui relevent du deffein font plus parfaits en France que
par tout ailleurs. Mais comme la Peinture ne depend pas autant des caufes
morales que les arts dont je viens de
parler elle n'y a point fait de progrés
proportionés aux fecours qu'elle à reçû
depuis cinquante ans.

Seconde Reflexion. Que les arts parviennent à leur élevation par un progrés fubit, & que les effets des caufes morales ne les fçauroient foûtenir fur le point de perfection où ils fem- Voilà ma premiere raifon pour montrer que les hommes ne naiffent pas
avec autant de genie dans un pays que
dans un autre, & que dans le même
pays ils ne naiffent pas avec autant de
genie dans un temps que dans un autre
temps. La feconde ne me paroît pas
moins forte que la premiere. C'eft
qu'il arrive des jours où les hommes
portent en peu d'années jufqu'à un point
de perfection , furprenant les arts & les
profeffions qu'ils cultivoient prefque
fans aucun fruit depuis plufieurs fiecles. Ce prodige furvient fans que les
caufes morales faffent rien de nouveau

à quoi l'on puiſſe attribuer un progrés *ble s'etre* ſi miraculeux. Au contraire, les Arts *élevés par* & les Sciences rétombent quand les *leurs pro-* cauſes morales font des efforts redou-*pres forces.* blés pour les ſoûtenir ſur le point d'é-levation où il ſemble qu'une influence ſecrete les eût portés.

Le Lecteur voit déja quels faits je vais employer pour montrer que le progrés des beaux arts vers la perfec-tion, devient ſubit tout à coup, & que ces arts franchiſſant en peu de temps un long eſpace, ſautent de leur levant à leur midi. Dès le treiziéme ſiecle la Peinture renaquit en Italie ſous le pinceau de Cimabué. Il arri-*Né en* va bien que pluſieurs Peintres ſe ren-*1244.* dirent illuſtres dans les deux ſiecles ſuivants, mais aucun ne ſe rendit excel-lent. Les ouvrages de ces Peintres, ſi vantés de leur temps, ont eu en Italie le ſort que les Poëſies de Ronſard ont eu en France.

En mil quatre cent quatre-vingt la Peinture étoit encore un art groſſier en Italie, où depuis deux cens ans on ne ceſ-ſoit de la cultiver. On deſſinoit alors ſcru-puleuſement la nature, mais ſans l'anno-blir. On finiſſoit les têtes avec tant de ſoin qu'on pouvoit compter les poils de la bar-be & des cheveux. Les draperies étoient

de couleurs trés brillantes & rechauf-
fées d'or. Enfin, la main des Ouvriers
avoit bien acquis qu'elque capacité,
mais les Ouvriers n'avoient pas encore
le moindre feu, la moindre éteincel-
le de genie. Les beautés qu'on tire du
nud dans les corps reprefentés en action n'avoient point efté imaginées
de perfonne. On n'avoit point fait encore aucune découverte dans le clair
obfcur ni dans la perfpective aeriene,
non-plus que dans l'élegance des contours & dans le beau jet des draperies.
Les Peintres fçavoient arranger les figures d'un tableau, mais c'étoit fans
fçavoir faire fervir l'une à donner un
nouveau luftre à l'autre. Avant Raphaël & fes contemporains le Martire
d'un Saint n'émouvoit aucun des fpectateurs. Les affiftans que le Peintre introduifoit à cette action tragique, n'é-
toient là que pour remplir l'efpace de
la toille que le Saint & les Bourreaux
avoient laiffé vuide.

A la fin du quinziéme fiecle, la
Peinture qui s'acheminoit vers la perfection à pas fi tardifs que fa progref-
fion étoit comme imperceptible, y mar-
cha tout à coup à pas de geant. La
Peinture encore gothique a commencé
les ornemens de plufieurs édifices, dont

les derniers emmbeliffemens font les chef-d'œuvres de Raphaël & de fes contemporains. Le Cardinal Jean de Medicis, qui ne viellit point fous le chapeau, puifqu'il fut fait Pape à trente-fept ans renouvella la décoration de l'Eglife de Saint Pierre in Montorio & il commenca d'y faire travailler peu de temps après qu'il eut reçû la Pourpre. Les Chapelles qui font à main gauche en entrant & qui furent faites les pre-mieres, font ornées d'ouvrages de Pein-ture & de Sculpture d'un goût medio-cre & qui tient encore du Gothique. Mais les Chappelles qui font vis-à-vis furent ornées par des ouvriers qu'on compte parmi les artifans de la premie-re claffe. La premiere en entrant dans l'Eglife eft peinte par *Fra del Piombo.* Une autre eft enrichie de *Statuës* faites par Daniel de Voltere. Enfin, on voit au deffus du maître Autel la Transfigu-ration de Raphaël, tableau prefque auffi connu des nations que l'Eneïde de Virgile.

La deftinée de la *Sculpture* fut la même que celle de la Peinture. Il fem-bloit que les yeux des artifans, jufques là fermés, fe fuffent ouverts par quel-que miracle. Un Poëte diroit que cha-que nouvel ouvrage de Raphaël faifoit un nouveau Peintre. Cependant les caufes morales ne faifoient rien alors en faveur des artifansque ce qu'ellesavoient fait fans fruit depuis deux fiecles. Les Statuës & les bas-reliefs antiques dont Raphaël & fes contemporains fçavoient fi bien profiter, avoient efté devant les yeux de leurs dévanciers, qui n'en avoient fçû faire ufage. Si l'on déterroit quelques ouvrages antiques que ces dévanciers n'euffent pas vûs, combien en avoient-ils vûs qui perirent avant que Raphaël fut au monde ? Pourquoi ces dévanciers ne faifoient-ils pas foüiller dans les rüines de l'ancienne Rome comme le firent Raphaël & fes contemporains. C'eft qu'ils n'avoient point de genie. C'eft qu'ils ne reconnoiffoient pas leur propre goût dans le Marc Aurele & dans tous les ouvrages de Sculpture & d'Architecture qui étoient hors de terre long-temps avant Raphaël.

. Le prodige qui arrivoit à Rome arrivoit en même temps à Venife, à Florence & dans d'autres Villes d'Italie, Il y fortoit de deffous terre, pour ainfi dire, des hommes illuftres à jamais dans leurs profeffions, & qui tous valoient mieux que les maîtres qui les avoient enfeignés : des hommes fans précurfeur & qui étoient les Eleves de leur propre genie. Venife fe vit riche

tout

tout à coup en Peintres excellents, fans
que la Republique eût fondé depuis
peu de nouvelles Academies , ni propofé aux Peintres de nouveaux prix.
Les influences heureufes qui fe repan-
doient alors fur la Peinture furent chercher le Correge dans fon Village pour
en faire un grand Peintre d'un caractere particulier. Il ofa le premier mettre des figures veritablement en l'air,
& qui *plafonnent*, comme difent les
Peintres. Raphaël en peignant les Nopces de Pfyché fur la voute du Sallon
du petit Farnefe a traité fon fujet comme s'il étoit peint fur une tapifferie
attachée à ce Plafond. Le Correge
met des figures en l'air dans l'Affom-
ption de la Vierge qu'il peignit dans
la Coupole de la Cathedrale de Parme ,
& dans l'Afcenfion de Jefus-Chrift qu'il
peignit dans la Coupole de l'Abbaye
de Saint Jean de la même Ville. C'eft
une chofe qui feule pourroit faire reconnoître l'action des caufes phyfiques
dans le renouvellement des arts. Toutes les Ecoles qui fe formoient alors
alloient au beau par des routes differentes. Leur maniere ne fe reffembloient
pas , quoi qu'elles fuffent fi bonnes qu'on
feroit fâché que chaque Ecole n'eût pas
fuivi la fienne. *Omnes inter fe diffimiles,*

Tome II.   H

ita tamen ut neminem velis esse sibi dis-
similem.

Le Nord reçût aussi quelques rayons
de cette influence. Albert Durer, Holbeins & Lucas de Leyde peignirent
infiniment mieux qu'on ne l'avoit fait
encore dans leur pays. On conserve
dans le Cabinet de la Bibliotheque de Bâle plusieurs tableaux d'Holbeins, & deux de ces tableaux mettent
bien en évidence le progrés surprenant
que la Peinture faisoit par tout où il y
avoit des sujets capables d'être Peintres.
Le premier de ces tableaux, qu'une inscription mise au bas aprend avoir esté
fait en 1516. represente un Maître d'E-
cole qui montre à lire à des enfans.
Il a tous les défauts que nous avons
reprochés aux ouvrages de Peinture
faits avant Raphaël. Le second tableau,
que son inscription aprend avoir esté fait
en mil cinq cens vingt & un, & qui represente une Descente de Croix est dans le
bon goût. Holbeins avoit vû de nouveaux
tableaux & il en avoit profité, ainsi
que Raphaël profita en voyant l'ouvrage de Michël Ange. Le retable d'Autel, qui represente en huit tableaux se-
parés les principaux évenemens de la
Passion, & qu'on conserve à l'Hôtel
de Ville de Bâle, doit avoir esté peint

par Holbeins avant l'abolition du Culte de la Religion Catholique à Bâle,
où la prétenduë Reforme fut introduite & les tableaux ôtés des Eglifes en
mil cinq cens vingt-fept. Ces huit tableaux peuvent être comparés aux meilleurs ouvrages des Eleves de Raphaël
pour la Poëfie , & leur être preferés
pour le coloris. Il y a même plus d'intelligence du clair obfcur que les autres Peintres n'en avoient en ces temps
là. On y remarque des incidens de
lumiere merveilleux , principalement
dans le tableau qui reprefente Jefus-
Chrift arrefté prifonnier dans le Jardin
des Oliviers.

Nos Peres virent arriver en France,
en faveur de la Poëfie fous le regne de
Loüis XIII. le même évenement qui
étoit arrivé en Italie en faveur de la
Peinture fous le regne de Jules II. On
vit reluire fubitement un jour lumineux
qui n'avoit efté precedé que par un foible crépufcule. Nôtre Poëfie s'éleva
tout à coup & les Nations étrangers,
qui jufques alors la dedaignoient, en
devinrent éprifes. Autant que je puis
m'en fouvenir, Pierre Corneille eft le
premier des Poëtes François piopha-
nes, dont un ouvrage de quelque étenduë ait efté traduit dans la langue de nos
voifins.   H ij

On trouve des Stances admirables dans les œuvres de plusieurs Poëtes François qui ont écrit avant le temps que je marque, comme l'Epoque où commence la splendeur de la Poësie Françoise. Malherbe est inimitable dans le nombre & dans la cadence de ses vers ; mais comme Malherbe avoit plus d'oreille que de genie, la plûpart des Strophes de ses ouvrages ne sont recommandables que par la mecanique & par l'arrangement harmonieux des mots pour lequel il avoit un talent merveilleux. On n'exigeoit pas même alors que les Poësies ne fussent composées, pour ainsi dire, que de *beautés contiguës.* Quelques endroits brillants suffisoient pour faire admirer toute une pice. On excusoit la foiblesse des autres vers, qu'on regardoit seulement comme étant faits pour servir de liaison aux premiers, & l'on les appelloit, ainsi que nous l'apprenons des memoires de l'Abbé de Marolles, *des vers de paßage.*

Il est des Strophes dans les œuvres de Desportes & de Bertaut comparables à tout ce qui peut avoir esté fait de meilleur depuis Corneille, mais ceux qui entreprennent la lecture entiere des ouvrages de ces deux Poëtes, sur la foi de quelques fragments qu'ils ont en-

tendu reciter, l'abandonnent bien tôt.
Les livres dont je parle sont sembla-
bles à ces chaînes de montagnes, où il
faut traverser bien des pays sauvages
pour trouver une gorge cultivée & riante.

Nous avions en France une scene
tragique depuis deux cens ans quand
Corneille fit le Cid. Quel progrés avoit
fait parmi-nous la Poësie Dramatique ?
Aucun. Corneille trouva nôtre theatre
presque encore aussi barbare qu'il pouvoit l'avoir esté sous Loüis XII. La
Poësie Dramatique fit plus de progrés
depuis mil six cens trente-cinq jusques
en mil six cens soixante-cinq, elle se
perfectionna plus en ces trente années
là qu'elle ne l'avoit fait dans les trois
siecles precedents. Rotrou parut en même temps que Corneille, Racine, Moliere & Quinault vinrent bien-tôt après ?
Voyoit-on dans Garnier & dans Mairet
une Poësie Dramatique qui se perfec-
tionât assés pour faire esperer qu'il parût bien-tôt des Poëtes du merite de
Corneille & de Moliere ? Quels sont,
pour parler ainsi, les Ancêtres Poëtiques de la Fontaine ? Pour dire quelque chose de nos Peintres, Freminet &
Vouet, qui travailloient sous Loüis
XIII étoient-ils des precurseurs dignes
du Poussin, de le Sueur & de le Brun?

H iij

Les grands hommes, qui compofent
ce qu'on appelle le fiecle d'Augufte,
ne fe formerent point durant les jours
heureux du regne de cet Empereur Ils
avoient acquis leur merite, ils étoient
formés avant que ces jours heureux com-
mençaffent. Perfonne n'ignore que les
premieres années du fiecle d'Augufte furent un fiecle de fer & de fang. Ces jours
benis de tous l'univers ne commencerent leur cours quaprès la bataille d'Actium, où le Demon tutelaire de Rome
terraffa d'un feul coup Antoine, la Dif-
corde & Cleopatre. Virgile avoit quarante ans lors que cet évenement ari-
va. Voici la peinture qu'il fait lui même des temps durant lefquels il s'étoit
formé, & qu'il dit lui-même avec tant
d'elegance avoir efté le regne de Mars
& de la fureur.

Georgi.
lib. prim.

Quippe ubi fas verfum atque nefas, tot bella
           per orbem
Tam multa fcelerum facies, non ullus aratro
Dignus honor, fquallent abductis arva colonis,
Et curva rigidum falces conflantur in enfem.
Hinc movet Euphrates, illinc Germania bellum,
Vicina ruptis inter fe legibus urbes,
Arma ferunt, favit toto Mars impius orbe.

Les hommes qui s'étoient fait un nom diftingué étoient même plus expo-fés que les autres dans les profcriptions & durant toutes les horreurs des pre-mieres années du regne d'Augufte. Ci-ceron qui fut égorgé dans les temps malheureux dont parle Virgile mourut la victime de fes talens

Largus & exundans laiho dedit ingenii fons

Ingenio manus eft & cervix cæfa.

Juvenal fati. de-cim.

Horace avoit trente-cinq ans lorfque la bataille d'Actium fe donna. La ma-gnificence d'Augufte encouragea bien les grands Poëtes à travailler, mais ils étoient devenus déja de grands hom-mes avant cet encouragement.

Ce qui pourroit achever de convain-cre que les caufes morales ne font que concourir avec une autre caufe fecon-de, encore plus efficace qu'elles, au pro-grés furprenant que les arts & les let-tres font en certains fiecles, c'eft que les arts & les lettres retombent quand les caufes morales font les derniers ef-forts pour les foûtenir fur le point d'é-levation où ils avoient atteint d'eux-mêmes. Ces grands hommes, qui pour ainfi dire, fe font formés de leurs pro-pres mains, ne fçauroient former par

H iiij

leurs leçons ni par leurs exemples des
Eleves qui foient leurs égaux. Ces fuccefleurs , qui reçoivent des enfeigne-
ments donnés par des maîtres excellents. Ces fuccefleurs , qui par cette
raifon & par bien d'autres devroient
furpafler leurs maîtres , s'ils avoient
autant de genie qu'eux, occupent leur
place fans la remplir. Les premiers fuccefleurs des grands maîtres font encore
remplacés par des fujets moindres
qu'eux. Enfin, le genie des Arts & des
Sciences difparoit jufqu'à ce que la revolution des fiecles le vienne encore
tirer une autre fois des tombeaux où il
femble qu'il s'enfeveliffe pour plufieurs
fiecles , après avoir apparu durant quelques années.

Dans le même pays où la nature
avoit produit liberalement & fans fecours extraordinaire les Peintres fameux
du fiecle de Leon X. les recompenfes ,
les foins de l'Academie de Saint Luc
établie par Gregoire XIII. & par Sixte-
Quint , l'attention des Souverains , enfin tous les efforts des caufes morales
n'ont pû donner une pofterité à ces
grands Artifans nés fans ancêtres. L'E-
cole de Venife & celle de Florence dé-
genererent & s'aneantirent en foixante
ans. Il eft vray que la Peinture fe main-

tint à Rome en fplendeur durant un
plus grand nombre d'années. Au milieu du fiecle dernier on y voyoit même encore de grands maîtres. Mais ces
Peintres étoient des étrangers, tels que
Pouffin, les Caraches & leurs Eleves
qui vinrent faire valoir à Rome les
talents de l'Ecole de Boulogne. Comme cette Ecole avoit fleuri plus tard
que celle de Rome, elle a furvecu
à la premiere. Qu'on me permette
l'expreffion, il ne vint point de taillis
à côté de ces grands chênes. Le Pouffin
en trente années de travail affidu dans
un attellier placé au milieu de Rome,
ne forma point d'Eleve qui fe foit acquis un grand nom dans la Peinture,
quoique ce grand homme fût auffi capable d'enfeigner fon art qu'aucun maître qui jamais l'ait profeffé. Dans la
même Ville mais en d'autres temps,
Raphaël mort auffi jeune que l'étoient
fes Eleves, forma dans le cours de dix
ou de douze années une Ecole de cinq ou
fix Peintres, dont les ouvrages font encore une partie de la gloire du maître;
Enfin, toutes les Ecoles d'Italie, celles
de Venife, de Rome, de Parme & de
Boulogne, où les grands fujets fe mul-
tiplioient fi facilement dans les bons
temps en font aujourd'hui denuées.

H v

. Cette decadence eſt arrivée preciſement en des temps où l'Italie jouiſſoit
des jours les plus heureux dont elle ait
joüi depuis la deſtruction de l'Empire
Romain par les Barbares. Toutes les
conjonctures qui decideroient de la deſtinée des beaux arts, s'il étoit vrai que
cette deſtinée dépendit uniquement des
cauſes morales concouroient à les faire
fleurir quand ils y ſont tombés en decadence. Ce fût depuis l'expedition de
En 1496. nôtre Roy Charles VIII. à Naples juſqu'à la Paix faite à Cambrai en mil
cinq cens vingt neuf entre Charles-
Quint & François I. laquelle fut bien-
tôt ſuivie de la derniere revolution de
l'Etat de Florence, que les guerres de-
ſolerent l'Italie. Durant trente-quatre ans l'Italie, pour me ſervir de
l'expreſſion familiere à ſes hiſtoriens,
fut foulée aux pieds par les nations barbares. Le Royaume de Naples fut conquis quatre ou cinq fois par differents
Princes, & l'Etat de Milan changea de
maître encore plus ſouvent. On vit pluſieurs fois dés Clochers de Veniſe les
armées ennemies, & Florence fût preſque toûjours en guerre ou contre les
Medicis qui la vouloient aſſuietir, ou
contre les Piſans qu'elle vouloit remettre ſous le joug. Rome vit plus d'une

fois des troupes ennemies ou fuſpectes dans ſes murailles , & cette Capitale des beaux arts fut faccagée par les armes de l'Empereur Charles-Quint avec autant de barbarie que le feroit une ville priſe d'aſſaut par les Turcs. Ce fut preciſement durant ces trente-quatre années que les Lettres & les Arts firent en Italie ces progrés qui ſemblent encore prodigieux aujourd'hui.

Depuis la derniere revolution de l'Etat de Florence juſqu'à la fin du ſeiziéme ſiecle , le repos de l'Italie ne fut interrompu que par des guerres de frontiere ou de courte durée. Aucune de ſes grandes Villes ne fut faccagée , & il n'arriva plus de revolutions violentes dans les cinq Etats principaux qui la partagent preſque entr'eux. Les Allemands ni les François n'y firent plus d'invaſion, ſi l'on en excepte l'expedition du Duc de Guiſe à Naples ſous Paul IV laquelle fut plûtoſt une courſe qu'une guerre. Le dix-ſeptiéme ſiecle a eſté pour l'Italie un temps de repos & d'abondance juſqu'à ſes dernieres années. Ce fut durant tous les tems dont j'ai parlé que les Venitiens amaſſerent des ſommes immenſes en argent monnoyé , & qu'ils firent faire leur fameuſe chaîne d'or à laquelle on ajoûtoit tous les

H v j

ans de nouveaux anneaux. Ce fut alors
que Sixte-Quint mit dans le trefor
Apoftolique cinq millions d'écus d'or,
que la Banque de Gennes fe remplit,
que les grands Ducs mirent enfemble
de fi groffes fommes, que les Ducs de
Ferrare remplirent leurs coffres, en un
mot, que tous ceux qui gouvernoient
en Italie, à l'exception des Vicerois de
Naples & des Gouverneurs de Milan,
trouvoient après les dépenfes courantes
& les dépenfes faites par precaution,
un fuperflu dans le revenu de chaque
année qu'on pouvoit épargner ; c'eft le
fimptôme le plus certain d'un Etat floriffant. Néanmoins ce fut durant ces
années de profperité que les Ecoles de
Rome, de Florence, de Venife & fucceffivement que celle de Boulogne s'a-
pauvrirent & devinrent dénuées de bons
Sujets. Comme leur Midi s'étoit trouvé
fort près de leur Levant, leur Couchant ne fe trouva pas bien éloigné de
leur Midï. Je ne veux point prevoir la
decadence de nôtre fiecle, quoi qu'un
homme qui a beaucoup d'efprit ait écrit
il y a déja plus de trente ans, en parlant des beaux ouvrages que ce fiecle

Difgreffion fur les An-ciens & les Modernes. a produit. *Il en faut convenir de bonne foi, il y a environ dix ans que ce bon temps eft paffé.* Monfieur Defpreaux

avant que de mourir a vû prendre
l'effort à un Poëte Lyrique né avec
les talens de ces anciens Poëtes, à qui
Virgile donne une place honorable
dans les Champs Elifées pour avoir enfeigné les premiers la morale aux hommes encore féroces. Les ouvrages de
ces anciens Poëtes qui furent un des
premiers liens de la focieté & qui donnerent lieu à la Fable d'Amphion, ne
contenoient pas des maximes plus fages que les Odes de l'Auteur dont je
parle, à qui la nature ne femble avoir
donné du genie que pour parer la morale & pour rendre aimable la vertu.
D'autres qui vivent encore meriteroient
que je fiffe une mention honorable
de leurs ouvrages, mais comme dit
Velleius Paterculus, en un cas à peu
près pareil, *Vivorum cenfura difficilis*. Il
eft trop delicat d'entreprendre le *recen-*
fement des Poëtes vivans.

Si nous remontons au fiecle d'Augufte nous verrons que les Lettres, les
Arts & principalement la Poëfie tomberent en decadence quand tout conf-
piroit à les foûtenir. Ils degenererent
durant les plus belles années de l'Empire Romain. Bien des gens penfent
que les Lettres & les Arts perirent enfevelis fous les ruines de cette Monar-

chie renverſée & devaſtée par les peuples ſeptentrionaux. On ſupoſe donc
que les inondations des Barbares, ſuivies du bouleverſement entier de la
ſocieté par tout où ils s'établirent,
ôterent aux peuples conquis les commodités neceſſaires pour cultiver les
Lettres & les Arts, & même l'envie
de le faire. Les Arts, dit-on, ne
peuvent ſubſiſter en un pays dont les
Villes ſont changées en campagnes, &
les campagnes en deſerts.

Vida   *Tanti cauſa mali latio gens aſpera aperto*
Poeti lib. *Sæpius irrumpens, ſunt juſſi vertere morem*
prim.   *Auſonidæ victi.*

Cette opinion, pour être communement reçûë, n'en eſt pas moins fauſſe.
Les opinions fauſſes en hiſtoire s'établiſſent auſſi facilement que les opinions fauſſes en Philoſophie. Les Lettres & les Arts étoient déja tombés en
decadence, ils avoient déja degeneré,
quoi qu'on n'eut pas laiſſé de les cultiver avec ſoin, quand ces nations, le
fleau du genre humain, quitterent les
neiges de leur patrie. On peut regarder le Buſte de Caracalla comme le
dernier ſoupir de la Sculpture Romaine. Les deux Arcs de triomphe qui

furent élevés à Severe son pere , les
chapiteaux des colomnes qui étoient
au Septizonne qu'on a transportées en
differentes Eglises lors qu'il fut abbatu ,
& les Statuës connuës pour être faites
dans ce temps là & qui nous sont de-
meurées , montrent que la Sculpture &
l'Architecture étoient déja déchuës sous
le regne de ce Prince & de ses enfans.
Or, Severe regnoit plus de deux cens
ans avant la premiere prise de Rome
par Alaric. Depuis cet Empereur les
Arts allerent toûjours en degenerant.

Les monuments qui nous restent des
successeurs de Severe font encore
moins d'honneur à la Sculpture que ne
lui en font les bas-reliefs du plus grand
des deux Arcs de triomphe élevé à
l'honneur de ce Prince. Tout le monde
sçait que ces bas-reliefs sont de mauvaise main. On peut croire cependant
que les Sculpteurs les plus habiles
avoient travaillé à cet Arc, quand ce
ne seroit qu'à cause de l'endroit où il
fut élevé. C'étoit dans le quartier le
plus considerable de la Ville au bout du
Forum Romanum, & comme je pense
avoir lieu de le croire à la descente des
cent dégrés du Capitole.

Les Medailles Romaines , frappées
après le regne de Caracalla & après

celui de Macrin fon fucceffeur, qui ne
lui furvequit que deux ans , font très
inferieures à celles qui furent frappées
fous les trente premiers Empereurs.
Après Gordien Pie elles degenererent
encore plus fenfiblement, & fous Gallien qui regnoit cinquante ans après
Caracalla elles n'étoient plus qu'une
vilaine monnoye. Il n'y a plus ni goût
ni deffein dans leur graveure ni entente
dans leur fabrique. Comme ces Medailles étoient une monnoye deftinée
autant pour inftruire la pofterité des
vertus & des belles actions du Prince
fous le regne de qui l'on les frappoit,
qu'à fervir dans le commerce ; on peut
bien croire que les Romains, auffi jaloux de leur memoire qu'aucun autre
peuple , employoient à les faire les
ouvriers les plus habiles qu'ils puffent
trouver. Il eft donc raifonable de juger
par la beauté des Medailles de l'état où
étoit la graveure fous chaque Empereur ,
& la graveure eft un art qui fuit la
fculpture pas à pas. Les obfervations
qu'on fait par le moyen des Medailles
font confirmées par ce qu'on remarque
dans les ouvrages de Sculpture dont on
connoît le temps & qui fubfiftent encore. Par exemple, les Medailles du
grand Conftantin qui regnoit cinquante

ans après Gallien sont très mal gravées : elles sont d'un mauvais goût, &
nous voyons aussi par l'Arc de triomphe élevé à l'honneur de ce Prince,
qui subsiste encore aujourd'huy, que
sous son regne & cent ans avant que les
Barbares prissent Rome, la *Sculpture*
y étoit redevenuë un art aussi grossier
qu'elle pouvoit l'être au commencement de la premiere guerre Punique.

Quand le Senat & le Peuple Romain
voulurent ériger à l'honneur de Constantin cet Arc de triomphe, il ne se
trouva point apparament dans la Capitale de l'Empire un Sculpteur capable
d'entreprendre l'ouvrage. Malgré le
respect qu'on avoit à Rome pour la
memoire de Trajan, on dépoüilla l'Arc
élevé autrefois à son honneur de ses
ornemens, & sans égard à la conve-
nance on les employa dans la fabrique
de l'Arc qu'on élevoit à Constantin.
Les Arcs triomphaux des Romains n'é-
toient pas comme les nôtres des monuments imaginés à plaisir, ni leurs
ornements des embellissements arbitraires qui n'eussent pour regle que les idées
de l'Architecte. Comme nous ne faisions pas de triomphe réel, & qu'après
nos victoires on ne conduit pas en
pompe le triomphateur sur un char

precedé de ſes captifs , les Sculpteurs
modernes peuvent ſe ſervir, pour em·
bellir leurs Arcs allegoriques , des tro-
phées & des armes qu'ils inventent à
leur gré. Les ornemens d'un de nos
arcs triomphaux peuvent ainſi convenir la plûpart à un autre arc. Mais
comme les arcs triomphaux des Romains ne ſe dreſſoient que pour éternifer la memoire d'un triomphe réel, les
ornemens tirés des dépoüilles qui
avoient paru dans un triomphe & qui
étoient propres pour orner l'arc qu'on
dreſſoit afin d'en conſerver la memoire, n'étoient point propres pour embellir l'arc qu'on élevoit en memoire
d'un autre triomphe , principalement
ſi la victoire avoit eſté remportée ſur
un autre peuple , que la victoire qui
avoit donné lieu au premier triomphe
comme au premier arc. Chaque nation
avoit alors ſes armes & ſes vétemens
particuliers très connus dans Rome.
Tout le monde y ſçavoit diſtinguer le
Dace, le Parthe & le Germain, ainſi
qu'il y ſçavoit diſtinguer les François
des Eſpagnols il y a cent ans , quand
ces deux nations y portoient encore
chacune ſes habits faits à la mode de
ſon pays. Les arcs triomphaux des Anciens étoient donc des monumens hiſto-

riques & qui exigeoient une verité hiftorique à laquelle il étoit contre la
bienféeance de manquer.

Néanmoins on embellit l'arc de Conftantin des captifs Parthes & des tro-
phées compofés de leurs dépoüilles
enlevés de l'arc de Trajan. C'étoit à
eux que Trajan les avoit prifes, mais
Conftantin n'avoit encore rien eu à démêler avec cette nation. Enfin, on or-
na l'arc avec des bas - reliefs où tout le
monde reconnoiffoit & où tout le monde reconnoît encore la tête de Trajan.
Il ne faut pas dire que ce fut pour
avoir plûtoft fait qu'on facrifiât le monument de Trajan pour élever l'arc de
Conftantin. Comme on ne pouvoit pas
le compofer entierement de morceaux
rapportés, il fallut qu'un Sculpteur de
ce temps là fît quelques bas reliefs qui
ferviffent à remplir les vuides. Ces
bas-reliefs font ceux qui fe voyent fous
l'arcade principale. Les Divinités qui
font en dehors de l'arc, pofées fur les
moulures du ceintre des deux petites
arcades, ainfi que les bas-reliefs écrafés, placés fur les clefs de voute de ces arcades ; toute cette Sculpture qu'on diftingue d'avec l'autre en aprochant de
l'arc, eft fort au deffous du bon Go-
tique, quoique fuivant les apparences

le Sculpteur le plus habile de la Capitale de l'Empire y ait mis la main.
Enfin, quand Conſtantin voulut embellir ſa nouvelle Capitale, Conſtantino-
ple, il ne ſçût faire mieux que d'y
tranſporter quelqu'uns des plus beaux
monumens de Rome. Cependant comme la Sculpture dépend plus des cauſes morales que la Peinture & la Poëſie, elle doit déchoir plus lentement
que ces deux Arts & même que l'éloquence. Auſſi voyons-nous par ce que
Petrone nous dit de la Peinture, que
cet art baiſſoit déja dès le temps de
l'Empereur Neron.

Quant à la Poëſie, Lucain fut le ſuc-
ceſſeur de Virgile, & il y a déja bien
des dégrés en deſcendant de l'Enéïde
à la Pharſale. Après Lucain parut Stace
dont les Poëſies ſont reputées très inferieures à celles de Lucain, Stace qui
vivoit ſous Domitien ne laiſſa point de
ſucceſſeurs. Horace n'en avoit pas eu
dans le genre Lyrique. Juvenal ſoû-
tint la Satire juſques ſous l'Empire de
Trajan, mais ſes Poëſies peuuent être
regardées comme le dernier ſoûpir
des Muſes Romaines. Auſonne & Claudien qui voulurent ranimer la Poëſie
Latine ne rendirent au jour qu'un
phantôme qui lui reſſembloit. Leurs

vers n'ont ni le nombre ni la force de
ceux qui furent faits fous le regne d'Augufte. Tacite qui écrivoit fous Trajan
eft le dernier Hiftorien Latin. C'eft
être le dernier que de n'avoir pas eu
d'autre fuccesseur que l'abbreviateur de
Trogue Pompée. Quoique les Sçavants
paroiffent incertains du temps où Quin-
te - Curce écrivoit fon hiftoire d'Ale-
lexandre, il me paroît décidé par un
paffage de fon livre que Quinte-Curce la
compofa fous l'Empire de Claudius & par
confequent qu'il écrivoit quatre-vingt
ans avant que Tacite écrivit. Quinte-
Curce dit à l'occafion des malheurs dont
la mort d'Alexandre fut fuivie, parce
que les Macedoniens prirent plufieurs
Chefs à la place d'un feul. Que Rome
avoit penfé perir depuis peu par le pro-
jet de retablir la Republique. Or ,, on
reconnoît dans le recit magnifique qu'il
fait de cet évenement toutes les principales circonftances du tumulte qui arriva dans Rome quand le *Senat* voulut
après la mort de Caligula rétablir le
gouvernement Republiquain, & quand
il fe cantonna contre les Cohortes Pré-
toriennes qui vouloient avoir un Empereur. Quinte-Curce caracterife fi bien
toutes les circonftances de l'avenement
de Claudius à l'Empire qui calma le

Juftin.

Libr. x.
Sect. 9.

tumulte, il parle si nettement de la famille de ce Prince, qu'on ne sçauroit
hesiter sur l'application de ce passage,
d'autant plus que le recit qu'il fait ne
peut être appliqué à l'avenement à
l'Empire d'aucun des trente successeurs
immediats de Claudius. On ne sçauroit
entendre ce passage de Quinte-Curce
que de l'avenement de Claudius à l'Empire ou de celui de Gordien Pie.

Soixante années après Auguste, Quintilien écrivoit déja sur les causes de la
decadence de l'éloquence Latine. Lon-
gin qui écrivoit sous Gallien a fait un
chapitre sur *les causes de la decadence des
esprits* à la fin de son traité du Sublime. Il ne restoit plus que l'Art Oratoire. Les Orateurs avoient disparu.
La decadence des Lettres & des Arts
étoit déja un objet sensible. Il frappoit
assés les personnes capables de faire des
reflexions pour les obliger d'en rechercher les causes. C'étoit long-temps avant
que les Barbares d'évastassent l'Italie
qu'elles faisoient cette observation.

On remarquera encore que les Lettres & les Arts commencerent à décheoir sous des Empereurs magnifiques
& qui les cultivoient eux-mêmes. La
plûpart de ces Princes si piquoient d'être
Orateurs, & plusieurs d'entre-eux se

piquoient d'être Poëtes. Neron, Adrien,
Marc-Aurele & Alexandre Severe fçavoient peindre. Croit-on que les Arts
fuffent fans confideration fous leur regne ? Enfin dans les quatre fiecles qui
fe font écoulés depuis Jules Cefar jufqu'à l'inondation des Barbares, il y eût
de fuitte plufieurs regnes tranquilles
qu'on peut regarder comme le fiecle
d'or réel & hiftorique, Nerva, Trajan,
Adrien, Antonin & Marc Aurele qui fe
fuccederent immediatement les uns aux
autres & dont l'avenement à l'Empire fut
auffi paifible que celui d'un fils qui fucede
à fon pere, étoient à la fois de grands Princes & de bons Princes Leurs regnes con-
tigus compofent prefque un fiecle de
cent ans.

Il eft vrai que plufieurs Empereurs
furent des Tirans & que les guerres
civiles dans lefquelles un grand nombre de ces Princes parvint à l'Empire
ou le perdit, furent très frequentes.
Mais la mauvaife humeur de Caligula, de Neron, de Domitien, de Commode, de Caracalla & de Maximin,
ne tomboit gueres fur les gens de Lettres,
& tomboit encore moins fur les Artifans. Lucain le feul homme de Lettres
diftingué qui fut mis à mort dans ces
temps là, fut condamné comme conf-

pirateur & non-pas comme Poëte. La
mort de Lucain dégoûta-t-elle ceux qui
avoient du genie de faire des vers. Stace, Juvenal, Martial & plufieurs autres qui ont pû le voir mourir, n'ont
pas laiffé de compofer. La mauvaife
humeur des Empereurs n'en vouloit
qu'aux Grands de l'Etat. L'envie que
les plus cruels avoient d'être bien avec
le peuple, ce qui les obligeoit à rechercher fa faveur en lui donnant toutes fortes de fêtes & de fpectacles, les
engageoit à procurer l'avancement des
Lettres & des Arts.

Quant à ces guerres civiles dont on
parle tant, la plûpart fe firent hors de
l'Italie, & elles furent terminées en
deux campagnes. Elles n'ont pas trou-
blé quarante années de trois cent années qu'on compte depuis Augufte jufqu'à Gallien. La guerre civile d'Othon
contre Vitellius, celles de Vitellius
contre Vefpafien, lefquelles ne dure-
rent pas mifes enfemble l'efpace de nèuf
mois, ne purent certainement pas pré-
judicier aux Lettres & aux beaux Arts
autant que les guerres civiles du Grand
Pompée & de fes enfans contre Cefar,
autant que la guerre civile de Modene
& que les autres guerres civiles que fit
Augufte contre les meurtriers de Cefar
& contre

& contre Marc Antoine. Cependant les guerres civiles où Cesar & Auguste eurent part n'arrêterent pas le progrès des Lettres & des Arts. La mort de Domitien fut l'ouvrage d'un complot de Valets, & le lendemain de sa mort Nerva regnoit déja paisiblement. Les choses se passerent à peu près de même à la mort de Commode & à celle de Pertinax, les premiers des Empereurs qui furent tués & déposés après Domitien. Severe dépossseda Didius Julianus sans combat, & la guerre qu'il fit dans l'Orient contre Pescennius Niger, & celle qu'il fit ensuitte dans les Gaules contre Clodius Albinus, n'empêchoient pas les Artisans & les Sçavants de Rome de travailler, non-plus que les revolutions subites qui se passerent en Asie & qui mirent Macrin à la place de Caracalla, & Heliogabale à la place de Macrin. Il est vray que ces revolutions tumultueuses arrivoient quelquefois dans Rome, mais elles se terminoient en un jour ou deux & sans être suivies de ces accidents qui peuvent retarder le progrés des Arts & des Sciences. Neron fut déposé dans Rome sans qu'il s'y donnât aucun combat. Le meurtre de Galba & l'avenement d'Othon au trône fut l'ouvrage d'une matinée & le tumulte ne coûta point la vie à cent perfonnes. Le peuple regarda les combats que les troupes de Vefpafien & celles de Vitellius donnerent dans Rome durant un jour, fans y prendre plus d'interêt qu'il avoit coûtume d'en prendre aux combats des Gladiateurs. Maximin fut dépofé & les Gordiens Afriquains mis en fa place, fans qu'il fe fit à Rome d'autre mouvement que s'il fe fut agi de l'execution d'un Arreft rendu contre un particulier. Quand les Gordiens furent morts en Afrique, Puppien & Balbin leur fuccederent fans tumulte, & deux jours virent naître & finir la guerre qui commença entre le Peuple & les Cohortes Pretoriennes quand ces deux Empereurs furent affafinés, & Gordien Pie mis en leur place. Les autres revolutions furent promptes & nous avons déja dit qu'elles arriverent hors de Rome. Enfin les guerres civiles des Romains, fous leur cinquante premiers Empereurs, étoient des guerres que les armées faifoient les unes contre les autres pour fe difputer l'avantage de donner un maître à l'Empire, & les deux partis menageoient les Provinces avec autant de foin qu'on menage les pays qu'on efpere de conquerir & de garder dans les guerres que les Princes Chrêtiens ne fe font que trop fouvent. Il y arrive toûjours des defordres, mais ils ne font pas tels qu'ils enfeveliffent les Arts & les Sciences. Toutes les guerres n'empêchent pas leurs progrès. Celles-là feulement peuvent être citées comme une des caufes de leur décadence qui mettent l'état des particuliers en danger ; Celles dans lefquelles il devient efclave de citoyen qu'il étoit auparavant, ou qui le privent du moins de la proprieté de fes biens.

Telles furent les guerres des Perfes contre les Grecs, & celles des Barbares du Nord contre l'Empire Romain. Telles font les guerres des Turcs & des Chrêtiens où le peuple entier court encore de plus grands dangers que ceux où les Soldats font expofés dans les guerres ordinaires. De pareilles guerres annéantiffent certainement les Arts & les Sciences dans les pays qu'elles défolent. Mais les guerres reglées où le peuple ne court d'autre rifque que celui de changer de Maître & d'aparrenir à un Prince Chrêtien plûtoft qu'à un autre, ne peuvent tout au plus annéantir les Arts & les Sciences que dans une Ville qui feroit affez malheureufe pour être prife d'affaut & faccagée.

I ij

La terreur que ces guerres repandent peut tout au plus retarder leurs progrès durant quelques années, & il paroît même qu'elle ne le fait pas. Je ne fçait par quelle fatalité les arts & les fciences ne fleurirent jamais mieux qu'au milieu de ces guerres. La Grece en effuia plufieurs dans le fiecle de Philippe le pere d'Alexandre le Grand. Ce fut dans le temps des guerres civiles qui affligerent l'Empire Romain fous Cefar & fous Augufte que les fciences & les beaux arts firent à Rome de fi grands progrès. Depuis mil quatre cens quatre-vingt-quatorze jufqu'en mil cinq cens vingt-neuf, l'Italie fut prefque toûjours en proye à des armées compofées en grande partie de Soldats étrangers. Les Pays-bas Efpagnols étoient attaqués par la France & par la Hollande lorfque l'Ecole d'Anvers fleurit ? N'eft-ce pas durant la guerre que les Lettres & les Arts ont fait en France leurs progrès les plus grands.

On ne trouve donc point, quand on y veut faire ferieufement reflexion, que durant les trois fiecles qui fuivirent la mort de Cefar, l'Empire Romain ait effuié aucune de ces guerres qui font capables de faire tomber en décadence les Lettres & les beaux Arts. Ce ne

fut que fous Gallien que les Bàrbares
commencerent d'avoir quelques étalif-
fements permanents fur les terres de
l'Empire, & que les Tyrans fe canton-
nerent dans les Provinces. Ces Gouverneurs qui s'y rendirent Souverains
pouvoient bien donner lieu à la devaf-
tation de quelques pays par les guerres qu'ils fe faifoient les uns aux autres dans des Provinces qui n'étoient
pas gardées l'une contre l'autre par des
Frontieres fortifiées , parce qu'elles
avoient appartenu long-temps au même
maître, mais ces devaftations n'étoient
pas capables de faire tomber les Lettres & les Arts dans la décadence où
ils tomberent. Le fejour des arts dans
un Etat contigu, ce fut toûjours la Capitale de l'Etat. Ainfi tous les bons
ouvriers de l'Empire Romain devoient
fe raffembler à Rome. Il n'y a donc
que les devaftations de la Ville de Rome qu'on puiffe alleguer comme une
des caufes de l'annéantiffement des Arts
& des Lettres. Or, la Ville de Rome
jufqu'à fa prife par Alaric, évenement
qui n'arriva que quatre cens cinquante
ans aprés la mort de Cefar, fut toûjours la Capitale d'un grand Empire où
l'on élevoit chaque jour des bâtiments
fuperbes. Les tumultes des Cohortes

Pretoriennes n'ont pas empêché qu'il
n'y eut de grands Peintres, de grands
Sculpteurs, de grands Orateurs & de
grands Poëtes, puisqu'ils n'empêchoient
pas qu'il ne s'y trouvat un peuple entier d'Artisans mediocres. Quand les
arts sont assez cultivés pour former un
grand nombre d'Artisans mediocres, ils
en formeroient d'excellents si le genie
ne leur manquoit pas.

Rome est encore aujourd'hui remplie de tombeaux & de statuës qu'on
reconnoît certainement par les inscrip-
tions ou par les coëffures des femmes,
pour avoir été faits depuis l'Empire de
Trajan jusqu'à l'Empire de Constantin. Comme les Romaines changeoient
leur coëffure aussi souvent que les Fran-
çoises changent la leur, on peut connoître à peu prés sous quel Empereur
les monumens Romains ont esté faits,
parce que nous sçavons par les medailles des femmes & des parentes des Empereurs en quel temps une certaine mode a eu cours. C'est ainsi qu'on pourroit, à l'aide du Receüil des modes en
usage en France depuis trois cens ans
lequel Monsieur de Gaignieres avoit
ramassé, juger du temps où la statuë
d'une Françoise, vétuë des habits qu'elle
portoit, auroit esté faite.

Il y avoit, difent des Auteurs anciens, plus de ftatuës à Rome que
d'hommes vivants. Les plus belles ftatuës de la Grece, defquelles les reftes
nous font fi pretieux, étoient de ce
nombre. Depuis Caracalla ces ftatuës
ne formerent plus de grands Sculpteurs.
Leur vertu demeura fufpenduë jufques
aux temps du Pape Jules II. Cependant on continuoit encore fous Conftantin de faire élever à Rome des bâtimens fomptueux, & par confequent
de faire travailler les Sculpteurs. Il
n'y eut peut - être jamais une plus
grande quantité d'ouvriers à Rome que
lorfqu'il n'y en avoit plus de bons?
Combien Severe, Caracalla, Alexandre Severe & Gordien Pie firent-ils élever de bâtiments fuperbes. On ne peut
voir les rüines des Thermes de Caracalla fans être furpris de l'immenfité de
cet édifice. Augufte n'en bâtit pas
d'auffi vafte. Il n'y eut jamais un édifice plus fomptueux, plus chargé d'ornements & d'incruftations, ni qui fît
plus d'honneur par fa maffe à un Souverain, que les Thermes de Diocletein,
l'un des fucceffeurs de Gallien. Une
falle de cet édifice fait aujourd'hy l'E-
glife des Chartreux de Rome. Une des
Loges des portiers fait une autre

Eglife. Celle des Feuillants à *Termini*.

Ajoûtons encore une remarque à ces confiderations. La plûpart des Sculpteurs Romains faifoient leur apprentiffage dans l'état d'efclavage. On peut donc croire que les marchands, dont la profeffion étoit de négotier en efclaves, examinoient avec foin & avec capacité fi parmi les enfans qu'ils élevoient pour les vendre, il ne s'en trouvoit pas quelqu'un qui fut propre à devenir un Sculpteur habile. On peut imaginer auffi avec quel foin ils donnoient à ceux qu'ils jugeoient capables d'exceller dans la Sculpture l'éducation propre à perfectioner leur talent. Un efclave bon ouvrier étoit alors un threfor pour fon maître, foit qu'il voulut vendre fa perfonne ou fes ouvrage. Or, les voyes qu'on peut employer pour obliger un jeune efclave de s'apliquer au travail, font tout autrement efficaces que celles qu'on peut employer pour y porter des perfonnes libres? Quel aiguillon pour un efclave que l'efperance de fa liberté. Les chef-d'œuvres dont nous admirons les veftiges étoient encore dans les places publiques, & l'on ne fçauroit imputer aux caufes morales que la groffierté des Artifans qui ne font venus qu'après le Sac de Rome par Alaric.

Pourquoi les Lettres & les Arts ne fe font-ils pas foûtenu dans la Grece au même point d'élevation où ils y étoient fous le pere d'Alexandre & fous les premiers fuccefleurs de ce Conquerant ? Pourquoi furent - ils toûjours *retrogrades*, de maniere que fous Conftantin les ouvriers Grecs étoient redevenus auffi grofliers qu'ils pouvoient l'avoir efté deux cens ans avant Philippe. Les Lettres & les Arts font tombés fenfiblement dans la Grece depuis le temps de Perfée le Roi de Macedoine qui fut défait & pris prifonier par Paul Emile. Mais la Peinture ne s'étoit pas foûtenuë jufqu'à lui. Elle avoit dégeneré dès le temps des fuccefleurs d'Alexandre. *Floruit autem circa Philippum & ufque ad fuccefleres Alexandri præcipue Pictura.* Lucien peut pafler pour le feul Poëte qu'ayent produit les temps fuivants, quoi qu'il n'ait écrit qu'en profe. Plutarque & Dion qui approche plus du temps de Plutarque que de fon merite, font reputés les meilleurs Auteurs qui ayent écrit depuis que la Grece fut devenuë une Province de l'Empire Romain. On doit regarder avec veneration les écrits de ces deux Grecs. Ils font l'ouvrage d'hiftoriens judicieux qui nous racon-

Quint.
Inftit. lib.
12. cap. x.

I y

tent avec fens beaucoup de faits importants & curieux lefquels nous ne te-
nons que de leurs recits. Les livres de
Plutarque fur tout font le refte le plus
pretieux de l'antiquité Grecque & Romaine par rapport aux détails & aux
faits qu'il nous aprend On peut dire
quelque chofe d'aprochant de Dion &
d'Herodien qui écrivirent fous Alexandre Severe & fous Gordien Pie, mais
on ne compare pas ces hiftoriens pour
l'art d'écrire avec force comme avec
dignité, pour l'art de peindre les grands
évenements à Thucidide & à Herodote.
Nous avons parlé de l'ufage qu'on
pouvoit faire des medailles pour connoître l'état où les Arts fe trouvoient
dans le temps qu'elles furent frappées.
Or, les medailles frappées en très
grand nombre à l'honneur & avec la
tête des Empereurs dans tous les pays
de l'Empire Romain où l'on parloit
grec font mal gravées en comparaifon
de celles qui fe frappoient à Rome en
même temps fous l'autorité du Senat,
dont elles portent la marque. Par
exemple, les medailles de Severe frappées à Corfou & que la découverte
d'un threfor qui fut faite dans cette
Ifle il y a cinquante ans a renduës très
communes, ne font point comparables

aux medailles Latines de cet Empereur frappées à Rome. Néanmoins les
medailles de Corfou font des medailles Grecques les mieux frappées. La
regle generale ne fouffre prefque point
d'exception.

La Grece depuis la mort d'Alexandre jufqu'à fon affujetiffement aux Romains, n'effuia point cependant de ces
guerres qui font capables de faire oublier durant des fiecles entiers les Lettres & les Arts. Le tumulte que caufa
l'irruption des Gaulois dans la Grece
environ cent ans après la mort d'Alexandre ne dura point long-temps. Mais
fuppofons que les Lettres & les Arts
ayent pû fouffrir par les guerres qui fe
firent entre les fucceffeurs d'Alexandre
& par celles que firent les Romains
contre deux Rois de Macedoine & contre les Etoliens, les Lettres & les Arts
auroient dû remonter vers la perfection
dès que la tranquillité de la Grece eut
efté renduë ftable & permanente par fa
foumiffion aux Romains. L'Etude des
Artifans ne fut plus interrompuë que
par la guerre de Mithridate & par les
guerres civiles des Romains qui donnerent à differentes reprifes quatre ou
cinq ans d'inquietude à diverfes Provinces. Au plus tard, les Lettres & les

I vj

Arts auroient dû fe relever fous le regne d'Augufte qui les fit fleurir à Rome. La Grece après la bataille d'Actium joüit durant trois fiecles de fes
jours les plus tranquilles. Sous la plûpart des Empereurs Romains, la foumiffion de la Grece à l'Empire fut plûtoft un hommage qui affuroit la tranquillité publique qu'un afferviffement
à charge aux particuliers & préjudicia-
ble à la focieté. Les Romains ne tenoient pas un corps de trouppes dans
la Grece comme ils en tenoient en
d'autres Provinces. La plûpart des Villes s'y gouvernoient par leurs anciennes Loix, & de toutes les dominations
étrangeres aucune ne fut jamais moins
à charge aux peuples foumis que la domination des Romains. C'étoit un gouvernement plûtoft qu'un joug. Enfin les
guerres que les Atheniens, les Thebains
& les Lacedemoniens s'étoient faites.
Celles de Philippe contre les autres
Grecs avoient efté bien plus funeftes
par leur durée & par leurs évenemens,
que celles qu'Alexandre, ni que celles
que fes fucceffeurs où les Romains
firent dans la Grece. Cependant ces
premieres guerres n'avoient pas empêché les Arts & les Sciences d'y faire
ces progrés qui font encore tant d'hon-

neuf à l'eſprit humain.

Tout ce que vous venés d'alleguer me repondra-t'on ne prouve point que ſous les Antonins & ſous leurs ſucceſſeurs les Grecs n'euſſent pas autant de genie qu'en avoit Phidias & Praxitéle, mais leurs Artiſans avoient degeneré, parce que les Romains avoient tranſporté à Rome les chef-d'œuvres des grands Maîtres & qu'ils avoient ainſi dépoüillé la Grece des objets les plus capables de former le goût & d'exciter l'émulation des jeunes ouvriers. La ſeconde guerre Punique duroit encore quand Marcellus fit porter à Rome les dépoüilles des Portiques de Syracuſe, leſqu'elles donnerent à quelques citoyens Romains un goût pour les Arts qui devint bient-tôt après à Rome un goût univerſel & qui fut cauſe dans la ſuitte de tant de dépredations. Ceux là mêmes qui ne connoiſſent pas le merite des ſtatues des vaſes & des autres curioſités ne laiſſoient pas dans l'ocaſion de les emporter à Rome où ils voïoient qu'on en faiſoit tant de cas. On conçoit que Mummius qui voulut enrichir Rome des dépoüilles de Corinthe ne s'y connoiſſoit guere, par la menace ridicule qu'il fit aux Maîrres des Navires qui les y devoient tranſporter.

Livius hiſt. lib. 25.

Vell. Pa-
ter lib. 2.
Jamais perte n'auroit esté moins repa-
rable que celle d'un pareil dépôt, composé des chef-d'œuvres de ces Artisans
rares qui contribuent autant que les
grands capitaines à rendre leur siecle
respectable aux autres siecles. Cependant Mummius en recomandant le soin
de cet amas pretieux à ceux ausquels il
le confioit, les menaça très serieusement, si les statuës, les tableaux & les
choses dont il les chargeoit de repon-
dre venoient à se perdre qu'il en feroit
faire d'autres à leurs dépens. Mais bien-
tôt, continuera-t'on, tous le Romains
sortirent de cette ignorance, & bien-
tôt le simple Soldat ne brisat plus les
vases pretieux en saccageant les Villes
prises. L'Armée de Silla rapporta de
l'Asie à Rome, ou pour parler avec
plus de précision, elle y rendit communs tous les goûts des Grecs. *Ibi pri-*
Sallust.
de Be
*Caftili.**mum insuerit exercitus Populi Romani*
amare, potare, signa que tabulas pictas,
vasa cœlata mirari, ea privatim ac pu-
blice rapere, delabra spoliare, sacra pro-
fana que omnia polluere.

Dès le temps de la Republique il y
eut plus d'un Verres exerçant les droits
de conqueste sur des Provinces obéïs-
santes. Qu'on voye dans la quatriéme
Oraison de Ciceron, contre ce brigand,

la defcription de fes excès. La licence loin de finir à Rome avec le gouvernement Republiquain , devint un brigandage effrené fous plufieurs Empereurs. On fçait avec combien d'impudence Caligula pilla les Provinces. Neron envoya Carinas & Acratus , deux *connoiffeurs*, dans la Grece & dans l'Afie, exprès pour y enlever les beaux morceaux de fculpture qui pouvoient y eftre reftés, dont il vouloit orner fes nouveaux bâtimens. On ôtoit donc aux pauvres Grecs , comme le dit Juvenal, jufqu'à leurs Penates. On ne leur laiffoit pas les moindres petits Dieux qui valuffent quelque chofe.

Ipfi deinde lares , fi quod fpectabile fignum ,
Si quis in edicula Deus unicus.

Sati. 8.

Tous ces faits font veritables, mais il étoit encore refté dans la Grece & dans l'Afie un fi grand nombre de beaux morceaux de fculpture , que les Artifans n'y manquoient pas de modeilles. Il y avoit encore affés d'objets capables d'exciter leur émulation. Les belles Statuës qu'on a trouvées dans la Grece depuis deux ou trois fiecles prouvent bien que les Empereurs Romains & leurs Officiers ne les en avoient pas toutes enlevées.

Le Ganimede qui fe voit dans la Bibliotheque de Saint Marc à Venife y fut trouvé il y a trois cens ans. L'Andromede qui eft chez le Duc de Modene fut trouvée dans Athenes quand cette Ville fut prife par les Venitiens durant la guerre terminée par la paix de Carlowitz. Les Relations des voyageurs modernes font remplies de defcriptions des ftatuës & des bas-reliefs qu'on voit encore dans la Grece & dans l'Afie Mineure. Les Romains avoient ils enlevé les bas-reliefs du Temple de Minerve dans Athenes ? Pour parler des Lettres , avoient-ils enlevé de la Grece tous les exemplaires d'Homere, de Sophocle & des autres écrivains du bon temps. Non , mais fes jours heureux étoient paffés. L'induftrie des Grecs avoit dégeneré en artifice comme leur fagacité en efprit de fineffe. Les Grecs au talent de s'entrenuire prés, étoient redevenus groffiers. Durant les fix derniers fiecles de l'Empire de Conftantinople ils étoient moins habiles , principalement dans les arts , qu'ils ne l'avoient efté aux temps d'Amintas Roi de Macedoine. Il eft vray que le fiecle heureux de la Grece a duré plus long-temps que le fiecle d'Augufte & que le fiecle de Leon X. Les

Lettres s'y font même foûtenuës long-
temps après la chûte des beaux Arts,
parce que l'efprit naturel a tenu lieu
de genie à fes habitants. Il femble que
la nature ait une force dans la Grece
qu'elle n'a pas dans les autres contrées
& qu'elle y donne plus de fubftance
aux aliments & plus de malignité aux
poifons. Les Grecs ont pouffé le vice
& la vertu plus loin que les autres
hommes,

La Ville d'Anvers a efté durant un
temps l'Athenes des pays en déça les
Monts. Mais quand Rubens commença de rendre fon école fameufe, les caufes morales n'y faifoient rien d'extraordinaire en faveur des Arts. Si c'étoit
l'état floriffant des Villes & des Royaumes qui feul amenât la perfection des
beaux Arts, la Peinture devoit eftre
en fa fplendeur dans Anvers foixante
ans plûtoft. Quand Rubens parût, Anvers avoit perdu la moitié de fa fplendeur, parce que la Republique de Hollande nouvellement établie avoit attiré
chez-elle la moitié de fon commerce.
La guerre étoit aux environs de cette
Ville fur laqu'elle fes ennemis faifoient
touts les jours des entreprifes qui mettoient en danger l'état des Marchands.
des Eclefiaftiques & de tous les princi-

paux citoyens. Rubens laiſſa des Eleves
comme Jordaens & Vandyck, qui font
honneur à ſa reputation, mais ſes Eleves ſont morts ſans diſciples qui les
ayent remplacés. L'Ecole de Rubens a
eu le ſort des autres écoles, je veux
dire qu'elle eſt tombée quand tout paroiſſoit concourir à la ſoûtenir. Il ſemble du moins que Quellins, qu'on peut
regarder comme ſon dernier Peintre,
doive mourir ſans Eleves dignes de lui.
On n'en connoît pas encore, & il n'y
a guere d'aparence qu'il en faſſe dans
la retraitte où il s'eſt confiné.

Après tout ce que je viens d'expoſer, il eſt clair que les Arts & les Lettres arrivent au plus haut point de leur
ſplendeur par un progrès ſubit, lequel
on ne ſçauroit attribuer aux cauſes morales, & il paroît encore que les Arts
& les Lettres retombent quand ces cauſes font les derniers efforts pour les
ſoûtenir.

*Troiſié-
me refle-
xion, que
les grands
Peintres
furent toû-
jours les
contempo-
rains des
grands* Enfin, les grands Artiſans d'un païs
ont preſque tous eſtés contemporains.
Non-ſeulement les plus grands Peintres
de toutes les écoles ont vécu dans le
même temps, mais ils ont eſté les contemporains des grands Poëtes leur compatriotes. Les temps où les Arts ont
fleuri ſe ſont encore trouvés feconds

en grands sujets dans toutes les sciences, dans toutes les vertus & dans toutes les professions. On peut croire qu'il
arrive des temps où je ne sçais quel
esprit de perfection se repand sur tous
les hommes d'un certain pays. Cet esprit s'en retire après avoir rendu deux
ou trois generations plus parfaites que
les generations precedentes & que les
generations suivantes.

Dans les temps où la Grece étoit
feconde en Apelles, elle étoit aussi fertile en Praxiteles & en Lysippes. C'é-
toit alors que vivoient ses plus grands
Poëtes, ses plus grands Orateurs & ses
plus grands Philosophes. Socrate, Platon, Aristote, Demostene, Isocrate,
Thucidide, Xenophon, Eschile, Euripide, Sophocle, Aristophane, Menandre & plusieurs autres ont vécu dans le
même siecle. Quels hommes que les
Generaux Grecs de ces temps là? Quels
grands exploits ne faisoient-ils pas avec
de petites armées? Quels Prince que
Philippe Roi de Macedoine & son fils.
Qu'on ramasse tout ce que la Grece a
produit d'hommes illustres dans les siecles qui se sont écoulés depuis Persée
Roi de Macedoine jusqu'à la prise de
Constantinople par les Turcs, & l'on
ne trouvera pas dans ces dix-sept siecles

de quoi compofer un effain de grands
hommes en toutes fortes de profeffion
auffi nombreux que celui qu'on peut
ramaffer fans fortir du fiecle de Platon.
Toutes les profeffions degenerent en
Grece en même temps que les Lettres
& les Arts. Titelive appelle Philope-
men un des Preteurs des Acheens durant le regne de Perfée Roi de Macedoine, le dernier des Grecs.

Le fiecle d'Augufte eut la même
deftinée qu'avoit eu le fiecle de Platon.
Parmi les monuments de la fculpture
Romaine nous n'avons rien de plus
beau que les morceaux qui furent faits
dans le temps d'Augufte. Tels font le
Bufte d'Agrippa fon gendre, qui fe voit
dans la gallerie du grand Duc, le Ciceron de la Vigne Mathei, comme les Chapiteaux des colomnes du Temple de Jules Cefar qui font encore de bout au
milieu du *Campo Vaccino*, & que tous
les Sculpteurs de l'Europe font convenus de prendre pour modelles quand ils
traitent l'ordre Corinthien. Ce fut fous
Augufte que les medailles Romaines
commencerent à devenir belles, & la
graveure eft un art qui fuit ordinairement la fculpture dans toutes fes deftinées. Nous reconnoiffons le tems où plufieurs pierres gravées ont efté faites par

les fujets & par les têtes qu'elles re-
reprefentent. Les plus belles pierres
Romaines font celles que nous reconnoiffons pour avoir efté faites du temps
d'Augufte. Telle eft le Ciceron fur une
Agathe qui étoit à Charles II. Roy
d'Angleterre, & la pierre du Cabinet
du Roi qui reprefente Augufte & Livie.
Telle eft la pierre donnée au feu Roy
par Monfieur Fefch de Bafle où l'on
voit Apollon joüant de la Lire fur un
rocher. C'eft l'attitude qui caracterife
l'Apollon *Actiaque* dans les medailles
d'Augufte, fous qui cette nouvelle Divinité parut au monde aprés qu'il eut
gagné la bataille d'Actium. On a même une autre raifon de croire que cette
pierre ait efté gravée du temps d'Augufte. C'eft le nom de Diofcoride qu'on
y lit dans la place où le nom de l'ouvrier fe trouve gravé quelque fois dans
ces fortes d'ouvrages. Or , Pline nous *Lib. hift.*
aprend que Difcoride, excellent graveur 37.
de pierre , travailloit fous cet Empereur. On peut encore citer l'Agathe
en relief qui fe voit à Vienne dans le
Cabinet de l'Empereur laquelle reprefente Augufte & Livie, ainfi que celle
dont le Pere de Montfaucon nous a
donné le deffein dans fon Voyage d'I-
talie, & qui reprefente Marc Antoine *Pag. 242.*

& Cleopatre. Enfin le plus pretieux
des joyaux antiques, l'Agathe de la
Sainte Chapelle de Paris, dont l'explication a exercé le fçavoir de cinq An-
tiquaires des plus illuftres, fut faite
fous Augufte ou fous fes deux premiers
fucceffeurs. Peirefc, Triftan, Albert
Rubens, Monfieur le Roi & le Pere
Hardouin font d'accord fur ce point là.

On peut dire de l'Architecture Romaine ce que nous venons de dire de
la Sculpture. Le Théatre de Marcellus,
le Portique & les Decorations inte-
rieures de la Rotonde, le Temple de
Jules Cefar dans le *Campo Vaccino*, le
Temple du Jupiter Anxur à Terracine
qu'on fçait par une infcription gravée
fur un des marbres du gros mur eftre
l'ouvrage du Conful Poftumius & de
l'Architecte Vitruve Pollion, font reputés les monuments de la magnificence Romaine, les plus honorables pour
leurs Architectes.

Tout le monde fçait dès le College
que les plus grands Poëtes Romains, ou
pour parler plus jufte, que tous les
grands Poëtes Latins, à l'exception de
deux ou trois, fleurirent dans le fiecle
d'Augufte. Ce Prince a vû, ou du moins
il a pû voir, Virgile, Horace, Properce, Catulle, Tibulle, Ovide, Phé-

dre, Cornellius Gallus & plufieurs autres dont nous avons perdu les ouvrages, mais qui furent autant admirés de
leur temps que ceux que nous admirons encore aujourd'hui. Il a pu voir
Lucrece qui mourut l'an de Rome fix
cens quatre-vingt dix-neuf, & le jour
même que Virgile prit la robe virile,
fuivant que Donat le remarque dans la
vie de Virgile. Monfieur Créech, le
dernier & le meilleur Commentateur
de Lucrece, s'eft trompé dans la vie
qu'il nous a donnée de fon Auteur en
le faifant mourir le même jour que Virgile étoit né. Mon intereft m'oblige de
le reprendre icy de cette faute. Voicy
ce que dit Horace du merite de Fun-
danus de Pollion & de Varius, trois
autres Poëtes contemporains d'Augufte.

*Son li-
vre fut
imprimé à
Oxford en
1695.*

Arguta meretrice potes, Davoque Chremeta
Eludente fenem, comeis garrire libellos,
Unus vivorum Fundani, Pollio Regum
Facta canit pede ter percuffo, forte epos acer
Ut nemo Varius ducit, molle atque facetum
Virgilio annuerunt gaudentes rure Camana.

C'eft un grand prejugé en faveur de ces
Poëtes qu'un écrivain auffi judicieux
qu'Horace les mette dans la même
claffe que Virgile.

La plûpart des Poëtes que j'ai cités ont pû voir Ciceron, Hortenſius & les autres Orateurs Romains les plus celebres. Ils ont vû Jules Ceſar citoyen auſſi diſtingué par ſon éloquence & par pluſieurs vertus civiles, que Capitaine fameux par ſes exploits & par ſon intelligence dans l'art militaire. Titelive le premier des Romains dans l'art d'écrire l'hiſtoire, Salluſte l'hiſtorien que Paterculus & Quintilien oſent comparer à Thucidide, ont vécu du temps d'Auguſte. Ils furent contemporains de Vitrure le plus illuſtre des Architectes Romains. Auguſte étoit déja né quand Æſopus & Roſcius les plus celebres Comediens dont les antiquités Romaines faſſent mention moururent. Quels hommes que Caton d'Utique, Brutus & la plûpart des meurtriers de Ceſar ? Quel homme devoit eſtre Agrippa qui fit une fortune ſi prodigieuſe ſous un Prince auſſi bon juge du merite que l'étoit Auguſte. Comme le dit Seneque le pere. *Quidquid Romana facundia habet quod inſolenti Græciæ aut opponat aut præferat, circa Ciceronem effloruit. Omnia ingenia quæ lucem ſtudiis noſtris attulerůnt tunc nata ſunt. In deterius deinde quotidie data res eſt.*

Les Pontificats de Jules II. de Leon X.

Lib. hiſt. 2. lib. Inſ 10. cap. pri.

M. Ann. Sene. Conlib. prim.

X. & de Clement VII. fi fertiles en
grands Peintres produifirent auffi les
meilleurs Architectes & les plus grands
Sculpteurs dont l'Italie puiffe fe vanter. Il parut en même temps des Graveurs excellents dans tous les genres
que cet art renferme. L'Art naiffant
des Eftampes fe perfectionna entre leurs
mains au fortir du berceau, autant que
la Peinture fe perfectionna dans les
tableaux de Raphaël. Tout le monde
connoît le merite de l'Ariofte & du
Taffe, qui du moins nâquirent dans
le même âge. Fracaftor, Sannazar &
Vida firent alors les meilleurs vers Latins qui ayent efté compofés depuis que
les Lettres Romaines ont jetté de nouvelles fleurs. Quels hommes chacun en
fon genre que Leon X. Paul III. les
Cardinaux Bembo & Sadolet, André
Dorié, le Marquis de Pefcaire, Philippe Strozzi, Cofme de Medicis dit le
Grand, Machiavel & Guichardin l'hiftorien ? Mais à mefure que les Arts font
déchus en Italie, les places & les profeffions de ces grands hommes ont cef-
fé d'eftre remplies & d'eftre exercées
par des fujets d'un auffi grand merite.

Les plus grands Sculpteurs François,
Sarrazin, les Anguiers, l'Hongre,
Mercy, Girardon, Desjardins, Coyze-

vaux, le Gros, Theodon & plufieurs autres
qui travaillent encore, ont vécu fous le
regne du feu Roi, ainfi que le Sueur, le
Pouffin, le Brun, Coypel, Jouvenet, Boulogne, Foreft, Rigaud & d'autres qui font
honneur à nôtre Nation? N'eft-ce pas fous
fon regne que les Manfards ont travaillé.
Vermeulen, Melan, Edelink, Simoneau,
Nanteuil, le Poilly, Maffon, Pinau,
Van-Schupen, Melle Stella, Gerard Au-
dran, le Clerc, Picart & tant d'autres Graveurs dont les uns font morts & les autres
vivent encore, ont excellé dans toutes
les efpeces de graveures. Nous avons
encore eu dans le même temps des Or-
fevres & des Graveurs de Medailles comme Varin qui meritent que leur reputation dure aussi long-tems que celle de
Diofcoride & d'Alcimedon. Sarrazin,
les Corneilles, Moliere, Racine, la Fontaine, Despreaux, Quinault & Chapelle ont efté fuccessivement les contemporains de tous ces illuftres. Ils ont
vécu en même temps que le Noftre, fi
celebre pour avoir perfectionné & même crée en quelque façon l'art de dref-
fer des Jardins, en ufage aujourd'huy
dans la plus grande partie de l'Europe.
Lulli qui vint en France fi jeune qu'on
peut le regarder comme François, bien
qu'il fut né en Italie, a tellement ex-

cellé dans la Mufique qu'il a fait des jaloux parmi toutes les Nations. Il a vêcu de fon tems des hommes rares par leur talent à toucher toutes fortes d'inftruments.

Tous les genres d'éloquence & de litterature ont efté cultivés fous le regne du Roi par des perfonnes qui feront citées pour modelles aux fçavants, qui dans l'avenir s'apliqueront aux mêmes études qu'eux. Le Pere Petau, le Pere Sirmond, Monfieur du Cange, Monfieur de Launoi, Meffieurs de Valois, du Chefne, Monfieur d'Herbelot, Monfieur Vaillant, le Pere Rapin, le Pere Commire, le Pere Mabillon, le Pere d'Acheri, le Pere Thomaffin, Monfieur Arnaud, Monfieur Pafcal, Monfieur Nicole, le Pere le Boffu, Monfieur le Maiftre, Monfieur de la Rochefoucault, le Cardinal de Retz, Monfieur Bochard, Monfieur Saumaife, le Pere Mallebranche, Monfieur Claude, Monfieur Descartes, Monfieur Gaffendi, Monfieur Rohault, l'Abbé Regnier, Monfieur Patru, Monfieur Huet, Monfieur de la Bruyere, Monfieur Flechier, Monfieur de Fenelon Archevêque de Cambray, Monfieur Boffuet Evêque de Meaux, le Pere Bourdaloue, le Pere Mafcaron, le Pere Defmares, Monfieur de Vaugelas, Monfieur d'Ablan-

court, l'Abbé de Saint Real, Monſieur
Peliſſon, Monſieur Regis, Meſſieurs
Perrault & tant d'autres ont vû n'aître
les chef-d'œuvres de Poëſie, de Peintu_
re & de Sculpture qui rendront noſtre
ſiecle celebre à jamais.

On trouve dans les deux generations
qui ont donné à la France les Sçavants
illuſtres que je viens de nommer,
une multitude de grands hommes
en toute ſorte de profeſſions. Combien ce ſiecle fecond en genie a-t'il
produit de grands Magiſtrats. Les noms
de Condé & de Turenne ſeront l'ap-
pellation dont on ſe ſervira pour deſi-
gner un grand Capitaine tant que le
peuple François ſubſiſtera ? Quel hom_
me eut eſté le Maréchal de Guebriant
ſans la mort prematurée qui l'enleva
dans la force de ſon âge. Tous les talens neceſſaires dans les armes ont eſté
exercés par des Sujets d'un merite dif_
tingué. Le Maréchal de Vauban eſt
regardé non-ſeulement par les Soldats
François, mais encore par tous les Soldats de l'Europe, comme le premier
des Ingenieurs ? Quelle reputation n'ont
pas encore aujourd'huy dans toute
l'Europe pluſieurs Miniſtres dont le feu
Roi s'eſt ſervi ? Souhaittons des ſuc_
ceſſeurs à tous les Illuſtres qui ſont

morts fans avoir encore efté remplacés,
& que les Raphaëls en tout genre de
profeffions qui vivent encore laiffent
du moins des Jules Romains qui nous
confolent un jour de leur perte.

Velleius Paterculus qui compofa fon
hiftoire vers la quinziéme année de
l'Empire de Tibere, a fait fur la deftinée des fiecles illuftres qui l'avoient
precedé les mêmes reflexions que je
viens de faire fur ces fiecles là & fur
les fiecles qui font venus depuis que
cet hiftorien a écrit. Voici comme il
s'explique à la fin de fon premier livre.
Je ne fçaurois m'empêcher de mettre icy fur
le papier des idées qui me viennent fou-
vent dans l'efprit, fans que je puiffe en
faire un fiftéme évident & fuivi ? N'eft-
on pas frappé qu'and on remarque en fai-
fant reflexion fur les évenements des fie-
cles paffés, que les perfonnages éminents
en toutes fortes de profeffions ayent toû-
jours efté contemporains ; Qu'ils fe foient
tous rencontrés dans un même âge dont la
durée n'a pas efté longue. En peu d'an-
nées Efchile, Sophocle & Euripide por-
terent la Tragedie à fa perfeCtion. Arif-
tophane, Eupolis & Cratinus mirent fur
pied en un temps fort court le fpeCtacle que
nous appellons l'ancienne Comedie. Me-
nandre avec Philemon & Diphile fes con-

K iij

temporains, s'ils ne furent pas ses égaux, perfectionnerent en peu d'années, ce qu'on appelle la nouvelle Comedie. Inventeurs d'un nouveau genre de Poësie, ils laisserent des ouvrages qui ne devo'ent pas être imités. Les Philosophes illustres de l'Ecole de Socrate finirent avec ses Disciples Platon & Aristote. On remarquera qu'ils avoient vécu dans le même temps que les grands Poëtes dont j'ai parlé? A t'on vû de grands Orateurs après Isocrate? En à t'on vû après ses Disciples ou du moins après les Eleves de ses Disciples. Le siecle qui produisit ces grands hommes fut si court que tous ils ont pû converser les uns avec les autres.

La même chose qui étoit arrivée dans la Grece est encore arrivée à Rome. Si vous remontés plus haut qu'Attius & ses contemporains vous ne trouvés que de la rudesse & même de la grossiereté dans la Tragedie Latine. On ne sçauroit loüer les devanciers de cet Auteur que d'une seule chose : d'avoir esté les premiers à travailler. Le veritable sel de nostre scene comique ne se fait sentir que dans les pieces d'Afranius, dans celles de Cecilius & dans celles de Terence, trois Poëtes contemporains. On trouve dans l'espace de quatre-vingt ans tous les bons historiens Romains & même Titelive. Nous ne voyons parmi

les historiens des siecles precedents que des
Auteurs tels que Caton, c'est à dire des
Annalistes obscurs & grossiers. Le temps
fecond en bons Poëtes n'a guere esté plus
durable que le temps fertile en bons historiens. L'Art Oratoire, l'éloquence Romaine, en un mot la perfection de la prose
Latine, ne se voit que dans Ciceron &
dans ses contemporains. Parmi les Orateurs venus avant lui, il en est peu qui
nous ayent laissés des ouvrages capables de
plaire. Aucun d'eux n'en à laissés que
nous admirions. On pourroit au plus faire
qu'elque exception en faveur de Caton.
Mais vous me pardonnerés, Publius Cras-
sus, Publius Scipion, Lælius, Fannius,
Sergius Galba & vous les freres Grac-
ques. Je ne dois pas vous excepter de la
loy commune.

Ceux qui feront attention sur les temps
ou les Grammairiens, les Peintres, les
Statuaires & les Sculpteurs fameux ont
vécu, trouveront qu'ils furent toûjours les
contemporains det Poëtes, des historiens &
des Orateurs illustres leurs compatriotes,
& que la durée des beaux siecles fut
toûjours bornée à un petit nombre d'années. Lorsqu'il m'arrive donc de comparer
nostre siecle avec les siecles precedents, &
de faire reflexion que c'est vainement que
nous voulons imiter nos devanciers qui n'é-

K iv

roient que des hommes comme nous, je né
fçaurois me rendre à moi-même une raison
de la différence fensible qu'on remarque
entre leurs productions & les nôtres
laqu'elle me satisfasse.

Le sentiment de Paterculus est icy
d'une autorité d'autant plus grande que
fes contemporains avoient entre les
mains lorqu'il écrivoit une infinité d'ouvrages que nous n'avons plus. La plûpart font perdus aujourd'hui & nous ne
fçaurions pour ainfi dire juger le procès auffi-bien qu'on le pouvoit juger
alors. D'ailleurs, l'experience de ce
qui s'eft paffé depuis Paterculus donne
encore un nouveau poids à fes reflexions.
Nous avons vû que la deftinée du fiecle de Leon X. avoit efté la même que
celle du fiecle de Platon & celle du fiecle d'Augufte.

SECTION XIV.

Comment les Caufes Phyfiques ont part à
la deftinée des fiecles illuftres. Du
pouvoir de l'air fur le corps humain.

NE peut-on pas foûtenir pour donner l'explication des propofitions

que nous avons avancées & que nous avons établies sur des faits conſtans, qu'il eſt des Pays où les hommes n'apportent point en naiſſant les diſpoſitions neceſſaires pour exceller en certaines profeſſions, ainſi qu'il eſt des pays où certaines plantes ne peuvent réüſſir ? Ne pourroit-on pas ſoûtenir encore que comme les graines qu'on ſeme & les arbres qui ſont dans leur force ne donnent pas toutes les années un fruit également parfait dans les pays où ils ſe plaiſent le plus, de même les enfans élevés ſous les climats les plus heureux ne deviennent pas dans tous les temps des hommes également parfaits ? Certaines années ne peuvent-elles pas eſtre plus favorables à l'éducation Phyſique des enfans que d'autres années, ainſi qu'il eſt des années plus favorables que d'autres années à la vegetation des arbres & des plantes. La machine humaine n'eſt guere moins dépendante des qualités de l'air d'un païs, des variations qui ſurviennent dans ces qualités, en un mot de tous les changements qui peuvent embaraſſer ou favoriſer ce qu'on appelle les operations de la nature, que le font les fruits mêmes.

Comme deux graines venuës ſur la

K v

même plante donnent un fruit dont les
qualités font differentes , quand ces
graines font femées en des terroirs differents , ou bien quand elles font femées
dans le même terroir en des années
differentes. Ainſi deux enfans qui feront
nés avec leurs cerveaux compoſés preciſement de la même maniere , deviendront deux hommes differents pour l'eſprit & pour les inclinations , ſi l'un de
ces enfans eſt élevé en Suede & l'autre
en Andalouzie. Ils deviendront même
differents , bien qu'élevés dans le même pays , s'ils y font élevés en des années dont la temperature ſoit differente.

Durant la vie de l'homme & tant
que l'ame ſpirituelle demeure unie avec
le corps , le caractere de noſtre eſprit
& nos inclinations dépendent beaucoup
des qualités de noſtre ſang qui nourit
encore nos organes & qui leur fournit
la matiere de leur acroiſſement durant
l'enfance & durant la jeuneſſe. Or, les
qualités de ce ſang dépendent beaucoup
de l'air que nous reſpirons. Elles dépendent encore beaucoup des qualités de l'air
où nous avons eſté élevés , parce qu'il a
decidé des qualités de noſtre ſang durant noſtre enfance. Ces qualités ont
contribué alors à la conformation de
nos organnes , qui par un enchaîne-

ment neceſſaire contribuent enſuite aux
qualités de noſtre ſang dans l'âge viril.
Voilà pourquoi les Nations qui habitent
ſous des climats differents, ſont ſi differentes par l'eſprit comme par les inclinations.

Mais les qualités de l'air dépendent elles
mêmes des qualités des émanations de la
terre qu'ilenveloppe. Suivant que la terre eſt compoſée, l'air qui l'enſerre eſt
different. Or, les émanations de la terre qui eſt un corps mixte dans lequel
il ſe fait des fermentations continuelles, ne ſçauroient eſtre toûjours preciſement de la même nature dans une
certaine contrée. Ces émanations cependant ne peuvent varier ſans changer la temperature de l'air & ſans alterer quelque choſe de ſes qualités. Il
doit donc en vertu de cette viſſitude,
ſurvenir quelquefois des changements
dans l'eſprit & dans l'humeur des hommes d'un certain pays. Il ſemble qu'il
doive y avoir des ſiecles plus favorables que d'autres à l'éducation Phyſique des enfans. Ainſi certaines generations ſeront plus ſpirituelles en France
que d'autres generations, comme il
arrive que les hommes ont plus d'eſprit en certains pays qu'en d'autres
pays. Cette difference entre deux gene-

rations des habitans du même pays ar-
rivera par l'action de la même cause
qui fait que les années n'y sont pas également temperées & que les fruits d'une
recolte valent mieux que les fruits d'une
autre recolte.

Discutons les raisons dont on peut
se servir pour apuyer ce Paradoxe après
avoir averti le lecteur de mettre une
grande difference entre les faits que
j'ai rapportés & les explications de ces
faits que je vais hazarder de faire.
Quand les explications Physiques de
ces faits ne seroient point bonnes,
mon erreur sur ce point là n'empêche-
roit pas que les faits ne fussent vérita-
bles, & qu'ils ne prouvassent toûjours
que les causes morales ne décident pas
seules de la destinée des Lettres & des
Arts. L'effet n'en est pas moins certain, parce qu'on en auroit mal expli-
qué la cause.

L'air que nous respirons communi-
que au sang dans nostre poumon les
qualités dont il est empraint. L'air dé-
pose encore sur la surface de la terre
la matiere qui contribuë d'avantage à sa
fecondité, & le soin qu'on prend de la
remuer & de la labourer, vient de ce
qu'on a reconnu que la terre en étoit
plus féconde quand un plus grand nom-

bre de fes parties avoient eu lieu de
s'imbiber de cette matiere aérienne. Les
hommes mangent une partie des fruits
que la terre produit, & ils abbandon-
nent l'autre aux animaux dont il con-
vertiffent enfuitte la chair en leur propre fubftance. Les qualités de l'air fe
communiquent encore aux eaux des
fources & des rivieres par le moyen des
neiges & des pluies qui fe chargent
toûjours d'une partie des corpufcules
fufpendus dans l'air.

Or, l'air qui doit avoir un fi grand
pouvoir fur noftre machine eft un
corps mixte compofé de l'air élemen-
taire & des émanations qui s'échapent
de tous les corps qu'il enferre ou que
fon action continuelle peut en détacher.
Les Phyficiens prouvent auffi que l'air
eft encore rempli d'une infinité de petits
animaux & de leur femence. En voilà
fuffifamment pour concevoir fans peine
que l'air doit eftre fujet à une infinité
d'alterations refultantes du mélange
des corpufcules qui entrent dans fa
compofition, qui ne fçauroient eftre
toûjours les mêmes & qui ne peuvent
encore y eftre toûjours en une même
quantité. On conçoit auffi avec facilité
que des alterations differentes aufqu'elles l'air eft expofé fucceffivement, les

unes doivent durer plus long-temps que les autres, & que les unes doivent favorifer plus que les autres les productions de la nature.

L'air eft encore expofé à plufieurs viciffitudes lefqu'elles proviennent des caufes étrangeres comme font l'action du Soleil diverfifiée par fa hauteur, par fa proximité & par l'expofition, comme par la nature du terrain fur lequel fes rayons tombent. Il en eft de même de l'action du vent qui foufle des pays voifins. Ces caufes que j'apelle étrangeres rendent l'air fujet à des viciffitudes de froid & de chaud, de feichereffe & d'humidité. Quelquefois les alterations de l'air caufent ces viciffitudes, comme il arrive auffi que les viciffitudes de l'air y caufent des alterations. Mais cette difcution n'eft pas effentiellement de noftre fujet, & nous ne le fçaurions trop débaraffer des chofes qui ne font point abfolument neceffaires pour l'éclaircir.

Rien n'eft plus propre à nous donner une jufte idée du pouvoir que doivent avoir fur tous les hommes, & principalement fur les enfans, les qualités qui font propres à l'air d'un certain pays en vertu de fa compofition, lefquelles ou pourroit appeller fes qualités perma-

nentes, que de rapeller la connoissance que nous avons du pouvoir que les
simples vicissitudes ou les alterations
passageres de l'air ont même sur les
hommes dont les organnes ont acquis
la consistence de laquelle ils sont capables. Les qualités de l'air resultantes
de sa composition sont bien plus durables que ces vicissitudes.

Cependant l'humeur & même l'esprit des hommes faits dépendent beaucoup des vicissitudes de l'air. Suivant
que l'air est sec ou humide, suivant
qu'il est chaud, froid ou temperé, nous
sommes guais ou tristes machinalement,
nous sommes contents ou chagrins sans
sujet : nous trouvons enfin plus de facilité à faire de nostre esprit l'usage que
nous en voulons faire. Si les vicissitudes de l'air vont jusqu'à causer une alteration dans l'air, l'effet de ces vicissitudes est encore plus sensible. Non
seulement la fermentation qui prepare
un orage agit sur nostre esprit, de maniere qu'il devient pesant & qu'il nous
est impossible de penser avec la liberté
d'imagination qui nous est ordinaire,
mais cette fermentation corrompt même
les viandes. Elle suffit pour changer
l'état d'une maladie ou d'une blessure.
Elle est souvent mortelle pour ceux

qui ont esté taillés de la Pierre.

Vida qui étoit Poëte avoit éprouvé lui - même plusieurs fois ces momens où le travail d'imagination devient ingrat & il les attribuë à l'action de l'air sur nostre machine ; on peut dire en effet que nostre esprit marque l'état présent de l'air avec une éxactitude approchante de celle des Barometres & des Thermomêtres.

Poetices.   *Quot cœli mutatur in horas*
lib. 2.
     Temperies . hominumque simul quoque pectora

        mutant.

On remarque même dans les animaux les effets differents de l'action de l'air , suivant qu'il est serain ou qu'il est agité, suivant qu'il est vif ou qu'il est pesant, il inspire aux animaux une gayeté où il les jette dans une langueur que la moindre attention rend sensible.

Virg.   *Vertuntur species animorum & pectora motus*
Georg. lib. *Nunc alios , alios dum nubila ventus agebat,*
prim.
     Concipiunt : hinc ille avium concentus in agris

     Hinc lata pecudes & ovantes gutture corvi.

Il est même des temperaments que l'excès de la chaleur irrite & qu'elle

rend presque furieux. Si dans le cours
d'une année il se commet à Rome vingt
mauvaises actions, il s'en commet quinze dans les deux mois de la grande
chaleur Il est en Europe un pays où
les hommes qui se défont eux-mêmes
font moins rares qu'ils ne le sont ailleurs. On a observé dans la Capitale
de ce Royaume, où l'on tient un *Regiftre
mortuaire*, qui fait mention du genre
de mort d'un chacun, que de soixante
personnes qui se défont elles-mêmes
dans le cours d'une année, cinquante
se sont portées à cet excès de fureur
vers le commencement ou bien à la fin
de l'hyver. Il y regne alors un vent de
Nord-Est qui rend le ciel noir & qui
afflige sensiblement les corps les plus
robustes. Les Magistrats des Cours
Souveraines font en France une autre
observation qui prouve la même chose.
Ils remarquent qu'il est des années bien
plus fertiles en grands crimes que d'autres, sans quon puisse attribuer la malignité de ces années à une diserte extraordinaire, à une reforme dans les
troupes ni à d'autres causes sensibles.

Le grand froid glace l'imagination
d'une infinité de personnes Il en est
d'autres dont il change absolument l'humeur. Hommes doux & debonaires

dans les autres faifons, ils deviennent presque feroces durant les fortes gelées. Je n'alleguerai qu'un exemple, mais ce fera celui d'un Roi de France, de Henri III. Monfieur de Thou, dont je ne ferai que traduire le recit, étoit un homme revêtu d'une grande dignité, qui donnoit au public lui-même l'hiftoire d'un Prince mort depuis un petit nombre d'années, & dont il avoit approché avec familiarité.

Dès que Henri III. eut commencé à vivre de regime, on le vit rarement malade. Il effuyoit feulement durant les grands froids quelques accès de mélancolie dont fes domeftiques s'apercevoient parce qu'ils le trouvoient alors facheux & difficile à fervir, au lieu que dans les autres temps ce Prince étoit toûjours un maître indulgent & débonaire. On le voyoit donc dégoûté de fes plaifirs durant les gelées, il dormoit peu & fe levant de meilleure heure qu'à fon ordinaire, il travailloit fans relâche & il décidoit les affaires en homme qui fe laiffe dominer à une humeur auftere. C'étoit alors que ce Prince vouloit reformer tous les abus, & il fatiguoit fon Chancelier & fes quatre Secretaires d'Etat à force de les faire écrire. Le Chancelier de Chiverni, atttaché auprès du Roi dont je parle, dès l'enfance de ce

Prince, s'étoit aperçû depuis long-temps de l'alteration que le froid caufoit dans fon temperament. Je me fouviens d'une confidence que ce Magiftrat me fit à ce fujet, lorfque je paffai par Efclimont un Château qu'il avoit dans le pays Chartrain pour me rendre à Blois où la Cour étoit alors. Le Chancelier me predit donc dans la converfation peu de jours avant que Meffieurs de Guife fuffent tués, que fi le Duc de Guife continuoit à faire de la peine au Roi durant le temps qu'il faifoit, ce Prince le feroit expedier entre quatre murailles fans forme de procès. L'efprit du Roy, ajoûta-t-il, s'irrite facilement durant une gellée telle que celle que nous effuyons. Ce temps le rend prefque furieux. Le Duc de Guife fut tué à Blois la furveille de Noel, & peu de jours après la converfation du Chancelier de Chiverni & du Prefident de Thou.

Comme les qualités de l'air que nous avons appellées permanentes doivent avoir plus de pouvoir fur nous que fes viciffitudes, il doit arriver des changements plus fenfibles & plus durables dans noftre machine lorfque ces qualités s'alterent, que ne font les changements caufés par les viciffitudes de l'air. Auffi ces alterations produifent quelquefois des maladies épidemiques qui tuent en

trois mois fix mille perſonnes dans une
Ville où il ne meurt que deux mille
perſonnes dans les années communes.

Une autre preuve ſenſible du pouvoir
que les qualités de l'air ont ſur nous,
eſt ce qui nous arrive en voyageant.
Comme nous changeons d'air en voyageant, à peu près comme nous en chan-
gerions ſi l'air du pays où nous vivons
s'alteroit, l'air d'une contrée nous ôte
une partie de noſtre appetit ordinaire,
& l'air d'une autre contrée l'augmente.
Un François refugié en Hollande ſe
plaint dumoins trois fois par jour, que
ſa gayeté & ſon feu d'eſprit l'ont aban-
donné. L'air natal eſt un remede pour
nous. Cette maladie qu'on appelle le
Hemvé en quelques pays & qui donne
au malade un violent déſir de retourner chez-lui, *Cum nota: triſtis deſiderat*
Hædos, eſt un inſtinct qui nous avertit
que l'air où nous nous trouvons n'eſt
pas auſſi convenable à noſtre conſtitution que celui pour lequel un ſecret
inſtinct nous fait ſoûpirer. Le *Hemvé*
ne devient une peine de l'eſprit que
parce qu'il eſt réellement une peine du
corps. Un air trop different de celui
auquel on eſt habitué eſt une ſource
d'indiſpoſitions & de maladies.

Juven.
Sat. 13.

Non ne vides etiam cœli novitate & aquarum Lucretius.
Tentari procul à patria quicumque domoque lib. sexto.
Adveniunt, ideo quia longe discrepat aer.

Cet air quoique très sain pour les naturels du pays est un poison lent pour
certains étrangers ? Qui n'a point entendu parler du *Tabardillo* qui est une
fievre accompagnée de simptomes les
plus facheux & qui ataque presque tous
les Europeans quelques semaines après
leur arrivée dans l'Amerique Espagno-
le. La masse du sang formée de l'air &
des nouritures d'Europe ne pouvant pas
s'allier avec l'air d'Amerique ni avec le
chile formé des nourritures de ce pays,
elle se dissout. On ne guerit ceux qui
sont attaqués de cette maladie, très
souvent mortelle, qu'en les saignant
excessivement & en les soûtenant peu à
peu avec les nourritures du pays. Le
même mal attaque les Espagnols nez
en Amerique à leur arrivée en Europe.
L'air natal du pere est devenu un poison
pour le fils.

Cette différence qui est entre l'air de
deux contrées ne tombe point sous
aucun de nos sens, & elles n'est pas
encore à la portée d'aucun de nos instruments. Nous ne la sentons que par

fes effets. Mais eft il des animaux qui paroiffent la connoître par fentiment. Ils
ne paffent pas du pays qu'ils habitent
dans les contrées voifines où l'air nous
femble eftre le même que l'air auquel
ils font fi fort attachés. On ne voit
pas fur les bords de la Seine une ef_
pece de grands oyfeaux dont la Loire
eft couverte.

SECTION XV.

Le pouvoir de l'air fur le corps humain
prouvé par le caractere des Nations.

POurquoi toutes les Nations font-
elles fi differentes entre - elles
de corfage, de ftature, d'inclination & d'efprit, quoi qu'elles décen-
dent d'un même pere ? Pourquoi les
nouveaux habitants d'un pays devien-
nent-ils femblables au bout de quelque
temps à ceux qui habitoient le même
pays avant eux, mais dont ils ne defcendent pas ? Pourquoi des peuples qui
demeurent à une même diftance de la
ligne font - ils fi differents l'un de l'autre. Une montagne fépare un peuple
d'une conftitution robufte d'avec un
peuple d'une conftitution foible, un
peuple naturellement courageux d'avec

un peuple naturellement timide. Titelive dit que dans la guerre des Latins
on diftinguoit leurs troupes d'avec les
troupes Romaines au premier coup
d'œil. Les Romains étoient petits & *Hiftor.*
foibles, au lieu que les Latins étoient *libr. fexto.*
grands & robuftes. Cependant le *Latium*
& l'ancien territoire de Rome étoient
des pays de petite étenduë & limitrophes. Le corps des payfans Andalous
eft-il conformé naturellement comme le
corps des payfans de la Vieille Caftil-
le. Les voifins des Bafques font - ils
auffi agiles qu'eux. Les belles voix font
elles auffi communes en Auvergne qu'en
Languedoc. Quintilien dit qu'on reconnoît la patrie d'un homme au fon
de fa voix, comme on connoît l'alliage
d'un cuivre au fon qu'il rend. *Non* *Inf. Orat.*
enim fine caufa dicitur Barbarum Græcum *lib. 11. cap.*
ue. Nam fonis homines ut æra tinnitu di- *5.*
gnofcimus. La difference devient encore
plus fenfible en examinant la nature
dans des pays fort éloignés l'un de l'autre. Elle eft prodigieufe entre un Né-
gre & un Mofcovite. Cependant cette
difference ne peut venir que de la difference de l'air dans les pays où les anceftres des Négres & des Mofcovites
d'aujourd'hui, lefquels defcendoient tous
d'Adam , font allés s'habituer. Les pre-

miers hommes qui auront eftés s'établir vers la Ligne auront laiffé une pofterité laquelle n'étoit prefque pas differente de la pofterité de leurs parents
qui s'étoient allez établir du cofté du
Pole arctique. Les petits enfans nez
les uns plus près du Pole & les autres
plus prés de la Ligne, fuivant la pro-
greffion des habitations des hommes
fur la terre, fe feront moins reffemblé.
Enfin cette reffemblance diminuant toûjours à chaque generation & à proportion que des habitations des hommes,
les unes s'avoifinoient de la Ligne &
les autres s'aprochoient du Pole arctique, les races des hommes fe font
trouvées eftre auffi differentes qu'elles
le font aujourd'hui. Dix fiecles ont pû
fuffire pour rendre les defcendants du
même pere & de la même mere auffi
differents que le font aujourd'hui les
Négres & les Suedois.

Il n'y a que trois cens ans que les
Portuguais ont planté fur la cofte Occi-
dentale de l'Afrique les Colonies qu'ils
y poffedent encore aujourd'hui & déja
les defcendants des premiers *Colons* ne
reffemblent plus aux Portuguais nez
dans le Royaume de Portugal. Les cheveux des Portuguais Afriquains fe font
frizés & racourcis, leurs nez fe font
écrafés

écraſés & leurs levres ſe ſont groſſies comme celles des Négres dont ils habitent le pays. Il y a déja long-temps qu'ils ont le teint des Négres, bien qu'ils s'honorent toûjours du titre *d'hommes blancs*. D'un autre coſté les Négres ne conſervent pas dans les pays froids la noirceur qu'on leur voit en Afrique. Leur peau y devient blanchâtre & l'on peut croire qu'une Colonie de Négres établie en Angleterre y perdroit enfin la couleur naturelle aux Négres, comme les Portugais du Cap Verd ont perdu la leur dans les pays voiſins de la Ligne.

Or, ſi la diverſité des climats peut mettre tant de varieté & tant de difference dans le teint, dans la ſtature, dans le corſage des hommes & même dans le ſon de leur voix, elle doit mettre une difference encore plus grande entre le genie, les inclinations & les mœurs des nations. Les organnes du cerveau ou les parties du corps humain qui decident en parlant phyſiquement de l'eſprit & des inclinations des hommes, ſont ſans comparaiſon plus compoſées & plus delicates que les os & les autres parties qui décident de leur ſtature & de leur force. Elles ſont plus compoſées que celles qui decident du

fon de la voix & de l'agilité du corps.
Ainſi deux hommes qui auront le ſang
d'une qualité aſſez differente pour être
diſſemblables à l'exterieur, ſeront encore plus _diſſemblables_ par l eſprir. Ils ſeront
encore plus differents d'inclination que
de teint & de corſage.

L'experience confirme ce raiſonnement & les peuples ſont encore plus
differents par les inclinations & par l'eſprit que par le teint & par le corſage.
Comme le dit un Ambaſſadeur de Rho-
des dans le Senat de Rome, chaque
peuple a ſon caractere, ainſi que
chaque particulier a le ſien. _Tam
civitatum quam ſingulorum hominum mo-_
res ſunt. Gentes quoque aliæ iracundæ,
aliæ audaces, quædam timidæ, in vinum,
in venerem proniores aliæ ſunt._ Quintilien après avoir raporté les raiſons morales qu'on donnoit de la difference
qui étoit entre l'éloquence des Atheniens & l'éloquence des Grecs Aſiati-
ques, dit qu'il faut la chercher dans le
caractere naturel des uns & des autres.
_Mihi autem orationis differentiam feciſſe
& dicentium natura videntur, quod At-
tici limati quidem & emuncti, nihil ina-
ne aut redundans ferebant. Aſiana gens
tumidior alioqui & jactantior vaniore
etiam dicendi gloria inflata eſt._ En effet

_Liv. hiſt.
lib. 45._

_Quin.
inſtit. lib.
12. cap.
10._

l'yvrognerie & les autres vices font plus communs chez un peuple que chez un autre peuple. Il en eft de même des vertus morales. La conformation des organnes & le temperament donnent une pente vers certains vices ou bien vers certaines vertus qui entraîne le gros de chaque nation. Le luxe eft toûjours affujeti par tout où il s'introduit à l'inclination dominante de la nation qui fait la depenfe. Suivant le goût de fa nation, on fe ruïne ou bien à bâtir avec magnificence ou bien à lever des équipages fomptueux, ou bien à tenir une table délicate, ou bien enfin à manger & à boire avec excès. Un Grand d'Efpagne dépenfe en galanterie. Un Palatin de Pologne dépenfe en vin & en eaux de vie.

La Religion Catholique eft effentiellement la même pour le culte comme pour les dogmes dans tous les pays de la Communion Romaine. Chaque nation néanmoins met beaucoup de fon caractere particulier dans la pratique de ce culte. Suivant le genie de chaque nation il s'exerce avec plus ou moins de pompe, plus ou moins de dignité, comme avec des demonftrations exterieures de penitence ou d'allegreffe plus ou moins fenfibles.

Il eſt peu de cerveaux qui ſoient aſſez mal conformés pour ne pas faire un
homme d'eſprit ou du moins un homme d'imagination ſous un certain ciel ;
c'eſt le contraire ſous un autre climat.

Quoique les Beotiens & les Atheniens ne fuſſent ſéparés que par le mont
Citheron, les premiers étoient ſi connus comme un peuple groſſier, que pour
exprimer la ſtupidité d'un homme on
diſoit qu'il paroiſſoit né en Beotie, au
lieu que les Atheniens paſſoient pour le
peuple le plus ſpirituel de l'univers. Je
ne veux pas citer les éloges que les
Ecrivains Grecs ont fait du goût & de
l'eſprit des Atheniens. La plûpart, diroit
on, avoient Athenes pour patrie ou par
naiſſance, ou par élection. Mais Ciceron qui connoiſſoit les Atheniens pour
avoir long-temps demeuré avec eux &
que ſa dignité exempte du ſoupçon d'a-
voir voulu flater ſervilement des ſujets de ſa Republique, rend le même
temoignage que les Grecs en leur faveur.

De Ora- *Athenienſes quorum ſemper fuit ſincerum*
tore. *prudenſque judicium, nihil ut poſſent niſi*
incorruptum audire, & elegans. Ce que
dit Monſieur Racine dans la Preface
des Plaideurs. Que les Atheniens
étoient bien ſurs quand ils avoient ri
d'une choſe qu'ils n'avoient pas ri d'une

sotise, n'est que la traduction du Latin que nous venons de citer, & ceux qui ont repris l'Auteur François de l'avoir avancé, pour me servir de l'expression de Montagne, lui ont donné un soufflet sur la joüe de Ciceron, témoin qu'on ne peut reprocher dans le fait dont il s'agit.

La même raison qui mettoit tant de difference entre les Atheniens & les Beotiens fait que les Florentins ont des voisins qui leur ressemblent si peu, & que nous trouvons en France tant de sens & tant d'ouverture d'esprit dans les paysans d'une Province limitrophe d'une autre où leurs pareils sont presque stupides. Quoique la difference de l'air ne soit pas assez grande dans ces Provinces pour rendre les corps differents exterieurement, elle y suffit néanmoins pour rendre très differents ceux de nos organnes qui servent immediatement aux fonctions de l'esprit.

Aussi nous trouvons des esprits qui ne paroissent presque point de la même espece, quand nous venons à reflechir sur le genie des peuples qui sont assez differents les uns des autres, pour qu'on puisse remarquer cette difference dans le corsage & dans le teint. Un paysan de Nord-Hollande est un paysan

Andalous : penſent-ils de même ? Ont-ils les mêmes paſſions ? Sentent-ils de même les paſſions qui leur ſont communes ? Veulent-ils eſtre gouvernés de la même maniere. Dès que cette difference exterieure s'augmente , la difference des eſprits devient immenſe. Les Chinois n'ont point un eſprit qui reſſemble à celui des Europeans. *Voyés ,* dit l'Auteur de la Pluralité des mondes , *combien la face de la nature eſt changée d'ici à la Chine. D'autres viſages , d'autres figures , d'autres mœurs & preſque d'autres principes de raiſonnements.*

Secon. ſoir.

Je n'entrerai point ici dans le détail du caractere de chaque nation ni du genie particulier à chaque ſiecle, j'aime mieux renvoyer mon lecteur à l'*Euphormion* de Barclai qui traite cette matiere dans celui des livres de cette Satire, qu'on diſtingue ordinairement par le titre d'*Icon animorum.* Mais j'ajoûterai encore à ce que j'ai dit une reflexion, pour montrer combien il eſt probable que l'eſprit & les inclinations des hommes dépendent de l'air qu'ils reſpirent & de la terre ſur laquelle ils ſont élevés. C'eſt que les étrangers qui ſe ſont habitués dans quelque pays que ce ſoit y ſont toûjours devenus ſemblables aux anciens habitans du pays où

ils se font établis. Les nations principales de l'Europe ont aujourd'hui le
caractere particulier aux anciens peuples qui habitoient la terre qu'elles habitent aujourd'hui, quoique ces nations
ne descendent pas de ces anciens peuples. Je m'explique par des exemples.

Les Catalans d'aujourd'hui descendent des Gots & d'autres peuples étrangers qui apporterent en Catalogne,
quand ils y vinrent s'y établir, des
langues & des mœurs differentes de celles du peuple qui l'habitoient au temps
des Scipions. Il est vrai que ces peuples étrangers ont aboli l'ancienne langue. Elle a fait place à une langue
composée des idiomes divers qu'ils par-
loient. C'est l'usage seul & non-pas
la nature qui en ont décidé. Mais la
nature a fait revivre dans les Catalans
d'aujourd'hui les mœurs & les inclinations des Catalans du temps des Scipions. Titelive a dit des anciens Catalans, qu'il étoit aussi facile de les dé-
truire que de les desarmer. *Ferox gens*
nullam esse vitam sine armis putat. Toute l'Europe sçait si les Catalans d'aujourdhui leur ressemblent. Ne reconnoît-
on pas les Castillans dans le portrait
que Justin fait des Iberiens. *Corpora*
hominum ad inediam laborem que, animi

ad mortem parati. Dura omnibus & ad-
ftricta parcimonia. Ilis fortior aciturnita-
tis cura quam vitæ.

Quoique les François defcendent plûtoft des Allemands que des Gaulois, ils
ont les mêmes inclinations & le même caractere d'efprit que les Gaulois.
On reconnoît encore en nous la plûpart des traits que Cefar, Florus & les
anciens hiftoriens leur attribuent. Un
talent particulier aux François & dont
toute l'Europe les loüe comme d'un talent qui leur eft propre fpecialement,
c'eft une induftrie merveilleufe pour
imiter facilement & bien les inventions
des étrangers. Cefar donne ce talent
De Bel- aux Gaulois, qu'il appelle, *Genus fum-*
lo Gall. *mæ follertiæ , atque ad omnia imitanda*
lib. 7. *atque efficienda quæ ab quoque traduntur*
aptiffimum. Cefar avoit efté furpris de
voir que les Gaulois qu'il affiegoit euffent très bien imité les machines de
guerre des Romains les plus compofées,
quoi qu'elles fuffent nouvelles pour les
affiegés. Voilà ce qui le fait parler.
Un autre trait fort marqué du caractere des François , c'eft la pente infurmontable à une gayeté fouvent hors
de faifon, qui leur fait terminer quelquefois par un vaudeville les reflexions
les plus ferieufes. Nous retrouvons les

Gaulois dépeints avec ce caractere dans l'hiftoire Romaine, & principalement dans un recit de Titelive. Annibal a *Libr. hifi.* 20. la tefte de cent mille Soldats demandoit paffage aux peuples qui habitoient le pays qu'on apelle aujourd'hui le Languedoc pour aller en Italie, & il s'offroit à payer tout ce que ces trouppes prendroient, menaçant en même temps de défoler le pays par le fer & par le feu fi l'on traverfoit fa marche. Dans le temps qu'on déliberoit fur la propofition d'Annibal, des Ambaffadeurs de la Repubjique Romaine qui n'avoient avec eux que leur fuitte demandoient audiance. Après avoir fait fonner bien haut devant l'affemblée qui leur donna cette audiance, les grands noms du Peuple & du Senat Romain, dont nos Gaulois n'avoient entendu parler que comme des ennemis de ceux de leurs compatriotes qui s'étoient établis en Italie, ils propoferent de fermer le paffage aux Cartaginois. C'étoit demander à ces Gaulois de faire de leur pays le théatre de la guerre pour empêcher Annibal de la porter fur le Tibre. Veritablement la propofition étoit de nature à n'eftre faite qu'avec précaution à d'anciens Alliés. Auffi, dit Titelive, fe fit-il dans l'affemblée qui donnoit audiance un fi grand éclat de rire que les Magiftrats eurent peine à faire faire filence afin de pouvoir rendre une ré-ponfe ferieufe aux Ambaffadeurs. *Tanto cum fremitu rifus dicitur ortus ut vix à Magiftratibus Majoribufque natu ju-ventas fedaretur.*

Lib. xi. Davila raconte dans l'hiftoire de nos guerres civiles, qu'il arriva une avan-ture femblable dans les conferences qui fe tenoient pour la paix durant le fie-*En* 1590. ge de Paris par Henri I V. Le Cardinal de Gondi y ayant dit que c'é-toit moins la faim que l'amour des Pa-rifiens pour le Roi qui les obligeoit à traiter, la prefence du Roi ne put em-pêcher les jeunes Seigneurs, préfents à la conference, d'éclater de rire fur le difcours du Cardinal, qui devenoit ve-ritablement comique par fa hardieffe. Les deux partis fçavoient pofitivement le contraire. Toute l'Europe reproche encore aux François l'inquietude & la legereté qui les fait fortir de leur pays pour chercher ailleurs de l'emploi & pour s'enrôller fous toutes fortes d'E-tendarts. Florus difoit des Gaulois qu'il n'y avoit pas d'Armées fans Soldats Gaulois. *Nullum bellum fine milite Gal-lo.* Si dans le temps de Cefar nous trouvons des Gaulois dans le fervice des

Rois de Judée, de Mauritanie & d'E-
gypte, ne voit-on pas aujourd'huui des
François dans toutes les troupes de
l'Europe, & même dans celles du Roi
de Perfe & du Grand Mogol.

Les Anglois d'aujourdhui ne defcendent pas des Bretons qui habitoient
l'Angleterre quand les Romains la con-
quirent. Néanmoins les traits dont Cefar & Tacite fe fervent pour caracterifer les Bretons conviennent aux Anglois. Les uns ne furent pas plus fujets
à la jaloufie que le font les autres.
Tacite écrit qu'Agricola ne trouva rien
de mieux pour engager les anciens Bretons à faire aprendre à leurs enfans le
Latin, la Rhetorique & les autres Arts
que les Romains faifoient aprendre aux
leurs, que de les piquer d'émulation
contre les Gaulois. L'efprit des Bretons, difoit Agricola, étoit de meilleure trempe que celui des Gaulois, & il
ne tenoit qu'à eux de réüffir mieux que
ces voifins s'ils vouloient s'apliquer.
Jam vero Principum filios liberalibus arti-
bus erudire & ingenia Britannorum ftu-
dijs Gallorum anteferre, ut qui modo lin-
guam Romanam abnuebant, eloquentiam
concupifcerent. L'artifice d'Agricola réüffit & les Bretons qui dédaignoient de
fçavoir parler Latin voulurent fe ren-

dre capables de haranguer en cette langue. Que les Anglois jugent eux-mêmes si l'on n'employeroit pas encore aujourd'hui avec succès l'adresse dont Agricola se servit.

Quoique l'Allemagne soit aujourd'hui dans un état bien different de celui où elle étoit quand Tacite la décrivit, quoi qu'elle soit remplie de Villes au lieu qu'il n'y avoit que des Villages dans l'ancienne Germanie, quoique les marais & la plûpart des forests de la Germanie ayent esté changés en préries & en terres labourables, enfin quoique la maniere de vivre & de s'abiller des Germains soient differentes par cette raison en bien des choses de la maniere de vivre & de s'abiller des Allemands, on reconnoît néanmoins le genie & le caractere d'esprit des anciens Germains dans les Allemands d'aujourd'hui. Les femmes Allemandes, comme le faisoient celles des Germains, suivent encore les camps en bien plus grand nombre que les femmes des autres peuples ne les suivent. Ce que Tacite dit des repas des Germains est vrai des repas du commun des Allemands d'aujourd'hui. Comme les Germains, ils raisonnent bien entr'eux sur leurs affaires dans la chaleur du repas, mais il ne les concluent que de sang froid. *Deliberant dum fingere nesciunt, constituunt dum errare non possunt.* On trouve de même par tout l'ancien peuple dans le nouveau, quoi qu'il professe une autre religion que l'ancien, & bien qu'il soit gouverné par d'autres maximes.

C'est de tout temps qu'on a remarqué que le climat étoit plus puissant que le sang & l'origine. Les Gallogrecs descendus des Gaulois qui s'établirent en Asie devinrent en cinq ou six generations aussi mous & aussi effeminés que les Asiatiques, quoi qu'ils descendissent d'ancestres belliqueux, lesquels s'étoient établis dans un pays où ils ne pouvoient attendre du secours que de leur valeur & de leurs armes. Titelive en parlant d'un évenement arrivé dans un temps presque également distant de l'établissement de la Colonie des Gallogreces & de sa conquête par les Romains, dit de ces Gaulois Asiatiques. *Gallograci ea tempestate bellicosiores erant, Gallicos adhuc nundum exoleta stirpe gentis gestantes animos*

Tous les peuples illustres par les armes sont devenus mous & pusillanimes dès qu'ils ont esté transplantés en des contrées où le climat amollissoit les naturels du pays. Les Macedoniens éta-

blis en Syrie & en Egypte y devinrent
au bout de quelques années des Sy-
riens & des Egyptiens , & degene-
rans de leurs anceftres , ils n'en con-
ferverent que la langue & les étandarts.
Au contraire les Grecs établis à Mar-
feille contracterent avec le temps l'au-
dace & le mépris de la mort particulier au Gaulois. Mais comme dit Titelive en racontant les faits que je viens
de rapporter , il en eft des hommes
comme des plantes & des animaux.
Or, les qualités des plantes ne dépendent pas autant du lieu d'où l'on a tiré
la graine que du lieu où l'on l'a femée,
les qualités des animaux dépendent moins de leur origine que du païs
où ils naiffent & où ils deviennent
grands. *Sicut in frugibus pecudibufque ,*
non tantum femina ad fervandam indo-
lem valent , quantum terræ proprietas cœ-
lique fub quo aluntur mutat. Macedo-
nes qui Alexandriam in Ægypto, qui
Seleuciam ac Babiloniam , quique alias
fparfas per orbem terrarum colonias ha-
Hiftor. *bent, in Syros , Parthos , Ægyptios de-*
lib. 28. *generarunt. Maffilia inter Gallos fitâ*
traxit aliquantulum ab accolis animorum.
Tarentinis quid ex Spartana dura illa &
horrida libertate manfit. Generofius in fuâ
quidquid fede gignitur. Infitum alienâ

terræ natura vertente se degenerat. Ainsi les graines qui réüsissent excellament dans un certain pays, dégenerent quand on les seme dans un autre. La graine de lin venuë de Livonie & semée en Flandres y produit une très belle plante, mais la graine du lin cru en Flandres & semée dans le même terroir ne donne qu'une plante déja dégenerée. Il en est de même de la graine de melon, de raves & de plusieurs légumes qu'il faut renouveller pour les avoir bonnes, du moins après un certain nombre de productions, en faisant venir de nouvelles graines du pays où elles atteignent leur perfection. Comme les arbres croissent & comme ils produisent plus lentement que les plantes, le même arbre donne des fruits differents suivant le terroir où il étoit & celui où il est transplanté. Le sep de vigne transplanté de Champagne en Brie y donne bien-tost un vin ou l'on ne reconnoît plus les qualités de la liqueur qu'il donnoit dans son premier terroir. Il est vrai que les animaux ne tiennent point au sol de la terre comles arbres & comme les plantes; mais d'autant que c'est l'air qui fait vivre les animaux, & que c'est la terre qui les nourrit, leurs qualités ne sont gueres moins dépendantes des lieux où ils font élevés que les qualités des arbres & des plantes font dépendantes du pays où ils croiffent. Continuons de confulter l'experience.

Il eft arrivé depuis les temps où Titelive écrivoit fon hiftoire, que plufieurs peuples de l'Europe ont envoyé des Colonies en des climats plus éloignés & plus differents du climat de leur pays natal, que le climat des Gaules n'étoit different du climat de la Gallogrece. Ainfi le changement de mœurs, d'inclination & d'efprit inevitable à ceux qui changent de patrie a efté plus grand & plus fenfible dans les nouvelles Colonies que dans les anciennes.

Les Francs qui s'établirent dans la Terre Sainte après qu'elle eut efté conquife par la premiere Croifade y devinrent après quelques generations auffi pufillanimes & auffi enclins à mal faire que les naturels du pays. l'Hiftoire des dernieres Croifades eft remplie de plaintes ameres contre la déloyauté & contre la moleffe des Francs Orientaux. Les Soudans du Caire n'avoient pas trouvé d'autres moyens de conferver la valeur & la difcipline dans leurs trouppes, que d'envoyer faire les recruës en

Circaffie dont leurs Mamelus étoient originaires. L'experience leur avoit enfeigné que les enfans de ces Circaffiens nez & élevés en Egypte n'avoient que les inclinations & le courage des Egyptiens. Les Ptolomées & les autres Souverains de l'Egypte qui ont efté foigneux d'avoir de bonnes trouppes, y ont toûjours entretenu des corps d'étrangers. Les naturels du pays, qu'on prétend avoir fait de fi grands exploits de guerre fous Sefoftris & fous leurs premiers Rois, étoient déja bien degenerés dès le temps d'Alexandre le Grand. L'Egypte depuis fa conquête par les Perfes a toûjours efté le joüet d'une poignée de foldats étrangers. Depuis Cambyfes les Egyptiens d'origine n'ont jamais, pour ainfi dire, porté l'épée de l'Egypte.

Les Portugais établis dans les Indes Orientales y font devenus auffi mols & auffi timides que les naturels du pays. Ces Portugais invincibles en Flandres où ils faifoient la moitié de la celebre Infanterie Efpagnole détruite à Rocroix, avoient des coufins dans les Indes qui fe laiffoient battre comme des moutons. Ceux qui fe fouviennent des évenements de guerre arrivés durant les troubles du Pays-bas, lefquels ont

donné naiſſance à la Republique de Hollande , ſçavent bien que l'Infanterie
compoſée de Flamands ne tenoit pas
contre l'Infanterie compoſée d'Eſpagnols naturels Mais ceux qui ont
lû l'hiſtoire des conquêtes des Hollandois dans les Indes Orientales , ſçavent
bien d'un autre côté que les Hollandois en petit nombre y faiſoient fuir des
armées entieres de Portuguais Indiens.
Je ne veux pas citer des livres odieux ,
mais qu'on s'informe des Hollandois
mêmes ſi leurs compatriotes établis
dans les Indes Orientales y conſervent
les mœurs & les bonnes qualités qu'ils
avoient en Europe.

La Cour de Madrid qui fit toûjours
une attention ſerieuſe ſur le caractere
& ſur le genie particulier des diverſes
Nations qu'elle gouvernoit, temoignoit
beaucoup plus de confiance aux enfans
des Eſpagnols nez en Flandres , qu'aux
enfans des Eſpagnols nez dans le Royaume de Naples. Les derniers n'étoient
pas égalés en toutes choſes aux naturels
d'Eſpagne , ainſi que les autres. Cette
Cour circonſpecte a toûjours euë pour
maxime de ne point confier en Amerique aucun emploi d'importance aux
Eſpagnols Crioles ou nez en Amerique.
Cependant ces Crioles ſont les habi-

tants qui sont nez d'une mere & d'un pere Espagnols, sans aucun mélange de sang Americain ou Afriquain. Ceux qui sont nez d'un Espagnol &d'une Americaine s'apellent Mestisses & ils se nomment Mulatres quand la mere est Négresse.

L'incapacité des sujets a eu autant de part à cette politique que la crainte qu'ils ne se soulevassent contre l'Espagne. Veritablement on a peine à concevoir à quel point le sang Espagnol, si brave & si courageux en Europe, a dégeneré dans plusieurs contrées de l'Amerique. On ne le croiroit pas si douze ou quinze Relations differentes des expeditions des Flibustiers dans le nouveau monde, ne s'accordoient pas toutes à le dire & à en rapporter des circonstances convaincantes.

Ainsi que les hommes, les animaux changent de taille & de figure, suivant le pays où ils sont nez & où ils deviennent grands. Il n'y avoit point de chevaux en Amerique quand les Espagnols découvrirent cette partie du monde. On peut bien croire que les premiers qu'ils y transporterent pour faire race étoient des plus beaux de l'Andalouzie où se faisoit l'embarquement. Comme les frais du transport se montoient à plus de deux cens écus

par cheval, on n'épargnoit pas aparament l'argent de l'achat , & les chevaux étoient alors en grand marché dans
cette Province. Il eſt des pays en Amerique où la race de ces chevaux a dégeneré. Les chevaux de Saint Domi-
nique & des Antilles ſont petits , mal-
faits & ils n'ont que le courage des nobles animaux dont ils ont eſté procrées.
Veritablement il eſt en Amerique d'autres pays où la race des chevaux Andalous s'eſt encore annoblie. Les chevaux du Chili ſont auſſi ſuperieurs en
beauté & en bonté aux chevaux d'Andalouzie que ceux qui ſurpaſſent les
chevaux de Picardie. Les moutons de
Caſtille & d'Andalouzie tranſportés en
d'autres pâturages ne donnent plus de
laine auſſi *pretieuſes* que celles, *Quas
Bæticus adjuvat aer.* Quand les chevres
d'Ancyre ont perdu le pâturage de leurs
Buf. montagnes, elles ne ſe couvrent plus de
Bequius ce poil ſi priſé dans l'Orient & connu
Ejtaprim. même en Europe. Ils eſt des pays où
le cheval eſt communement un animal
doux qui ſe laiſſe conduire à des enfans. En d'autres pays comme dans le
Royaume de Naples, il eſt preſque un
animal féroce duquel il faut ſe garder
avec attention. Les chevaux changent
même de naturel en changeant d'air &

de nourriture. Ceux d'Andalouzie sont bien plus doux dans leur pays qu'ils ne le sont dans le nostre. Enfin la plûpart des animaux n'engendrent plus dès qu'ils sont transportés sous un climat trop different du leur. Les tigres, les singes, les chameaux, les élephants & plusieurs especes d'oiseaux ne multiplient point dans nos regions.

SECTION XVI.

Objection prise du caractere des Romains & des Hollandois.
Réponse.

ON m'objectera peut-estre que nous connoissons aujourd'hui deux peuples à qui le caractere que les anciens Ecrivains donnent à leurs dévanciers ne convient plus presentement. Les Romains ne ressemblent plus, continüera-t-on, aux anciens Romains si fameux par leurs vertus militaires & que Tacite définit ; Des gens ennemis de toutes ces vaines demonstrations de respect qui ne font que des ceremonies. Des gens qui ne se soucioient que de l'autorité. *Apud quos jus imperij valet,* *inania transmittuntur.* Le frere du Roi

Annal.
lib. 15.

des Parthes, Tiridate qui venoit à Rome faire hommage, pour parler suivant nos usages, de la Couronne d'Armenie, auroit eu moins de peur du ceremonial des Romains, ajoûte l'Auteur
que j'ai cité, s'il les avoit mieux connus. Les Bataves & les anciens Frisons, objectera-t-on encore, étoient
deux peuples composés de soldats &
qui se soulevoient dès que les Romains
vouloient éxiger d'eux d'autres tributs
que des services militaires. Aujourd'hui
les habitants de la province de Hollande, laquelle comprend l'Isle des Bataves & une partie du pays des anciens
Frisons, sont portés au commerce &
aux arts. Ils surpassent tous les autres
peuples dans le talent de policer les
villes & dans le gouvernement *Munici-
pal*. Le peuple y paye plus volontiers
les plus grands impôts qui se levent
presentement en Europe, qu'il ne fait
le métier de soldat. *Ad terrestrem mili-
tiam parum idonei sunt Belgæ, & equo
insidens Batavus ludibrium omnibus debet*,
dit Puffendorff en parlant des Hollandois d'aujourdhui, qui se servent de
trouppes étrangeres aussi volontiers que
les anciens Bataves faisoient la guerre
pour les étrangers.

Quant aux Romains je repondrai

*Introduct.
ad hist.
Europ.*

que lorſque le reſte de l'Europe voudra ſe guerir de la maladie du ceremonial, ils ne feront pas les derniers à s'en défaire. Le ceremonial eſt aujourd'hui à la mode, & ils tâchent d'eſtre ſuperieurs dans ſa pratique aux autres peuples, comme ils le furent autrefois dans la diſcipline militaire. Peut-eſtre que les Romains nos contemporains montreroient encore cette modeſtie après les ſuccés & cette hauteur dans le danger qui faiſoient les caractere des anciens Romains, ſi leurs Maîtres n'étoient pas d'une profeſſion qui défend d'aſpirer à la gloire militaire. Va-t-on ſe faire tuer à la guerre dès qu'on a du courage, comme on fait des vers dès qu'on eſt né Poëte. Si les Romains ont réellement dégeneré, ce n'eſt point certainement dans toutes les vertus. Perſonne ne ſçait mieux qu'eux tenir ferme ou ſe relâcher à propos dans les affaires, & l'on remarque encore juſques dans la populace de Rome cet art d'inſinuer de l'eſtime pour ſes concitoyens qui fut toûjours une des premieres cauſes de la grande renommée d'une nation.

Enfin il eſt arrivé de ſi grands changements dans l'air de Rome & dans l'air des environs de cette ville depuis les Cesars, qu'il n'est pas étonnant que les habitants y soient à present differents de ce qu'ils étoient autrefois. Au contraire, suivant nôtre systeme, il falloit que la chose arrivât ainsi, & que l'alteration de la cause alterat l'effet.

Premierement, l'air de la ville de Rome, à l'exception du quartier de la Trinité du mont & de celui du Quirinal, est si mal sain durant le grand Eté, qu'il ne sçauroit estre suporté que par ceux qui s'y sont habitués peu à peu, & comme Mithridate s'étoit accoûtumé au poison. Il faut même renouveller toutes les années l'habitude de suporter la corruption de l'air en continuant à le respirer dès les premiers jours de son alteration. Il est mortel pour ceux qui le respirent pour la premiere fois quand il est déja corrompu. On est aussi peu surpris de voir mourir celui qui en arrivant de la campagne loge dans les endroits où l'air est corrompu, & même ceux qui dans ce temps là y viendroient habiter des endroits de la ville où l'air est sain, que de voir mourir l'homme qu'un boulet de canon a touché. La cause de cette corruption de l'air nous est même connuë. Rome étoit percée autrefois sous terre comme sur terre, & chaque ruë y

avoit

avoit une cloaque ſous le pavé. Ces cloaques aboutiſſoient toutes au Tibre par differents canaux qui étoient balayés perpetuellement des eaux de quinze Aqueducs, leſquels voituroient des fleuves entiers à Rome, & ces fleuves ſe jettoient enfin dans le Tibre par les cloaques. Les bâtiments de cette Ville ſi vaſte ayant eſté renverſés par les Gots, par les Normands de Naples & par le temps, les décombres des édifices bâtis ſur les ſept colines ont comblé les vallées ſubjacentes, de maniere que dans ces vallées l'ancien rez de chauſſée eſt ſouvent enterré de quarante pieds. Un pareil bouleverſement a bouché pluſieurs rameaux par leſquels beaucoup de cloaques mediocres communiquoient avec les grandes cloaques qui aboutiſſoient au Tibre. Les voutes écraſées par la chûte des bâtiments voiſins ou tombées par vetuſté, ont ainſi fermé pluſieurs canaux & intercepté l'écoulement des eaux. Cependant la plûpart des égouts par leſquels les eaux de pluie & les eaux de ceux des anciens aqueducs qui ſubſiſtent encore tombent dans les cloaques, ſont demeurés oüverts. L'eau a donc continué d'entrer dans ces canaux ſans iſſuë. Elle y croupit & elle y devient tellement infectée

Tome II. M

que lorſqu'il arrive aux *Fouilleurs* d'ou-
vrir en creuſant un de ces canaux, la
puanteur & l'infection qui s'en exha-
lent, leur donnent ſouvent des maladies mortelles. Ceux qui ont oſé manger des poiſſons qu'on y trouve quelquefois, ont preſque tous payé de leur
vie une curioſité temeraire. Or ces canaux ne ſont pas ſi avant ſous terre que
la chaleur qui eſt très grande à Rome
durant la Canicule n'en éleve des exhalaiſons empeſtées qui s'échapent d'autant plus librement que les crevaſſes des
voutes ne ſont bouchées qu'avec des
décombres qui font un tamis bien moins
ſerré que celui d'un terrain naturel &
d'un ſol ordinaire.

Secondement, l'air de la plaine de
Rome, laquelle s'étend juſqu'à douze
lieuës dans les endroits où l'Apennin
ſe recule le plus de cette Ville, reduit
durant les trois mois de la grande chaleur les naturels mêmes du pays qui
doivent y eſtre accoûtumez dès l'enfance, en un état de langueur incroya-
ble à ceux qui ne l'ont pas vû. En
pluſieurs cantons les Religieux ſont obligez de ſortir de leurs Convents pour aller
paſſer ailleurs la ſaiſon de la Canicule.
Enfin l'air de la campagne de Rome
tuë auſſi promptement que le fer,

l'étranger qui ofe s'expofer à fon activité durant le fommeil. L'air y eft
toûjours perniticux de quelque cofté
que le vent foufle, ce qui met en évidence que la terre eft la caufe de l'alteration de l'air. Cette infection prouve donc qu'il eft furvenu dans la terre
un changement confiderable, foit qu'il
vienne de ce que la terre n'eft plus
cultivée comme du temps des Cefars, *Pomptina*
foit qu'on veuille l'attribuer aux marais *Paludes.*
d'Oftie & à ceux de l'Ofanté, qui ne
font plus deffeichés comme autrefois,
foit enfin que cette alteration procede
des mines d'alun, de foufre & d'arfe-
nic, qui depuis quelques fiecles auront achevé de fe former fous la fu-
perficie de la terre, & qui prefentement envoyent dans l'air, principalement
durant l'Eté, des exhalaifons plus mali-
gnes que celles qui s'en échapoient lors
qu'elles n'avoient pas encore atteint le
dégré de maturité où elles font parve-
nues aujourd'hui. On voit frequament
dans la campagne de Rome un
phenomene qui doit obliger de penfer
que l'alteration de l'air y vient d'une
caufe nouvelle, c'eft à dire des mines
qui fe feront perfectionnées fous la fu-
perficie de la terre. Durant les chaleurs
il en fort des exhalaifons qui s'allument

d'elles-mêmes & qui forment de longs
fillons de feu ou des colonnes de flâme dont la terre eft la bafe. Titelive
feroit rempli du recit des facrifices faits
pour l'expiation de ces prodiges, fi l'on
avoit vû ces phenomenes dans la campagne de Rome aux temps dont il a écrit
l'hiftoire.

Ce qui prouve encore qu'il eft furvenu une alteration phyfique dans l'air
de Rome & des environs, c'eft que
le climat y foit moins froid aujourd'hui
qu'il ne l'étoit du temps des premiers
Cefars, quoique le pays fut alors plus
habité & mieux cultivé qu'il ne l'eft
aujourd'hui. Les Annales de Rome
nous apprennent qu'en l'année 480. de
fa fondation, l'hyver y fut fi violent
que les arbres moururent. Le Tibre y
prit dans Rome & la neige y demeura
fur terre durant quarante jours. Lorfque Juvenal fait le portrait de la femme fuperftitieufe, il dit qu'elle fait
rompre la glace du Tibre pour y faire
fes ablutions.

Sat. 6. *Hibernum fracta glacie defcendet in amnem,*
Ter matutino Tyberi mergetur.

Il parle du Tibre pris dans Rome
comme d'un évenement ordinaire.

Plusieurs passages d'Horace supposent les ruës de Rome pleines de neiges & de glaces. Nous ferions mieux informés si les Anciens avoient eu des Thermométres, mais leurs Ecrivains, quoi qu'ils n'ayent pas songé à nous instruire là dessus, nous en disent encore assez pour nous convaincre que les hyvers étoient autrefois plus rigoureux à Rome qu'ils ne le font aujourd'hui. Le Tibre ne s'y gele pas plus que le Nil au Caire. On trouve à Rome l'hyver bien rigoureux quand la neige s'y conserve durant deux jours, & quand on y voit durant deux fois vingt-quatre heures quelques larmes de glace à une fontaine exposée au Nord.

Quant aux Hollandois, je puis répondre qu'ils n'habitent pas la même terre qu'habitoient les Bataves & les anciens Frisons, bien qu'ils demeurent dans le même pays. L'Isle des Bataves étoit bien un pays bas, mais il étoit couvert de bois. Pour la partie du pays des anciens Frisons qui fait aujourd'hui la plus grande portion de la Province de Hollande, sçavoir celle qui est comprise entre l'Ocean, le Zuiderzée & l'ancien lit du Rhin qui passe à Leyde, elle étoit alors semée de collines creuses en dedans, & c'est ce qu'on a voulu

M iij

exprimer par le mot de *Holland* introduit dans le moyen âge. Il fignifie une
terre vuide en langue du pays Tacite
nous aprend que le bras du Rhin dont
je parle, celui qui féparoit alors la Frife
de l'Ifle des Bataves confervoit la rapi-
dité que ce fleuve a dans fon cours, &
c'eft une preuve que le pays étoit mon-
tueux. La mer s'étant introduite dans
ces cavités, elle a fait abîmer la terre,
laquelle ne s'eft relevée au deffus de la
furface des eaux qui la couvrirent après
fa dépreffion qu'à l'aide des fables que
les flots de la mer y ont aportés, & du
limon que les fleuves y laiffoient en
l'inondant frequamant avant qu'on les
eut contenu par des digues.

Ann.
lib. 2.

Une autre preuve de ce que je viens
d'avancer, c'eft que dans la partie de la
Province de Hollande qui a fait une
portion du pays des anciens Frifons, on
trouve fouvent en faifant les fonda-
tions des arbres qui tiennent encore
au fol par les racines quinze pieds au
deffous du niveau du pays, lequel eft
uni comme un parquet, bien que ce
niveau foit plus bas aujourd'hui que
les hautes marées. Ceux qui voudront
eftre inftruits plus au long fur le temps
& fur les autres circonftances de ces
inondations, peuvent lire les deux pre-

miers volumes de l'ouvrage de Monsieur Menson Alting intitulé, *Descrip-
tio Agri Batavi.* Ils ne le liront pas
sans profit & sans regreter que cet Auteur soit mort depuis peu avant que
de nous avoir donné le troisième. La
Hollande ayant esté desseichée & re-
peuplée dans les temps suivants, elle
est aujourd'hui une prérie de niveau,
coupée par une infinité de canaux &
semée de quelques lacs & flaques
d'eaux. Le terrain y a si bien changé
de nature que les bœufs & les vaches
de ce pays sont plus grands qu'ailleurs
au lieu qu'autrefois ils étoient très petits. Enfin le quart de sa superficie est
aujourd'hui couvert d'eau, au lieu que
l'eau n'en couvroit peut-être pas autrefois la douziéme partie. Le peuple, par
des évenements qui ne font pas de nôtre sujet, s'y étant encore multiplié
plus qu'il n'a fait en aucun autre endroit de l'Europe, le besoin & la facilité d'avoir des legumes & du laitage
dans une prérie continuelle, comme
celle d'avoir du poisson au milieu de
tant d'eaux douces & salées, ont accoûtumé les habitants à se sustenter
avec ces aliments flegmatiques, au lieu
que leurs anciens predecesseurs se nour-
rissoient de la chair de leurs troupeaux,

Tacit.
Ann. lib.
4.

& de celle des animaux domeſtiques
devenus ſauvages , dont on voit par
Tacite & par d'autres Ecrivains de l'antiquité que leurs bois étoient remplis.

Le Chevalier Temple qui a eſté frappé de la difference du caractere des
Bataves & des Hollandois & qui a voulu en rendre raiſon , attribue cette difference au changement de nourriture.
Or de pareilles revolutions ſur la ſur-
face de la terre, leſquelles amenent
toûjours beaucoup d'alteration dans les
qualités de l'air, & leſquelles ont encore eſté ſuivies d'un ſi grand changement dans les aliments ordinaires que
les nouveaux habitants ſe nourriſſent
en peſcheurs & en jardiniers, au lieu
que les anciens habitants ſe nourriſſoient
en chaſſeurs, de pareilles revolutions,
dis-je, ne ſçauroient arriver ſans que
le caractere des habitants d'un pays
ceſſe d'eſtre le même.

Après tout ce que je viens d'expoſer il eſt plus que vrai-ſemblable, que
le genie particulier à chaque peuple,
dépend des qualités de l'air qu'il reſpi-
re. On a donc raiſon d'accuſer le climat de la diſette de genies & d'eſprits
propres à certaines choſes, laquelle on
remarque chez certaines nations. *La
temperature des climats chauds* , dit le

*Etat des
Prov.Un.
chap. 4.*

Chevalier Chardin, *énerve l'eſprit comme le corps, & diſſipe ce feu d'imagination neceſſaire pour l'invention. On n'eſt
pas capable en ces climats là de longues
veilles & de cette forte aplication qui enfante les ouvrages des arts liberaux & des
arts mecaniques. C'eſt ſeulement vers le
Septentrion qu'il faut chercher les arts & les
métiers dans leur plus haute perfection.*
Nôtre Auteur parle d'Hiſpahan, &
Rome & Athenes ſont des Villes Septentrionales par raport à la Capitale
de la Perſe. C'eſt le ſentiment que donne l'experience. Tout le monde ne
convient-il pas d'attribuer à l'excès du
froid comme à l'excès du chaud la ſtupidité des Negres & celle des Lappons.

SECTION XVII.

*De l'étenduë des climats plus propres
aux arts & aux ſciences que les autres.*

*Des changements qui ſurviennent dans
ces climats.*

ON m'objectera que les arts & les
ſciences ont fleuri ſous des climats
bien differents, Memphis, ajoûtera-t-on

eſt plus prés, du ſoleil que Paris de dix-huit dégrés & cependant les arts & les ſciences ont fleuri dans ces deux Villes.

Je réponds que tout excès de chaleur & que tout excès de froid ne ſont pas contraires à l'heureuſe éducation des enfans, mais ſeulement les excès ou- trés, ſoit du froid, ſoit du chaud. Loin de borner à quatre ou cinq dégrés la temperature convenable à la culture des ſciences & des beaux arts, je crois que cette temperature peut compren- dre vingt ou vingt cinq dégrés de lati- tude. Ce climat fortuné peut même s'étendre & gagner du terrain à la fa- veur de pluſieurs évenements.

Par exemple, l'étenduë preſente du commerce donne aujourd'hui aux na- tions Hyperborées le moyen qu'elles n'avoient point autrefois de faire une partie de leur nourriture ordinaire, des vins comme des autres aliments qui croiſſent dans les pays chauds. Le commerce qui s'eſt infiniment acru dans les deux derniers ſiecles a fait connoî- tre ces choſes où l'on ne les connoiſ- ſoit pas. Il les a renduës très commu- nes en des lieux où elles étoient fort rares. L'augmentation du commerce a rendu le vin une boiſſon d'un uſage

aussi commun dans plusieurs pays où il
n'en vient point, que dans les contrées
où l'on fait des vendanges. Il a mis
dans les pays du Nord le sucre & les
épiceries au nombre de ces denrées,
que tout le monde consomme. Depuis
un temps les eaux de vie simples &
composées, le tabac, le caffé, le cho-
colat & d'autres denrées qui ne croif-
sent que sous le soleil le plus ardent font
consommées, même par le bas peuple,
en Hollande, en Angleterre, en Pologne, en Allemagne & dans le Nord.
Les sels & les sucs spiritueux de ces
denrées jettent dans le sang des nations
Septentrionales une ame, ou pour parler avec les Physiciens une huile éthe-
rée, laquelle il ne pourroit pas tirer
des aliments de leur pays. Ces sucs
remplissent le sang d'un homme du
Nord d'esprits animaux formés en Espagne, & sous les climats les plus ar-
dents. Une portion de l'air & de la
seve de la terre des Canaries passe en
Angleterre dans les vins de ces Isles
qu'on y transporte en si grande quantité. L'usage frequent & habituel des
denrées des pays chauds raproche donc
pour ainsi dire le soleil des pays du
Nord, & il doit mettre dans le sang
& dans l'imagination des habitants de

M vj

ces pays une vigueur & une delicateſſe
que n'avoient pas les ayeux, dont la
ſimplicité ſe contentoit des productions
de la terre qui les avoit vû naître.
Comme on reſſent aujourd'hui dans ces
contrées des maladies qu'on ne recon-
noiſſoit pas avant qu'on y fit un uſage
auſſi frequent d'aliments étrangers &
qui ne ſont pas peut-eſtre aſſés en proportion avec l'air du pais, on y doit avoir pour
cela même plus de chaleur & plus de
ſubtilité dans le ſang. Il eſt certain
qu'en même temps qu'on y a connu de
nouvelles maladies, ou que certaines
infirmités y ſont devenuës plus frequentes qu'autrefois, d'autres maladies ou
ſont diſparuës ou ſont devenuës plus
rares. J'ai oüi-dire à Monſieur Regis,
fameux Medecin d'Amſterdam, que
depuis que l'uſage des denrées dont j'ai
parlé s'étoit introduit dans cette ville
parmi les gens de toute condition, on
n'y voyoit plus la vingtiéme partie des
maladies ſcorbutiques qu'on y voyoit
auparavant.

Il ne ſuffit pas qu'un pays ſoit à
une certaine diſtance de la ligne pour
que le climat en ſoit propre à donner
des hommes d'eſprit & de talent. L'air
peut pêcher encore par bien d'autres
endroits que par l'excés du froid ou par

l'excés du chaud. Le mêlange des corpufcules qui entrent de fa compofition
peut être mauvais par quelques excés
d'un des bons principes. Il fe peut
faire qu'en un certain pays les émanations de la terre foient trop groffieres.
Tous ces défauts qu'on conçoit infinis
peuvent faire que l'air d'une contrée ,
dont la temperature paroît la même
que celle d'une contrée voifine, ne foit
pas auffi favorable à l'éducation des
enfans que l'air qu'on refpire dans cette
derniere. Deux regions qui font à la
même diftance du Pole peuvent avoir
un climat phyfiquement different. Puifque l'air d'une contrée limitrophe d'une
autre contrée où les hommes font
grands y rend les habitants petits, pourquoi ne les fera-t-il pas plus fpirituels
dans un pays que dans un autre. La
taille des hommes doit varier plus dif-
ficilement que la temperature du cerveau. Plus les organnes font deliés plus
le fang qui les nourrit les change facilement. Or de tous les organnes du
corps humain, les plus délicats font
ceux qui fervent à l'ame à faire fes
fonctions. Ce que je dis ici n'eft que
l'explication de l'opinion generale, laquelle à toûjours attribué aux differentes qualités de l'air , la difference qui

Chardin tom.2.pag. 4.

se remarque entre les peuples. *Le cli-mat de chaque peuple est toûjours, à ce que je crois, la principale cause des incli-nations & des coûtumes des hommes, qui ne sont pas plus diverses entre-elles que la constitution de l'air est differente d'un lieu à un autre,* dit un homme à qui l'on pouvoit apliquer l'éloge qu'Homere fait d'Ulisse.

Qui mores hominum multorum vidit & urbes.

SECTION XVIII.

Qu'il faut attribuer la difference qui est entre l'air de differents pays, à la nature des émanations de la terre differente en diverses regions.

LEs émanations de la terre sont la seule cause aparente à laquelle on puisse attribuer la difference sensible entre les qualités de l'air en diverses re-gions également distantes de la ligne. Ce raisonnement est bien confirmé par l'experience. Les émanations dont dé-pendent les qualités de l'air, dépen-dent elles mêmes de la nature des corps dont elles s'échapent. Or quand on

vient à examiner quelle eft la compofition du globe terreftre dans deux pays
dont l'air eft different, on trouve cette
compofition differente. Il y a plus
d'eau par exemple en Hollande dans
un quarré donné, qu'il n'y en a dans
la Comté de Kent. Le fein de la terre
ne renferme pas les mêmes corps en
France qu'il renferme communement
en Italie. Dans plufieurs endroits de
l'Italie la terre eft pleine d'alun, de
fouffre, de bitume & d'autres mineraux. Ces corps dans les lieux de France où on en trouve n'y font pas en
même quantité par proportion aux
autres corps qu'en Italie. On trouve
prefque par toute la France que le tuf
eft de marne ou d'une efpece de pierre
blanchâtre & tendre dans laquelle il
entre beaucoup de fels volatils. Le fel
domine dans la terre de la Pologne, &
l'on en trouve des mines formées dans
plufieurs endroits de ce Royaume. Elles fuffifent à la confommation du pays
comme à celle de plufieurs Provinces
voifines. C'eft à ce fel dominant dans
la terre de Pologne que les Philofophes attribuent la fertilité prodigieufe
de la plûpart de fes contrées, auffi-bien
que le volume extraordinaire des fruits
& même du corps humain dans ce païs.

En Angleterre le tuf eſt compoſé principalement de plomb, d'étain, de charbon de mine & d'autres mineraux qui
vegetent & qui ſe perfectionnent ſans
ceſſe.

On peut même dire que la difference de ces émanations tombe en quelque maniere ſous nos ſens. La couleur
du vague de l'air, celle des nuages qui
font un horizon colorié au coucher
comme au lever du ſoleil, dépendent
de la nature des exhalaiſons qui rem-
pliſſent l'air & qui ſe mêlent avec les
vapeurs dont les nuages ſont formés.
Or tout le monde peut obſerver que
le vague de l'air & les nüages qui bril-
lent à l'horizon ne ſont pas de la même couleur dans tous les pays. En Italie, par exemple, le vague de l'air eſt
d'un bleu verdâtre, & les nuages de
l'horizon y ſont d'un jaune & d'un rouge très enfoncés. Dans les Pays-bas
le vague de l'air eſt d'un bleu pâle, &
les nuages de l'horizon n'y ſont teints
que de couleurs blanchâtres. On peut
même remarquer cette difference dans
les Ciels des tableaux du Titien & des
tableaux de Rubens, ces deux Peintres
ayant repreſenté la nature telle qu'elle
ſe voit en Italie & dans les Pays-bas
où ils la coppioient. Je conclus de ce

que j'ai expofé, qu'ainfi que les qualités de la terre décident de la faveur particuliere aux fruits dans plufieurs contrées, de même ces qualités de la terre décident de la nature de l'air de chaque pays. Les qualités & les proprietés de la terre font également la caufe de l'une & de l'autre difference.

Or cette caufe eft fujette par fa nature à bien des viciffitudes comme à une infinité d'alterations. Dès que la terre eft un mixte compofé de folides & de liquides de divers genres & de differentes efpeces, il faut qu'ils agiffent fans ceffe l'un fur l'autre, & qu'il s'y faffe ainfi des fermentations continuelles, d'autant plus que l'air & le feu central mettent encore les matieres en mouvement. Comme les levains, le mêlange & la proportion de ces levains ne font pas toûjours les mêmes, les fermentations ne fçauroient aboutir toûjours à une même production. Ainfi les émanations de la même terre ne fçauroient être toûjours les mêmes. Elles doivent être fujettes à divers changements.

L'Experience donne un grand poids à ce raifonnement. La même terre envoye-t elle toutes les années dans l'air la même quantité de ces exhalaifons qui font la matiere des foudres & des éclairs ? Comme il eft des pays plus fujets au tonerre que d'autres, il eft auffi des années où il tonne dix fois plus fouvent dans le même pays qu'en d'autres années. A peine entendit-on deux coups de tonnerre à Paris l'Eté de 1716. Il y a tonné trente fois & plus l'Eté de 1717. La même chofe eft vraie des tremblements de terre. Les années font-elles également pluvieufes dans le même pays ? On ne fçauroit encore attribuer l'inegalité qui fe remarque dans les éruptions des Volcans à une autre caufe qu'à la varieté des fermentations, lefquelles fe font continuellement dans le fein de la terre. Or ces montagnes redoutables jettent plus de feu en certaines années que dans d'autres, & quelque fois elles font un temps confiderable fans en vomir. Toutes les années font-elles enfin également faines & également pluvieufes, venteufes, froides & chaudes dans la même contrée ?

Le foleil & les émanations de la terre décident en France comme ailleurs de la temperature des années, & l'on n'y fçauroit faire intervenir aucune autre caufe, à moins que de vouloir faire agir les influences des aftres.

Or de ces deux caufes il y en a une
qui ne varie pas dans fon action, je
veux dire le foleil. Il faut donc attribuer la difference immenfe qui s'ob-
ferve en France entre la temperature
de deux années, à la variation furve-
nuë dans les émanations de la terre.

Je dis que l'action du foleil ne varie
point. Il monte & il defcend à Paris
toutes les années à une même hauteur.
S'il y a quelque difference dans fon
élevation, elle n'eft fenfible qu'aux Aftronomes modernes, & elle ne peut
mettre d'autre difference entre l'Eté de
deux années que celle qui fe trouve
entre un Eté de Senlis & un Eté de Paris. La diftance qui eft entre Paris &
Senlis du Sud au Nord, revient à la
hauteur que le foleil peut avoir de plus
à Paris en une année que dans une
autre année.

La difference qui eft entre la temperature des années eft bien une autre
variation. Il eft à Paris des Etés d'une
chaleur infuportable. D'autres à peine
ne font pas un temps froid. Souvent
il fait plus froid le jour du folftice d'E-
té qu'il ne faifoit fix femaines auparavant. L'hyver y eft quelquefois très
rigoureux, & la gelée y dure quarante
jours de fuite. En d'autres années l'hi-

ver se passe sans trois jours de gelée consecutive. Il est des années durant lesquelles il tombe à Paris vingt-deux pouces d'eau de pluie. En d'autres années il n'en tombe pas quinze. Il est aussi des années où les vents sont plus frequents & plus furieux qu'en d'autres. On peut dire la même chose de tous les pays. La temperature des années y varie toûjours. Il est seulement vrai que dans les pays Meridionaux, le temps de la pluie & des chaleurs n'est pas aussi déreglé que dans nôtre pays. Ces chaleurs & ces pluies plus ou moins grandes y viennent à peu prés dans les mêmes jours. La cause y varie bien, mais elle n'y est pas aussi capricieuse qu'en France.

Voyez les Alman. de l'observatoire.

Mais, dira-t-on, quoi que le soleil monte toutes les années à la même hauteur, ne peut-il point arriver quelque obstacle comme seroit une macule qui rallentisse son action en certaines années, plus que dans d'autres années. Il auroit ainsi la plus grande part aux variations dont vous allés chercher la cause dans le sein de la terre.

Je réponds que l'experience ne souffre point qu'on impute au soleil cette variation. Il y auroit une espece de regle dans ce dérangement s'il venoit du

rallentiſſement de l'action du ſoleil, je
veux dire que tous les pays ſentiroient
ce dérangement à proportion de la diſtance où ils ſont de la Ligne, & que
l'élevation du ſoleil decideroit toûjours
du degré de chaleur, quelque fut cette
chaleur en une certaine année. Le même Eté plus chaud à Paris qu'à l'ordinaire, ſupoſeroit un Eté plus chaud à
Madrid que les Etés ordinaires. Un hiver très doux à Paris ſupoſeroit qu'il
ſeroit encore plus doux à Madrid
que les hivers ordinaires. C'eſt ce qui
n'eſt point. L'hiver de 1699. à 1700.
fut très doux à Paris & très rude à
Madrid. Il gela quinze jours de ſuitte
a Madrid, & il ne gela pas deux jours
de ſuitte à Paris. L'Eté de 1714. fut
aſſés ſec & très chaud à Paris. Il fut
très pluvieux & aſſés froid en Lombardie. Le jour du ſolſtice eſt quelquefois
plus froid que le jour de l'équinoxe.
La variation de la temperature des années eſt telle qu'on ne ſçauroit l'attribuer à une cauſe generale. Il faut l'imputer à une cauſe particuliere à chaque pays, c'eſt-à-dire à la difference
qui ſurvient dans les émanations de la
terre. C'eſt elle qui rend encore certaines années plus ſujettes aux maladies que d'autres.

Ipsa sepe coorta

De terra surgunt.

Il est des maladies épidemiques qui
sortent de la terre insensiblement,
mais il en est qu'on en voit sortir pour
ainsi dire. Telles sont les maladies lesquelles surviennent dans les lieux où
l'on a fait de grands remumens de
terre & qui étoient très sains avant ces
remumens. La premiere enveloppe
de la terre est composée de terres communes, de pierres, de cailloux & de
sables. La nature prudente s'en est ser-
vi pour couvrir la seconde enveloppe
composée de mineraux & de terres
grasses dont les sucs contribuent à la
fertilité du sol exterieur. Ou ces sucs
montent dans les tuyaux des plantes,
ou bien ils s'élevent dans l'air après
s'être extenués & filtrés à travers la
premiere envoloppe de la terre, & ils
y forment ce nître aërien qui retom-
bant ensuitte sur la terre dont il est
sorti aide tant à sa fertilité. Or quand
on fait de grands remumens de terre,
on met à découvert plusieurs endroits
de cette seconde enveloppe, & l'on les
expose à l'action immediate de l'air &
du soleil, laquelle ne trouvant plus

rien d'interposé en détache des molecules en trop grande quantité. D'ailleurs ces molecules encore trop groffieres ne devoient s'élever dans l'air
qu'après s'être extenués en paffant à
travers de la premiere enveloppe comme à travers un tamis. Ainfi l'air de
la contrée fe corrompt, & il demeure
corrompu jufqu'à ce que la terre découverte foit épuifée d'une partie de
ces fucs, ou jufqu'à ce que la pouffiere
chariée fans ceffe par les vents l'ait en-
duite d'une nouvelle croute.

SECTION XIX.

Qu'il faut attribuer aux varitaions de
l'air dans le même pays la diffe-
rence qui s'y remarque entre le ge-
nie des habitants en des fiecles dif-
ferents.

JE conclus donc de tout ce que je
viens d'expofer, qu'ainfi qu'on attribuë la difference du caractere des nations aux differentes qualittés de l'air
de leurs pays, il faut attribuer de même aux changements qui furviennent
dans l'air d'un certain pays les varia-

tions qui arrivent dans les mœurs &
dans le genie de ſes habitants. Ainſi
qu'on impute à la difference qui eſt entre l'air de France & l'air d'Italie la
difference qui ſe remarque entre les
Italiens & les François , de même il
faut attribuer à l'alteration des qualités
de l'air de France la difference ſenſible
qui s'obſerve entre les mœurs & le genie des François d'un ſiecle & des François d'un autre ſiecle. Comme les qualités de l'air de France varient à certains égards, & qu'elles demeurent les
mêmes à d'autres égards, il s'enſuit que
dans tous les ſiecles les François auront un caractere general qui les diſtin-
guera des autres nations , mais qui
n'empêchera pas que les François de
certains ſiecles ne ſoient differents des
François des autres ſiecles. C'eſt ainſi
que les vins ont une ſaveur propre
dans chaque terroir, laquelle ils conſervent toûjours, mais leur goût n'eſt
pas tout à fait le même en certaines
années que dans d'autres. Voilà pourquoi, par exemple, les Italiens ſeront
toûjours plus propres à réüſſir en Peinture & en Poëſie que les peuples des
environs de la mer Baltique. Mais
comme la cauſe qui fait cette difference entre les nations eſt ſujette à pluſieurs
alterations

alterations, il ſemble qu'il doit arriver qu'en Italie certaines generations auront plus de talent pour exceller dans ces arts, que d'autres generations n'en pourront avoir.

Toute la queſtion de la préeminence entre les Anciens & les Modernes, dit le *Diſgreſſion ſur les Anciens.* grand Deffenſeur des derniers, *étant une fois bien entenduë, ſe reduit à ſçavoir, ſi les arbres qui étoient autrefois dans nos campagnes étoient plus grands que ceux d'aujourd'hui. J'ai cru,* ajoûte-t'il, *que le plus ſûr étoit de conſulter un peu ſur tout cecy la Phyſique, qui a le ſecret d'abreger bien des conteſtations que la Rhetorique rend infinies.* Conſultons l'a, j'y conſens. Elle ne ſçauroit nous répondre ſur cette queſtion ainſi propoſée, parce que perſonne n'a gardé la meſure des chênes parvenus à leur grandeur ſous Auguſte & ſous Leon X. mais il me paroiſt qu'elle la reſoudra ſuffiſament en nous aprenant ce que nous pouvons ſçavoir. C'eſt que de tous temps certaines plantes ſont venuës plus parfaites en une contrée que dans une autre, & que dans le même pays les arbres & les plantes n'y donnent pas toutes les années des fruits également bons.

Non omnis fert omnia tellus.

La caufe de cet effet montre une activité à laquelle nous pouvons bien attribuer la difference qui fe remarque entre l'efprit & le genie des nations & des fiecles. N'agit-elle pas déja fenfiblement fur l'efprit des hommes en rendant la temperature des climats auffi differente qu'on la voit eftre en differents pays comme en differentes années ? La temperature du climat ne nuit-elle pas beaucoup à l'éducation phyfique des enfans, où ne la favorife-t'elle pas beaucoup ? Pourquoi ne veut-on pas que les enfans élevés en France en certaines années, dont la temperature aura efté heureufe, ayent le cerveau mieux difpofé que ceux qui auront efté élevés durant une fuitte d'années dont la temperature aura efté mauvaife. Tout le monde n'attribue-t'il pas l'efprit des Florentins & la groffiereté des Bergamafques àla difference qui eft entre l'air de Florence & celui de Bergame.

Mais objectera-t'on, fi ces changements que vous fuppofés arriver fucceffivement dans la terre, dans l'air & dans les efprits étoient réels, on remarqueroit dans le même pays quelque changement dans la configuration du corps des hommes. Le changement

que vous croyez arriver dans leur interieur feroit acompagné d'un changement fenfible dans leur exterieur.

Je réponds en premier lieu, fondé
fur tout ce que j'ai dit precedament,
que la caufe qui eft affez puiffante pour
alterer les efprits, peut bien n'être pas
affez efficace pour alterer la ftature des
corps. En fecond lieu je réponds, que
fi l'on faifoit en France, par exemple,
une attention exacte & fuivie fur la
ftature des corps & fur leurs forces,
peut-eftre trouveroit-on qu'il y vient
en certains temps des generations d'hommes plus grands & plus robuftes que
dans d'autres. Peut eftre trouveroit-on
qu'il y a des âges où l'efpece des hommes va en fe perfectionant, comme il
y en a d'autres où elle décheoit. Lors
qu'on voit que nos guerriers trouvent
le poids d'une cuiraffe & d'un cafque
un fardeau infuportable, au lieu que
leurs anceftres ne trouvoient pas l'ha-
billement entier du gendarme un poid
trop lourd, quand on compare les fatigues des guerres des Croifades avec la
moleffe de nos camps, n'eft on pas
tenté de dire que la chofe arrive ainfi.

Il ne faut point alleguer que c'eft la moleffe de l'éducation qui énerve les corps.
Eft-ce d'aujourdhui que les peres & les

meres choient trop leurs enfans, & les
enfans de toute condition n'étoient-ils
pas élevés par leurs parents dans les
temps dont je parle, ainſi que le ſont
ceux d'aujourdhui ? Ne ſeroit-ce point
parcé que les enfans naiſſent plus délicats, que l'experience fait prendre des
precautions plus ſcrupuleuſes pour les
conſerver. Il eſt naturel qu'un pere &
qu'une mere apportent à l'éducation
phyſique de leurs enfans les mêmes
attentions & les mêmes ſoins dont ils
ſe ſouviennent d'avoir eu beſoin. Il eſt
naturel qu'ils jugent de la délicateſſe
de leurs enfans, par la délicateſſe dont
ils ont eſté durant leur enfance. L'experience ſeule peut en aprenant que ces
ſoins ne ſuffiſent plus nous faire penſer
qu'il faut employer plus d'attention &
plus de menagement pour la conſervation des enfans qu'on n'en a eu pour
nous ? L'impulſion de la nature à laquelle on ne reſiſte gueres, ne fait-elle
pas aimer encore aujourd'hui les exer-
cices qui fortifient le corps à ceux à qui
elle a donné une ſanté capable de les
ſoûtenir ? Pourquoi le commun du
monde les neglige-t'il aujourd'hui ? Enfin nôtre moleſſe vient-elle de nôtre
genre de vie, ou bien eſt-ce parce que
nous naiſſons plus foibles par l'eſtomac

& par les visceres que nos ayeux, que chacun dans sa condition cherche de nouvelles preparations d'aliments, des nourritures plus aisées, & que les abstinences qu'ils observoient sans peine, sont aujourd'hui réellement impraticables au tiers du monde. Pourquoi ne pas croire que c'est la physique qui donne la loy au moral ? Je crois donc que la mode de se vêtir plus ou moins en certaines saisons, laquelle a lieu successivement dans le même pays, dépend de la vigueur des corps qui les fait souffrir du froid plus ou moins, suivant qu'ils sont plus ou moins robustes. Il y a cinquante ans que les hommes ne s'habilloient pas aussi chaudement en France durant l'hyver qu'ils s'habillent aujourd'hui, parce que les corps y estoient communement plus robustes & moins sensibles aux injures du froid. *J'ai observé*, dit Chardin, *dans mes voyages, que comme les mœurs suivent le temperament du corps, selon la remarque de Galien, le temperament du corps suit la qualité du climat, de sorte que les coûtumes ou habitudes des peuples ne sont point l'effet du pur caprice, mais de quelque cause ou necessité naturelle qu'on ne découvre qu'aprés une exacte recherche.* Quand les corps deviennent plus foibles & plus

Voyag. de Perse tom. 2. pa. 275.

N iij

fenfibles aux injures de l'air, il s'enfuit
qu'un peuple doive changer quelque
chofe dans fes mœurs & dans fes coûtumes, ainfi qu'il le feroit fi le climat
eftoit changé. Ses befoins varient également par l'un ou par l'autre changement.

Les perfonnes âgées foûtiennent encore qu'une certaine Cour eftoit com-
pofée de femmes plus belles & d'hommes mieux faits qu'une autre Cour
peuplée des defcendants de ceux là.
Qu'on entre en certains temps dans le
détail de cent familles, & l'on en trouvera quatre-vingt où le fils fera d'une
ftature moins élevée que celle de fon
pere. La race des hommes deviendroit
une race de Pigmées s'il ne fuccedoit
point à ces temps de décadence des
temps où la ftature des corps fe releve.
Les generations plus foibles & les generations plus robuftes que les generations precedentes fe fuccedent alterna-
tivement.

On ne fçauroit encore attribuer qu'aux
changements qui furviennent dans les
qualités de l'air dans le même pays la
difference qui fe remarque entre les
mœurs & la politeffe de divers fiecles.
On a vû des temps où l'on tiroit facilement les principaux d'une nation de

leurs foyers. On les engageoit fans
peine d'aller chercher la guerre à mille lieuës de leur patrie au mépris des
fatigues de plufieurs mois de chemin,
& qui paroiffent les travaux d'Hercule
à leur pofterité amollie. C'eft, dira-on,
que la mode d'y aller s'étoit établie.
Mais de pareilles modes ne s'établi-
roient pas aujourd'hui. Elles ne peuvent s'introduire qu'à l'aide des conjectures Phyfiques, pour ainfi dire.
Croit-on que le plus éloquent de nos
Predicateurs qui prêcheroit une Croifade aujourd'hui trouvât bien des Ba-
rons qui le vouluffent fuivre, *outre-
mer.*

SECTION XX.

*De la différence des mœurs & des in-
clinations du même peuple en
des fiecles differents.*

IL arrive encore des temps dont les
évenements font penfer qu'il étoit
quelque alteration phyfique dans la cof-
fitution des hommes. Ce font ceux où
des hommes d'ailleurs très polis & même lettrés fe portent aux actions les plus

dénaturées avec une facilité affreufe.
Tels furent les François fous les regnes
de Charles IX. & de Henri III. Tous
les perfonnages qui font quelque figure
dans l'hiftoire de Charles IX. & dans
l'hiftoire de fes freres, mêmes les Eclefiaftiques, font peris de mort violente.
Ceux des Seigneurs de ce temps-là,
qui comme le Maréchal de Saint André, le Connétable de Montmoranci,
le Prince de Condé & le Duc de Joyeufe
furent tués dans des faits d'armes, y
moururent affaffinés. Les coups leur
furent portés par des hommes qui les
reconnoiffoient & qui en vouloient à
eux. On fçait les noms de ceux qui
les tuerent. Je ne fçais par quelle fatalité Henri II. les trois Rois fes enfans & Henri IV. qui fe fuccederent
immediatement moururent tous cinq de
mort violente, malheur qui n'étoit pas
encore arrivé à aucun de nos Rois de
la troifiéme race, bien que la plûpart
euffent regné dans des temps difficiles
& où les hommes étoient plus groffiers que dans le feiziéme fiecle. Nous
avons vû dans le dix-feptiéme fiecle des
guerres civiles en France & des partis
auffi aigris & auffi animés l'un contre
l'autre fous Loüis XIII. & fous Loüis
XIV. que pouvoient l'être dans le

fiecle precedent les factions qui fui-
voient les Ducs de Guife & l'Admiral
de Coligni, fans que l'hiftoire des derniers mouvements foit remplie d'em-
poifonements, d'affaffinats, ni des évenements tragiques fi communs en France fous les derniers Valois.

Qu'on ne dife pas que le motif de
Religion qui entroit dans les guerres
civiles du temps des Valois irritoit les
efprits, & que ce motif n'entroit pas
dans nos dernieres guerres civiles. Je
répondrois que le precepte d'aimer fes
ennemis n'étant point contefté par Rome ni par Geneve, il s'enfuit que ceux
qui prennoient parti pour l'une ou pour
l'autre caufe de bonne foi, devoient
avoir horreur d'un affaffinat. C'eft la
politique, fecondée par l'efprit du fiecle,
qui a fait commettre toutes ces noir-
ceurs à des gens dont, pour me fervir
de l'expreffion du temps, toute la religion *gifoit* dans une écharpe rouge ou
blanche. Si l'on me repliquoit que ces
fcelerats étoient catholiques ou hugue-
nots par perfuafion, mais que c'étoit
des cerveaux brûlés, des imaginations
forcenées, en un mot des fanatiques de
bonne foi, ce feroit adherer à mon
fentiment. Comme il ne s'en eft pas
trouvé de tels durant les dernieres

guerres civiles, il faudra tomber d'accord qu'il eſt des temps où des hommes de ce caractere qui rencontrent
toûjours aſſez d'occaſions d'extrava-
guer, ſont plus communs que dans
d'autres. C'eſt établir la difference des
eſprits dans differents ſiecles.

En effet, vit-on verſer des fleuves
de ſang au ſujet de l'hereſie d'Arrius,
qui cauſa tant de diſputes & tant de
troubles dans la Chrêtienté. Avant le
proteſtantiſme il s'étoit élevé en France pluſieurs conteſtations en matiere de
religion, mais ſi l'on excepte les guerres contre les Albigeois, il n'étoit pas
arrivé que ces diſputes euſſent fait verſer aux François le ſang de leurs freres, parce que la même acreté ne s'é-
toit pas encore trouvée dans le ſang,
ni la même irritation dans les eſprits.

Pourquoi vient-il des ſiecles où les
hommes ont un éloignement invinci-
ble de tous les travaux d'eſprit, & où
ils ſont ſi peu diſpoſés à étudier que
toutes les voyes dont on ſe ſert pour les
y exciter demeurent inutiles durant
long-temps. Tous les travaux du corps
& les plus grands dangers leur font
moins de peur que l'aplication. Quels
privileges & quels avantages nos Rois
n'ont-ils pas eſté obligés d'accorder aux

Gradués & aux Clercs dans l'onziéme & dans le douziéme fiecle, afin d'encourager les François à fortir du moins de l'ignorance la plus craffe où je ne fçais quelle fatalité les retenoit plongés. Les hommes avoient alors un fi grand befoin d'être excités à l'étude qu'en quelques Etats on étendit une partie des privileges des Clercs à ceux qui fçauroient lire. En effet de grands Seigneurs qui ne fçavoient pas figner leur nom, étoient une chofe très commune, mais d'un autre côté on trouvoit facilement des gens prefts d'affrónter les plus grands dangers & même les travaux les plus longs. Depuis un fiecle les hommes fe portent volontiers à l'étude comme à l'exercice des arts liberaux, quoique les encouragements ne foient plus les mêmes qu'autrefois. Les fçavants mediocres & les perfonnes qui profeffent les arts liberaux avec un talent chetif, font devenus fi communs qu'il eft des gens affez bizarres pour penfer qu'on devroit aujourd'huy avoir autant d'attention à limiter le nombre de ceux qui pourroient profeffer les arts liberaux, qu'on en aportoit autrefois à l'augmenter. Leur nombre, difent-ils, s'eft trop multiplié par rapport au nombre du peuple qui exerce les arts mecaniques. La proportion où font prefentement ceux qui vivent des arts mecaniques avec ceux qui vivent des arts liberaux, n'eft plus la proportion convenable au bien de la focieté. *Ut omnium rerum, fic litterarum quoque intemperantia laboramus.*

Senec.
Epl. 106.

Enfin pourquoi voit-on dans le même pays des fiecles fi fujets aux maladies Epidemiques, & d'autres fiecles prefque exempts de ces maladies, fi cette difference ne vient point des alterations furvenuës dans les qualités de l'air qui n'eft pas le même dans ces fiecles. On compte en France quatre peftes generales depuis mil cinq cens trente jufques en mil fix cens trente-fix. Dans les quatre vingt années écoulées depuis, à peine quelques Villes de France ont-elles fenti une legere atteinte de ce fleau. Il y a foixante & dix ans que les *Maladreries* des trois quarts des Villes du Royaume n'ont pas efté ouvertes. Des maladies inconnuës naiffent en certains fiecles, & elles ceffent pour toûjours après s'être renouvellées deux ou trois fois durant un certain nombre d'années. Telles ont efté en France le *Mal des ardens* & la *Colique de Poitou.* Quand on voit tant d'effets fi bien marqués de l'alteration des qualités de l'air,

quand on connoît fi diftinctement que
cette alteration eft réelle , & quand
même on en connoît la caufe , peut-on
s'empêcher de lui attribuer la difference fenfible qui fe rencontre dans le même pays entre les hommes de deux fiecles differents. Pourquoi les hommes
qui naiffent plus robuftes & de plus
longue vie dans un temps que dans un
autre , ne naîtront-ils pas de même
plus fpirituels en un fiecle que dans un autre fiecle ? je conclus donc, en me fervant
des paroles de Tacite , que le monde
eft fujet à des changements & à des
viciffitudes dans fon cours ordinaire ,
dont le periode ne nous eft pas connu ,
mais dont la revolution rameine fucceffivement la politeffe & la barbarie ,
les talents de l'efprit comme la force
du corps , & par confequent les progrès des arts & des fciences , leur langueur & leur deperiffement , ainfi que
la revolution du foleil rameïne les faifons tour à tour. *Rebus cunctis ineft*
quidam velut orbis , ut quemadmodum
temporum vices , ita morum vertantur.
C'eft une fuitte du plan que le Crea-
teur a voulu choifir , & des moyens
qu'il a élus pour l'execution de ce
plan.

SECTION XXI.

De la maniere dont la reputation des Poëtes & des Peintres s'établit.

JE m'aquitte de la promeſſe que j'ai faite au commencement de cet ou-vrage, d'examiner avant que de le fi-nir la maniere dont la reputation des Peintres & la reputation des Poëtes s'établiſſent. Ce que mon ſujet m'obli-gera de dire ſur le ſuccès des vers & des tableaux, ſera une nouvelle preuve de ce que j'ai déja dit touchant le me-rite le plus eſſentiel & le plus impor-tant de ces ouvrages.

Les productions nouvelles ſont d'a-bord aprêtiées par des Juges d'un carac-tere bien different, les gens du métier & le public. Elles ſeroient bien-tôt eſtimées à leur juſte valeur ſi le public étoit auſſi capable de deffendre ſon ſen-timent & de le faire valoir, qu'il ſçait bien prendre ſon parti. Mais il a la fa-cilité de ſe laiſſer troubler dans ſon ju-gement par les perſonnes qui font pro-feſſion de l'art duquel l'ouvrage nou-veau reſſortit. Ces perſonnes ſont ſu-jettes à faire ſouvent un mauvais rap-

port par les raifons que nous expofe-
rons. Elles obfcurciffent donc la veri-
rité de maniere que le public refte durant un temps dans l'incertitude ou
dans l'erreur. Il ne fçait pas precifement quel titre merite l'ouvrage nouveau defini en general. Le public demeure indecis fur la queftion, s'il eft
bon ou mauvais à tout prendre, & il
en croit même quelquefois les gens du
métier qui le trompent, mais il ne les
croit que durant un temps fort court.

Ce premier temps écoulé, le public
apprêtie un ouvrage à fa jufte valeur,
& il lui donne le rang qu'il merite, ou
bien il le condamne à l'oubli. Il ne fe
trompe point, parce qu'il en juge avec
defintereffement, & parce qu'il en juge
par fentiment.

Quand je dis que le jugement du public eft defintereffé, je ne pretends pas
foûtenir qu'il ne fe rencontre dans le
public des perfonnes que l'amitié feduit
en faveur des auteurs & d'autres que
l'averfion previent contre eux. Mais
elles font en fi petit nombre par comparaifon aux juges defintereffés, que
leur prevention n'a gueres d'influence
dans le fuffrage general. Un Peintre,
& encore plus un Poëte, qui tient
toûjours une grande place dans fon ima-

gination, & qui lui même eſt encore
ſouvent un homme de ce caractere
d'eſprit pour lequel il n'eſt point de
perſonnes indifferentes, ſe figure qu'une
grande Ville, qu'un Royaume entier n'eſt
peuplé que d'envieux ou d'adorateurs de
ſon merite. Il s'imagine le partager en
deux factions comme les Empereurs
partageoient l'Italie au temps des Guel-
phes & de Gibellins, lorſque réellement il n'y a pas cinquante perſonnes
qui ayent pris parti pour ou contre lui,
& qui s'intereſſent avec affection à la
fortune de ſes vers. La plûpart de ceux
en qui il ſupoſe des ſentiments de haine ou d'amitié très decidés font dans
l'indifference, & diſpoſés à juger de
l'Auteur par ſa Comedie, & non de la
Comedie par ſon Auteur. Ils ſont preſts
à dire leur ſentiment avec autant de
franchiſe que les amis commençaux
d'une maiſon, diſent le leur ſur un
Cuiſinier que le Maître eſſaye. Ce
n'eſt pas le moins équitable des jugements de noſtre pays.

SECTION XXII.

*Que le public juge bien des Poëmes &
des Tableaux en general. Du fentiment que nous avons pour en connoiftre le merite.*

NOn-feulement le public juge d'un
ouvrage fans intereft, mais il en
juge encore ainfi qu'il en faut décider
en general, c'eft à dire par la voye du
fentiment & fuivant l'impreffion que
le poëme ou le tableau font fur lui.
Puifque le premier but de la poëfie &
de la peinture eft de nous toucher, les
poëmes & les tableaux ne font de bons
ouvrages qu'à proportion qu'ils nous
émeuvent & qu'ils nous attachent. Un
ouvrage qui touche beaucoup doit être
excellent à tout prendre. Par la même
raifon l'ouvrage qui ne touche point
& qui n'attache pas ne vaut rien, & fi
la critique n'y trouve pas à reprendre des
fautes contre les regles, c'eft qu'un ouvrage peut être mauvais fans qu'il y
ait des fautes contre les regles, comme
un ouvrage plein de fautes contre les
regles peut eftre un ouvrage excellent,

Or le fentiment enfeigne bien mieux
fi l'ouvrage touche & s'il fait fur nous
l'impreffion que doit faire un ouvrage,
que toutes les differtations compofées
par les Critiques pour en expliquer le
merite & pour en calculer les perfections & les défauts. La voye de difcuffion & d'analife , dont fe fervent
ces Meffieurs , eft bonne à la verité
lors qu'il s'agit de trouver les caufes
qui font qu'un ouvrage plaift ou qu'il
ne plaift pas , mais cette voye ne vaut
pas celle du fentiment lors qu'il s'agit
de decider cette queftion. L'ouvrage
plaift-il ou ne plaift il pas ? L'ouvrage
eft-il bon ou mauvais en general ? C'eft
la même chofe. Le raifonnement ne
doit donc intervenir dans le jugement
que nous portons fur un poëme ou fur
un tableau que pour rendre raifon de
la decifion du fentiment & pour expliquer quelles fautes l'empêchent de plaire & quels font les agréments qui le
rendent capables d'attacher. Qu'on me
permette ce trait. La raifon ne veut
point qu'on raifonne fur une pareille
queftion , à moins qu'on ne le faffe
pour juftifier le jugement que le fentiment a porté. La decifion de la queftion n'eft point du reffort du raifonnement. Il doit fe foumettre au jugement

que le fentiment prononce. C'eft le juge competent de la queftion.

Raifonne-t'on , pour fçavoir fi le ragoût eft bon ou s'il eft mauvais , & s'a-vifa-t'on jamais , après avoir pofé des principes géometriques fur la faveur , & défini les qualités de chaque ingre-dient qui entre dans la compofition de ce mets , de difcuter la proportion gar-dée dans le mélange, pour decider s'il eft bon. ? On n'en fait rien. Il eft en nous un fens fait pour connoiftre fi le Cuifinier a operé fuivant les regles de fon art. On goûte le ragoût & même fans fçavoir ces regles on connoift s'il eft bon. Il en eft de même en quel-que maniere des ouvrages d'efprit & des tableaux faits pour nous plaire en nous touchant.

Il eft en nous un fens deftiné pour juger du merite de ces ouvrages , qui confiftent en l'imitation des objets touchants dans la nature. Ce fens eft le fens même qui auroit jugé de l'objet que le Peintre, le Poëte ou le Mufi-cien ont imité. C'eft l'œil lors qu'il s'agit d'un tableau. C'eft l'oreille lors qu'il eft queftion de juger fi les accens d'un recit font touchants où s'ils con-viennent aux paroles, & fi le chant en eft melodieux. Lors qu'il s'agit de

connoître si l'imitation qu'on nous presente dans un poëme est capable d'exciter la compassion & d'attendrir, le
sens destiné pour en juger, est le sens
même qui auroit esté atendri, c'est le
sens qui auroit jugé de l'objet imité.
C'est ce sixiéme sens qui est en nous
sans que nous voyions ses organnes.
C'est la portion de nous même qui juge sur l'impression qu'elle ressent, &
qui pour me servir des termes de Pla-

De Re-
public.
lib, x.

ton prononce sans consulter la regle &
le compas. C'est enfin ce qu'on apelle
communement le sentiment. Le cœur
s'agite de lui même & par un mouvement qui precede toute deliberation,
quand l'objet qu'on lui presente est
réellement un objet touchant, soit que
l'objet ait une existence réelle, soit
qu'il soit un objet imité. Le cœur est
fait, il est organisé pour cela. Son operation previent donc tous les raisone-
ments, ainsi que l'operation de l'œil &
celle de l'oreille les devancent dans
leurs sensations. Il est aussi rare de
voir des hommes nez sans le sentiment
dont je parle, qu'il est rare de trouver
des aveugles nez. Mais on ne sçauroit
le communiquer à ceux qui en man-

Quintil.
inst.lib.6.
cap. 6.

queroient, non - plus que la vûë &
louie. *Nec magis arte traditur quàm*

guftus aut odor. Ainfi les imitations font
leur effet fur nous, elles nous font rire ou pleurer, elles nous attachent
avant que noftre raifon ait eu le temps
d'agir & d'examiner. On pleure à une
Tragedie avant que d'avoir difcuté fi
l'objet que le Poëte nous y prefente eft
un objet capable de toucher par lui
même & s'il l'a bien imité. Le fénti-
ment nous aprend ce qui en eft avant
que nous ayons penfé à en faire l'examen. Le même inftinct qui nous feroit gemir par un premier mouvement
à la rencontre d'une mere qui condui-
roit fon fils unique au tombeau, nous
fait pleurer quand la fcene nous fait
voir l'imitation fidelle d'un évenement
du même genre.

On reconnoît fi le Poëte a choifi un
objet touchant & s'il l'a bien imité,
comme on reconnoît fans raifonner fi
le Peintre a peint une belle perfonne,
ou fi celui qui a fait le portrait de nôtre ami l'a fait reffemblant. Faut-il
pour juger fi ce portrait rêffemble ou
non, prendre les proportions du vifage
de nôtre ami & les comparer aux proportions du portrait. Les Peintres mêmes diront qu'il eft en eux un fentiment fubit lequel devance tout examen, & que l'excellent tableau qu'ils

n'ont jamais vû fait fur eux une impreffion foudaine qui les fait juger de fon merite en general avant toute difcuffion. Souvent cette premiere *aprehenfion* leur fuffit pour nommer l'Auteur du tableau.

On a donc raifon de dire communement qu'avec de l'efprit on fe connoît à tout, car on entend par le mot d'efprit employé dans cette occafion, la juftteffe & la délicateffe du fentiment. Les François font en poffeffion de faire bien d'autres abus du mot *efprit*. Ainfi Monfieur Pafcal n'y avoit pas encore affez reflechi quand il mit fur le papier que ceux qui jugent d'un ouvrage par les regles font a l'égard des autres hommes comme ceux qui ont une montre font à l'égard de ceux qui n'en ont point quand il eft queftion de fçavoir l'heure. Je crois cette penfée du nombre de celles qu'un peu de reflexion lui auroit fait expliquer, car on fçait bien que l'ouvrage de Monfieur Pafcal que je cite eft compofé d'idées qui lui étoient venuës dans l'efprit & qu'il avoit mifes fur le papier plûtoft pour les examiner que pour les publier. Elles furent imprimées après fa mort dans l'état où il les avoit laiffées. Lorfqu'il s'agit du merite d'un ouvrage fait pour

Penfées diverfes. chap. 31.

nous toucher, ce ne font pas les regles qui font la montre, c'eft l'impreffion que l'ouvrage fait fur nous. Plus nôtre fentiment eft délicat, ou fi l'on veut, plus nous avons d'efprit, plus la montre eft jufte.

Monfieur Defpreaux fe fonde fur cette raifon pour avancer que la plûpart des Critiques de profeffion qui fupléent par la connoiffance des regles à la fineffe du fentiment qui leur manque bien fouvent, ne jugent pas auffi fainement du merite des ouvrages excellents que les efprits du premier ordre en jugent fans avoir étudié les regles autant que les premiers. *Permettez moi de vous dire*, il s'adreffe à Monfieur Perrault, *qu'aujourd'hui même ce ne font pas comme vous vous le figurez les Schrevelius, les Peraredus, les Menagius, ni pour me fervir des termes de Moliere les fçavants* EN JUS, *qui goûtent d'avantage Homere, Virgile, Horace & Ciceron. Ceux que j'ai toûjours vû les plus frappez de la lecture de ces grands perfonnages, ce font des efprits du premier ordre. Ce font des hommes de la plus haute élevation. Que s'il falloit neceffairement vous en citer quelqu'un, je vous étonnerois peut-eftre par les noms illuftres que je mettrois fur le papier, & vous y trouveriés non-feulement des La-*

moignons, des Daguessaux, des Troisvil-
les, mais des Condé, des Conti & des
Turennes.

En effet les Poëtes anciens seroient
aussi surpris d'aprendre sur quels endroits de leurs ouvrages le commun des
Commentateurs se récrie davantage,
que s'ils venoient à sçavoir ce que l'Abbé de Marolles & les traducteurs de son
espece leur font dire quelque-fois ; Les
Professeurs qui toute leur vie ont enseigné la Logique, sont-ils ceux qui
connoissent le mieux quand un homme
parle de bon sens & quand il raisonne
avec justesse.

Si le merite le plus important des
Poëmes & des tableaux étoit d'être con-
formes aux regles redigées par écrit,
on pourroit dire que la meilleure maniere de juger de leur excellence comme du rang qu'ils doivent tenir dans
l'estime des hommes, seroit la voye de
discussion & d'analise. Mais le merite
le plus important des poëmes & des
tableaux est de nous plaire. C'est le
dernier but que les Peintres & les Poëtes se proposent quand ils prennent tant
de peine à se conformer aux regles de
leur art. On connoît donc suffisament
s'ils ont bien réüssi quand on connoît
si l'ouvrage touche ou s'il ne touche
pas

pas. Il est encore vrai de dire qu'un ouvrage où les regles essentielles seroient violées ne sçauroit plaire. Mais c'est ce qu'on reconnoît mieux en jugeant par l'impression que fait l'ouvrage qu'en jugeant par les dissertations des Critiques, qui conviennent rarement sur l'importance de chaque regle. Ainsi le public est capable de bien juger des vers & des tableaux sans sçavoir les regles de la Poësie & de la Peinture, car, comme le dit Ciceron, *Omnes tacito quodam sensu sine ulla arte aut ratione, qua sint in artibus ac rationibus prava aut recta dijudicant.* Tous les hommes, à l'aide du sentiment interieur qui est en eux, connoissent sans sçavoir les regles, si les productions des arts sont de bons ou de mauvais ouvrages, & si le raisonnement qu'ils entendent conclut bien.

De Oratore lib. 3.

Quintilien dit dans l'ouvrage que nous avons cité tant de fois, quoique nous ne l'ayons pas cité encore aussi souvent qu'il merite de l'estre : Ce n'est point en raisonnant qu'on juge des ouvrages faits pour toucher & pour plaire. On en juge par un mouvement interieur qu'on ne sçauroit bien expliquer. Du moins tous ceux qui ont tenté de l'expliquer n'en sont pas venus à

Lib. 6.

bout. *Non ratione aliqua , fed motu nefcio an incrrabili judicatur. Neque hoc ab ullo fatis explicari puto licet multi tentaverint.*

Le Parterre fans fçavoir les regles juge d'une piece de théatre auffi-bien que les gens du métier. *Il en eft du théatre comme de l'éloquence*, dit l'Abbé d'Aubignac. *Les perfections n'en font pas moins fenfibles aux ignorants qu'aux fçavants, bien que la raifon ne leur en foit pas également connuë.*

Voilà pourquoi des artifants éclairés confultent quelquefois des perfonnes qui ne fçavent point les regles de leurs arts, mais qui font capables néanmoins de donner des decifions fur l'effet d'un ouvrage compofé pour toucher les hommes, parce qu'elles font doüées d'un naturel très fenfible. Souvent elles ont décidé avant que d'avoir parlé & même avant que d'avoir penfé à faire une décifion. Mais dès que les mouvements de leur cœur qui opere méçaniquement, viennent à s'exprimer par leur gefte & par leur contenance, ils deviennent une pierre de touche laquelle donne à connoître diftinctement fi le merite principal manque ou non dans l'ouvrage qu'on leur montre ou qu'on leur lit. Ainfi quoique ces perfonnes ne soient point capables de contribuer à la perfection d'un ouvrage par leur avis, ni même de rendre methodiquement raison de leur sentiment, leur decision ne laisse pas d'être juste & sure. On sçait plusieurs exemples de ce que je viens d'avancer, & que Malherbe & Moliere mettoient même leurs servantes de cuisine au nombre de ces personnes ausqu'elles ils lisoient leurs vers pour éprouver si, ces vers prennoient. Qu'on me pardonne l'expression favorite de nos Poëtes Dramatiques.

Mais il est des beautés dans ces sortes d'ouvrages, dira-t on, dont les ignorants ne peuvent sentir le prix. Par exemple, un homme qui ne sçait pas que Pharnace qui s'étoit allié aux Romains contre son pere Mithridate, fut dépouillé honteusement de ses Estats par Jules Cesar quelques années après, n'est point frappé de la beauté des vers prophetiques que Racine fait proferer à Mithridate expirant.

Tost ou tard il faudra que Pharnace perisse,
Fiez vous aux Romains du soin de son suplice.

Les ignorants ne sçauroient donc juger d'un Poëme en general, puisqu'ils ne conçoivent qu'une partie de ses beautés.

Je prie le lecteur de ne point oublier la premiere reponse que je vais faire à cette objection. C'est que je ne comprends pas le bas peuple dans le public capable de prononcer sur les poëmes ou sur les tableaux, comme de decider à quel degré ils sont excellents. Le mot de Public ne renferme icy que les personnes qui ont acquis des lumieres, soit par la lecture soit par le commerce du monde. Elles sont les seules qui puissent marquer le rang des poëmes & des tableaux, quoiqu'il se rencontre dans les ouvrages excellents des beautés capables de se faire sentir au peuple du plus bas étage & de l'obliger à se recrier. Mais comme il est sans connoissance des autres ouvrages, il n'est pas en état de discerner à quel point le poëme qui le fait pleurer est excellent ni quel rang il doit tenir parmi les autres poëmes. Le public dont il s'agit icy est donc borné aux personnes qui lisent, qui connoissent les spectacles, qui voient & qui entendent parler de tableaux, ou qui ont acquis de quelque maniere que ce soit, ce discernement qu'on apelle *goût de comparaison*, & dont je parlerai tantôt plus au long. Mais le lecteur comprendra mieux encore que je ne pourrois l'ex-

pliquer à quel étage d'efprit , à
quel point de lumieres & à quelle
condition le Public dont je voudrai
parler fera limité , & cela en faifant
attention fur les temps , fur les lieux &
fur l'ouvrage dont il s'agira. Par exemple , tous ceux qui font capables de porter un jugement fain fur une Tragedie Françoife , ne font pas capables de
juger de même de l'Enéïde ni d'un autre poëme latin. Le public qui peut
juger d'Homere aujourd'hui , eft encore moins nombreux que le public qui
peut juger de l'Enéïde. Le public fe
reftraint donc fuivant l'ouvrage dont il
eft queftion de juger.

Le mot de Public eft donc plus
referré ou plus étendu , fuivant les
temps & fuivant les lieux dont on parle.
Il eft des fiecles & des villes ou les connoiffances neceffaires, pour bien juger
d'un ouvrage par fon effet , font plus
communes & plus repanduës que dans
d'autres. Tel ordre de citoyens qui n'a
pas ces lumieres dans une ville de Province , les a dans une Capitale. Tel ordre de citoyens qui ne les avoit pas au
commencement du feiziéme fiecle , les
avoit à la fin du dix-feptiéme. Depuis
l'établiffement des Opera , le public ,
capable de dire fon fentiment fur la

muſique s'eſt augmenté des trois quarts
à Paris. Mais, comme je l'ai déja dit,
je ne crains pas que mon lecteur ſe
trompe ſur l'extention qu'il conviendra
de donner à la ſignification du mot de
Public, ſuivant les occaſions ou je l'employerai. Il en fera des aplications juſ-
tes, même ſans refléchir trop long-
temps.

Ma ſeconde réponſe à l'objection tirée des vers de Mithridate, c'eſt que le
public ne fait pas le procès en un jour
aux ouvrages qui réellement ont du merite. Avant que d'être jugés, ils demeurent un temps, pour ainſi dire, ſur
le bureau. Or dès que le merite d'un
ouvrage attire l'attention du public,
ces beautés que le public ne ſçauroit
comprendre ſans quelqu'un qui les lui
explique, ne lui échapent pas. L'explication des vers qui les renferment paſſe
de bouche en bouche & deſcend juſqu'au
plus bas étage du public. Il en tient
compte à l'auteur quand il définit ſon ouvrage en general. Les hommes ont du
moins autant d'envie de dire ce qu'ils
ſçavent, que d'aprendre ce qu'ils ne
ſçavent pas. D'ailleurs je ne penſe pas
que le public jugeat mal d'un ouvrage
en general, quand bien même quelqu'unes de ces beautés lui ſeroient

échapées. Ce n'est point sur de pareilles beautés qu'un auteur sensé qui compose en langue vulgaire, fonde le succès de son poëme. Les Tragedies de Corneille & de Racine ne contiennent pas chacune quatre traits pareils à celui de Mithridate que nous avons cité. Si une piece tombe, on peut dire qu'elle seroit tombée de même quand le public entier auroit eu l'intelligence de ces beautés voilées. Deux ou trois vers qu'il a laissé passer sans y faire attention & qui lui auroient plû s'il en avoit compris tout le sens, ne l'auroient pas empêché d'être ennuyé par quinze cens autres qu'il a parfaitement entendus.

Le dessein de la Poësie & de la Peinture étant de toucher & de plaire, il faut que tout homme qui n'est pas stupide puisse sentir l'effet des bons vers & des bons tableaux. Tous les hommes doivent donc estre en possession de donner leur propre suffrage quand il s'agit de décider si les poëmes ou les tableaux font l'effet qu'ils doivent faire. Ainsi lors qu'il s'agit de juger de l'effet general d'un ouvrage, le Peintre & le Poëte sont aussi peu en droit de recuser ceux qui ne sçavent pas leur art, qu'un Chirurgien seroit en droit de recuser le temoignage de

celui qui a fouffert une operation lorfqu'il eft queftion de fçavoir fi l'operation a efté douloureufe, fous le pretexte qu'il feroit ignorant en Anatomie. Que penferoit-on du Muficien
qui foûtiendroit que ceux qui ne fçavent pas la mufique font incapables de
décider fi le menuet qu'il a compofé
plaift, ou s'il ne plaift pas ? Quand un
Orateur fait bailler & dormir fon audi-
toire, ne paffe-t il pas pour conftant
qu'il a mal harangué, fans qu'on fon-
ge à s'informer fi les perfonnes que
fon difcours a jettées fur le cofté fçavoient la Rhetorique. Les hommes
perfuadés par inftinct que le merite d'un
difcours oratoire, ainfi que le merite
d'un Poëme & d'un tableau, doivent
tomber fous le fentiment, ajoûtent
foi au raport de l'Auditeur, & ils s'en
tiennent à fa décifion dès qu'ils le connoiffent pour une perfonne fenfée.
Quand même un des fpectateurs d'une
Tragedie generalement defaprouvée feroit une mauvaife expofition des raifons
qui font qu'elle ennuye, les hommes
n'en défereroient pas moins au fentiment general. Ils ne laifferoient pas
de croire que la piece eft mauvaife,
bien qu'on expliquât mal par quelles
raifons elle ne vaut rien. On en croit

l'homme même quand on ne comprend pas le raisonneur.

Est-il décidé autrement que par le sentiment general que certaines couleurs sont naturellement plus guaies que d'autres couleurs. Ceux qui prétendent expliquer cette verité par principes ne disent que des choses obscures & que peu de gens croyent comprendre. Cependant la chose est reputée certaine dans tout l'univers. On seroit aussi ridicule aux Indes en soûtenant que le noir est une couleur gaye, qu'on le seroit à Paris en soûtenant que le verd clair & le couleur de chair sont des couleurs tristes.

SECTION XXIII.

Que la voye de discussion n'est pas aussi bonne pour connoistre le merite des vers & des tableaux que celle du sentiment.

PLus les hommes avancent en âge & plus leur raison se perfectionne, moins ils ont de foi pour tous les raisonnements Philosophiques, & plus ils ont de confiance dans le sentiment &

O v.

dons la pratique. L'experience leur a
fait connoître qu'on eft trompé rarement par le raport diftinct de fes fens
& que l'habitude de raifonner & de
juger fur ce rapport conduit à une pratique fimple & fure, au lieu qu'on fe
méprend tous les jours en operant en
Philofophe, c'eft-à-dire en pofant des
principes generaux & en tirant de ces
principes une chaîne de conclufions.
Dans les arts, les principes font en
grand nombre, & rien n'eft plus facile que de fe tromper dans le choix
de celui qu'on veut pofer comme le
plus important. Ne fe peut-il pas faire
encore que ce principe doive varier
fuivant le genre d'ouvrage auquel on
veut travailler? On peut bien encore
donner à un principe plus d'étenduë
qu'il n'en devroit avoir. On propofe
même fouvent ce qui eft fans exemple
pour impoffible. C'en eft affez pour
eftre hois de la bonne route dès le
troifiéme fyllogifme. Ainfi le quatriéme
devient un fophifme fenfible, & le cinquiéme contient une conclufion dont la
fauffeté fouleve ceux-là mêmes qui ne
font point capables de déveloper le raifonnement & de remonter jufqu'à la
fource de l'erreur. Enfin foit que les
Philofophes phyficiens ou critiques

pofent mal leurs principes , foit qu'ils
en tirent mal leurs conclufions, il leur
arrive tous les jours de fe tromper en
affurant que leur methode conduit infailliblement à la verité.

Combien l'experience a-t-elle découvert d'erreurs dans les raifonnements Philofophiques qui étoient tenus par les fiecles paffés pour des raifonnements folides. Autant qu'elle en
découvrira un jour dans les raifonnements qui paffent aujourd'hui pour des
verités inconteftables. Comme nous
reprochons aujourd'hui aux anciens
d'avoir cru l'horreur du vuide & l'influence des aftres , nos petits neveux
nous reprocherons un jour de femblables erreurs , que le raifonnement en-
treprendroit en vain de démefler aujourd'hui , mais que l'experience & le
temps fçauront bien mettre en évidence.

Les deux plus illuftres compagnies
de Philofophes qui foient en Europe,
l'Academie des Sciences de Paris & la
Societé Royale de Londres, n'ont pas
voulu ni adopter ni bâtir aucun fyftéme
general de Phyfique. Suivant le fentiment du Chancellier Bacon, elles n'en
époufent aucun dans la crainte que
l'envie de juftifier ce fyftéme ne fafcinât.

les yeux des obfervateurs & ne leur
fit voir les experiences non-pas telles
qu'elles font, mais telles qu'il faudroit
qu'elles fuffent pour fervir de preuves
à une opinion qu'on auroit entrepris
de faire paffer pour la verité. Nos deux
illuftres Academies fe contentent donc
de verifier les faits & de les inferer
dans leurs regiftres, perfuadées qu'elles font que rien n'eft plus facile au
raifonnement que de trebucher dès qu'il
veut faire deux pas au déla du terme
où l'experience l'a conduit. C'eft de la
main de l'experience que ces Compagnies attendent un fyftéme general. Que
penfer de ces fyftémes de poëfie, qui
loin d'eftre fondés fur l'experience.
veulent lui donner le démenti, & qui
prétendent nous démontrer que des
ouvrages admirés de tous les hommes
capables de les entendre depuis deux
mille ans qu'ils font compofés, ne font
rien moins qu'admirables.

Mieux les hommes fe connoiffent
eux-mêmes & les autres, moins, comme je l'ai déja dit, ils ont de confiance dans toutes ces décifions faites par
voye de fpeculation, même dans les
matieres qui font à la rigueur fufceptibles de demonftrations geometriques.
Monfieur Leibnitz ne fe hazarderoit

jamais à paſſer en caroſſe par un endroit où ſon cocher l'aſſureroit ne pouvoir point paſſer ſans verſer , même
étant à jeun , quoiqu'on lui démontrât
dans une analyſe geometrique de la
pente du chemin & de la hauteur comme du poids de la voiture qu'elle ne
devroit pas y verſer. On en croit l'homme preferablement au Philoſophe ,
parce que le Philoſophe ſe trompe encore plus facilement que l'homme.

S'il eſt un art qui dépende des ſpe-
culations des Philoſophes , c'eſt la navigation en pleine mer. Qu'on demande à nos Navigateurs ſi les vieux Pilotes qui n'ont que leur experience , &
ſi l'on veut leur *routine* pour tout ſçavoir , ne devinent pas mieux dans un
voyage de long cours en quel lieu peut
eſtre le vaiſſeau que les Mathematiciens *nouveaux à la mer* , mais qui durant
dix ans ont étudié dans leur cabinet
toutes les ſciences dont s'aide la navigation. Ils repondront qu'ils ne virent
jamais ces Mathematiciens redreſſer les
Pilotes ſur l'eſtime ailleurs que dans les
Relations que les premiers font imprimer , & ils allegueront le mot du Lion
de la fable à qui l'on faiſoit remarquer
un bas-relief où un homme terraſſoit
un Lion ; que les Lions n'ont point de
Sculpteurs.

Quand l'Archiduc Albert entreprit le fameux siege d'Oftende, il fit venir d'Italie pour eftre fon principal Ingenieur, Pompée Targon le premier. homme de fon temps dans toutes les parties des Mathematiques, mais fans experience. Pompée Targon ne fit rien de ce que fa reputation faifoit attendre. Aucune de fes machines ne réüffit & l'on fut obligé de le congedier après qu'il eut bien dépenfe de l'argent & fait tuer bien du monde inutilement. On donna la conduitte du fiege au celebre Ambroife Spinola qui n'avoit que du genie & de la pratique, mais qui prit la place. Ce grand Capitaine n'avoit étudié aucune des fciences capables d'aider à un Ingenieur à fe former, quand le dépit qu'il conçût parce qu'un autre Noble Gennois lui avoit efté preferé dans l'achapt du Palais *Turfi* de Gennes lui fit prendre le parti de venir fe faire homme de guerre dans les Pays-bas Efpagnols en un âge fort avancé, par raport à l'âge où l'on fait communement l'aprentiffage de ce métier.

En 1643.   Lorfque le grand Prince de Condé affiegea Thionville après la bataille de Rocroi, il fit venir dans fon camp Roberval fçavant en Mathematiques des

plus illuftres , & mort Profeffeur Royal
en cette fcience , comme un homme
très capable de lui donner de bons avis
fur fon fiege. Roberval ne propofa
rien qui fut praticable , & on l'envoya
attendre dans Metz que d'autres euffent
pris la place. On voit par les livres du
Boccalin qu'il fçavoit tout ce que les
Anciens & les Modernes ont écrit de
plus ingenieux fur le grand art de gouverner les Peuples. Le Pape Paul V.
lui confia fur fa reputation la police
d'une petite ville qu'un homme fans
Latin auroit très bien regie. Il fallut
revoquer au bout de trois mois d'ad-
miniftration l'Auteur des Commentaires Politiques fur Tacite , & du fameux livre de la *Pierre de touche.*

Un Medecin de vingt cinq ans eft
auffi perfuadé de la verité des raifonnements Phyfiques qui prétendent dé-
velopper la maniere dont le Quinquina opere pour guerir les fievres inter-
mittentes : qu'il le peut eftre de l'o-
peration même du remede. Un Medecin de foixante ans eft perfuadé de la
verité du fait qu'il a vû plufieurs fois ,
mais il ne croit plus aux explications
de l'effet du remede, que *par benefice
d'inventaire* , s'il eft permis d'ufer de
cette expreffion. Eft-ce fur la connoif-

fance des fimples , fur la fcience de
l'Anatomie, en un mot fur l'érudition
ou fur l'experience du Medecin que fe
determine un homme qui a de lui même de l'experience , lorfqu'il eft obligé
de fe choifir un Medecin ? Monfieur de
Gourville, de qui Charles II. Roi d'Angleterre difoit que de tous les François
qu'il avoit connu il étoit celui qui avoit
le plus de fens, eut befoin d'un Medecin. Les plus fçavants Medecins bri-
guerent pour gouverner fa fanté. Il
envoia un homme de confiance à la
porte des Ecoles de Medecine un jour
que la faculté s'affembloit, avec ordre
de lui amener fans autre information
celui des Medecins dont il jugeroit la
complexion la plus conforme à la fienne. On lui en amena un tel qu'il le
fouhaittoit , & il s'en trouva bien.
Monfieur de Gourville fe determina en
faveur de l'experience, laquelle meritoit davantage le titre d'experience à
fon égard.

Feu Monfieur de Tournefort, un des
plus dignes fujets de l'Academie des
Sciences, dit, en parlant d'un pas dif-
Voyage ficile qu'il franchit. *Pour moi je m'a-*
du evant bandonnai entierement à la conduitte de
Lettre II. *mon cheval, & je m'en trouvai beaucoup*
mieux que fi j'avois voulu le conduire.

Un Automate qui suit naturellement les loix de la mecanique se tire bien mieux d'affaire dans ces occasions que le plus habile Mecanicien qui voudroit mettre en usage les regles qu'il a aprises dans son Cabinet, fut-il de l'Academie des Sciences. C'est l'experience d'un cheval, d'une machine au sentiment de l'Auteur, qui est icy preferée aux raisonnements d'un homme, d'un Academicien. Qu'on me permette la plaisanterie, ce cheval mene loin.

Les Avocats sont communement plus sçavants que les Juges. Néanmoins il est très ordinaire que les Avocats se trompent dans les conjectures qu'ils font sur l'issuë d'un procès. Les Juges qui n'ont lû qu'un trés petit nombre de livres, mais à qui l'experience de ce qu'ils voyent journellement a montré quels sont les motifs de decision qui déterminent les Tribunaux dans le jugement des procès, ne se trompent presque jamais dans leurs predictions sur l'évenement d'une cause.

Or s'il est quelque matiere ou il faille que le raisonnement se taise devant l'experience, c'est assurement dans les questions qu'on peut faire sur le merite d'un Poëme. C'est lorsqu'il s'agit de sçavoir si un Poëme plaît ou s'il

ne plaît pas , fi generalement parlant
un Poëme eft un ouvrage excellent ou
s'il n'eft qu'un ouvrage mediocre. Les
principes generaux fur lefquels on
puiffe fe fonder pour raifonner confequament touchant le merite d'un Poëme, font en petit nombre. Il y a fouvent lieu à quelque exception contre le
principe qui paroît le plus univerfel.
Plufieurs de ces principes font fi va-
gues qu'on peut foûtenir également que
le Poëte les ait apliqués ou qu'il ne
les ait point apliqués dans fon ouvrage. L'importance de ces principes dépend encore d'une infinité de circonftances des temps & des lieux où le
Poëte a compofé. En un mot, comme
le premier but de la Poëfie eft de plaire,
on voit bien que fes principes deviennent plus fouvent arbitraires que les
principes des autres arts, à caufe de la
diverfité du goût de ceux pour qui les
Poëtes compofent. Quoique les beautés doivent eftre moins arbitraires dans
l'art oratoire que dans l'art poëtique,
néanmoins Quintilien dit qu'il ne s'eft
jamais affujetti qu'à un très petit nombre
de ces principes & de ces regles, qu'on
apelle principes generaux & regles uni-
verfelles. Il n'y en a prefque point,
ajoûte-il , dont on ne puiffe contefter

la validiré par de bonnes raifons. *Pro-*
pter quæ mihi femper moris fuit quam
minime alligare me ad præcepta quæ Ca-
tholica vocantur, id eſt ut dicamus quo-
modo poſſumus, univerſalia vel perpetua-
lia. Raro enim reperitur hoc genus ut non
labefactari parte aliqua aut ſubrui poſſit.

Lib. inſt.
1. cap. 14.

Il eſt donc comme impoſſible d'é-
valuer au juſte ce qui doit refulter des
irregularités heureufes d'un Poëte, de
fon attention à fe conformer à certains
principes, de fa negligence à en fuivre
d'autres. Enfin combien de fautes la
Poëfie de fon ftile peut faire pardonner. Souvent il arriveroit encore qu'a-
près avoir bien raifonné & bien conclu
pour nous, nous aurions mal conclu
pour les autres, & ces autres fe trouveront eftre précifement les perfonnes
pour qui le Poëte a compofé fon ouvrage. L'évaluation Geometrique du merite de l'Ariofte faite aujourd'hui pour un
François, feroit-elle bonne par raport
aux Italiens du feiziéme fiecle. Le rang
où un *Diſſertateur* François placeroit aujourd'hui l'Ariofte en vertu d'une Analyfe Geometrique de fon Poëme, feroit-
il reconnu pour eftre le rang dû au *Ro-*
land furieux ? Que de calculs, que de
combinaifons à faire avant que d'eftre
en droit de tirer la confequence fi l'on

veut la tirer jufte, Un gros volume
in folio fuffiroit à peine pour contenir
l'analyfe exacte de la Phédre de Monfieur Racine faite fuivant cette methode & pour appretier ainfi cette piece
par voye d'examen. La difcuffion feroit encore auffi fujette à erreur, qu'elle feroit fatiguante pour l'écrivain &
dégoutante pour le lecteur. Ce que
l'analyfe ne fçauroit trouver, le fentiment le faifit d'abord.

Le fentiment dont je parle eft dans
tous les hommes, mais comme ils n'ont
pas tous les oreilles & les yeux également bons, de même ils n'ont pas
tous le fentiment également parfait.
Les uns l'ont meilleur que les autres,
ou bien parce que leurs organnes font
naturellement mieux compofés, ou bien
parce qu'ils l'ont perfectionné par l'u-
fage frequent qu'ils en ont fait & par
l'experience. Ceux-cy doivent s'apercevoir plûtoft que les autres du merite
ou du peu de valeur d'un ouvrage.
C'eft ainfi qu'un homme, dont la vuë
porte loin, reconnoift diftinctement
un autre homme à la diftance de cent
toifes, quand ceux qui font à fes coftés
difcernent à peine la couleur des habits
de cet homme qui s'avance. Quand on
en croit fon premier mouvement, on

juge de la portée des sens des autres, par la portée de ses propres sens. Il arrive donc que ceux qui ont la vuë courte hezitent quelque temps à se rendre au sentiment de celui qui a les yeux meilleurs qu'eux, mais dès que la personne qui s'avance s'est aprochée à une distance proportionnée à leur vuë, ils sont tous d'un même avis.

De même tous les hommes qui jugent par sentiment se trouvent d'accord un peu plûtost ou un peu plus tard sur l'effet & sur le merite d'un ouvrage. Si la conformité d'opinion n'est pas établie parmi eux aussi-tost qu'il semble qu'elle devroit l'estre, c'est que les hommes en opinant sur un poëme ou sur un tableau ne se bornent pas toûjours à dire ce qu'ils sentent & à raporter quelle impression il fait sur eux. Au lieu de parler simplement & suivant leur *apprehension*, dont ils ignorent souvent le merite, ils veulent parler par principes, & comme la plûpart ils ne sont pas capables de s'expliquer methodiquement ils embroüillent leurs decisions & ils se troublent reciproquement dans leurs jugements. Un peu de temps les met d'accord avec eux-mêmes comme avec les autres.

SECTION XXVI.

Objection contre la solidité des jugements du public, & la réponse à cette objection.

J'Entends déja citer les erreurs où le public est tombé dans tous les temps & dans tous les pays sur le merite des personnes qui remplissent les grandes dignités ou qui exercent certaines professions. Pouvez vous, me dira-t on, eriger en Tribunal infaillible un *Apretiateur* du merite qui s'est trompé si souvent sur les Generaux, sur les Ministres & sur les Magistrats,

Je vais faire deux réponses à cette objection, qui dans le fond est plus éblouissante que solide. En premier lieu le public se trompe rarement sur le merite des personnes qu'on vient de citer comme un exemple de ses injustices, quoiqu'il les loue ou qu'il les blâme à tort quelquefois, sur un évenement particulier. Expliquons cette proposition. Le public ne juge pas du merite du General sur une seule campagne, du Ministre sur une seule negotiation,

ni du Medecin fi l'on veut , fur le traitement d'une feule maladie. Il en juge
fur plufieurs évenements & fur plufieurs
fuccès. Or autant qu'il feroit injufte de
juger du merite de ceux dont il s'agit
fur un fuccès unique, autant me paroit-
il équitable d'en juger fur plufieurs
évenements femblables, ainfi que par
comparaifon aux fuccès de ceux qui auront eu à conduire des entreprifes ou
des affaires pareilles à celles dont les
perfonnes doat il s'agit icy auront efté
chargées.

Un fuccès heureux & même deux,
peuvent être le feul effet du pouvoir
des conjonctures. Il eft rare que le bonheur feul amene trois fuccès heureux,
mais lorfque ces fuccès font parvenus à
un certain nombre, il feroit infenfé de
prétendre qu'ils fuffent le pur effet du
hazard , & que l'habileté du General
ou du Miniftre, n'y euffent point de part.
Il en eft de même des fuccès malheureux.
Le Joueur de Trictrac qui de vingt parties qu'il joue avec la même perfonne
en gagne dix - neuf , paffe conftament
pour fçavoir le jeu mieux qu'elle, quoique le caprice des dez puiffe faire gagner deux parties de fuitte au joueur
mal habile contre le joueur habile. Or
la guerre & les autres profeffions que

nous avons citées, dépendent encore
moins de la fortune que le trictrac,
quoique la fortune ait part dans les succès de ceux qui les exercent. Le plan
que se propose le General après avoir
examiné ses moyens & ceux de l'ennemi, n'est pas expofé à estre aussi souvent déconcerté que le dessein du joueur.
Ainsi le public n'a point de tort de penfer que le General, dont presque toutes
les campagnes font heureuses, est un
grand homme de guerre, quoi qu'un
general puisse avoir un évenement heureux fans merite, comme il peut perdre une bataille ou lever un siege sans
qu'il y ait de fa faute. Le Cardinal
Mazarin, qni connoissoit aussi-bien que
personne quelle part peut avoir la capacité dans ces évenements, que les
hommes bornés croyent dependre prefque entierement du hazard, parce qu'ils
en dependent en partie, ne vouloit confier les armées & les affaires qu'à des
gens heureux, supofant qu'on ne réussit
point assez souvent pour meriter le
titre d'heureux, fans avoir beaucoup
d'habileté.

Ma feconde réponfe à l'objection
proposée contre la justesse des jugements du public est de dire : qu'on auroit encore tort de conclure que le public

blic puifle fe tromper fur un poëme ou
fur un tableau , parce qu'il pourroit
louër ou blâmer à tort les Miniftres &
les Generaux. Le public ne s'eft trompé, par exemple, dans tous les temps,
fur la louange duë à un General qui
vient de gagner une bataille, que pour
avoir porté fon jugement fur tout un
objet dont il ne connoifloit qu'une partie. Lorfqu'il a eu tort, c'eft pour avoir
blâmé ou loué avant que d'avoir efté
bien inftruit de la part que le General avoit euë dans le bon ou dans le
mavais fuccès. Le public a voulu juger quand il étoit encore mal informé
des faits. Il a jugé du General avant
que d'eftre pleinement inftruit de la
contrainte où le jettoient les ordres de
fon Prince ou de fa Republique, des
traverfes que lui fufcitoient ceux dont
l'emploi étoit de l'aider, & des affif-
tances promifes & non données. Le
public ne fçait pas fi le General n'a
poit amené lui même en refferrant l'ennemi, le hazard qui femble avoir efté
l'unique caufe de fon fuccès, & fi l'a-
vantage qu'il tire de ce hazard n'eft
pas dû aux precautions que fa pre-
voyance avoit prifes pour en profiter.
Il ignore fi le General pouvoit écarter
ou du moins s'il devoit prevoir le con-

tretemps qui fait avorter son entrepri-
se, & qui l'a fait même paroiftre chi-
merique après qu'elle eft manquée. Le
public ignore fi le gain de la bataille
eft la fuitte du plan du General, ou
s'il eft dû à la prefence d'efprit d'un
Officier Subalterne. On peut dire la
même chofe du public quand il loüe
ou quand il blâme le Miniftre, le
Magiftrat & même le Medecin fur
un évenement particulier.

Il n'en eft pas de même du public
quand il loüe les Peintres & les Poëtes,
parce qu'ils ne font jamais heureux ni
malheureux du cofté du fuccès de leurs
productions qu'autant qu'ils ont merité de l'eftre. Quand le public décide
fur leurs ouvrages, il porte fon jugement fur un objet qu'il connoift en fon
entier & qu'il envifage par toutes fes
faces. Toutes les beautés & toutes les
imperfections de ces fortes d'ouvrages
font fous les yeux du public. Rien de
ce qui doit les faire loüer ou les
faire blâmer n'eft caché pour lui. Il
fçait tout ce qu'il faut fçavoir pour en
bien juger Le Prince qui a donné la
commiffion au General ou l'inftruction
au Miniftre n'eft pas aufli capable de
juger de leur conduitte, que l'eft le
public de juger des poëmes & des ta-
tableaux.

Les Peintres & les Poëtes, continu-ra-t-on, font du moins les plus malheureux de tous ceux dont les ouvrages demeurent à découvert fous les yeux du public. Vous mettez tout le monde en droit de faire leur procès, même fans rendre aucune raifon de fon jugement, au lieu que les autres fçavants *ne font jugés que par leurs Pairs,* qui font encore tenus de les convaincre dans les formes avant que d'eftre reçûs à prononcer leur condamnation.

Je ne penfe pas que ce fut un fi grand bonheur pour les Peintres & pour les Poëtes de n'eftre jugés que par leurs Pairs. Mais répondons plus ferieufement. Lorfqu'un ouvrage traite de fciences ou de connoiffances purement fpeculatives, fon merite ne tombe point fous le fentiment. Ainfi les perfonnes qui ont acquis le fçavoir neceffaire pour connoiftre fi l'ouvrage eft bon ou mauvais font les feules qui puiffent en juger. Les hommes ne naiffent pas avec la connoiffance de l'Aftronomie & de la Phyfique, comme ils naiffent avec le fentiment. Ils ne fçauroient juger du merite d'un ouvrage de Phyfique ou d'Aftronomie qu'en vertu des connoiffances acquifes, mais ils peuvent juger des vers & des tableaux en vertu de leurs

qualités naturelles. Ainſi les Geometres, les Medecins & les Theologiens,
ou ceux qui ſans avoir mis l'enſeigne
de ces ſciences ne laiſſent pas de les
ſçavoir, ſont les ſeuls qui puiſſe juger
d'un ouvrage qui traite de leur ſcience.
Mais tous les hommes peuvent juger
des vers & des tableaux, parce que
tous les hommes ſont ſenſibles, & que
l'effet des vers & des tableaux tombe
ſous le ſentiment.

Quoique cette réponſe ſoit ſans repli-
que, je ne laiſſerai pas de la fortifier encore par une reflexion. Dès que les ſciences
dont j'ai parlé ont operé en vertu de
leurs principes, dès qu'elles ont produit
quelque choſe qui doit être utile ou
agreable aux hommes, nous connoiſ-
ſons alors ſans autre lumiere que celle du ſentiment, ſi le ſçavant a réuſſi.
L'ignorant en Aſtronomie connoiſt auſſi bien que le ſçavant, ſi l'Aſtronome
a prédit l'Eclipſe avec préciſion, ou
ſi la Machine fait l'effet promis par le
Mathematicien, quoi qu'il ne puiſſe pas
prouver methodiquement que l'Aſtronome & le Mathematicien ont tort,
ni dire en quoi ils ſe ſont trompés.

S'il eſt des arts dont les productions
tombent ſous le ſentiment, c'eſt la
peinture, c'eſt la Poëſie. Ils n'operent

que pour nous toucher. Toute l'exception qu'on puiffe alleguer, c'eft de dire
qu'il eft des tableaux & des poëmes
dont tout le merite ne tombe pas fous
le fentiment. On ne fçauroit connoître à l'aide du fentiment fi la verité eft
obfervée dans le tableau hiftorique qui
reprefente le fiege d'une place ou la ceremonie d'un facre. Le fentiment feul
ne fuffit point pour connoître fi l'Auteur d'un poëme de philofophie raifonne avec juftefle, & s'il apuie bien fon
fyftéme.

Le fentiment ne fçauroit juger de
cette partie du merite d'un poëme ou
d'un tableau, qu'on peut apeller le merite étranger, mais c'eft parce que la
peinture & la poëfie elle-mêmes font
incapables d'en décider. En cela les
Peintres & les Poëtes n'ont aucun avantage fur les autres hommes. S'il fe
trouve des Peintres & des Poëtes capables de décider fur ce que nous avons
apellé le merite étranger dans les poëmes & dans les tableaux, c'eft qu'ils
ont d'autres connoiffances que celles de
l'art de la peinture & de l'art de la
poëfie.

Quand il s'agit d'un de ces ouvrages mixtes qui reffortiffent à plufieurs
Tribunaux differents, chacun d'eux ju-

ge la queſtion qui eſt de ſa competen-
ce. C'eſt ce qui donne lieu à des jugements opoſés , & néanmoins équita-
bles ſur le merite du même ouvrage.
Ainſi les Poëtes louent avec raiſon le
poëme de Lucrece ſur l'univers , comme l'ouvrage d'un grand Artiſan , quand
les Philoſophes le condamnent comme
un livre rempli de mauvais raiſonnements, c'eſt ainſi que les Sçavants en
hiſtoire blâment Varillas , parce qu'il
ſe trompe à chaque page , quand les
lecteurs, qui ne cherchent que de l'a-
muſement dans un ouvrage, le louent
à cauſe de ſes narrations amuſantes &
de l'agrément de ſon ſtile. Ils vantoient
le Poëte, pour ainſi dire , quand ſon
ſyſtéme étoit blâmé par les Philoſophes.

Mais pour retourner à Lucrece, le
public eſt juge de la partie du merite
de ſon poëme qui eſt du reſſort de la
poëſie auſſi. bien que les Poetes mêmes. Toute cette portion du merite
de Lucrece tombe ſous le ſentiment.

Ainſi le veritable moyen de connoître le merite d'un poëme ſera toûjours
de conſulter l'impreſſion qu'il fait. Nôtre ſiecle eſt trop éclairé , & ſi l'on veut
trop philoſophe pour lui faire croire
qu'il doive aprendre des Critiques ce

qu'il doit penfer d'un ouvrage compofé pour toucher, quand on peut lire
cet ouvrage & quand le monde eft
rempli de gens qui l'ont lû. La Philofophie qui enfeigne à juger des chofes
par les principes qui leur font propres,
enfeigne en même temps que pour connoître le merite & l'excellence d'un
poëme, il faut examiner s'il plaît, & à
quel point il plaît & il attache ceux qui le
lifent.

Veritablement ceux qui ne fçavent
point l'art, ne font pas capables de remonter jufques aux caufes qui rendent
un mauvais poëme ennuyeux. Ils ne
fçauroient en indiquer les fautes en
particulier. Auffi ne prétends-je pas que
l'ignorant puiffe dire precifement en
quoi le Peintre ou le Poëte ont manqué, & moins encore leur donner des
avis fur fur la correction de chaque
faute, mais cela n'empêche pas que l'i-
gnorant ne puiffe juger par l'impreffion
que fait fur lui un ouvrage compofé
pour lui plaire & pour l'intereffer, fi
l'Auteur a réuffi dans fon entreprife &
jufqu'à quel point il y a réuffi. Il peut
donc dire que l'ouvrage eft bon ou qu'il
ne vaut rien, & même il eft faux qu'il
ne rende pas raifon de fon jugement.
Le Poëte tragique, dira t'il, ne l'a point

fait pleurer, & le Poëte comique ne l'a
point diverti. Il allegue qu'il ne sent
aucun plaifir en regardant le tableau
qu'il refufe d'eftimer. C'eft aux ouvrages a se défendre eux mêmes contre de
pareilles critiques, & ce qu'un Auteur
peut dire pour excufer les endroits foibles de fon poëme n'a pas plus d'effet
qu'en ont les éloges étudiés que fes
amis peuvent donner aux beaux endroits.
L'Amour tyranique de Scuderi eft demeuré au nombre des mauvaifes pieces
malgré la Differtation de Sarrazin.
Tous les raifonnements des Critiques
ne fçauroient perfuader qu'un ouvrage
plaife lorfqu'on fent qu'il ne plaift pas,
comme ils ne peuvent faire acroire que
l'ouvrage qui intereffe, n'intereffe pas.

SECTION XXV.

Du jugement des gens du métier.

APrès avoir parlé des jugements du
public fur un ouvrage nouveau,
nous devons parler des jugements que
les gens du métier en portent. La plûpart jugent mal des ouvrages pris en
general par trois raifons. La fenfibilité des gens du métier eft ufée. Ils jugent

du tout par voye de difcuffion. Enfin ils font prevenus en faveur de quelque partie de l'art, & ils la comptent dans les jugements generaux qu'ils portent pour plus qu'elle ne vaut. Sous le nom de gens du métier, je comprends ici, non-feulement les perfonnes qui compofent & qui peignent, mais encore un grand nombre de ceux qui écrivent fur les poëmes & fur les tableaux. Quoi, me dira t'on, plus on eft ignorant en poëfie & en peinture, plus on eft en état de juger fainement des poëmes & des tableaux ? Quel Paradoxe ? L'expofition que je vais faire de ma propofition, jointe à ce que j'ai déja dit, me juftifieront pleinement contre une objection fi propre à prevenir le monde au defavantage de mon fentiment.

Il eft quelques Artifans beaucoup plus capables que le commun des hommes de porter un bon jugement fur les ouvrages de leur art. Ce font les Artifans nés avec le genie de cet art, toûjours acompagné d'un fentiment bien plus exquis que n'eft celui du commun des hommes. Mais un petit nombre d'Artifans eft né avec du genie, & par confequent avec cette fenfibilité ou cette délicateffe d'organnes fuperieure à celle que peuvent avoir les autres, &

P v

je foûtiens que les Artifans fans genie jugent moins fainement que le commun des hommes, & fi l'on veut que les ignorants. Voicy mes raifons. La fenfibilité vient à s'ufer dans un Artifan fans genie, & ce qu'il aprend dans la pratique de fon art ne fert le plus fouvent qu'à dépraver fon goût naturel & à lui faire prendre à gauche dans fes décifions. Son fentiment a efté émouffé par l'obligation de s'occuper de vers & de peinture, que fa profeffion lui doit avoir impofée fi frequament que fouvent il s'en eft occupé fans goût & fans attrait. Il eft donc devenu infenfible au pathetique des vers & des tableaux qui ne font plus fur lui le même effet qu'ils faifoient autrefois, & qu'ils font encore fur les hommes de fon âge.

C'eft ainfi qu'un vieux Medecin, bien qu'il foit né tendre & compatiffant, n'eft plus touché par la vûë d'un mourant autant que l'eft un autre homme, & autant qu'il le feroit encore lui même, s'il n'avoit pas exercé la Medecine. L'Anatomifte s'endurcit de même & il acquiert l'habitude de diffequer fans repugnance des malheureux, dont le genre de mort rend les cadavres encore plus capables de faire horreur

Les ceremonies les plus lugubres n'a-
triftent plus ceux dont l'emploi eft d'y
affifter. Qu'il me foit permis d'ufer icy
de l'expreffion dont Ciceron fe fervoit
pour peindre encore plus vivement l'in-
dolence de la Republique. Le cœur
contracte un *calu* de la même maniere
que les pieds & les mains en contractent

D'ailleurs les Peintres & les Poëtes
s'occupent des imitations comme d'un
travail, au lieu que les autres hommes
ne les regardent que comme des objets
intereffants. Ainfi le fujet de l'imitation, c'eft-à-dire les évenements de la
tragedie & les expreffions du tableau,
font une impreffion legere fur les Peintres & fur les Poëtes fans genie qui
font ceux dont je parle. Ils font en habitude d'être émus fi foiblement, qu'ils
ne s'apercoivent prefque pas fi l'ouvrage les touche ou s'il ne les touche
point. Leur attention fe porte toute
entiere fur l'execution mecanique, &
c'eft par là qu'ils jugent de tout l'ouvrage. La poëfie du tableau de Monfieur Coypel, qui reprefente le facrifice de la fille de Jepthé, ne les faifit
point, & ils l'examinent avec autant
d'indifference que s'il reprefentoit une
danfe de payfants ou quelque fujet in-

capable de nous émouvoir. Infenfibles au pathetique de fes expreffions, ils lui font fon procès en confultant uniquement la regle & le compas, comme fi un tableau ne devoit pas contenir des beautés fuperieures à celles dont ces inftruments font les juges fouverains. C'eft ainfi que la plûpart de nos Poëtes examineroient le Cid fi la piece étoit nouvelle. Mais les Peintres & les Poëtes, fans enthoufiafme, ne fentent pas celui des autres, & portant leur fuffrage par voie de difcuffion, ils louent ou ils blâment un ouvrage en general, ils le définiffent bon ou mauvais fuivant qu'ils le trouvent regulier par l'analyfe qu'ils en font. Peuvent-ils eftre bons juges du tout quand ils font mauvais juges de la partie de *l'invention*, qui fait le principal merite des ouvrages, & qui diftingue le grand homme du fimple artifan.

Ainfi les gens du métier jugent mal en general, quoique leurs raifonnements éxaminés en particulier fe trouvent fouvent affez juftes, mais ils en font un ufage pour lequel les raifonnements ne font point faits. Vouloir juger d'un poëme ou d'un tableau en general par voye de difcuffion, c'eft vouloir mefurer un cercle avec une regle. Qu'on prenne donc un compas, qui est l'instrument propre à le faire.

En effet on voit tous les jours des personnes qui ont beaucoup d'esprit & de lumiere se méprendre en predisant le succès d'une piece Dramatique, parce qu'elles ont formé leur prognostic par voye de discussion. Monsieur Racine & Monsieur Despreaux étoient de ces Artisans beaucoup plus capables que les autres hommes de juger des vers & des poëmes. Qui ne croira qu'après s'être encore éclairés reciproquement, ils ne dussent porter des jugements infaillibles, du moins sur le succès de chaque scene prise en particulier ? Cependant Monsieur Despreaux avouoit que très souvent leur jugement sur les Tragedies de son ami avoit esté démenti par l'évenement, & qu'ils avoient même reconnu toûjours après l'experience que le public avoit raison de juger autrement qu'eux. L'un & l'autre, pour prevoir plus certainement l'effet de leurs vers, en étoient venus à une methode à peu près pareille à celle de Malherbe & de Moliere.

Nous avons avancé que les gens du métier étoient encore sujets à tomber dans une autre erreur en formant leur decision. C'est d'avoir trop d'égard dans la définition generale d'un ouvrage à la capacité de l'artifan dans la partie de l'art pour laquelle ils font prevenus. Le fort des Artifans fans genie eſt de s'attacher principalement à l'étude de quelque partie de l'art qu'ils profeſſent, & de penſer après y avoir fait du progrés, qu'elle eſt la feule partie de l'art bien importante. Le Poëte dont le talent principal eſt de rimer richement fe trouve bien-toſt prevenu que tout poëme dont les rimes font negligées ne ſçauroit eſtre qu'un ouvrage mediocre, quoi qu'il foit rempli d'invention, & & de ces penſées tellement convenables au ſujet, qu'on eſt furpris qu'elles foient neuves. Comme fon talent n'eſt pas pour l'invention, ces beautés ne font que d'un foible poids dans fa balance. Un Peintre qui de tous les talents neceſſaires pour former le grand Artifan n'a que celui de bien colorier, décide qu'un tableau eſt excellent ou qu'il ne vaut rien en general, fuivant que l'ouvrier a ſçû manier la couleur. La poëſie du tableau eſt comptée pour peu de choſe, pour rien même dans fon jugement. Il fait fa décifion fans aucun égard aux parties de l'art qu'il n'a point. Un Poëte en peinture tombera dans la même erreur en plaçant au deſſous du mediocre le tableau qui manquera dans l'ordonnance & dont les expreſſions feront baſſes, mais dont le coloris meritera d'eſtre admiré. En ſuppoſant que les parties de l'art, leſquelles on n'a pas, ne meritent preſque point d'attention, on établit, ſans eſtre obligé de le dire, qu'il ne nous manque rien pour eſtre un grand Maître. On peut dire des Artiſans ce que Petrone dit des hommes qui poſſedent de grandes richeſſes. *Nihil volunt inter homines melius credi, quam quod ipſi tenent.* Tous les hommes veulent que le genre de merite dont ils ſont douez, ſoit le genre de merite le plus important dans la ſocieté.

On voit bien que je parle ſeulement icy des Peintres & des Poëtes qui ſe trompent de bonne foi. Si je cherchois à rendre leurs déciſions ſuſpectes, que ne pourrois je pas dire ſur les injuſtices qu'ils commettent tous les jours de propos déliberé, en définiſſant les ouvrages de leur concurrents. Dans les autres profeſſions on ſe contente ordinairement d'eſtre le premier de ſes contemporains. En poëſie comme en peinture on a peine à ſouffrir l'ombre de l'égalité. Ceſar conſentoit bien d'avoir un égal, mais la plûpart des Peintres

& des Poëtes, auffi altiers que Pompée, ne fçauroient fouffrir d'eftre apro-
chés. Ils veulent que le public croye
voir une grande diftance entre eux &
ceux de leurs contemporains qui paroîtront les fuivre de plus prés. *Nam*
neque Pompeius parem animo quemquam
tulit, & in quibus rebus primus effè de-
bebat, folus effe cupiebat. Il eft donc rare
que les plus grands hommes en ces deux
profeffions veuillent rendre juftice même à ceux de leurs concurrents qui ne
font que commencer la carriere & qui
ne peuvent ainfi leur eftre égalés que
dans un temps à venir encore éloigné.
L'on a fouvent eu raifon de reprocher
aux illuftres dont je parle, le trait d'a-
mour propre dont Augufte fut acufé ;
c'eft de s'eftre choifi dans la perfonne
de Tibere le fucceffeur le plus propre
à le faire regreter. Si les grands Artifans font fenfibles à la jaloufie, que
penfer des mediocres ?

Pater.
hift. lib.
fecund

SECTION XXVI.

Que les jugements du public l'emportent à la fin sur les jugements des gens du métier.

L'Experience confirme les raisonnements que je viens de faire. Il faut bien que les gens du métier se trompent souvent puisque leurs jugements sont ordinairement cassez par ceux du public, dont la voix fit toûjours la destinée des ouvrages. C'est toûjours le sentiment du public qui l'emporte, lorsque les Maistres de l'art & lui sont d'avis differents sur une production nouvelle, *Un ouvrage*, dit Monsieur Despreaux, *à beau estre approuvé d'un petit nombre de connoisseurs, s'il n'est plein d'un certain agrément propre à piquer le goût general des hommes, il ne passera jamais pour un bon ouvrage & il faudra que les connoisseurs eux mêmes avouent qu'ils se sont trompés en donnant leur approbation.* La même chose arrive lorsque le public donne son approbation à un ouvrage blâmé par les connoisseurs. Le public à venir, qu'on

Preface de l'édition de 1701.

me permetre l'expreſſion, qui en jugera par ſentiment, ainſi que le public contemporain en avoit jugé, ſera
toûjours de ſon avis. La poſterité n'a
jamais blâmé comme de mauvais poëmes ceux que les contemporains de
l'Auteur avoient loués comme excellents, bien qu'elle puiſſe en abandonner la lecture pour s'occuper d'autres
ouvrages encore meilleurs que ces poëmes. Nous ne voyons pas de poëme
qui ait ennuié les contemporains du
Poëte parvenir jamais à une grande reputation. *Tantumdem quoque poſteri cre-
dunt, quantum præſens ætas ſpoponderit.*

*Curtius
lib. 8.*

Les livres de parti & les poëmes
écrits ſur des évenements recents n'ont
qu'une vogue laquelle s'évanouit bien-tôt
quand ils doivent tout leur ſuccès aux
conjonctures où ils ſont publiés. On les
oublie au bout de ſix mois, parce que
le public les a moins eſtimés en qualité de bonnes poëſies qu'en qualité de
gazettes. Il n'eſt pas ſurprenant que la
poſterité les mette au rang de ces memoires ſatiriques, qui ſont curieux uniquement par les faits qu'ils aprennent
ou par les circonſtances des faits qu'ils
rapellent. Le public les avoit condamnés à cette deſtinée ſix mois après leur
naiſſance. Mais ceux de ces poëmes,

ceux des écrits de parti, dont le public
fait encore cas fix mois après qu'ils
font publiés, ceux qu'il eftime indepen-
damment des circonftances, paffent à la
pofterité. Nous faifons encore autant
de cas de la Satire de Seneque contre
l'Empereur Claudius qu'on en pouvoit
faire à Rome deux ans après la mort
de ce Prince. On fait encore aujour-
d'hui plus de cas de la Satire Menip-
pée, des lettres au Provincial, & de quel-
ues autres livres de ce genre, qu'on
en faifoit un an après la premiere
édition de ces écrits. Les chanfons faites il y a dix ans & que nous avons rete-
nuës, feront chantées par la pofterité.

Les fautes que les gens du métier
s'obftinent à faire remarquer dans les
ouvrages eftimés du public retardent
bien leur fuccès, mais elles ne l'empêchent point. On leur répond qu'un
poëme ou un tableau peuvent avec de
mauvaifes parties eftre un excellent ouvrage. Il feroit inutile d'expliquer au
lecteur, qu'ici comme dans toute cette diflertation, le mot de mauvais s'entend relativement. On fçait bien,
par exemple, que fi l'on dit que le coloris d'un tableau de l'Ecole Romaine
ne vaut rien, cette expreffion fignifie
feulement que ce coloris eft très infe-

rieur à celui de plusieurs autres tableaux, soit Flamands, soit Lombards, dont la reputation est cependant mediocre. On ne pourroit pas sentir la force des expressions d'un tableau si le coloris en étoit absolument faux & mauvais. Quand on dit que la versification de Corneille est mauvaise par endroits, on veut dire seulement qu'elle est moins soûtenuë & plus negligée que celle de plusieurs Poëtes reputés des Artisans mediocres. Un poëme dont la versification seroit absolument mauvaise, dont chaque vers nous choqueroit, ne parviendroit jamais à nous toucher. Car, comme le dit Quintilien : des phrases qui debutent par blesser l'oreille en la heurtant trop rudement, des phrases qui pour ainsi dire se presentent de mauvaise grace, trouvent la porte du cœur fermée. *Nihil intrare potest in affectum, quod in aure velut quodam vestibulo statim offendit.*

Inst. lib. 9. cap. 4.

Les decisions des gens du métier, bien que sujettes à toutes les illusions dont nous venons de parler, ne laissent point d'avoir beaucoup de part à la premiere reputation d'un ouvrage nouveau. En premier lieu, s'ils ne peuvent pas faire blâmer un ouvrage par ceux qui le connoissent, ils peuvent empê-

cher beaucoup de gens de le connoître
en les détournant de l'aller voir ou de
le lire. Ces preventions qu'ils repandent dans le monde ont leur effet durant un temps. En second lieu le public
prevenu en faveur du discernement des
gens du métier, pense durant un temps
qu'ils ayent meilleure vûë que lui. Ainsi l'ouvrage auquel ils veulent bien rendre justice, parvient bien-tôt à la reputation bonne ou mauvaise qui lui est
dûë; mais le contraire arrive lorsqu'il
ne la lui rendent pas, soit qu'ils ne le
veuillent pas faire, soit qu'ils se trompent de bonne foi. Quand ils se partagent, ils detruisent leur credit, & le
public juge sans eux. C'est à l'aide de ce
partage qu'on a vû Moliere & Racine
parvenir si promptement à une grande
reputation.

Quoique les gens du métier n'en
puissent pas imposer aux autres hommes assez pour leur faire trouver mauvaises les choses excellentes, ils peuvent leur faire croire que ces choses
excellentes ne sont que mediocres par
rapport à d'autres. L'erreur dans laquelle ils jettent ainsi le public sur un
nouvel ouvrage est long-temps à se dis-
siper. Jusqu'à ce que cet ouvrage vienne à être connu generalement, le pre-

jugé que la décifion des gens du métier
a jetté dans le monde balance le fentiment des perfonnes de goût & defintereffées, principalement fi l'ouvrage
eft d'un auteur dont la reputation n'eft
pas encore bien établie. Si l'Auteur eft
déja connu pour un excellent Artifan,
fon ouvrage eft tiré d'opreffion beaucoup plûtoft. Tandis qu'un prejugé
combat un autre prejugé, la vérité
s'échape de leurs mains : elle fe montre pour ainfi dire.

Le plus grand effet des prejugés que
les gens du métier fement dans le monde contre un nouvel ouvrage, vient de
ce que les perfonnes qui parlent d'un
poëme ou d'un tableau fur la foi d'autrui, aiment mieux en paffer par l'avis
des gens du métier, elles aiment mieux
le repeter, que de redire le fentiment
de gens qui n'ont pas mis l'enfeigne
de la profeffion à laquelle l'ouvrage
reffortit. En ces fortes de chofes où les
hommes ne croyent point avoir un intereft effentiel à choifir le bon parti,
ils fe laiffent éblouir par une raifon
qui peut beaucoup fur eux. C'eft que
les gens du métier doivent avoir plus
d'experience que les autres. Je dis
éblouir, car comme je l'ai expofé, la
plûpart des gens du métier ne jugent

point par voye de fentiment ni en dé-
ferant au goût naturel perfectionné par
les comparaifons & par l'experience,
mais par voye d'analyfe. Ils ne jugent
pas en hommes doués de ce fixiéme
fens dont nous avons parlé, mais en
Philofopes fpeculatifs. La vanité contribuë encore à nous faire époufer l'a-
vis des gens du métier preferablement
à l'avis des hommes de goût & de fentiment. Suivre l'avis d'un homme qui
n'a pas d'autre experience que nous &
qui n'a rien apris que nous ne fachions
nous mêmes, c'eft reconnoître en quelque façon qu'il a plus d'efprit que nous.
C'eft rendre une efpece d'hommage à
fon difcernement naturel. Mais croire
l'Artifan, déferer à l'avis d'un homme
qui a fait une profeffion que nous n'a-
vons pas exercée, c'eft déferer à l'art,
c'eft rendre hommage à l'experience.
La profeffion de l'art en impofe même tellement à bien des perfonnes,
qu'elles étouffent du moins durant un
temps leur propre fentiment pour adopter l'avis des gens du métier. Elles rou-
giroient d'ofer eftre d'un auis different
du leur. *Pudet enim diffentire & quafi
tacita verecundia inhibemur plus nobis cre-*
dere. C'eft donc avec bienveillance
qu'on écoute les gens du métier qui

Quint.
lib. x.cap.
pr.

font methodiquemenr le procès à une tragedie ou bien à un tableau, & l'on retient même ce qu'on peut des termes de l'art. C'eſt de quoi ſe faire admirer ou du moins écouter par d'autres.

SECTION XXVII.

Qu'on doit plus de déference aux jugements des Péintres qu'à ceux des Poëtes. De l'art de reconnoiſtre la main des Peintres.

LE public écoute avec plus de prevention les Peintres qui font le procès à un tableau, que les Poëtes qui font le procès à un poëme. On ne ſçauroit que louër le public de diſtribuer ainſi ſa confiance. Il s'en faut beaucoup que le commun des hommes n'ait autant d'intelligence de la mecanique de la peinture, que de la mecanique de la poëſie, & d'ailleurs comme nous l'avons expoſé au commencement de ces eſſais, les beautés de l'execution ſont bien plus importantes dans un tableau qu'elles ne ſçauroient l'être dans un poëme François. Nous avons même dit que les beautés de l'execution pouvoient ſeules rendre un tableau pretieux. Or ces

ces beautés se rendent bien sensibles
aux hommes qui n'ont pas l'intelligence de la mecanique de la peinture ; mais
ils ne sont point capables pour cela de
juger du merite du Peintre. Pour être
capable de juger de la louange qui lui
est dûë, il faut sçavoir à quel dégré il
a aproché des Artisans qui sont les plus
vantés pour avoir excellé dans les parties où il a réussi lui même. Ce sont
quelques uns de ces dégrés, de plus ou
de moins, qui font la difference du grand
homme & de l'ouvrier ordinaire Voilà ce que les gens du métier sçavent.
Ainsi la reputation du Peintre, dont le
talent est de réussir dans le clair obscur,
ou dans la couleur locale , est encore
plus dépendante du suffrage de ses pairs,
que la réputation de celui, dont le mé-
rite consiste dans l'expression des pas-
sions & dans les inventions poëtiques,
choses où le public se connoist mieux
& dont il juge & qu'il compare par
lui-même. Nous voyons aussi par l'histoire des Peintres que les coloristes sont
parvenus plus tard à une grande reputation que les Peintres celebres par leur
Poësie.

On voit bien, qu'en suivant ce principe, je dois reconnoistre les gens du
métier pour estre les juges ausquels il

faut s'en raporter, quand on veut fçavoir, autant qu'il eft poffible, quel Peintre a fait le tableau ; mais non-pas pour
eftre les juges uniques du merite de ce tableau. Comme les plus grands ouvriers
en ont fait quelquefois de mediocres,
on ne connoift pas l'excellence d'un tableau, dès qu'on connoift fon auteur.

Quoique l'experience nous enfeigne,
que l'art de deviner l'auteur d'un tableau, en reconnoiffant la main du maître, foit le plus fautif de tous les arts
après la Medecine ; il prévient néanmoins le public en faveur des décifions
de ceux qui l'exercent, même quand
elles font faites fur d'autres points.
Les hommes, qui admirent plus volontiers qu'ils n'aprouvent, écoutent avec
foumiffion, & ils repetent avec confiance les jugements d'une perfonne, qui
montre une connoiffance diftincte de
plufieurs chofes où ils n'entendent rien.
On jugera, par ce que je vais dire de
la certitude de ce talent, quelles bornes on doit donner à la prévention, qui
nous eft naturelle, en faveur de tous
les jugements rendus par ceux qui l'e-
xercent avec autant de confiance qu'un
jeune Medecin donne des remedes.

Les Experts, dans l'art de connoître
la main des grands Maiftres, ne font

bien d'accord entr'eux que ſur ces tableaux celebres, qui, pour parler ainſi,
ont déja fait leur fortune, & dont tout
le monde ſçait l'hiſtoire. Quant aux
tableaux dont l'état n'eſt pas certain par
une tradition conſtante & non interrompuë, il n'y a que les noſtres & ceux
de nos amis qui doivent porter le nom
ſous lequel ils paroiſſent dans le monde. Les tableaux des autres, & ſur tout
les tableaux des concitoyens, ſont des
originaux douteux. On reproche aux
uns de n'eſtre que des coppies, & aux
autres d'eſtre des *paſtiches*. L'intereſt
acheve de mettre de l'incertitude dans
les déciſions d'un art qui ne laiſſe pas de
s'égarer en operant de bonne foi.

On ſçait que pluſieurs Peintres ſe
ſont trompés ſur leurs propres ouvrages, & qu'ils ont pris quelques fois
une coppie pour l'original qu'eux mêmes avoient peint. Raphaël reconnut
pour ſon original la coppie que Daniel
de Volterre en avoit faite. En effet quoi
qu'il doive eſtre plus facile aujourd'hui
de reconnoiſtre la plume d'un homme
que ſon pinceau, néanmoins les Experts
en écriture ſe trompent tous les jours.
Tous les jours ils ſont partagés dans
leur raport.

Le contour particulier du trait avec

lequel chaque homme forme les vingt-
quatre lettres de l'Alphabet, les liai-
fons de ces caractères, la figure des lignes, leur diftance, la perfeverance
plus ou moins longue de celui qui a
écrit à ne point precipiter, pour ainfi
dire, fa plume dans la chaleur du mouvement, comme font prefque tous ceux
qui écrivent, lefquels forment plus
exactement les caractères des premieres
lignes que ceux des autres lignes, enfin la maniere dont il a tenu la plume,
tout cela, dis-je, donne plus de prife
pour faire le difcernement des écritures que des coups de pinceau n'en peuvent donner. L'écriture partant d'un
mouvement rapide de tous les organnes de la main, elle dépend entierement de leur conformation & de leur
habitude. Un caractère peiné devient
dabord fufpect d'eftre contrefait, &
l'on diftingue facilement fi un caractere eft tracé librement, ou s'il eft ce
qu'on apelle *tafté*. On ne connoift pas
de même fi des coups de pinceau font
étudiés, & l'on ne deméle pas fi aifement fi le coppifte n'a pas retouché &
raccomodé fon trait pour le rendre plus
femblable au trait naturel d'un autre
Peintre. On eft maître en peignant de
former fes traits comme on veut, en

repaffant deffus autant que les anciens
étoient les maîtres de reformer leur
caractere lorfqu'ils écrivoient fur des
tablettes de cire. Or les anciens étoient
fi bien perfuadés qu'on pouvoit contrefaire l'écriture fur ces tablettes, parce
qu'on pouvoit en retoucher les caracteres fans qu'il y parût, que les actes
ne faifoient foi chez eux que moyen-
nant l'appofition du cachet de celui qu'ils
engageoient. C'eft au foin des anciens
pour avoir des fceaux qu'on ne put pas
contrefaire fans bien de la peine, que
nous devons aparament la perfection où
fut porté de leur temps l'art de graver
les pierres qui fervoient de cachets.
Mais nonobftant tant de moyens que
nos Experts peuvent avoir pour difcerner nos écritures, leur art eft encore
fi fautif que les nations plus jaloufes
de protéger l'innocence que de punir
le crime, défendent à leurs Tribunaux
d'admettre la preuve par comparaifon
des écritures dans les procès criminels,
& dans les pays où cette preuve eft
reçûë, les juges en dernier reffort la
regardent plûtoft comme un indice que
comme une preuve parfaite. Que penfer de l'art qui fuppofe hardiment qu'on
ne puiffe pas fi bien contrefaire la
touche de Raphaël & du Pouffin qu'il
ne le reconnoiffe.   Q iij

SECTION XXVIII.

Du temps où les Poëmes & les Tableaux font appretiés à leur jufte valeur.

ENfin le temps arrive où le public apretie un ouvrage non-plus fur le raport des gens du métier, mais fuivant l'impreſſion que fait cet ouvrage. Les perfonnes qui en avoient jugé autre-ment que les gens de l'art, & en s'en ra-portant au fentiment, s'entrecommu-niquent leurs avis, & l'uniformité de leur opinion change en perfuafion l'o-pinion de chaque particulier. Il fe for-me encore de nouveaux maîtres dans les arts qui jugent fans intereſt & avec équité des ouvrages contredits. Ces maîtres defabufent le monde methodi-quement des preventions que leurs pré-deceſſeurs y avoient femées. Le mon-de remarque encore de lui-même, que ceux qui lui avoient promis quelque chofe de meilleur que l'ouvrage dont le merite a efté conteſté, ne lui ont pas tenu parole. Les contradiċteurs obſti-nés meurent d'un autre coſté. Ainfi l'ouvrage fe trouve eftimé à fa valeur veritable.

Telle a efté parmi nous la deftinée
des Opera de Quinault. Il étoit impoffible de perfuader au public qu'il ne
fût pas touché aux reprefentations de
Thefée & d'Atys, mais on lui faifoit
croire que ces Tragedies étoient remplies de fautes groffieres qui ne venoient pas tant de la nature vitieufe de
ce poëme que du peu de talent qu'a-
voit le Poëte. On foûtenoit qu'il étoit
facile de faire beaucoup mieux que lui,
& que fi l'on pouvoit trouver quelque
chofe de bon dans fes Opera, il nétoit
pas permis, fous peine d'eftre reputé
un efprit mediocre, d'en loüer trop
l'Auteur. Nous avons donc vû Quinault
plaire durant un temps fans que ceux
aufquels il plaifoit ofaffent foûtenir
qu'il fut un Poëte excellent dans fon
genre. Mais le public s'étant affermi
dans fon fentiment par l'experience,
il eft forti de l'efpece de contrainte où
l'on l'avoit tenu, & il a eu la conf-
tance de parler enfin comme il penfoit
déja depuis long-temps. Il eft venu de
nouveaux Poëtes qui ont encouragé le
public à dire que Quinault étoit un
homme excellent dans l'efpece de poëfie lyrique qu'il a traitée. La Fontaine
& quelques beaux efprits ont fait encore mieux pour bien convaincre le

Q iiij

public que certains Opera de Quinault
fuſſent des poëmes auſſi excellents que
le peuvent être des Opera. Eux-mêmes
ils en ont faits qui ſe ſont trouvés in-
ferieurs de beaucoup à ceux de Quinault. Il y a quarante ans qu'on n'oſoit
dire que Quinault fut un Poëte excellent en ſon genre. On n'oſeroit dire le
contraire aujourd'hui. Parmi les Opera ſans nombre qui ſe ſont faits depuis
lui, il n'y a que Thetis & Pelée, Iphigenie & l'Europe Galante que le monde
mette à coſté des bons Opera de cet
aimable Poëte.

Si nous voulons examiner l'hiſtoire
des Poëtes qui font l'honneur du Parnaſſe François, nous n'en trouverons
pas qui ne doive au public la fortune
de ſes ouvrages. Les gens du métier
ont eſté long-temps contre lui. Le public a long-temps admiré le Cid avant
que les Poëtes vouluſſent convenir que
la piece fut remplie de choſes admirables. Combien de méchantes Critiques & de Comedies encore plus mauvaiſes les rivaux de Moliere ont-ils
compoſées contre lui ? Racine a-t'il
mis au jour une Tragedie dont on n'ait
pas fait une Critique qui la rabaiſſoit
au rang des pieces mediocres & qui con-
cluoit à placer l'Auteur dans la claſſe

de Boyer & de Pradon. Mais la deſtinée de Racine a eſté la même que
celle de Quinault. La prediction de
Monſieur Deſpreaux ſur les Tragedies
de Racine s'eſt acomplie en ſon entier.
L'avenir équitable s'eſt ſoulevé en ſa
faveur. Il en eſt de même des Peintres. Aucun d'eux ne parviendroit que
long-temps après ſa mort à la diſtinc-
tion qui lui eſt dûë, ſi ſa deſtinée demeuroit toûjours au pouvoir des autres
Peintres. Heureuſement ſés rivaux n'en
ſont les maîtres que pour un temps.
Le public tire peu à peu le procès d'entre leurs mains & l'examinant lui-même il rend à chacun la juſtice qui lui
eſt dûë.

Mais, dira-t-on, ſi ma Comedie
tombe, oprimée des ſiflets d'une cabale
ennemie : comment le public qui n'entend plus parler de cette piece pourra-
t'il lui rendre juſtice ? En premier lieu,
je ne crois pas que la cabale puiſſe faire
tomber une bonne piece, quoiqu'elle
puiſſe la ſifler. Le Grondeur fut ſiflé,
mais il ne tomba point. En ſecond lieu
cette piece s'imprime & demeure ainſi
ſous les yeux du public. Un homme
d'eſprit & d'une profeſſion trop ſerieuſe pour eſtre prevenu contre ſon merite par un ſuccès dont il n'aura point

Q v

entendu parler, la lit fans préjugé, &
il la trouve bonne. Il le dit aux perfonnes qui ont confiance en lui, qui la
lifent & qui fentent la verité. Elles in-
forment d'autres perfonnes de leur découverte, & la piece que je veux bien
fupofer eftre tombée, revient ainfi fur
l'eau. C'eft le terme. Voilà une maniere de cent par lefquelles une bonne
piece à qui le public auroit fait injuf-
tice dans le temps de fa nouveauté
pourroit fe faire retablir dans le
rang qui lui eft dû. Mais, comme je l'ai déja dit, la chofe n'arrive point & je ne penfe pas qu'on puiffe me citer une feule piece Françoife
rejettée par le public lorfqu'il la vit
dans fa nouveauté, laquelle le public ait trouvée bonne dans la fuitte,
& quand les conjonctures qui l'auroient
fait tomber auroient efté changées. Au
contraire je pourrois citer plufieurs Comedies & plufieurs Opera tombés dans
le temps de leur nouveauté, & qui ont
eu le même malheur quand on les a
remis au Théatre 20. ans après. Cependant les cabales à qui l'Auteur & fes
amis imputoient leur premiere chute
étoient évanouies quand on les a reprefentés pour une feconde fois. Mais
le public ne varie point dans fon fen-

timent , parce qu'il prend toûjours le
bon parti. Une piece lui paroift toûjours une piece mediocre quand on la
reprend , s'il l'a jugée telle à la premiere reprefentation; Si l'on me demande quel temps il faut au public pour
bien connoiftre un ouvrage & pour
former fon jugement fur le merite de
l'Artifan , je repondrai que la durée de
ce temps dépend de deux chofes. Elle
dépend de la nature de l'ouvrage & de
la capacité du public devant lequel il
eft produit. Une piece de Théatre , par
exemple , fera plûtoft prifée fa jufte valeur qu'un Poëme Epique. Le public s'aftemble pour juger les pieces de
Théatre & les perfonnes qui fe font
aftemblées s'entrecommuniquent bien-
toft leur fentiment. Un Peintre qui
peint des Coupoles & des Voutes d'E-
glife , ou qui fait de grands tableaux
deftinés pour eftre placés dans tous les
lieux où les hommes ont coûtume de fe
raftembler , eft plûtoft connu pour ce
qu'il eft que le Peintre qui travaille à
des tableaux de chevalet deftinés pour
eftre renfermés dans les apartemens
des particuliers.

SECTION XXIX.

Qu'il eſt des pays où les ouvrages ſont plûtoſt apréciés à leur valeur que dans d'autres.

EN ſecond lieu le public n'eſt pas également éclairé dans tous les païs Il en eſt où les gens du métier peuvent le tenir plus long - temps dans l'erreur qu'ils ne le peuvent faire en d'autres contrées. Par exemple, les tableaux expoſés dans Rome feront plûtoſt apreʒiés à leur juſte valeur que s'ils étoient expoſés dans Londres ou dans Paris. Les Romains naiſſent preſque tous avec beaucoup de ſenſibilité pour la Peinture & leur goût naturel a encore des occaſions frequentes de ſe nourrir & de ſe perfectionner par les ouvrages excellents qu'on rencontre dans les Egliſes, dans les Palais & preſque dans toutes les Maiſons où l'on peut entrer. Les mœurs & les uſages du pays y laiſſent encore un grand vuide dans les journées de tout le monde, même dans celles de ces Artiſans condamnés ailleurs à un travail qui n'a gueres plus

de relâche que le travail des Danaï-
des. Cette inaction, l'occasion continuelle de voir de beaux tableaux, &
peut-être auffi la fenfibilité des organnes plus grande dans ces contrées là
que dans des pays froids & humides,
rendent le goût pour la Peinture fi general à Rome qu'il eft ordinaire d'y
voir des tableaux de prix jufques dans
les boutiques des Barbiers, & ces Meffieurs en expliquent avec emphafe les
béautés à tous venants, pour fatisfaire
à la neceffité d'entretenir le monde,
que leur profeffion impofoit dès le tems
d'Horace. Enfin dans une nation in-
duftrieufe & capable de prendre toute
forte de peine pour gagner fa vie fans
travailler affidument, il s'eft formé un
Peuple entier de gens qui cherchent
à faire quelque proffit par le moyen
des tableaux.

Ainfi le Public de Rome eft prefque
compofé en entier de connoiffeurs en
Peinture. Ils font, fi l'on veut, la plûpart des connoiffeurs mediocres, mais
du moins ils ont un goût de comparaifon qui empêche les gens du métier de
leur en impofer auffi facilement qu'ils
peuvent en impofer ailleurs. Si le Public de Rome n'en fçait point affez
pour refuter methodiquement leurs faux

raifonnements , il en fçait affez du moins pour en fentir l'erreur , & il s'informe après l'avoir fentie de ce qu'il faut dire pour la refuter. Les gens du métier deviennent même plus circonfpects lorfqu'ils fentent qu'ils ont affaire avec des hommes éclairés. Ce n'eft point parmi les Théologiens que les Novateurs entreprennent de faire des Profelites de bonne foi.

Le Peintre qui travaille dans Rome parvient donc bien-toft à la reputation dont il eft digne, principalement quand il eft Italien. Les Italiens prefque auffi amoureux de la gloire de leur nation que les Grecs le furent autrefois, font très jaloux de cette illuftration qu'un Peuple s'acquiert par les beaux arts. Tout Italien devient donc un Peintre pour les tableaux d'un Peintre étranger. Il plaint même , pour ainfi dire , les idées capables de faire beaucoup d'honneur à l'inventeur, d'eftre nées dans d'autres cerveaux que dans les cerveaux de fes compatriottes. Un de mes amis fut le témoin oculaire de l'aventure que je vais raconter.

Perfonne n'ignore les malheurs de Bellizaire , reduit à demander l'aumône fur les grands chemins après avoir fouvent commandé en chef les armées de l'Empereur Justinien. Vandyck a fait un grand tableau de chevalet & où cet infortuné General est representé dans la posture d'un Mandiant qui tend la main aux passants. Chacun des personnages qui le regardent y paroist ému d'une compassion laquelle porte le caractere de l'âge & de la condition de celui qui la temoigne. Mais on attache d'abord ses regards sur un Soldat dont le visage & l'attitude font voir un homme plongé dans la réverie la plus sombre à la vûë de ce guerrier tombé dans la derniere misere d'un rang qui fait tout l'objet de son ambition. Ce personnage est si parlant qu'on croit lui entendre dire : Voilà quelle sera peut-estre ma destinée après quarante campagnes. Un Seigneur de la grande Bretagne étant à Rome, où il avoit porté ce tableau, le fit voir à Carle Maratte. Quel dommage, dit ce Peintre, par une de ces saillies qui font avec un trait la peinture du fond du cœur, qu'un Ultramontain nous ait prevenu dans cette invention.

Comme le prejugé des François est en faveur des Etrangers où il ne s'agit pas de cuisine & de bon air, celui des Italiens est contraire aux Ultramontains. Le François supose d'abord l'Ar-

tifan étranger plus habile que fon con-
citoyen , & il ne revient de cette erreur , quand il s'eſt abuſé , qu'après pluſieurs comparaiſons. Ce n'eſt pas fans
peine qu'il confent d'eſtimer un Artifan né dans le même pays que lui , autant qu'un Artiſan né à cinq cens
lieuës de ſa patrie. Au contraire , la
prevention de l'Italien eſt contraire à
tout Etranger qui profeſſe les arts liberaux. Si l'Italien rend juſtice à l'E-
tranger , c'eſt le plus tard qu'il lui eſt
poſſible. Ainſi les Italiens , après avoir
négligé long-tems le Pouſſin le reconnu-
rent enfin pour un des grands Maîtres qui
jamais ait manié le pinceau. Ils ont auſſi
rendu juſtice au genie de Monſieur le
Brun. Après l'avoir fait Prince de l'A-
cademie de Saint Luc , ils parlent encore avec éloge de ſon merite , en
apuyant un peu trop néanmoins ſur la
foibleſſe du coloris de ce grand Poëte ,
quoi qu'il vaille mieux que celui de bien
des grand Maîtres de l'École Romaine.
Les Italiens peuvent ſe vanter de leur
circonſpection , & les François de leur
hoſpitalité.

Le Public ne ſe connoiſt pas en Peinture à Paris autant qu'à Rome. Les
François en general n'ont pas le ſentiment interieur auſſi vif que les Italiens

La difference qui eft entr'eux eft déja
fenfible dans les peuples qui habitent
aux pieds des Alpes du cofté des Gaules & du cofté de l'Italie, mais elle eft
encore bien plus grande entre les naturels de Paris & les naturels de Rome.
Il s'en faut encore beaucoup que nous
ne cultivions autant qu'eux la fenfibilité pour la Peinture, commune à tous
les hommes. Generalement parlant on
n'acquiert pas ici auffi bien qu'à Rome
le goût de comparaifon. Ce goût fe
forme en nous mêmes & fans que nous
y penfions par une douzaine de beaux
tableaux qui s'impriment dans noftre
imagination encore jeune. Or ces tableaux dont le merite eft décidé & dont
le rang eft certain, fervent, s'il eft permis de parler ainfi, de pieces de comparaifon, lefquelles donnent le moyen
de juger fainement à quel point l'ouvrage nouveau qu'on expofe fous nos
yeux aproche de la perfection où les
autres Peintres ont atteint, & dans
quelle claffe il eft digne d'eftre placé.
L'idée de ces douze tableaux qui nous
eft toûjours prefente, produit une partie de l'effet que les tableaux mêmes
feroient, s'ils étoient à cofté de celui
dont nous voulons difcerner le merite
& connoiftre le rang. La difference

qui peut fe trouver entre deux tableaux expofés à cofté l'un de l'autre, frappe tous ceux qui ne font pas ftupides.

Mais pour acquerir ce goût de comparaifon qui fait juger du tableau prefent par le tableau abfent, il faut avoir efté nourri dans le fein de la Peinture. Il faut principalement durant la jeuneffe avoir eu des occafions frequentes de voir des tableaux dans une affiete d'efprit tranquille. La liberté d'efprit n'eft gueres moins neceffaire pour fentir toute la beauté d'un ouvrage que pour le compofer. Pour eftre bon fpectateur il faut avoir cette tranquillité d'ame qui ne naît pas de l'épuifement, mais bien de la ferenité de l'imagination.

Phædri
lib. 3 Pro-
lo.

Phædri libellos legere fi defideras,
Vaces oportet Eutyche à negotijs
Vt liber animus fentiat vim carminis.

Or nous vivons dans une fuitte continuelle de plaifirs ou d'occupations tumultueufes qui ne laiffent prefque point de vuide dans les journées & qui nous tiennent toûjours ou diffipés ou fatigués. On peut dire de nous ce que Pline difoit des Romains de fon temps, un peu plus occupés que les Romains d'aujourd'hui, quand il fe plaint de la legereté de l'attention qu'ils donnoient aux fuperbes tableaux, dont plufieurs Portiques étoient ornés. *Magni nego-tiorum officiorumque acervi abducunt omnes à contemplatione talium, quoniam otioforum & in magno loci filentio, apta admiratio talis eſt.* Nôtre vie eſt un perpetuel embaras, ou bien pour faire une fortune capable de fatisfaire à nos befoins qui font fans bornes, ou bien pour la maintenir dans un pays où il n'eſt pas moins difficile de confer-ver fon bien que d'en acquerir. Les plaifirs qui font encore plus vifs & plus frequents icy que par tout ailleurs, fe faififfent du temps que nous laiffent les occupations que la fortune nous a données, ou que noſtre inquie-tude nous a fait rechercher. Bien des courtifans ont vécu trente ans à Ver-failles, paffant regulierement cinq ou fix fois par jour dans le grand Apar-tement, à qui l'on feroit encore acroire que les Pellerins d'Emaus font de le Brun, & que les Reines de Perfe, aux pieds d'Alexandre, font de Paul Vero-nefe. Les François me croiront fans peine.

Voilà pourquoi le Sueur a merité fa reputation durant un fi long-temps avant que d'en jouir. Le Pouffin que nous

Hiſt. lib. 36. cap. 5.

vantons tant aujourd'hui fut mal soûtenu par le public lorſque dans ſes plus
beaux jours il vint travailler en France,
mais quoi qu'un peu tard, les perſonnes deſintereſſées & dont l'avis eſt conforme à la verité le reconnoiſſent, &
prenant confiance dans un ſentiment
qu'elles voient eſtre le ſentiment du
plus grand nombre, elles ſe ſoulevent
contre ceux qui voudroient faire marcher de pair deux ouvriers trop inegaux.
L'un monte d'un degré toutes les années tandis que l'autre deſcend d'un degré, & ces Artiſans ſe trouvent enfin
placés à une telle diſtance que le public deſabuſé s'etonne de les avoir vû
à coſté l'un de l'autre. Concevons-
nous aujourd'hui qu'on ait mis durant
un temps Monſieur Mignard à coſté de
Monſieur le Brun ? Peut-eſtre que nous
ferons auſſi ſurpris dans vingt ans,
quand nous viendrons à faire reflexion
ſur les paralelles qui ſe font encore
aujourd'hui.

La même choſe eſt arrivée dans l'E-
cole d'Anvers, où le public n'eſt pas
plus connoiſſeur en Peinture qu'à Paris. Quand Vandyck n'avoit pas encore
travaillé en Angleterre, les autres Peintres lui donnoient des rivaux que le public abuſé croyoit voir marcher à ſes

coftés. Mais cette diftance paroît infinie anjourd'hui, parce que chaque
jour l'erreur a perdu un Partifan, & la
verité en a gagné un. Lorfque l'Ecole de Rubens étoit dans fa force, les
Dominiquains d'Anvers voulurent avoir
quinze grands tableaux de devotion
pour orner la nef de leur Eglife. Vandyck content du prix qu'on propofoit
fe prefenta pour les faire tous. Mais
les autres Peintres firent fugerer à ces
bons Peres de partager l'ouvrage &
d'employer douze des Eleves de Rubens, qui paroiffoient eftre à peu près de
la même claffe. On leur fit entendre
que la diverfité des mains rendroit
la fuitte de ces tableaux plus curieufe,
& que l'émulation obligeroit encore
chaque Peintre à fe furpaffer lui-même dans un ouvrage deftiné pour eftre
comparé perpetuellement avec les ouvrages de fes concurrents. Des quinze
tableaux Vandyk n'en fit que deux,
qui font la flagellation & le Portement
de Croix. Le public ne penfe qu'avec
indignation aux rivaux qu'on donnoit
alors à Vandyck.

Comme nous avons vû en France
plus de Poëtes excellents que de grands
Peintres, le goût naturel pour la Poëfie a eu plus d'occafions de s'y culti-

ver que le goût naturel pour la Peinture. Si les beaux tableaux sont presque tous renfermés à Paris dans des
lieux où le public n'a pas un libre accès, nous avons des théatres ouverts
à tout le monde ou l'on peut dire, sans
craindre le reproche de s'être laissé aveu-
gler par le prejugé de nation presque
aussi dangereux que l'esprit de Secte,
qu'on reprefente les meilleures pieces
de théatre qui ayent estés faites depuis
le renouvellement des lettres. Les étrangers n'adoptent point les Comedies &
les Tragedies des autres nations avec
le même empressement ni le même respect pour les Auteurs, qu'ils adoptent
les noftres. Les étrangers traduifent
nos Tragedies & nos Comedies, mais
ils fe contentent d'imiter celles des autres nations. La plûpart des jeunes
gens frequentent les Théatres en France & fans qu'ils y penfent, il leur demeure dans la tefte une infinité de pieces de comparaifon & de pierres de
touche. Les femmes hantent nos fpectacles aussi librement que les hommes,
& l'on parle fouvent dans le monde de
Poéfie & principalement de Poéfie Dramatique. Ainfi le public en fçait affez
pour faire une prompte juftice des mauvais Poëmes, & pour foûtenir les bons
contre la cabale.

La juftice que le public rend aux
ouvrages qui fe publient par la voye de
l'impreffion, peut bien fe faire attendre durant quelques mois, mais ceux
qui paroiffent fur le Théatre ont plûtoft rempli leur deftinée. Il n'y auroit
rien de certain en vertu des lumieres
humaines, fi quatre cens perfonnes qui
s'entrecommuniquent leur fentiment,
pouvoient croire qu'elles font touchées
quand elles ne le font pas, ou fi elles
pouvoient eftre touchées fans qu'on leur
eut prefenté un objet réellement inte-
reffant. Veritablement le public ne
fçauroit faire fi-toft la difference du
bon à l'exquis. Ainfi le public ne loue-
ra point d'abord une Piece comme
Phédre autant qu'elle le merite. Il ne
fçauroit concevoir tout le prix de l'ouvrage qu'après l'avoir vû plufieurs fois,
ni lui donner la préeminence dont il
eft digne qu'après avoir comparé durant un temps le plaifir qu'il lui fait,
avec le plaifir que lui font ces ouvrages excellents qu'une longue aprobation
a confacrés.

SECTION XXX.

Objection tirée des bons ouvrages que le Public a paru defaprouver, comme des mauvais qu'il louë, & réponse à cette objection.

ON dira qu'on voit quelquefois une mauvaife farce, une Thalie bar-bouillée amufer le public durant long-temps, & s'attirer encore des fpecta-teurs à la vingtiéme reprefentation. Mais le public qui va voir ces farces durant la nouveauté, vous repondra lui-même qu'il n'en eft pas la duppe, & qu'il connoift le peu de valeur de ce Comique des Halles. Il vous dira dans le lieu même, qu'il met une dif-ference immenfe entre ces pieces & le Mifantrope, & qu'il n'y vient que pour voir un Acteur qui réuffit dans quelque perfonnage bizarre ; ou bien une fcene qui aura du raport avec une avanture dont il eft parlé dans le monde. Auffi dès que le temps de la nouveauté s'eft écoulé, dès que la conjoncture qui foû-tenoit la piece eft paffée, le public ou-blie pleinement ces farces, & les Comediens

mediens qui les ont jouées ne s'en fouviennent plus, ce qui prouve,

Olim cùm ftetit nova
Actoris opera magis ftetiffe quàm fua.

Prol.
Phorm.
Ier.

Mais, ajoûtera-t'on, le fuccès du Mifantrope fut incertain durant un temps.
La Phedre de Pradon, que le public
méprife tant aujourd'hui, & pour dire
encore plus, qu'il a fi parfaitement oublié, eut d'abord un fuccés égal à celui
de la Phedre de Racine. Pradon durant un temps eut autant de fpectateurs
à l'Hôtel de Guenegaud, que Racine
en avoit à l'Hôtel de Bourgogne. Ces
deux Tragedies, qui parurent dans le
même mois, lutterent durant plufieurs
jours avant que l'excellente eut terraffé
la mauvaife.

Quoique le Mifantrope foit peut-être
la meilleure Comedie que nous ayons
aujourd'hui, on n'eft pas furpris néanmoins que le public ait hezité durant
quelques jours à l'avouer pour excellente, & que le fuffrage general n'ait
efté dàclaré en fa faveur qu'après huit
ou dix reprefentations, quand on fait
reflexion aux circonftances où Moliere
la joua. Le monde ne connoiffoit gueres alors le genre de Comique noble qui

commet enfemble des caraĉteres vrais mais differents, de maniere qu'il en refulte des incidents divertiffants , fans que les perfonnages ayent fongés à être plaifants. Jufques là, pour ainfi dire, on n'avoit pas encore diverti le public avec des vifages naturels. Ainfi le public accoûtumé depuis long-temps à un Comique groffier ou *Gigantefque* qui l'entretenoit d'avantures baffes ou Romanefques, & qui ne faifoit paroître fur la fcene que des plaifants barbouillés & grotefques, fut furpris d'y voir une Mufe qui fans mettre de mafque à grimace fur le vifage de fes aĉteurs, ne laiffoit pas d'en faire des perfonnages de Comedie excellents. Les rivaux de Moliere juroient en même temps par la connoiffance qu'ils avoient du Théatre, que ce nouveau genre de Comedie ne valoit rien. Le public hezita donc durant quelques jours. Il ne fçavoit s'il avoit eu tort de croire que *Jodelet Maître & Valet*, & *Don Japhet d'Armenie*, fuffent dans le bon goût. Mais après un certain nombre de reprefentations, le monde comprit que la maniere de traiter la Comedie en Philofophe moral étoit la meilleure, & laiffant parler contre le Mifantrope les Poëtes jaloux, toûjours auffi peu croya-

bles fur les ouvrages de leurs concurrents que les femmes fur le merite de
leurs rivales en beauté , il en eft venu
avec un peu de temps à l'admirer.

Les perfonnes d'un goût exquis, celles dont nous avons dit qu'elles avoient
la vûë meilleure que les autres, previ-
rent même d'abord quel parti le public
prendroit avant peu de jours. On fçait
les louanges que Monfieur le Duc de
Montauzier donna au Mifantrope après
la premiere reprefentation. Defpreaux
après avoir vû la troifiéme , foûtint à
Racine, qui n'étoit point faché du danger où la reputation de Moliere fem-
bloit eftre expofée, que cette Comedie
auroit bien-tôt un fuccès des plus heureux. Le public juftifia bien la prediction de l'Auteur de l'Art Poëtique, &
depuis long temps les François citent
le Mifantrope comme l'honneur de leur
Scene Comique. C'eft la piece Françoife que nos voifins ont adoptée avec
la plus grande prédilection.

Quant à la Phedre de Pradon, on fe
fouvient encore qu'une cabale compo-
fée de plufieurs autres dans lefquelles
entroient des perfonnes également con-
fiderables par leur efprit & par le rang
qu'elles tenoient dans le monde, avoit
confpiré pour élever la Phedre de Pra-

don & pour humilier celle de Racine.
La conjuration du Marquis de Bedmar
contre la Republique de Venife, ne
fut pas conduite avec plus d'artifice,
ni fuivie avec plus d'activité. Qu'opera cependant cette conjuration? Elle fit
aller un peu plus de monde à la Tragedie de Pradon qu'il n'y en auroit été,
par le motif feul de voir comment le
concurrent de Racine avoit traité le
même fujet que ce Poëte ingenieux.
Mais cette fameufe confpiration ne fçût
pas empêcher le public d'admirer la
Phedre de Racine après la quatriéme
reprefentation. Quand le fuccès de ces
deux Tragedies fembloit égal, à compter le nombre des perfonnes qui prenoient des billets à l'Hôtel de Guenegaud & à l'Hôtel de Bourgogne, on
voyoit bien qu'il ne l'étoit pas dès
qu'on écoutoit le fentiment de ceux qui
fortoient de ces Hôtels, où deux Trouppes feparées jouoient alors la Comedie
Françoife. Au bout du mois cette ombre d'égalité difparut, & l'Hôtel de
Guenegaud, où l'on reprefentoit la
piece de Pradon, devint defert. On fçait
les vers de Defpreaux fur le fuccès du
Cid de Corneille.

En vain contre le Cid un Miniftre fe ligue
Tout Paris pour Chimene a les yeux de Rodrigue.

J'ai allegué déja les Opera de Quinault, & je pense en avoir dit assez pour faire convenir du moins interieurement ceux de nos Poëtes Dramatiques dont les pieces n'ont pas réussi, que le public ne proscrit que les mauvais ouvrages. Si l'on peut leur apliquer le vers de Juvenal.

Haud tamen invideas vati quem pulpita pascunt.

C'est par d'autres raisons qui ne sont pas du sujet que je traite icy.

On pourroit objecter que les Grecs & les Romains rendirent souvent dans leurs Théatres des Sentences injustes & qu'ils infirmerent dans la suite. Martial dit, que les *Hommes Atheniens* denierent souvent le prix aux Comedies de Menandre.

Rara coronato plausere Theatra Menandro.

Des Auteurs cités par Aulugelle avoient écrit que des cent Comedies composées par Menandre il n'y en avoit eu que huit assez heureuses pour remporter le prix que les Anciens donnoient au Poëte qui avoit fait la meilleure piece de celles qui se representoient à

Lib. 17. cap. 4.

R iij

l'occasion de certaines solemnités. Nous aprenons encore d'Aulugelle qu'Euripide ne vit couronner que cinq Tragedies de soixante & quinze qu'il avoit composées. Le public soulevé contre l'Hecyre de Terence les premieres fois qu'elle fut representée, ne permit pas aux Comediens de l'achever.

Aulugelle & Martial ne disent point que les Tragedies d'Euripide ni les Comedies de Menandre ayent esté jugées mauvaises, mais bien que d'autres pieces plurent d'avantage. Si nous avions ces pieces victorieuses peut-être demélerions nous ce qui put éblouïr le spectateur. Peut-être même trouverions nous que le spectateur auroit bien jugé. Quoique le grand Corneille soit generalement parlant bien superieur à Rotrou, n'y a-t'il point plusieurs Tragedies de Corneille, je n'en ose dire le nombre, qui perdroient le prix contre le Venceslas de Rotrou au jugement d'une assemblée équitable. De même, quoique Menandre eut fait quelques Comedies qui le rendoient superieur à Philemon, un Poëte dont les pieces gagnerent souvent le prix sur celles de Menandre, ne se peut-il pas que Philemon en eut fait plusieurs qui meritassent mieux le prix que certaines Comedies de Menandre. Quintilien nous dit que les Atheniens n'eurent qu'un tort à l'égard de Philemon, ce fut de l'avoir preferé trop souvent à Menandre. Ils auroient eu raison s'ils se fussent contentés de lui donner la seconde place. Au jugement de tout le monde il meritoit de marcher immediatement après lui. *Philemon qui ut pravis sui temporis* Inst. lib. x. *judiciis Menandro sæpe prælatus est, ita consensu omnium meruit credi secundus.* Apulée parle de ce même Philemon dans le second livre des *Florida*, comme d'un Poëte qui avoit de très grands talens, & qui sur tout étoit recomandable par la morale excellente de ses Comedies. Il le louë d'avoir esté fecond en bonnes maximes, d'avoir mis dans ses pieces peu de seductions & d'y traiter l'amour comme un égarement. *Sententiæ vitæ congruentes. Raræ apud illum corruptelæ & uti errores concessi amores.* Les Atheniens n'ont-ils pas esté en droit d'avoir égard à la morale de leurs Poëtes Comiques en leur distribuant le prix. Pour Euripide, les meilleurs Poëtes Dramatiques de la Grece furent ses contemporains, & ce sont leurs pieces qui probablement ont gagné le prix contre les siennes. On a donc tort de mettre Euripide & Menandre à la teste des

Poëtes dedaignés par les spectateurs, afin de consoler par l'égalité des desti-nées ceux de nos Auteurs Dramatiques, sur les ouvrages desquels le public s'ex-plique quelquefois hautement & desa-gréablement.

J'ai encore une raison à dire contre l'objection que je refute. C'est que le Théatre de ces temps là n'étoit pas un Tribunal à comparer au nôtre. Com-me les Théatres des Anciens étoient très vastes & qu'on y entroit sans paier, l'assemblée y dégeneroit en une vérita-ble cohuë pleine de gens sans atten-tion, & par consequent toûjours prests à distraire ceux qui auroient esté capa-bles d'en avoir. Horace nous dit que le fracas des vents déchainés dans les Forests du Mont Saint Ange, & le mu-gissement de la mer agitée, ne fai-soient pas plus de bruit que ces assem-blées tumultueuses. Quels Comediens, dit-il, ont la voix assez forte pour s'y faire entendre?

Horat.
Ept.   pr.
lib. 2.

Nam quæ pervincere voces
Evaluere sonum referunt quem nostra theatra.
Garganum mugire nemus putes, aut mare Tuscum
Tanto cum strepitu ludi spectantur.

Le bas étage des citoyens qui s'en-

nuïoit, parce qu'il ne s'occupoit pas à
suivre la piece, demandoit quelquefois
à grands cris dès le troisiéme Acte des
divertissemens qui fussent plus à sa portée, & il insultoit même ceux qui vouloient faire continuer les Comediens.
On peut voir dans la suite du passage
d'Horace que nous avons allegué, &
dans le Prologue de l'Hecyre dont la
representation fut interrompuë deux
fois par ces saillies fougueuses du peuple, la description du tumulte. Il y
avoit bien des Magistrats preposés pour
empêcher le desordre, mais comme il
arrive en choses bien plus importantes,
il étoit d'usage qu'ils ne fissent pas leur
charge. Dans Rome & sous le regne
de Tibere, celui de tous ses Princes
qui sçût le mieux se faire obéïr, il y
eut des principaux Officiers de la garde de l'Empereur tués ou blessés dans
le Théatre en voulant y empêcher le
désordre, & pour toute punition le Senat donna permission aux Preteurs de
releguer les auteurs de pareils tumultes. Les Empereurs qui vouloient se
rendre agréables au peuple ostoient même la garde de soldats qu'on mettoit
quelquefois aux Théatres. Les nôtres
ne sont point sujets à de pareils orages,
& le calme & l'ordre y regnent avec

R v

une tranquilité qu'il ne fembloit pas poffible d'établir dans des affemblées qu'une nation auffi vive que la nôtre forme pour fe divertir. On y entend paifiblement de mauvaifes pieces, & fouvent des Comediens qui ne valent pas mieux.

Le public ne s'affemble point parmi nous pour juger des Poëmes qui ne font pas Dramatiques comme il s'affembloit chez les Anciens. Ainfi les gens du métier peuvent mieux favorifer, ils peuvent mieux rabaiffer tous ces Poëmes, parce qu'ils ne fe produifent que par la voye de l'impreffion. Ils peuvent en faire valoir les beaux endroits, en excufer les mauvais, comme ils peuvent auffi extenuer le merite des plus beaux, foit en difant qu'ils font pillés, foit en les mettant en paralelle avec les vers d'un autre Poëte qui aura traité un fujet femblable. Le public lorfqu'il a efté induit en erreur fur la definition generale d'un de ces Poëmes, ne fçauroit plus eftre defabufé en un jour. Il faut du temps aux perfonnes defintereffées pour fe reconnoiftre & pour s'affermir reciproquement dans leur fentiment par l'autorité du grand nombre. Ainfi la meilleure preuve qu'on puiffe avoir de l'excellence d'un Poëme quand il commence à paroître, c'eſt qu'il ſe faſſe lire & que tous ceux qui l'ont lû en parlent avec affection, quand bien même ce ſeroit pour citer ſes fautes.

Je crois que le temps où le Poëme nouveau ſe trouve defini en general ſuivant qu'il merite de l'eſtre, arrive aujourd'hui, environ deux ans après ſa premiere édition. Quand il eſt mauvais, le public ne prend pas un ſi long délay pour le condamner, quelque effort que la plûpart des gens du métier faſſent pour ſoûtenir ſa reputation. Quand la Pucelle de Chapelain parut, elle avoit pour elle les ſuffrages des gens de Lettre Eſtrangers & François. Les bien-faits des Grands l'avoient déja couronnée, & le monde prevenu par ces éloges l'attendoit l'encenſoir à la main. Cependant le public ſi-tôt qu'il eut lû la Pucelle revint de ſon préjugé, & il la mepriſa même avant qu'aucun Critique lui enſeignât par quelle raiſon elle étoit mépriſable. La reputation prematurée de l'ouvrage fut cauſe ſeulement que le public inſtruiſit ſon procès avec plus d'empreſſement. Chacun aprit ſur les premieres informations qu'il fit qu'on bailloit comme lui en la liſant, & la Pucelle devint vieille au berceau.

R vj

SECTION XXXI.

*Que le jugement du public ne se retracte
point, & qu'il se perfectionne
toûjours.*

LE jugement du public va toûjours
en se perfectionnant. La Pucelle
devient de jour en jour plus méprisée,
& chaque jour ajoûte à la veneration
avec laquell e nous regardons Polyeucte,
Phedre, le Misantrope & l'Art Poëtique, La reputation d'un Poëte ne sçauroit parvenir de son vivant au point
d'élevation où elle doit atteindre. Un
Auteur qui a trente ans quand il produit ses bons ouvrages, ne sçauroit vivre les années dont le public a besoin
pour juger non-seulement que ses ouvrages sont excellents, mais qu'ils sont
encore du même ordre que les ouvrages
des Grecs & des Romains toûjours vantés par ceux qui les ont entendus. Jusqu'à ce que le public ait placé les ouvrages d'un Auteur moderne dans le
rang dont j'ai parlé, sa reputation peut
toûjours augmenter. Ainsi deux ou trois
années suffisent bien au public pour

connoître si le Poëme nouveau est bon
ou s'il est mediocre, mais il lui faut
peut-être un siecle pour en connoître
tout le merite, s'il est un ouvrage
du premier ordre dans son espece. Voilà pourquoi les Romains, qui avoient
entre les mains les Elegies de Tibulle
& de Properce, furent un temps avant
que de leur associer celles d'Ovide.
Voilà pourquoi les Romains ne quitterent pas la lecture d'Ennius aussi-tost
que les Eglogues & les Bucoliques de
Virgile eurent paru. Voilà ce que signifie au pied de la lettre l'Epigramme
de Martial, où cet Auteur a parlé poëtiquement, & que les Poëtes qui ne *Mart. x.*
réussissent pas citent si volontiers. Mar- *Ep. lib. 5.*
tial ne dit autre chose dans ce vers cy.

Ennius est lectus salvo tibi Roma Marone.

Il seroit d'autant plus ridicule de prétendre que Martial eut songé à dire
que les Romains ayent mis durant un
temps les Poësies d'Ennius à costé de
l'Eneïde, qu'il s'agit dans ce vers de
son Epigramme de ce qui se passoit à
Rome du vivant de Virgile. Or tout
le monde sçait bien que l'Eneïde est
de ces ouvrages qu'on appelle posthu-
mes, parce qu'ils ne sont publiés qu'a-

près la mort de l'Auteur.

Je diftingue dans un Poëme deux fortes de merite, qu'on me pardonne cette expreffion, un merite réel & un merite de comparaifon. Le merite réel confifte à plaire & à toucher. Le merite de comparaifon confifte à toucher autant ou plus que certains Auteurs dont le rang eft déja connu. Il confifte à plaire & à intereffer autant que ces Grecs & ces Romains, qu'on croit communement eftre parvenus au terme que l'efprit humain ne fçauroit paffer, parce qu'on n'a rien vû encore de meilleur que ce qu'ils ont fait.

Les contemporains jugent très bien du merite réel d'un ouvrage, mais ils font fujets à fe tromper quand ils jugent de fon merite de comparaifon, ou quand ils veulent décider de fon rang. Ils font fujets à tomber dans une des deux erreurs qu'on peut faire en le prononçant.

La premiere erreur eft d'égaler trop toft un ouvrage à ceux des anciens, ou de le fupofer plus éloigné de la perfection des ouvrages des anciens qu'il ne l'eft en effet. Le public fait rarement la premiere faute en faveur des ouvrages produits de fon temps. Dans la crainte de commettre cette premiere

faute, il fait même ſouvent la ſeconde,
& il marque aux ouvrages des contemporains leur rang à une trop grande
diſtance des ouvrages conſacrès. Il fait auſſi
la faute opoſée & marque quelque fois
aux ouvrages de ſes contemporains un
rang qu'ils ne meritent pas.

C'eſt la ſeconde erreur dans laquelle le
public peut tomber en jugeant du merite des Poëtes contemporains par raport au merite des autres Poëtes. Il décide donc mal à propos qu'ils ne ſeront
jamais ſurpaſſés & qu'ils ſeront toûjours les premiers Poëtes de leur lan- *Ronſard*
gue. C'eſt ainſi que les contemporains *Belleau ,*
de Ronſard & de la Pleyade Françoiſe *du Bellai,*
ſe ſont trompés quand ils ont dit que *Jodelle ,*
les Poëtes François ne feroient jamais *Pontus de*
mieux que ces nouveaux Promethées, *Thiart ,*
qui pour parler poëtiquement n'avoient *Dorat.*
d'autre feu divin à leur diſpoſition que *Baïſ.*
celui qu'ils déroboient dans les écrits
des Anciens.

Ronſard, l'aſtre le plus brillant de
cette Pleyade, avoit beaucoup de lettres, mais il avoit peu de genie. On
ne trouve pas dans ſes vers d'idée ſu-
blime ni même des tours d'expreſſion
heureux ni de figures nobles, qu'on ne
retrouve dans les Auteurs Grecs & Latins. Admirateur des Anciens ſans en-

thoufiafme, leur lecture l'échauffoit &
lui fervoit de trepied. Mais comme il
met en œuvre hardiment, c'eſt la toute
ſa verve , comme il employe ſans ſe
laiſſer géner aux regles de noſtre ſyntaxe les beautés ramaſſées dans ſes lectures , elles ſemblent nées de ſon invention. Ses libertés dans l'expreſſion
paroiſſent les ſaillies d'une verve naturelle, & ſes vers compoſés d'après
ceux de Virgile & d'Homere ont ainſi
l'air original. Les beautés dont ſes ouvrages ſont parſemés étoient donc très
capables de plaire à des lecteurs qui ne
connoiſſoient pas les originaux ou qui
en étoient aſſés idolatres pour cherir
encore leurs traits dans les coppies les
plus defigurées. Il eſt vrai que le lan-
gage de Ronſard n'eſt pas du François ;
mais on ne penſoit pas alors qu'il fût
poſſible d'écrire à la fois poëtiquement
& correctement dans noſtre langue.
D'ailleurs des Poëſies en langue vulgaire ſont auſſi neceſſaires aux nations polies que ces premieres commodités
qu'un luxe naiſſant introduit. Quand
Ronſard & les Poëtes ſes contemporains, dont il étoit le premier, parurent , nos anceſtres n'avoient preſque
aucunes Poëſies qu'ils puſſent lire avec
plaiſir. Le commerce avec les Anciens,

que le renouvellement des lettres &
l'invention de l'imprimerie trouvée vers
le milieu du fiecle precedent mettoient
entre les mains de cinq cens perfonnes
pour une qui les lifoit foixante ans auparavant, dégoûtoit de l'art confus de
nos vieux Romanciers. Ainfi les Poëfies
de Ronfard furent regardées comme
une faveur celéfte par fes contemporains. S'ils fe fuffent contentés de dire
que fes vers leur plaifoient infiniment
& que les Peintures dont ils font remplis les attachoient, quoique les traits
n'en fuffent pas réguliers, nous n'aurions rien à leur reprocher. Mais il
femble qu'ils ayent voulu s'arroger un
droit qu'ils n'avoient pas. Il femble
qu'ils ayent voulu ufurper les droits
de la pofterité en le proclamant le premier des Poëtes François pour leur
temps & pour les temps à venir.

Il eft venu depuis Ronfard des Poëtes
François qui avoient plus de genie que
lui, & qui ont encore compofé correctement. Nous avons donc quitté la
lecture des ouvrages de Ronfard pour
faire noftre lecture & noftre amufement
des ouvrages de ces derniers. Nous les
plaçons avec raifon fort au deffus de
Ronfard, mais ceux qui le connoiffent
ne font pas furpris que fes contempo-

rains fe foient plûs à lire fes ouvrages
malgré le goût gothique de fes peintures. Je finis le fujet de Ronfard en
faifant une reflexion. C'eft que les contemporains de ce Poëte ne fe trompe-
rent pas dans le jugement qu'ils porterent fur fes ouvrages & fur ceux qu'ils
avoient déja entre les mains. Ils ne mirent point ferieufement la Françiade au
deffus de l'Eneïde quand le Poëme
François eut paru. Les mêmes raifons
qui les empêcherent de fe tromper
en cela, les auroient auffi empêchés de
mettre la Françiade au deffus de Cinna
& des Horaces s'ils avoient eu ces Tragedies entre les mains.

Après ce que je viens d'expofer on
voit bien qu'il faut laiffer juger au
temps & à l'experience quel rang doivent tenir les Poëtes nos contemporains parmi les Ecrivains qui compofent
ce receuil de livres que font les hommes de lettres de toutes les nations , &
qu'on pourroit apeller *la biblioteque du
genre humain.* Chaque peuple en a bien
une particuliere des bons livres écrits
en fa langue , mais il en eft une commune à toutes les nations. Qu'on attende donc que la reputation d'un Poëte
foit allée en augmentant d'âge en âge
durant un fiecle , pour décider qu'il

merite d'estre placé à costé des Auteurs Grecs & Romains dont on dit communement que les ouvrages sont consacrés, parce qu'ils sont de ceux que Quintilien définit, *Ingeniorum monumenta quæ sæculis probantur.* Jusques là l'on peut bien le croire, mais peut-estre n'est-il pas sage de l'asseurer. Parlons des préjugés sur lesquels on peut, non-pas attribuer, mais promettre à des ouvrages publiés de nos jours & de ceux de nos peres, la destinée d'estre égalés aux anciens par la posterité. Un augure favorable pour un de ces ouvrages, c'est que sa reputation croisse d'année en année. C'est ce qui arrive toûjours quand son Artisan n'a point de successeur, & encore plus lorsqu'il est mort depuis long-temps sans avoir esté remplacé. Rien ne montre mieux qu'il n'étoit pas un homme du commun dans la carriere qu'il a couruë, que l'inutilité des efforts de ceux qui osent entreprendre de l'atteindre. Ainsi les quarante-cinq ans qui se sont écoulés depuis la mort de Moliere, sans que personne l'ait remplacé, donnent un lustre à sa reputation qu'elle n'avoit pas un an après sa mort. Le public n'a point mis dans la classe de Moliere les meilleurs des Poëtes Comiques qui ont

Inst. lib.
3. cap. 9.

travaillé depuis fa mort. Il n'a point
fait cet honneur à Renard, à Bourfault
ni aux deux Auteurs du Grondeur, non
plus qu'à quelques Poëtes Comediens
dont les pieces l'ont diverti quand elles
ont efté bien reprefentées. Ceux mêmes de ces Poëtes qui font Gafcons,
ne s'égalerent jamais ferieufement à
Moliere. Chaque année qui fe paffera
fans donner un fuccelfeur au Terence
François, ajoûtera encore quelque chofe à fa reputation. Mais, me dira t'on,
eftes vous bien affeuré que la pofterité ne dementira point les Eloges que
les contemporains ont donnés à ces
Poëtes François, que vous regardez déja comme placés dans l'avenir à cofté
d'Horace & de Terance ?

SECTION XXXII.

Que malgré les Critiques la reputation
des Poëtes que nous admirons ira
toûjours en s'augmentant.

LA deftinée des écrits de Ronfard
ne me paroît pas à craindre pour
les ouvrages de nos Poëtes François.
Ils ont compofé dans le même goût que

les bons Auteurs de l'antiquité. Ils les
ont imités non-pas comme Ronſard &
ſes contemporains les avoient imités,
c'eſt-à-dire ſervilement, & comme Horace dit que Servilius avoit imité les
Grecs. *Hoſce ſecutus mutatis tantum nu-
meris.* Cette imitation ſervile des Poëtes qui ont compoſé en des langues
étrangeres, eſt le ſort des Ecrivains
qui travaillent, quand leur nation commence à vouloir ſortir de la barbarie.
Mais nos bons Poëtes François ont imité les anciens comme Horace & Virgile
ont imité les Grecs, c'eſt-à-dire en ſuivant comme les autres l'avoient fait le
genie de la langue dans laquelle ils
avoient compoſé, & en prenant comme
eux la nature pour leur premier modelle. Les bons Ecrivains n'empruntent
des autres que des manieres de la copier. Le ſtile de Racine, de Deſpreaux,
de la Fontaine & de nos autres compatriotes illuſtres ne ſçauroient vieillir
aſſez pour dégoûter un jour de la lecture de leurs ouvrages, & jamais on
ne pourra les lire ſans eſtre touché de
leurs beautés. Elles ſont naturelles.

En effet, noſtre langue me paroiſt
eſtre parvenuë depuis ſoixante ans à
ſon point de perfection. Au temps
d'Ablancourt un Auteur imprimé depuis

foixante ans paroiſſoit un Ecrivain gothique. Or quoiqu'il y ait déja ſoixante & dix ans qu'Ablancourt a écrit,
ſon ſtile ne nous paroiſt point vieilli.
Pour bien écrire il faudra toûjours s'aſ-
ſujettir aux regles que cet auteur & ſes
premiers ſucceſſeurs ont ſuivies. Tout
changement raiſonnable qui peut arriver dans une langue dès que ſa ſyntaxe
eſt devenuë reguliere, ne ſçauroit plus
tomber que ſur des mots. Les un vieil-
liſſent, d'autres redeviennent à la mode, on en fabrique de nouveaux, &
l'on altere l'ortographe de quelques
autres pour en adoucir la prononcia-
tion. Horace a fait l'horoſcope de toutes les langues quand il a dit, en parlant de la ſienne.

Multa renaſcentur quæ jam cecidere cadent que
Quæ nunc ſunt in honore vocabula, ſi volet uſus
Quem penes arbitrium eſt & jus & norma lo-
  quendi.

L'uſage eſt toûjours le maître des mots,
mais il l'eſt rarement des regles de la
ſyntaxe. Or des mots vieillis ne font
point abandonner la lecture d'un Auteur qui a conſtruit ſes phraſes regulierement, ou qui même s'eſt aproché
dans leur conſtruction de la regularité.

Ne lifons nous pas encore avec plaifir Amiot ? Si l'ufage vient à méprifer les regles, fi les tranfpofitions vitieufes fe mettent à la mode, fi l'abus des mots devient autorifé, & fi l'on les employe fans égard à leur fignification propre, foit dans des épithetes infenfés, foit dans ces figures dont le faux brillant ne prefente point une image diftincte. Enfin fi le ftile fe corrompt alors, quoique la langue foit gaftée, on ne laiffe point d'admirer toûjours le ftile des Auteurs qui ont écrit quand elle étoit dans fa force & dans fa pureté. On continuë de louer leur noble fimplicité, même quand on n'eft plus capable de l'imiter ; car c'eft fouvent par impuiffance de faire auffi-bien qu'eux qu'on entreprend de faire mieux. On ne fubftituë fouvent les faux brillants & les pointes au fens & à la force du difcours que parce qu'il eft plus facile d'avoir de l'efprit que d'eftre à la fois touchant & naturel.

Virgile, Horace, Ciceron & Tite-Live ont efté lûs avec admiration tant que la langue Latine a efté une langue vivante, & les Ecrivains qui ont compofé cinq cens ans après eux, & dans les temps où la langue Latine étoit déja corrompuë, en font encore plus

d'éloges qu'on en avoit fait du temps
d'Augufte. La veneration pour les Ecrivains du fiecle de Platon a toûjours fub-
fifté dans la Grece, malgré la décadence de la langue. On les admiroit encore comme de grands modeles deux
mille ans après qu'ils avoient écrit &
quand on les imitoit fi peu. J'en apelle à témoin les Grecs qui vinrent nous
les expliquer après la prife de Conftantinople par les Turcs. Les bons Auteurs du fiecle de Leon X. comme
Machiavel & Guichardin, ne font pas
vieillis pour les Italiens d'aujourd'hui.
Ils en préferent le ftile au ftile plus or-
né des Ecrivains pofterieurs, parce que
la phrafe Italienne étoit parvenuë à fa
regularité dès le feiziéme fiecle.

Ainfi, foit que la langue Françoife
foûtenuë par l'Academie demeure la
même qu'elle eft aujourd'hui, foit qu'elle ait le fort du Latin qui commença
de fe corrompre dès le regne de Claudius, fous qui les beaux efprits fe donnerent la liberté d'introduire l'excès des
figures en voulant fupléer par le brillant de l'expreffion à la force du fens
& à l'elegance fimple où leur genie ne
pouvoit pas atteindre ; je tiens que les
Poëtes illuftres du fiecle de Loüis XIV.
feront comme Virgile & comme
　　　　　　　　　　　　l'Ariofte,

l'Ariofte, immortels fans vieillir.

En fecond lieu nos voifins admirent ceux des Poëtes François que nous admirons déja, & ils redifent auffi volontiers que nous ceux de leurs vers qui font paffés en proverbes. Ils ont adoptés nos bons ouvrages en les traduifant en leur langue. Malgré la jaloufie du bel efprit, prefque auffi vive de nation à nation que de particulier à particulier, ils mettent quelques unes de ces traductions au deffus des ouvrages du même genre qui fe compofent dans leur patrie. Nos bons Poëmes, ainfi que ceux d'Homere & de Virgile, font entrés déja dans cette Biblioteque commune aux nations dont nous avons parlé. Il eft auffi rare dans les pays étrangers de trouver un cabinet fans un Moliere que fans un Terence. Les Italiens qui évitent autant qu'ils le peuvent de nous donner des fujets de vanité, peut-eftre parce qu'ils fe croyent chargés du foin de noftre conduitte, ont rendu juftice au merite de nos Poëtes. Comme nous admirions & comme nous traduifions leurs Poëtes dans le feiziéme fiecle, ils ont admiré & traduit les noftres dans le dix-feptiéme. Ils ont mis en Italien les ouvrages de Moliere & les plus belles pieces de nos autres Poëtes Dramatiques.

Ils rient & ils pleurent à ces pieces
avec plus d'affection qu'à la representation des pieces de leurs compatriottes. Quelqu'uns de leurs Poëtes s'en
font même plaint. Monfieur l'Abbé
Gravina dans fa Differtation fur la Tragedie qu'il fit imprimer il y a trois
In 1715. ans, dit que fes compatriottes adoptent fans difcernement les pieces Dramatiques Françoifes, dont les défauts
font blâmés de noftre nation qui s'en
eft expliquée par la bouche de deux de
fes plus fins Critiques. Il entend parler du Pere Rapin & de Monfieur Da-
cier, dont il vient de raporter les jugements fur les Tragedies Françoifes,
jugements qu'il adopte avec d'autant
plus de plaifir qu'il a compofé fon ouvrage, principalement pour montrer la
fuperiorité de la Tragedie ancienne fur
la Tragedie moderne. Mais je vais raporter en entier le paffage de Monfieur
l'Abbé Gravina. Le lecteur ne fçauroit
avoir oublié déja que lui-même il étoit
Poëte, & qu'il avoit compofé plufieurs
Tragedies à l'imitation de celles des
Anciens. *Or ecco quefta Nazione dal*
Pag. 115. *tempo di Francefco primo fino à noftri gior-*
ni cultiffima, conché ferietadi giudicio per
mezzo dé i fuoi piu fini Critici pronontia
d'ellé proprié operé Teatrali, é conché dif-

tintioné proponé qu'ellé, ché da noi ciecamenté é senza discretioné alcuna sono ricevuté é sparsé per tuti i Téatri é tradotté col fregio de i novi pensieri falsi ed espressioni piu Romaneschè ed altré piu bellé pompé le quali staccano per sempré la menté é la favella de gli uomini, d'allé regolé d'ella natura ò d'ella ragioné. Si comme cet Auteur le pretend, ses compatriottes ajoûtent de faux brillans & des expressions romanesques à nos pieces, le reproche ne nous regardepoint.

Les jeunes gens à qui l'on a donné de l'éducation connoissent autant Despreaux qu'Horace, & ils ont retenu autant de vers du Poëte François que du Poëte Latin à la Haye, à Stolckhome, à Coppenhague, en Pologne, en Allemagne & même en Angleterre. On ne doit point se défier de l'aprobation des Anglois. Ils louënt cependant Racine. Ils admirent Corneille, Despreaux & Moliere. Ils leur ont fait le même traitement qu'à Virgile & qu'à Ciceron. Ils les ont traduits en Anglois. Dès qu'une piece Dramatique réussit en France, elle est comme certaine de parvenir à cet honneur. Je ne crois point même que les Anglois aient 3. traductions differentes des Eglogues de Virgile, & cependant ils ont 3. tra-

S.ij

ductions differentes de la Tragedie des
Horaces de Corneille. * Dès 1675. les Anglois avoient une traduction en profe de
l'Andromaque de Racine, retouchée
& mife au Théatre par Monfieur
Crown. En mil fept cent douze Monfieur Philips fit reprefenter, & puis
imprimer une nouvelle traduction en
vers de cette même Tragedie. Je ne
parle icy que des traductions qu'on donne pour ce qu'elles font, car il arrive fouvent que les Traducteurs Anglois nient
de l'être, & qu'ils veulent donner leur
coppie pour un original. Combien de fois
Mr Dryden, au jugement même de fes
compatriotes a-t'il copié les auteurs François dans des ouvrages qu'il donnoit pour
être de fon invetion ? Mais ces détails
deviendroient fatiguans pour le lecteur.

Langbai-
ne hift des
Poet. Dra.
pag. 131.

Les Allemands ont voulu avoir en
leur langue beaucoup d'ouvrages des
bons Poëtes François, quoique ces traductions leur fuffent moins neceffaires
qu'à d'autres, d'autant qu'ils font l'honneur à noftre langue de la parler très
communement. Il eft même très commun qu'ils s'écrivent entr'eux en François, & plufieurs Princes fe fervent de
cette langue pour entretenir la corref-
pondance avec leurs Miniftres, bien que
les uns & les autres foient nés Allemands.

* Ce e de Trouuer imprimée en 1656. Celle de Otton
imprimée en 1671. Celle de Madame Philips ach.vée
pra le Chevalier Denham & imprimée en 1678.

En Hollande toutes les personnes qui ont quelque éducation sçavent parler François dès leur jeunesse. L'Etat se sert de cette langue en plusieurs occasions, & il aplique même son grand sceau à des actes redigez en François. Les Hollandois ont traduit néanmoins nos bons ouvrages, principalement les Dramatiques, Ils ont voulu, pour ainsi dire, les naturalizer Flamands.

Le Comte d'Ericeyra, le digne heritier du Titelive de sa patrie, a mis en Portuguais l'Art Poëtique de Monsieur Despreaux. Enfin nos voisins ne traduisoient pas les Tragedies de Jodelle & de Garnier. On ne voyoit pas sous Henri IV. des trouppes de Comediens François parcourir la Hollande, la Pologne, l'Allemagne, le Nord & quelques Etats d'Italie pour y joüer les pieces de Hardi & de Chrêtien. Il y a même des trouppes de Comediens François qui ont des établissements fixes dans les pays étrangers.

Le suffrage de nos voisins, aussi libre & aussi desinteressé que le suffrage de la posterité pourra l'être, me semble un garand de son aprobation. Les loüanges que Despreaux a données à Moliere & à Racine concilieront autant de suffrages à ces deux Poëtes dans l'ave-

nir, qu'elles peuvent leur en avoir procuré parmi les Anglois & parmi les
Italiens nos contemporains. Qu'on ne
dife point que la vogue où la langue
Françoife eft depuis foixante ans foit
la caufe de la vogue que nos Poëfies
peuvent avoir dans les pays étrangers.
Les étrangers nous dirons eux-mêmes
que ce font nos poëmes & nos livres
qui plus qu'aucun autre évenement ont
contribué à donner à la langue dans
laquelle ils font écrits un fi grand cours
qu'elle a prefque ôté à la langue Latine l'avantage d'eftre cette langue que
les nations aprennent par une conven-
tion tacite pour fe pouvoir entendre.
On peut dire aujourd'hui de la langue
Françoife ce que Ciceron difoit de la

Orat. pro langue Grecque. *Græca leguntur in omni-*
Arch. *bus ferè gentibus. Latina fuis finibus exi-*
guis fane continentur. Lorfqu'un Miniftre Allemand va traiter d'affaire avec
un Miniftre Anglois ou un Miniftre Hollandois, il n'eft pas queftion qu'elle langue ils employeront dans leurs conferences. La chofe eft convenuë depuis
long-temps. Ils parlent François. Les
étrangers fe plaignent même que nôtre
langue envahiffe, pour ainfi dire, les
langues vivantes en introduifant fes mots
& fes phrafes à la place des anciennes

expreffions. Les Allemands & les
Hollandois difent que le mélange
que font leurs concitoyens des mots,
& principalement des verbes François
en parlant Hollandois & Allemand,
corromp leurs langues comme Ronfard corrompoit le François par les mots
& par les locutions des langues fçavantes qu'il introduifoit dans fes vers. L'E-
xaminateur, c'eft l'Auteur d'un écrit
qui fe publioit à Londres il y a cinq ans
plufieurs fois chaque femaine, dit que
le François s'eft tellement introduit dans
les phrafes Angloifes en parlant de guerre que les Anglois ne pouvoient plus
entendre les relations des fieges & des
combats que leurs compatriotes écrivoient en Anglois. L'Abbé Gravina a
fait la même plainte pour la langue
Italienne dans fon livre fur la Tragedie.
On peut même penfer que les écrits des
grands hommes, dont je parle dans ce livre, promettent à nôtre langue la deftinée
de la langue Grecque litterale & de la
langue Latine, c'eft-à-dire de devenir
une langue fçavante fi jamais elle devient une langue morte.

Mais, dira-t'on, ne fe pourra-t'il pas
faire que les Critiques faffent remarquer dans les écrits que vous admirez
des fautes fi groffieres, que ces écrits

deviennent des ouvrages méprisés par la posterité.

Je réponds que les remarques les plus subtiles des plus grands Metaphysiciens ne feront pas décheoir nos Poëtes d'un dégré de leur reputation, parce que ces remarques, quand bien même elles seroient justes, ne dépouilleront pas leurs Poësies des agréments & des charmes dont elles tiennent le droit de plaire à tous les lecteurs. Si les fautes que ces Critiques reprendront sont des fautes contre l'Art de la Poësie, ils aprendront seulement à connoître la cause d'un effet qu'on sentoit déja. Ceux qui avoient vû le Cid avant la Critique de l'Academie Françoise avoient senti des défauts dans ce Poëme, même sans pouvoir dire distinctement en quoi consistoient ces défauts. Si ces fautes regardent d'autres sciences, si elles sont contre la Geographie ou contre l'Astronomie, on aura de l'obligation aux Censeurs qui les feront connoître, mais elles ne diminueront gueres la reputation du Poëte, laquelle n'est pas fondée sur ce que ses vers soient exempts de fautes, mais sur ce que leur lecture interesse. J'ai dit quand même ces remarques seront bonnes, car suivant les apparences, pour une

bonne remarque, il s'en fera cent qui
ne vaudront rien.

Il est aujourd'hui plus facile de ne
point faire de mauvaises remarques sur
des Poësies dont a connu les Auteurs,
lesquelles parlent de choses que nous
avons vûës, ou dont une tradition encore récente a conservé les explications,
& si l'on veut les aplications, qu'il ne
le fera dans l'avenir, quand toutes ces
lumieres feront éteintes par le temps &
par toutes les revolutions aufquelles
les focietés font fujettes. Or les remarques qui fe font prefentement contre
nos Poëtes modernes, montrent fouvent que les Cenfeurs ont envie de reprendre, mais non que ces Poëtes ayent
fait des fautes. Citons un exemple.

Monfieur Defpreaux compofa fon
Epitre à Monfieur de Guilleragues vers
mil fix cens foixante & quinze, dans
un temps où la nouvelle Phyfique étoit
la fcience à la mode, car il eft parmi
nous une mode pour les fciences comme pour les habits. Les femmes mêmes étudioient alors les nouveaux fyftémes que plufieurs perfonnes enfeignoient
à Paris en langue vulgaire. On peut
bien croire que Moliere qui compofa fes
Femmes fçavantes vers mil fix cens
foixante & douze, & qui met fi fouvent

S v

dans la bouche des ſes heroïnes les
dogmes & le ſtile de la nouvelle Phyſique, attaquoit dans ſa Comedie l'excès d'un goût regnant, & qu'il y jouoit
un ridicule où pluſieurs perſonnes tom-
boient tous les jours. Quand Monſieur
Deſpreaux écrivit ſon Epitre à Monſieur de Guilleragues, les converſations
de Phyſique ramenoient donc ſouvent
ſur le tapis les tâches du Soleil, à l'aide deſquelles les Aſtronomes obſer-
voient que cet aſtre tourne ſur ſon axe
à peu près en vingt-ſept jours. Quelqu'unes de ces *Macules* qui étoient diſparuës avoient même fait beaucoup de
bruit juſques ſur le Parnaſſe. Les beaux
eſprits avoient dit dans leurs vers que
le Soleil pour ſe rendre encore plus ſem-
blable au feu Roi qui l'avoit pris pour
le corps de ſa deviſe, ſe défaiſoit de ſes
taches.

Monſieur Deſpreaux pour dire Poëtiquement que malgré le goût regnant
il s'attchoit à l'étude de la Morale preferablement à celle de la Phyſique,
ſentiment très convenable à un Poëte
ſatirique, écrit à ſon ami qu'il abandonne aux recherches des autres pluſieurs queſtions que cette derniere ſcience traite. Qu'un autre, c'eſt lui qui
pa le, aille chercher,

Si le Soleil est fixe ou tourne sur son axe.

Il est clair que le Poëte entend parler icy uniquement de la question : si le Soleil placé dans le centre de nostre tourbillon y tourne sur son axe ou bien s'il n'y tourne pas sur son axe. La construction de la phrase prouve seule qu'elle ne sçauroit avoir un autre sens, & ce sens se presente d'abord. Cependant il a plû à quelques Critiques d'interpreter ce vers comme s'il oposoit le systéme de Copernic, qui fait tourner les Planetes au tour du Soleil placé dans le centre de nostre tourbillon, au sentiment de ceux qui soûtiennent que le Soleil a un mouvement propre par lequel il tourne sur son axe. Suivant cette interpretation Monsieur Despreaux auroit fait une faute. L'opinion de ceux qui soûtiennent que le Soleil tourne sur son axe, & l'opinion de ceux qui soûtenoient avant l'experience que le globe du Soleil fut immobile au centre du tourbillon, suposent également que le Soleil soit placé au milieu du tourbillon, où Copernic a dit qu'il étoit placé. Monsieur Perrault a donc objecté à Monsieur Despreaux, il y a déja plus de vingt ans. *Que ceux qui tiennent que le Soleil est fixe & immuable,*

Preface de l'Apologie desfemmes peg. 7.

S vj

font les mêmes qui foûtiennent qu'il tourne fur fon axe , & que ce ne font pas deux opinions differentes comme il paroiſt le dire dans fes vers. Il eſt vrai , ajoûte Monfieur Perrault quelques lignes plus bas , *qu'il n'eſt pas honeſte à un ſi grand Poëte d'ignorer les Sciences & les Arts dont il fe méle de parler.* Mais ce n'eſt point la faute de Monfieur Defpreaux ſi Monfieur Perrault l'entend mal , & c'eſt encore moins ſa faute s'il plaiſt à d'autres Cenfeurs de fe figurer que par ces mots , *Si le Soleil eſt fixe ou tourne fur fon axe ,* il ait voulu opofer le ſyſtéme de Copernic avec le ſyſtéme de Ptoloméé , qui fupofe que c'eſt le Soleil qui tourne au tour de la terre. Monfieur Defpreaux a dit cent fois qu'il n'avoit fongé qu'à opofer le fentiment de ceux qui faifoient tourner le Soleil fur fon axe au fentiment de ceux qui n'avoient pas voulu qu'il tournât fur fon axe , & le vers le dit même aſſez diſtinctement pour n'avoir pas befoin d'eſtre interpreté.

De pareilles injuſtices ne diminueront point la reputation de nos Poëtes , puifque celles qu'on fait aux Anciens ne diminuent point la leur , quoi qu'elles foient en bien plus grand nombre. Comme ils ont écrit en des langues qui font mortes aujourd'hui , & com-

me bien des chofes dont ils ont parlé
ne font connuës qu'imparfaitement aux
plus doctes, on peut croire fans temerité que leurs Cenfeurs ont tort fort fouvent, même en plufieurs occafionsoù l'on
ne fçauroit prouverqu'ils n'ontpas raifon.

Ainfi nous pouvons promettre fans
trop de temerité la deftinée de Virgile, d'Horace & de Ciceron aux Ecrivains François, qui font honneur au
fiecle de Loüis le Grand, c'eft-à-dire
d'eftre regardez dans tous les temps &
par tous les peuples à venir comme te-
nants un rang entre les grands hommes, dont les ouvrages font reputez
les productions les plus pretieufes de
l'efprit humain.

SECTION XXXIII.

Que la veneration pour les bons Au-
teurs de l'antiquité durera toûjours :
s'il eft vrai que nous raifonnions
mieux que les Anciens.

MAis ces grands hommes, dira-
t'on, ne font-ils pas expofez
eux-mêmes à eftre dégradez. La veneration qu'on a pour les Anciens ne

pourroit-elle pas fe changer en une fimple eftime en des temps plus éclai- rés que les temps qui ont bien voulu les admirer ? Virgile ne court-il point hazard que fa reputation ait la defti- née de celle d'Ariftote ? L'Iliade n'eft- elle point expofée à fubir un jour le fort du fyftéme de Ptolomée, dont le monde eft aujourd'hui defabufé ? Nos Critiques mettent les Poëmes & les autres ouvrages à une épreuve où l'on ne les mit jamais. Ils en font des Ana- lyfes, fuivant la methode des Geo- métres, methode fi propre à découvrir les fautes échapées aux Cenfeurs pré- cedents. Les armes des anciens Cri- tiques n'étoient pas auffi pointuës que les leurs. Qu'on juge par l'état où font aujourd'hui les fciences naturelles de combien noftre fiecle eft déja plus éclai- ré que les fiecles de Platon, d'Augufte & de Leon X. La perfection où nous avons porté l'art de raifonner, qui nous a fait faire tant de découvertés dans les fciences naturelles, eft une fource féconde en nouvelles lumieres. Elles fe répandent déja fur les belles Lettres, & elles y feront difparoiftre les vieux prejugés, ainfi qu'elles les ont fait difparoiftre dans les fciences natu- relles. Ces lumieres fe communique-

ſont encore aux differentes profeſſions
de la vie, & déja l'on en aperçoit le
crépuſcule dans toutes les conditions.
Peut-eſtre même que la generation qui
ſuit immediatement la noſtre, frappée
des fautes énormes d'Homere & de ſes
compagnons de fortune les dedaignera,
ainſi qu'un homme devenu raiſonnable
dedaigne les contes pueriles qui firent
l'amuſement de ſon enfance.

Noſtre ſiecle peut eſtre plus ſçavant
que ceux qui l'ont precedé ; mais je nie
que les eſprits ayent aujourd'hui generalement parlant, plus de penetration, plus
de droiture & plus de juſteſſe qu'ils
n'en avoient autrefois. Comme les
hommes les plus doctes ne ſont pas
toûjours ceux qui ont plus de ſens, de
même le ſiecle qui eſt plus ſçavant que
les autres n'eſt point toûjours le ſiecle
le plus raiſonable. Or, c'eſt du ſens
qu'il s'agit ici, puiſqu'il s'agit de juger.
Un homme ne juge pas mieux qu'un
autre, parce qu'il a plus d'imagination
que lui, mais parce qu'il a plus de ſens
ou plus de juſteſſe d'eſprit.

On ne prouvera point certainement
par la conduitte que les grands & les
petits tiennent depuis ſoixante ans dans
tous les Éſtats de l'Europe, où l'étude
de ces ſciences qui perfectionnent tant

la raiſon humaine fleurit davantage, que
les eſprits y ayent plus de droiture
qu'ils n'en avoient dans les ſiecles precedents, & que les hommes y ſoient
plus raiſonnables que leurs anceſtres.
Cette datte de ſoixante ans qu'on donne pour époque à ce renouvellement
prétendu des eſprits eſt mal choiſie.
Je ne veux point entrer dans des détails odieux pour les états & pour les
particuliers, & je me contenterai de
dire que l'eſprit Philoſophique qui rend
les hommes ſi raiſonnables, & pour
ainſi dire, *ſi conſequents*, fera bien-toſt
d'une grande partie de l'Europe ce qu'en
firent autrefois les Gots & les Vandales, ſupoſé qu'il continuë à faire les
mêmes progrès qu'il a fait depuis quarante ans. Je vois les arts neceſſaires
negligez, les préjugez les plus utiles à
la conſervation de la ſocieté s'abolir,
& les raiſonnements ſpeculatifs préfe-
rés à l'experience. Il ſemble que le
monde ſorte de l'enfance & que nous
ſoyons la premiere generation qui ait
ſçû raiſonner. Le ſoin de la poſterité
eſt pleinement negligé. Toutes les dé-
penſes que nos anceſtres ont faites en
bâtiments & en meubles, ſeroient per-
düës pour nous, & nous ne trouverions plus dans les foreſts du bois pour

bâtir ni même pour nous chauffer, s'ils avoient esté raisonnables comme nous le sommes.

Que les Royaumes & les Republiques, dira-t-on, se mettent dans la necessité de ruiner, ou leurs sujets qui leur auront prêté, ou le peuple qui les soûtient par un travail qu'il ne sçauroit plus continuer dès qu'il est reduit dans l'indigence. Que les particuliers se gouvernent comme s'ils devoient avoir leurs ennemis pour heritiers, & que la generation presente se conduise comme si elle devoit estre le dernier rejetton du genre humain, cela n'empêche pas que nous ne raisonnions mieux dans les sciences que n'ont fait tous les hommes qui nous ont précedé. Ils nous auront surpassé, si l'on peut se servir de cette expression, en *raison pratique*, mais nous les surpassons en *raison speculative*. Qu'on juge de la superiorité d'esprit & de raison que nous avons sur les hommes des temps passé, par l'état où sont aujourd'hui les sciences naturelles, comparé avec l'état où elles étoient de leurs temps.

Il est vrai, répondrai-je, que les sciences naturelles dont on ne sçauroit faire un trop grand cas, & dont on ne sçauroit trop honorer les dépositaires, font plus parfaites aujourd'hui qu'elles ne l'étoient du temps d'Augufte & de Leon X. mais cela ne vient point de ce que nous ayons plus de juftefle dans l'efprit ni que nous fachions mieux raifonner que les hommes qui vivoient alors. Cela ne vient point de ce que les efprits ayent efté, pour ainfi dire, regenerez. L'unique caufe de la perfection des fciences naturelles, ou pour parler avec de la précifion, l'unique caufe qui fait que ces fciences font moins imparfaites aujourd'hui qu'elles ne l'étoient dans les temps anterieurs, c'eft que nous fçavons plus de faits qu'on n'en fçavoit alors. Le temps & le hazard nous ont fait faire depuis quelques fiecles une infinité de découvertes où je vais montrer que le raifonnement a eu très peu de part, & ces découvertes ont mis en évidence la fauffeté de plufieurs *dogmes* Philofophiques que nos predeceffeurs fubftituoient à la verité, laquelle les hommes n'étoient point capables de connoître avant ces découvertes. Voilà, fuivant mon opinion, la folution du probléme propofé fi fouvent. Pourquoi nos Poëtes & nos Orateurs ne furpafferoient-ils pas ceux de l'antiquité, comme il eft conftant que nos Sçavants dans les connoiffances naturelles furpaffent les Phyficiens de l'antiquité? Nous devons au temps tout l'avantage que nous pouvons avoir fur les anciens dans les fciences naturelles. Il a mis en évidence plufieurs faits que les anciens ignoroient & aufquels ils fubftituoient des opinions fauffes qui leur faifoient faire cent mauvais raifonnemens. Le même avantage que le tems nous a donné fur les anciens, il le donnera fur nous à nos arrieres neveux. Il fuffit qu'un fiecle vienne après un autre pour raifonner mieux que lui dans les fciences naturelles, à moins qu'il ne foit arrivé dans la focieté un bouleverfement affez grand pour dérober aux petits fils les lumieres qu'avoient leurs anceftres.

Mais, dira-t'on, le raifonnement n'a-t'il pas contribué beaucoup à étendre les nouvelles découvertes. J'en tombe d'accord, auffi je ne nie point que nous raifonnions avec juffeffe. Je nie feulement que nous raifonnions avec plus de juffeffe que les Grecs & les Romains, & je me contente de foûtenir qu'ils auroient fait un auffi bon ufage que nous des verités capitales que le hazard nous a revelées, pour ainfi dire, s'il lui avoit plû de leur découvrir ces verités. Je fonde ma fupofition fur ce qu'ils ont raisonné aussi-bien que nous sur toutes les choses dont ils avoient autant de connoissance que nous & sur ce que nous ne raisonnons mieux que dans les choses où nous sommes plus instruits qu'eux, ou par l'experience ou par la revelation. Telles sont les sciences naturelles & les differentes parties de la Théologie.

Afin de prouver que nous raisonnons mieux que les anciens, il faudroit faire voir que c'est à la justesse du raisonnement, & non-point au hazard ou aux experiences fortuites que nous devons la connoissance des verités que nous sçavons & qu'ils ignoroient. Mais loin qu'on puisse faire voir qu'on ait l'obligation des nouvelles découvertes à des Philosophes qui soient parvenus aux verités naturelles les plus importantes par des recherches méthodiques, & par le secours de l'art si vanté, d'enchaîner des conclusions, on peut prouver le contraire. On peut montrer que ces inventions & ces découvertes originales, pour ainsi dire, ne sont dûës qu'au hazard, & que nous n'en avons profité qu'en qualité de derniers venus.

Premierement, on ne me reprendra point de dénier aux Philosophes & aux Sçavants qui recherchent methodi-

quement les secrets de la nature, toutes les inventions dont ils ne sont pas
reconnus les auteurs. Je puis refuser
aux Sçavants l'honneur de toutes les
découvertes faites depuis trois cens ans
qui n'ont pas esté publiées sous le nom
de quelque Sçavant. Comme ils écrivent & comme leurs amis écrivent
aussi, le public est informé de leurs découvertes, & on lui aprend bien-tost à
quel Illustre il a l'obligation des moins
importantes. Ainsi je puis refuser aux
Philosophes d'estre les inventeurs des
Sas des Ecluses trouvées il y a deux cens
ans, & qui sont non-seulement d'une
utilité infinie dans le commerce, mais
qui ont encore donné lieu à tant de
remarques sur la nature & sur la pente
des eaux. Je puis leur dénier d'estre les
inventeurs des Moulins à eau & à
vent, comme des horloges à poids &
à balancier qui ont tant aidé aux observations de tout genre, en donnant
moyen de mesurer toûjours le temps
avec exactitude. Ce ne sont point eux
non-plus qui ont trouvé la poudre à
canon, qui a donné lieu à tant d'observations sur la nature de l'air, ni
plusieurs autres inventions dont
on ne connoist pas certainement les
Auteurs, mais qui ont beaucoup

contribué à perfectioner les sciences
naturelles.

Secondement, je puis alleguer des
preuves positives de ma proposition. Je
puis faire voir que les recherches me-
thodiques n'ont eu aucune part aux
quatre découvertes qui ont le plus contribué à donner à noftre siecle la superiorité qu'il peut avoir sur les siecles
anterieurs, dans les sciences naturelles.
Ces quatre découvertes, sçavoir, la
connoissance de la pesanteur de l'air,
la Boussole, l'Imprimerie & les Lunettes d'aproche sont dûës à l'experience
& au hazard.

L'Imprimerie, cet art si favorable
à l'avancement de toutes les sciences,
lesquelles deviennent plus parfaites à
mesure que les connoissances s'y multiplient, fut trouvée dans le quinziéme
siecle & près de deux cens ans avant
que Monsieur Descartes, qui passe pour
le pere de la nouvelle Philosophie, eut
fait part au public de ses meditations.
On dispute sur le premier inventeur de
l'Imprimerie, mais personne n'en fait
honneur à un Philosophe. Dailleurs,
cet Inventeur est venu en des temps où
il pouvoit sçavoir tout au plus l'art de
raisonner, tel qu'on l'enseignoit alors
dans les Ecoles, art que les Philosophes

Poly.
Verg. de
In. Rer.
lib. 2. cap.
7.

modernes méprisent avec tant dehauteur.

Il paroît que la Boussole étoit connuë dès le treiziéme siecle. Mais soit
que Jean Goya Marinier de Melphi,
ou qu'un autre plus ancien que lui en
ait trouvé l'usage, cet Inventeur aura
toûjours esté dans le même cas que l'Inventeur de l'Imprimerie. Dès que la
Boussole a esté trouvée, il étoit necessaire que l'art de la Navigation se per-
fectionnat & que les Europeans fissent
un peu plûtost ou un peu plus tard les
découvertes qu'il étoit absolument impossible de faire sans un pareil secours,
& qu'ils ont faites depuis la fin du
quinziéme siecle. Ces découvertes qui
nous ont fait connoistre l'Amerique &
tant d'autres pays inconnus, enrichissent
la Botanique, l'Astronomie, la Medecine, l'histoire des animaux, en un mot
toutes les sciences naturelles. Les Grecs
& les Romains nous ont-il donné lieu
de croire qu'ils ne fussent point capables de distribuer en differentes classes
& de subdiviser en genres les nouvelles plantes qu'on leur auroit aportées
d'Amerique & des extremités de l'Asie
& de l'Afrique, ou de distribuer en signes
les étoilles voisines du Pole Antarctique.

Ce fut au commencement du dix-
septiéme siecle que Jaques Metius

d'Alcmaer trouva les Lunettes d'aproche en cherchant autre chofe. Il femble que la deftinée fe foit plû à morti-
fier les Philofophes modernes, en faifant arriver le hazard qui a donné lieu
à l'invention des Lunettes de longue
vûë avant le temps qu'ils marquent pour
l'Epoque du renouvellement des efprits.
Depuis foixante ans que les efprits ont
commencé à devenir fi juftes & fi pe-
netrans, on n'a fait aucune découverte de l'importance de celle dont nous
parlons. Les fources des connoiffances
naturelles cachées aux anciens, fe font
ouvertes avant le temps où l'on prétend que les fciences ayent commencé d'acquerir la perfection qui fait tant
d'honneur à ceux qui les ont culti-
vées.

 Jaques Metius, l'inventeur des Lunettes d'aproche étoit fort ignorant,
Dioptri- au raport de Monfieur Defcartes, qui
que. chap. a vécu long-temps dans la Province où
prem. le fait étoit arrivé, & qui le mit par
écrit trente ans après l'évenement. Le
hazard fe plût à donner à Jaques Metius l'honneur de cette invention, qui
feule a plus perfectionné les fciences
naturelles que toutes les fpeculations
des Philofophes, & cela preferablement à fon pere & à fon frere, qui
étoient

étoient de grand Mathematiciens. Jaques
Metius ne trouva point les Lunettes de
longue vûë par aucune recherche methodique, mais par une experience fortuite.
Il s'amusoit à faire des verres à brûler.

Rien n'étoit plus facile que de trouver
les microscopes après l'invention des Lunettes d'aproche. Or on peut avancer que
c'est à l'aide de ces instrumens qu'ont été
faites les observations, & que les observations qui ont enrichi l'Astronomie &
l'histoire naturelle, & qui ont rendu
ces sciences superieures aujourd'huy à
ce qu'lles étoient autrefois, ont esté faites. Ces instruments ont même part à
beaucoup d'observations où l'on ne
s'en sert point, parce que ces observations n'auroient jamais esté tentées,
si des observations précedentes faites
avec les instruments dont je parle, n'a-
voient donné la vûë de les tenter.

Les effets d'une pareille découverte
se multiplient à l'infini. Après qu'ils
ont eu perfectionné l'Astronomie, l'Astronomie a perfectionné d'autres sciences. Elle a perfectionné, par exemple,
la Geographie, en donnant les points
de longitude certainement & presque
aussi facilement qu'on pouvoit avoir autrefois les points de latitude. Comme le
progrès de l'experience n'est pas subit,

il s'eſt écoulé près de quatre-vingt ans
depuis l'invention des Lunettes de longue vûë juſqu'au Planiſphere de l'Ob-
ſervatoire, & à la Mappemonde de
Monſieur de Liſle, les premieres Cartes où les points principaux du Globe
terreſtre ſoient placés dans leur véritable poſition. Quelque facilité que
donnaſſent les Lunettes d'aproche depuis
que Galilée les eut apliquées à l'obſervation des aſtres, pour avoir la largeur de la mer Atlantique, tous les
Geographes qui ont fait des Cartes
avant Monſieur de Liſle s'y ſont trom-
pez de pluſieurs dégrés. Il n'y a pas
trente ans que cette faute groſſiere ſur
la diſtance des côtes de l'Afrique & des
côtes de l'Amerique meridionale, pays
découverts depuis deux cens ans, eſt
corrigée. Il n'y a pas plus long-temps
qu'on a rendu ſa largeur véritable à
l'Ocean qui eſt entre l'Aſie & l'Amerique, & qu'on apelle communement la
mer du Sud. L'eſprit philoſophique,
les Phyſiciens ſpeculateurs ne faiſoient
point uſage des faits. Il eſt venu un
homme dont la profeſſion étoit de faire des Cartes, & qui s'eſt ſervi utilement des experiences. Peut-eſtre que les
Grecs & les Romains euſſent profité
plûtoſt que nous des Lunettes de lon-

que vûë. Les diftances & les pofitions des lieux qu'ils connoiffoient, lefquelles ils nous ont laiffées, mettent en droit de faire cette fupofition. Monfieur de Lifle qui a trouvé plus de fautes dans les Geographes modernes que ceux-cy n'en reprochoient aux anciens, a montré que c'étoit les modernes qui fe trompoient quand ils reprenoient les anciens fur la diftance de la Sicile & de l'Afrique, comme fur quelques autres points de Geographie. La derniere des découvertes qui ont tant contribué à enrichir les fciences naturelles, eft celle de la pefanteur de l'air. Cette découverte épargne à nos Philofophes toutes les erreurs où font tombez ceux qui l'ignoroient, en attribuant à l'horreur du vuide les effets de la pefanteur de l'air. Elle a donné lieu encore à l'invention des Barometres & de tous les autres inftruments ou machines qui font leur effet en vertu de la pefanteur de l'air, & qui ont mis en évidence un fi grand nombre de vérités Phyfiques.

Le celebre Galilée avoit bien remarqué que les pompes afpirantes élevoient l'eau jufqu'à la hauteur de trente-deux pieds, mais Galilée, comme l'avoient fait fes predeceffeurs, & comme le fe-

Mort en 1642.

T ij

roient encore nos Philosophes sans la découverte fortuite dont je vais parler, avoit attribué cette élevation de l'eau oposée au mouvement des corps graves, à l'horreur du vuide En mil six cens quarante-trois Toricelli mecanicien du grand Duc Ferdinand II. remarqua en essayant des experiences que lorsqu'un tuyau fermé par l'orifice superieur & ouvert par l'orifice inferieur, étoit tenu debout plongé dans un vase plein de vif-argent, le vif-argent demeuroit suspendu à une certaine hauteur dans ce tuyau, & que le vif-argent suspendu tomboit tout entier dans le vase dès que le tuyau étoit ouvert par son orifice superieur. C'est la premiere experience qui ait esté faite sur cette matiere, laquelle on apelloit l'experience du vuide. Les suittes qu'elle a euës l'ont renduë celebre. Toricelli trouva son experience curieuse. Il en fit part à ses amis, mais sans la raporter à sa cause veritable, laquelle il ne devinoit pas encore.

Saggi d'esperienze fatté nell'Acad d'el Cimento.pag 23.

Le Pere Mersenne Minime de Paris, dont le nom est si fameux parmi les Philosophes de ce temps là, en fut informé par des lettres d'Italie dès mil six cens quarante quatre, & il la divulgua par toute la France. Monsieur Pe-

tit & Monsieur Pascal, le pere de l'auteur des Provinciales , firent plusieurs
experiences en consequence de celle
de Toricelli. Monsieur Pascal le fils
fit aussi les siennes , & il publia ces
experiences dans un écrit qu'il donna
au public en 1647. mais personne ne
s'avisoit de les expliquer encore par la
pesanteur de l'air. C'est une preuve in-
contestable qu'on n'a point esté jusqu'à
cette vérité, en cheminant de princi-
pe en principe & par voye de speculation. Les experiences en ont donné for-
tuitement la connoissance aux Philoso-
phes , & même ils avoient si peu imaginé que l'air fut pesant, que pour ainsi dire ils ont manié long-temps la pesanteur de l'air sans la comprendre. La
vérité s'est presentée à eux par hazard,
& il semble même que ce soit encore
par hazard qu'ils l'ont reconnuë.

Nous sçavons positivement par ce
que les témoins oculaires en ont écrit,
que Monsieur Pascal n'eut connoissan- *Préface*
ce de l'idée de la pesanteur de l'air, *du Traité*
qui étoit enfin venuë à Toricelli à for- *de l'equi-*
ce de manier son experience, qu'après *libre des*
avoir publié l'écrit dont je viens de *liqueurs.*
parler. Monsieur Pascal trouva cette
pensée tout à fait belle , mais comme
elle n'étoit qu'une simple conjecture,

il fit plufieurs experiences pour en connoiftre la vérité ou la faufleté, & l'une
de ces tentatives fut la celebre experience faite fur le Puis de Domme en
mil fix cens quarante-huit. Enfin Monfieur Pafcal compofa les Traitez de l'é-
quilibre des liqueurs & de la pefanteur de la mafle de l'air, qui depuis
ont efte imprimez plufieurs fois. Dans
la fuitte Monfieur Gerick Bourgmaître
de Magdebourg, & Monfieur Boyle
trouverent la machine Pneumatique,
& d'autres inventerent ces inftruments
qui marquent les differents changements
que les variations du temps aportent
au poids de l'air. Les rarefactions de
l'air ont donné encore des vûës fur les
rarefactions des autres liquides. Qu'on
juge par ce recit dont perfonne ne fçauroit contefter la verité, fi ce font les
doutes éclairez & les fpeculations des
Philofophes qui les ayent conduits de
principe en principe, du moins jufqu'aux
experiences qui ont fait découvrir la pefanteur de l'air. En verité la part que le
raifonnement peut avoir dans cette découv-
verte ne lui fait pas beaucoup d'honneur.

Je ne parlerai pas de quelques in-
Hift. des
pier. pret.
par Berq.
pag. 15. ventions inconnuës aux anciens, & defquelles on connoît les Auteurs, comme
eft celle de tailler le diamant qu'un Or-

phevre de Bruges trouva fous Loüis XI. &
avant laquelle on preferoit les pierres de
couleur aux diamants. Aucun d'eux n'é-
toit Philofophe, même Philofophe A-
riftotelicien.

On voit donc par ce que je viens
d'expofer que les connoiffances que
nous avons dans les fciences naturelles
& que les anciens n'avoient pas, que
la juftelfe qui eft dans les raifonnements que nous faifons fur plufieurs
queftions de Phyfique, laquelle n'étoit
pas dans ceux qu'ils faifoient fur les
mêmes queftions, font dûës au hazard
& à l'experience fortuite. Les découv-
vertes qui fe font faites par ce moyen
ont efté long-temps à germer, pour
ainfi dire. Il a fallu qu'une découverte en attendit une autre pour produire
tout le fruit qu'elle pouvoit donner.
Une experience n'étoit pas affez con-
cluante fans une autre qui n'a efté faite
que long-temps après la premiere. Les
dernieres inventions ont repandu une
lumiere merveilleufe fur les connoiffances qu'on avoit déja. Heureufement
pour noftre fiecle il s'eft rencontré dans
la maturité des temps, & quand le progrés des fciences naturelles étoit le
plus rapide Les lumieres refultantes
des inventions precedentes, après avoir

fait feparement une certaine progreſſion, commencerent de ſe combiner il y a cinquante ou ſoixante ans. Nous pouvons dire de noſtre ſiecle ce que Quintilien diſoit du ſien. *Tot nos præceptoribus tot exemplis inſtruxit antiquitas ut poſſit videri nulla ſorte naſcendi ætas felicior quam noſtra cui docenda priores elaboraverunt.*

Inſt lib. 12. cap. 11.

Par exemple, le corps humain étoit aſſez connu du temps d'Hipocrate pour lui donner une notion de la circulation du ſang, mais il n'étoit pas encore aſſez développé pour mettre ce grand homme au fait de la verité. On voit par ſes écrits qu'il l'a plûtoſt devinée que compriſe, & que loin de pouvoir l'expliquer diſtinctement à ſes contemporains, il ne la concevoit pas lui-même bien nettement. Servet, ſi connu par ſon impieté & par ſon ſuplice, étant venu pluſieurs ſiecles après Hippocrate, il a eu une notion bien plus diſtincte de la circulation du ſang, & il l'a décrite aſſez clairement dans la preface de la ſeconde édition du livre pour lequel Calvin le fit brûler à Geneve. Harvée venu ſoixante ans après Servet a pû nous expliquer encore plus diſtinctement que lui les principales circonſtances de la circulation. La plû-

Almelovecn. Inven. Nov. ant.

Arrivé en 1553.

Vvoton. pref. du ſçavoir des anciens & des moder pag. 25.

part des Sçavants de son temps furent persuadez de son opinion, & ils l'établirent même dans le monde autant qu'une verité Physique qui ne tombe pas sous les sens y peut estre établie, c'est-à-dire qu'elle y passat pour un sentiment plus probable que l'opinion contraire. La foi du monde pour les raisonnements des Philosophes ne sçauroit aller plus loin, & soit par instinct, soit par principes, les hommes mettent toûjours une grande difference entre la certitude des verités naturelles, connuës par la voye des sens, & la certitude de celles qui sont connuës par la voye du raisonnement. Ces dernieres ne sçauroient leur paroistre que de simples probabilitez. Il faut pour les convaincre pleinement de ces veritez en pouvoir mettre du moins quelque circonstance essentielle à portée de leurs sens. Ainsi quoique le grand nombre des Physiciens & la plus grande portion du monde fussent persuadés en mil six cens quatre-vingt sept que la circulation du sang étoit une chose certaine, néanmoins il y avoit encore bien des Sçavants qui entraînoient aussi leur portion du monde, lesquels soûtenoient toûjours que la circulation du sang n'étoit qu'une chimere. Dans l'Ecole de

T v

Medecine de l'Univerſité de Paris, on
ſoûtenoit encore des Theſes contre la
circulation du ſang en cette année.
Enfin les Microſcopes ſe ſont perfectio-
nez, & l'on en a fait de ſi bons que
par leurs ſecours on voit le ſang cou-
ler rapidement par les arteres vers la
ſupercifie du corps d'un poiſſon, & revenir plus lentement vers le centre par
les veines, & cela auſſi diſtinctement
qu'on voit de Lyon le Rhône & la
Saone courir dans leurs lits. Perſonne
n'oſeroit plus écrire aujourd'hui, ni
ſoûtenir une Theſe contre la circulation du ſang. Il eſt vrai que tous ceux
qui ſont perſuadez maintenant de la
circulation du ſang ne l'ont point vûë
de leurs propres yeux, mais ils ſçavent
que ce n'eſt plus par des raiſonnements
qu'on la prouve, & que c'eſt en la fai-
ſant voir qu'on la démontre. Je le re-
pete, les hommes ajoûtent foi bien plus
fermement à ceux qui leur diſent, *j'ai
vû*, qu'à ceux qui leur diſent, *j'ai conclu*. Or le dogme de la circulation du
ſang par les lumieres qu'il a données
ſur la circulation des autres liqueurs,
& par des découvertes dont il eſt cauſe, a plus contribué qu'aucune autre
obſervation à perfectioner l'Anatomie.
Il a même perfectioné d'autres ſciences

comme la Botanique. Peut-on nier que la circulation du sang n'ait ouvert les yeux à Monsieur Perrault le Medecin sur la circulation de la seve dans les arbres & dans les plantes ? Qu'on juge quelle part peut avoir eu dans l'établissemeut de ce dogme l'esprit Philosophique né depuis soixante ans.

La verité, le dogme, s'il est permis de parler ainsi du mouvement de la terre au tour du Soleil, a eu la même destinée que le dogme de la circulation du sang. Plusieurs Philosophes anciens ont connu cette verité, mais comme ces Philosophes n'avoient pas en main pour la prouver les moyens que nous avons aujourd'hui, il étoit demeuré indécis si Philolaus, Aristarque & d'autres Astronomes avoient raison de faire tourner la terre au tour du Soleil, ou si Prolomée & ceux qu'il a suivis avoient raison de faire tourner le Soleil au tour de la terre. Il sembloit même que le systéme qu'on appelle communement le systéme de Prolomée, eut prévalu, lorsque dans le seiziéme siecle Copernic entreprit de soûtenir le sentiment de Philolaus avec des preuves nouvelles où qui paroissoient l'estre, tirées des observations. Le monde se partagea de nouveau, & Tycho Brahé mit au jour

T vj

un fyftéme mitoyen pour accorder les faits Aftronomiques dont on avoit alors une connoiffance certaine, avec l'opinion de l'immobilité de la terre. Vers ce temps là les Navigateurs commencerent à faire le tour de noftre Globe, & quelque temps après on fçût que le vent d'Orient fouffloit continuellement entre les Tropiques dans l'un & dans l'autre hemifphere. Ce fut une preuve Phyfique du fentiment qui fait tourner la terre fur fon centre d'Occident en Orient dans vingt-quatre heures, en même temps qu'elle fait le tour du Zodiaque dans un an. Quelques années après les Lunettes d'aproche furent trouvées. A l'aide de ce nouvel inftrument on fit des obfervations fi concluantes fur l'arrangement & fur les aparences des Planétes, on trouva tant de reffemblance entre la terre & d'autres Planétes qui tournent en roulant fur leur centre au tour du Soleil, que le monde eft aujourd'hui comme convaincu de la verité du fyftéme de Copernic. Il y a quarante ans qu'aucun Profeffeur de l'Univerfité de Paris n'ofoit enfeigner ce fyftéme. Prefque tous l'enfeignent aujourd'hui, du moins comme l'hypothefe qui peut feule bien expliquer les faits Aftronomiques dont nous avons une connoissance certaine. Quand ces verités principales n'ont pas encore esté mises en évidence, les Sçavants au lieu de partir de ce point là pour aller faire de nouvelles découvertes perdent le temps à se combattre l'un l'autre. Ils l'employent à soûtenir par des preuves que le raisonnement seul ne sçauroit fournir bonnes & solides, l'opinion qu'ils ont prise par choix ou par hazard, & les sciences naturelles ne font presque aucun progrès. Mais dès que ces verités ont esté mises en évidence, elles nous conduisent comme par la main à une infinité d'autres connoissances. Les Philosophes qui ont du sens employent alors utilement leur temps à les perfectionner par l'experience. Si nos Predecesseurs n'avoient point les connoissances que nous nous trouvons avoir, c'est que le fil qui nous guide dans le Labirinthe leur manquoit.

En verité le sens, la penetration & l'étenduë d'esprit que les anciens ont montré dans leurs loix, dans leurs histoires, & même dans les questions de Philosophie, ou par une foiblesse si naturelle à l'homme qu'on y tombe encore tous les jours, ils n'ont pas donné leurs rêveries pour la verité dont ils ne pouvoient point avoir connoissance

de leur temps, parce que le hazard qui
nous l'a revelée n'étoit pas encore arrivé, tout cela, dis-je, nous oblige à
penfer que leur raifon étoit capable de
faire l'ufage que nous avons fait des
grandes verités que l'experience a ma-
nifeftées depuis deux fiecles. Pour ne
point fortir de noftre fujet, les anciens
n'ont ils pas connu auffi-bien que nous
que cette fuperiorité de raifon, que nous
apellons efprit Philofophique, devoit
préfider à toutes les fciences & à tous
les arts ? N'ont ils pas reconnu qu'elle y
étoit un guide neceffaire? N'ont ils pas dit
en termes exprès que la Philofophie étoit
la mere des beaux arts. *Neque enim te fu-*
git, c'eft Ciceron qui parle à fon frere *lau-*
datarum omnium artium procreatricem
quandam & quafi parentem, eam quam
Philofophiam Græci vocant ab hominibus
doctiffimis judicari. Que ceux qui pourroient fonger à me répondre avant que
d'avoir penfé fi j'ai tort, faffent attention & même reflexion fur ce paffage.
Un des défauts de nos Critiques, c'eft
de raifonner avant que d'avoir reflechi.
Qu'ils fe fouviennent encore, ils paroiffent l'avoir oublié, de ce que les
anciens ont dit fur l'étude de la Geometrie. *Quæ inftruit etiam quos fibi non*
exercet, & que Quintilien a fait un

chapitre exprès sur l'utilité que les Orateurs mêmes pouvoient tirer de son
étude. N'y dit-il pas en termes for-
mels, qu'une difference qui est entre
la Geometrie & les autres arts, c'est
que les autres arts ne sont utiles qu'a-
près qu'on les peut avoir apris, mais
que l'étude seule de la Geometrie est
d'une grande utilité, parce que rien
n'est plus propre à donner de l'ouverture, de l'étendue & de la force à l'esprit que la methode des Geometres. *Inst. lib.*
In Geometria partem fatentur esse utilem 1. *cap.* 18.
teneris ætatibus, agitari namque animos
& acui, & ingenia ad percipiendi facili-
tatem venire inde concedunt : sed prodesse
eam non ut cæteras artes cum percepta sint,
sed cum discatur existimant. De bonne
foi conclure que nostre raison soit d'u-
ne autre trempe que celle des anciens,
assurer qu'elle est superieure à la leur,
parce que nous sommes plus sçavants
qu'eux dans les sciences naturelles,
c'est inferer que nous avons plus d'esprit qu'eux de ce que nous sçavons
guerir les fievres intermittantes avec le
Quinquina, & de ce qu'ils ne le pouvoient pas faire, quand on sçait que
nôtre merite dans cette cure vient d'avoir
apris des Indiens du Perou la proprieté
de cette écorce qui croît dans leur pays.

Si nous fommes plus habiles que les anciens dans quelques fciences qui font independantes des découvertes fortuites que le hazard & le temps font faire, noftre fuperiorité fur eux dans ces fciences vient de la même caufe qui fait que le fils doit mourir plus riche que fon pere, fupofé qu'ils ayent eu la même conduitte, & que la fortune leur ait efté favorable également. Si les anciens n'avoient pas, pour ainfi dire, défriché la Geometrie, il auroit fallu que les modernes nez avec du genie pour cette fcience, employaffent leur temps & leurs talents à la défricher, & comme ils ne feroient point parti d'un terme auffi avancé que le terme dont ils font partis, ils n'auroient pas pû parvenir où ils ont pû s'élever. Monfieur le Marquis de l'Hôpital, Monfieur Leibnitz & Monfieur Newton n'auroient point pouffé la Geometrie où ils l'ont pouffée, s'ils n'euffent pas trouvé cette fcience en un état de perfection qui lui venoit d'avoir efté cultivée fucceffivement par un grand nombre d'hommes d'efprit, dont les derniers venus avoient profité des lumieres & des vûës de leurs predeceffeurs. Archimede venu dans le temps de Monfieur Newton auroit fait ce que Monsieur Newton a fait, comme Monsieur Nevvton eut fait ce qu'a fait Archimede, s'il fut venu dans le temps de la seconde guerre Punique. On pourroit encore prétendre que les anciens eussent fait usage de l'Algebre dans les Problémes de Geometrie, s'ils avoient eu des chiffres aussi commodes pour les calculs nombreux que le font les chiffres Arabes, à l'aide desquels Alfonse X. Roy de Castille fit ses Tables Astronomiques dans le treiziéme siecle.

Il est encore certain que c'est souvent à tort que nous acusons d'ignorance les Philosophes anciens. La plus grande partie de leurs connoissances s'est perduë avec les écrits qui l'a renfermoient. Quand nous n'avons pas la centiéme partie des livres des Grecs & des Romains, nous pouvons bien nous tromper en plaçant les bornes que nous marquons à leurs progrès dans les sciences naturelles. Les Critiques n'intentent souvent des acusations contre les anciens que par ignorance. Nôtre siecle plus éclairé que les generations précedentes, n'a t'il pas justifié Pline l'Oncle sur plusieurs reproches d'erreur & de mensonge qu'on lui faisoit il y a cent cinquante ans.

Mais, repliquera-t'on, il faut du

moins tomber d'accord que la Logique,
que l'art de penser est aujourd'hui une
science plus parfaite que ne l'étoit la
Logique des anciens, & il doit arriver
par une consequence necessaire que les
modernes qui ont apris cette Logique
& qui ont esté formez par ses regles,
raisonnent sur toute sorte de matiere
avec plus de justesse qu'eux.

Je réponds en premier lieu qu'ils
n'est pas bien certain que l'art de penser soit une science plus parfaite aujourd'hui qu'il ne l'étoit aux temps des
anciens. La plûpart des regles qu'on
regarde comme nouvelles sont implici-
tement dans la Logique d'Aristote, où
l'on aperçoit la methode d'invention
& la methode de doctrine. D'ailleurs
nous n'avons pas les explications de ces
regles que les Philosophes donnoient
à leurs disciples, & nous y trouverions peut-estre ce que nous nous
flatons d'avoir inventé, comme il est arrivé à des Philosophes celebres de trouver
dans des Manuscrits une partie des découvertes quils pensoient avoir faites
les premiers. Quand même la Logique seroit un peu plus parfaite aujour-
d'hui qu'elle ne l'étoit autrefois, les
sçavants generalement parlant, n'en
raisonneroient gueres mieux qu'ils rai-

fonnoient dans ces temps là. La juftefle
avec laquelle un homme pofe des principes, tire des confequences & chemi-
ne de conclufion en conclufion, dépend plus du caractere de fon efprit leger ou pofé, temeraire ou circonfpect,
que de la Logique qu'il peut avoir
aprife. Il eft infenfible dans la pratique
s'il a étudié la Logique de Barbey ou
celle de Port Royal. La Logique qu'il
peut avoir aprife n'eft peut-eftre pas à
fa façon de raifonner, ce qu'eft le poid
d'une once ofté où ajoûté à un quintal.
Cette fcience fert plûtoft à nous aprendre comment on raifonne naturellement, qu'elle n'influë dans la pratique,
laquelle dépend du caractere d'efprit
particulier à chaque perfonne. Voyons
nous que ce foient ceux qui fçavent le
mieux la Logique, je dis celle de Port
Royal, & dont la profeffion eft même
de l'enfeigner aux autres, qui raifonnent le plus confequament & qui faffent le choix le plus judicieux des principes propres à fervir de bafe à la conclufion dont ils ont befoin. Un jeune
homme de dix-huit ans qui fçait encore par cœur toutes les regles du fyllogifme & de la methode, raifonne-t'il
avec autant de juftefle qu'un homme
de quarante ans qui ne les a jamais

fçûës, ou qui les a parfaitement ou-
bliées. Après le caractere naturel de
l'efprit, c'eft l'experience, c'eft l'étenduë des lumieres, c'eft la connoiffance
des faits qui font qu'un homme raifonne mieux qu'un autre, & les fciences où le modernes raifonnent mieux
que les anciens, font précifement celles
où les modernes fçavent beaucoup de
chofes que les anciens nez avant les
découvertes fortuites dont j'ai parlé,
ne pouvoient pas fçavoir.

En effet, & c'eft ma feconde ré-
ponfe à l'objection tirée de la perfection de l'art de penfer, nous ne raifon-
nons pas mieux que les anciens en hiftoire, en politique & dans la morale
civile. Pour parler des Ecrivains moins
éloignés, Commines, Machiavel, Ma-
riana, Fra Paolo, Monfieur de Thou,
d'Avila & Guichardin, qui font venus
quand la Logique n'étoit pas plus parfaite qu'elle l'étoit du temps des anciens, n'ont-ils pas écrit l'hiftoire plus
methodiquement & plus fenfement que
tous les hiftoriens qui ont mis la main
à la plume depuis cinquante ans? Avons-
nous un Auteur que nous puiffions opofer à Quintilien pour l'ordre & pour
la folidité des raifonnements? Enfin
s'il étoit vrai que l'art de raifonner fut

ou aujourd'hui plus parfait qu'il ne l'étoit dans l'antiquité, nos Philosophes se-roient mieux d'accord entre-eux que ne l'étoient les Philosophes anciens.

Il n'est plus permis aujourd'hui, dit-on, de poser des principes qu'ils ne soient clairs & bien prouvés. Il n'est plus permis d'en tirer une consequence laquelle n'en émaneroit pas clairement & distinctement. Une conclusion plus étenduë que le principe dont on l'auroit tirée, seroit d'abord remarquée de tout le monde. On la traiteroit de raisonnement à l'antique. Un Chinois qui ne connoîstroit nostre siecle que par cette peinture, s'imagineroit que tous nos Sçavants sont d'accord. La verité est une, diroit-il, & l'on ne sçauroit plus s'en écarter. Toutes les voyes par lesquelles on peut s'égarer en y allant sont fermées. Ces voyes sont de mal poser les principes de son argument ou de tirer mal la consequence de ses principes. On ne le fait plus. Ainsi tous les Sçavants de quelque profession qu'ils soient doivent se rencontrer au même but. Ils doivent tous convenir quelles sont les choses dont les hommes ne peuvent point connoître encore la verité. Tous les Sçavants doivent de même estre d'accord dans les chofes dont on peut connoître la verité. Cependant on ne difputa jamais plus qu'on difpute aujourd'hui. Nos Sçavants ainfi que les Philofophes anciens ne font d'accord que fur les faits , & ils fe refutent reciproquement fur tout ce qui ne peut eftre connu que par voye de raifonnement en fe traitant les uns les autres d'aveugles volontaires qui refufent de voir la lumiere. S'ils ne difputent plus fur quelques Thefes, c'eft que les faits & l'experience les ont forcez d'eftre d'accord fur ces points là. Je comprends ici tant de profeffions differentes fous le nom de Philofophie & de Science, que je n'ofe les nommer toutes. Il faut bien que les uns ou les autres , quoique guidez par la même Logique, fe méprennent fur l'évidence de leurs principes , qu'ils les choififfent impropres à leur fujet, ou bien enfin qu'ils en tirent mal les confequences. Ceux qui vantent fi fort les lumieres que l'efprit Philofophique a répanduës fur nôtre fiecle répondront peut-eftre, qu'ils n'entendent par nôtre fiecle qu'eux & leurs amis , & qu'il faut regarder comme des gens qui ne font point Philofophes , comme des anciens , ceux qui ne font pas encore de leur fentiment en toutes chofes.

On peut apliquer à l'état prefent des fciences naturelles l'embléme du tems qui découvre toûjours, mais peu à peu la verité. Si nous voyons une plus grande portion de la verité que les anciens, ce n'eft donc pas que nous ayons la vûë meilleure qu'eux, c'eft que le tems nous en laiffe voir davantage qu'il ne leur en a montré. J'en conclus que les ouvrages, dont la reputation s'eft bien foûtenuë contre les remarques des Critiques paffez, la conferveront toûjours nonobftant les remarques fatiriques de tous les Critiques à venir.

SECTION XXXIV.

Que la reputation d'un fyftéme de Phi-
lofophie peut eftre détruite. Que celle
d'un Poëme ne fçauroit l'eftre.

IL ne s'enfuit pas qu'il foit poffible de dégrader Homere & Virgile de ce qu'on a dégradé la Phyfique de l'E-cole & le fyftéme de Ptolomée. Les opinions dont l'étenduë & la durée font fondées fur le fentiment propre, & pour ainfi dire fur l'experience inte-rieure de ceux qui les ont adoptées

dans tous les temps , ne font pas fujettes à eftre detruites comme ces opinions de Philofophie dont l'étenduë &
la durée viennent de la facilité que les
hommes ont euë à les recevoir fur la
foi d'autres hommes , & qu'ils n'ont
époufées que par confiance aux lumieres d'autrui. Comme les premiers auteurs d'une opinion de Philofophie ont
pû fe tromper , ils ont pû fucceffivement abufer de generation en generation tous leurs fectateurs. Il peut donc
arriver que les enfans rejettent enfin
comme une erreur des dogmes Philofophiques, que leurs anceftres auront
regardez long-temps comme la verité,
& qu'eux mêmes ils avoient cru tels
fur la parole de leurs maîtres.

Les hommes dont la curiofité s'étend
bien plus loin que les lumieres , veulent fçavoir à quoi s'en tenir fur la caufe de plufieurs effets naturels , & cependant ils ne font point capables la
plûpart d'examiner ni de connoître par
eux-mêmes la verité dans ces matieres,
en fupofant même que cette verité fe
trouvat à portée du raifonnement humain. Il eft des hommes affez vains
pour croire qu'ils ont découvert ces
veritez Phyfiques, & d'autres affez faux
pour affurer qu'ils en ont une connoiffance

noiſſance diſtincte par principes, quoi qu'ils ſachent eux-mêmes que leurs lumieres ne ſont que des tenebres. Les uns & les autres s'érigent en hommes capables d'enſeigner. D'un autre côté les curieux reçoivent comme une verité ce que les perſonnes en faveur deſquelles ils ſont prevenus par des motifs differents leur enſeignent comme la verité, ſans connoître & même ſans examiner le merite & la ſolidité des preuves dont elles apuyent leurs dogmes. Les diſciples ſont perſuadez que ces perſonnes connoiſſent la verité mieux que les autres, & qu'elles ne veulent pas les tromper. Les premiers Sectateurs en font d'autres qui font enſuittes des diſciples, leſquels croyent ſouvent eſtre fermement convaincus d'une verité dont ils n'ont pas compris une preuve. C'eſt ainſi qu'une infinité de fauſſes opinions ſur les influences des aſtres, ſur le flux & reflux de la mer, ſur le préſage des cométes, ſur les cauſes des maladies, ſur l'organiſation du corps humain & ſur pluſieurs autres queſtions de Phyſique ſe ſont établies. C'eſt ainſi que le ſyſteme de Phyſique qui s'enſeignoit dans les Ecoles ſous le titre de la Phyſique d'Ariſtote étoit devenu le ſyſteme generalement reçû.

Le grand nombre de ceux qui ont suivi & défendu une opinion sur la Physique, laquelle avoit esté établie par voye d'autorité ou de confiance aux lumieres d'autrui, ni le nombre des siecles durant lesquels cette opinion a regné ne prouvent donc rien en sa faveur. Ceux qui l'ont adoptée l'ont receüe sans l'examiner, ou s'ils l'ont examinée, leurs efforts n'auront peut-estre pas esté aussi heureux que pourront l'estre un jour les efforts de ceux qui feront le même examen dans la suitte, & qui profiteront des nouvelles découvertes, & même des fautes des premiers.

Il s'enfuit donc que dans les questions de Physique & des autres sciences naturelles, les neveux font bien de ne s'en pas tenir aux sentiments de leurs ancêtres. Ainsi un homme sage peut très bien se soûlever contre des propositions de Chymie, de Botanique, de Phisique, de Medecine & d'Astronomie, qui durant plusieurs siecles auront esté regardées comme des verités incontestables. Il peut les combattre avec aussi peu de pudeur que s'il attaquoit un systéme de quatre jours, un de ces systémes lequel n'est encore cru que par son auteur & par les amis de l'auteur, qui même ceſſent de le croire dès le moment qu'ils ſont brouillez avec lui. Un homme ne ſçauroit établir ſi bien un opinion par voye de raiſonnement & de conjecture qu'un autre homme plus penetrant ou plus heureux, ne puiſſe la renverſer. Voilà pourquoi la prévention du genre humain en faveur d'un ſyſtéme de Philoſophie ne prouve pas même qu'il doive continuer d'avoir cours durant les trente années ſuivantes. Les hommes peuvent eſtre deſabuſez par la verité, comme ils peuvent paſſer d'une ancienne erreur dans une nouvelle erreur plus capable de les décevoir que la premiere.

Rien ne ſeroit donc plus déraiſonnable que de s'apuyer du ſuffrage des ſiecles & des nations pour prouver la ſolidité d'un ſyſteme de Philoſophie, & pour ſoûtenir que la vogue où il eſt durera toûjours, mais il eſt ſenſé de s'apuyer du ſuffrage des ſiecles & des nations pour prouver l'excellence d'un Poëme, & pour ſoûtenir qu'il ſera toûjours admiré. Un ſyſtéme faux peut ſurprendre le monde, il peut avoir cours durant pluſieurs ſiecles. Il n'en eſt pas ainſi d'un mauvais Poëme.

La reputation d'un Poëme s'établit

par le plaifir qu'il fait à tous ceux qui
le lifent. Elle s'établit par voye de fentiment. Ainfi comme l'opinion que ce
Poëme eft un ouvrage excellent , ne
fçauroit prendre racine ni s'étendre
qu'à l'aide de la conviction interieure
& émanée de la propre experience de
ceux qui la recoivent , on peut alleguer le temps qu'elle a duré pour une
preuve de fa bonté. On eft même bien
fondé a foûtenir que les generations à
venir feront touchées par un Poëme
lequel a touché toutes les generations
paffées qui ont pû le lire en fa langue
originale. Il n'entre qu'une fuppofi-
tion dans ce raifonnement , c'eft que
les hommes de tous les temps & de
tous les pays foient à peu près femblables par le cœur & par le fentiment.

Les hommes ne font pas donc autant expofez à eftre duppés en matiere
de Poëfie qu'en matiere de Philofophie, & une Tragedie ne fçauroit comme un fyftéme faire fortune fans un
merite veritable. Auffi voyons nous
que les hommes qui ne s'accordent pas
fur les chofes dont la verité s'examine
par voye de raifonnement , font d'accord fur les chofes qui fe jugent par
voye de fentiment. Perfonne ne recla-
me contre cette décifion : Que la transfi-

guration de Raphaël est un tableau merveilleux, & que Polyeucte est une Tragedie excellente. Mais des Philosophes
s'oposent tous les jours aux Philosophes qui soûtiennent que *la recherche de
la verité* est un ouvrage qni enseigne la
verité. Si tous les Philosophes rendent
justice au merite personnel de Monsieur
Descartes, ils sont en recompense partagés sur la bonté de son systeme de
Philosophie. D'ailleurs comme nous
l'avons déja dit, c'est souvent sur la
foi d'autrui que les hommes adoptent le
systéme qu'ils enseignent ensuitte, &
la voix publique qui s'explique en sa
faveur n'est ainsi composée que d'é-
chos repetants ce qu'ils ont entendu.
Le petit nombre qui dit son sentiment
propre, ne dit encore que ce qu'il a
pû voir à travers ses préjugez, dont le
pouvoir est aussi grand contre la raison
qu'il est foible contre les sens. Ceux
qui parlent d'un Poëme, disent ce qu'ils
ont eux-mêmes senti en le lisant. Chacun porte un suffrage qu'il a formé sur
sa propre experience Il l'a formé sur
ce qu'il a senti en lisant, & l'on ne s'a-
buse point sur les veritez qui tombent
sous le sentiment, comme on se trompe
sur les veritez où l'on ne sçauroit aller que par voye de meditation, & en

apuyant une conclufion fur une autre conclufion.

Non-feulement nous ne nous égarons pas en decidant des chofes dont on peut juger par fentiment, mais il n'eft pas encore poffible que les autres nous faf-fent égarer dans ces matieres. Le fentiment fe foûleve contre celui qui voudroit nous faire croire qu'un Poëme que nous avons trouvé infipide nous auroit intereffé ; mais le fentiment ne dit mot pour ufer de cette expreffion contre celui qui nous donne un mau-vais raifonnement de metaphifique pour bon. Ce n'eft que par effort d'efprit & par des reflexions dont les uns font in-capables par deffaur de lumieres, & les autres par pareffe, que nous en pou-vons connoître la fauffeté & en démé-ler l'erreur. Nous fçavons fans medi-ter, nous fentons le contraire de tout ce que nous dit celui qui veut nous perfuader qu'un ouvrage qui nous plaît infiniment choque toutes les regles re-digées pour rendre un ouvrage capa-ble de plaire. Si nous ne fommes point capables de répondre à fes raifonne-ments, du moins une repugnance inte-rieure nous empêche d'y ajoûter aucune foi. Les hommes naiffent convaincus que tout argument qui tend à leur persuader par voye de raisonnement le contraire de ce qu'ils sentent, ne sçauroit être qu'un sophisme.

Ainsi le Poëme qui a plû à tous les siecles & à tous les peuples passez est réellement digne de plaire, nonobstant les deffauts qu'on y peut remarquer, & par consequent il doit plaire toûjours à ceux qui l'entendront dans sa langue.

La prévention, repliquera-t'on, est presque aussi capable de nous seduire en faveur d'un ouvrage en vers, qu'en faveur d'un système. Par exemple, quand nous voyons ceux qui nous élevent, ceux qui nous enseignent durant l'enfance admirer l'Eneïde, leur admiration laisse en nous un préjugé qui nous la fait trouver encore meilleure qu'elle ne l'est réellement, & c'est à de pareils préjugés que Virgile & les Auteurs qu'on nomme communement *Classiques*, doivent la plus grande partie de leur reputation. Les Critiques peuvent donc donner atteinte à cette reputation en sappant les préjugez qui nous éxagerent le merite de l'Eneïde de Virgile, & qui nous font paroître ses Eglogues si superieures à d'autres, qui dans la verité ne leur cedent de gueres. On apuyera ce raisonnement d'une differtation methodique fur la force des préjugez dont les hommes font imbus durant l'enfance.

Je réponds que de pareils préjugez ne fubfifteroient pas long-temps dans l'efprit de ceux qui en auroient efté imbus, s'ils n'étoient pas fondez fur la verité. Leur propre experience, leur propre fentiment, les en auroient bientoft defabufez. Supofé que durant l'enfance & dans un tems où nous ne connoiffions pas encore les autres Poëmes, on nous eut infpiré pour l'Eneïde une veneration qu'elle ne meritat point, nous fortirions de ce préjugé dès que nous viendrions à lire les autres Poëmes, & à les comparer avec l'Eneïde. En vain nous auroit-on repeté cent & cent fois durant l'enfance que l'Eneïde charme tous fes lecteurs, nous ne le croirions plus fi elle ne nous plaifoit que mediocrement, quand nous fommes capables de l'entendre fans fecours. C'eft ainfi que tous les difciples d'un Profeffeur de l'Univerfité qui auroit enfeigné que les Declamations que nous avons fous le nom de Quintilien valent mieux que les Oraifons de Ciceron, fecoueroient ce préjugé dès qu'ils feroient capables d'entendre ces deux ouvrages. Les fauffes opinions de Philofophie que nous avons remportées du College peuvent subsister toûjours, parce qu'il n'y a qu'une meditation que nous ne sommes pas souvent capables de faire qui nous en puisse desabuser. Mais il suffiroit de lire les Poëtes dont on nous auroit exageré le merite pour nous défaire de nostre préjugé, à moins que nous ne fussions fanatiques. Or non-seulement nous admirons autant l'Eneï-de quand nous sommes des hommes faits, que nous l'admirions durant l'enfance, & quand l'autorité de ceux qui nous enseignoient pouvoit en imposer à une raison, laquelle n'étoit pas encore formée, mais nostre admiration pour ce Poëte va en augmentant à mesure que nostre goût se perfectionne & que nos lumieres s'étendent.

D'ailleurs il est facile de prouver historiquement & par les faits que Virgile & les autres Poëtes excellents de l'antiquité ne doivent point aux Colleges ni aux préjugez la premiere admiration qu'on a euë pour eux, & dont on voudroit prétendre que l'admiration des derniers siecles fut venuë necessairement. Cette opinion ne peut estre avancée que par un homme qui ne veut point porter ses vûes hors de son tems & hors de son pays. Les premiers ad-

mirateurs de Virgile furent fes compatriotes & fes contemporains. C'é-
toient des femmes, c'étoient des gens
du monde moins lettrez peut-eftre que
ceux qui bâtiffent à leur mode l'hiftoire de la reputation des grands Poëtes , au lieu de la chercher dans les
écrits qui en parlent. Quand l'Eneïde
parût , elle étoit plûtoft un livre de ruel-
le , s'il eft encore permis d'ufer de cette
expreffion , qu'un livre de College.
Elle étoit écrite en langue vulgaire. Les
femmes comme les hommes , les ignorants comme les fçavants , la lurent,
& ils en jugerent par l'impreffion qu'elle faifoit fur eux. Le nom de Virgile
n'impofoit point alors , & fon livre
étoit expofé à tous les affronts qu'un
livre nouveau peut effuyer. Enfin les
contemporains de Virgile jugerent de
l'Eneïde comme nos peres ont jugé des
Satires de Defpreaux & des Fables de
la Fontaine dans la nouveauté de ces
ouvrages. Ainfi ce fut l'impreffion que
l'Eneïde faifoit fur tout le monde, ce
furent les larmes que les femmes ver-
ferent en la lifant, qui l'a firent aprou-
ver comme un Poëme excellent. Cette
aprobation s'étoit déja changée en admiration dès le temps de Quintilien,
qui écrivoit environ quatre-vingt-dix

ans après Virgile. Juvenal, contemporain de Quintilien, nous aprend que
de son temps on faisoit déja lire aux
enfans dans les Ecoles Horace & Virgile.

Dum modo non pereat totidem olfecisse lucernas,   Sat. 7.

Quot stabant pueri, cum totus decolor esset

Flaccus & hareret nigro fuligo Maroni.

Cette admiration a toûjours esté en augmentant. Cinq cens ans après Virgile &
dans un siecle où le Latin étoit encore
la langue vulgaire, on parloit de ce
Poëte avec autant de veneration que
les personnes les plus prévenuës de son
merite en peuvent parler aujourd'hui.
Les institutes de Justinien, le plus res-
pecté des livres prophanes, nous aprennent que les Romains entendoient parler de Virgile toutes les fois qu'ils di-
soient le Poëte par excellence, comme
les Grecs entendoient parler d'Homere
toutes les fois qu'ils usoient de la mê-
me expression. *Cum Poetam dicimus nec*   Inst. lib
addimus nomen, subauditur apud Græcos 1. tit. 2.
egregius Homerus, apud nos Virgilius.

Virgile ne doit donc pas sa reputation aux traducteurs ni aux commentateurs. Il étoit admiré avant que d'a-

voir eu besoin d'estre traduit, & c'est
au succès de ses vers qu'il doit ses premiers Commentateurs. Quand Macrobe & Servius le commenterent ou l'ex-
pliquerent dans le quatriéme siecle,
suivant l'opinion la plus probable, ils
ne pouvoient gueres lui donner de plus
grands éloges que ceux qu il recevoit
du public. Ces éloges auroient esté de-
mentis par tout le monde, puisque le
Latin étoit encore la langue vulgaire
de ceux pour qui Servius & Macrobe
écrivoient. On peut dire la même chose d'Eustathius, d'Asconius Pedianus,
de Donat, d'Acron & des autres Commentateurs anciens qui publioient leurs
Commentaires quand on parloit encore
la langue de l'Auteur Grec ou Latin,
l'objet de leurs veilles.

Enfin tous les peuples nouveaux qui
se sont formez en Europe après la des-
truction de l'Empire Romain par les
Barbares, ont pris leur estime pour
Virgile de la même maniere que les
contemporains de ce Poëte l'avoient prise. Ces peuples si differents les uns des
autres par la langue, par la religion &
par les mœurs, se sont reunis dans le
sentiment de veneration pour Virgile,
dès qu'ils ont commencé à se polir,
dès qu'ils ont esté capables de l'enten-

dre. Ils n'ont pas trouvé l'Eneïde un
Poëme excellent, parce qu'on leur eut
dit au College qu'il le falloit admirer.
Ils n'en avoient pas encore. Mais parce qu'ils ont trouvé ce Poëme excellent dans la lecture, ils ont tous efté
d'avis de faire de fon étude une partie
de l'éducation fçavante de leurs enfans.

Il en eft de même des autres Poëtes
celebres de l'antiquité. Ils ont compofé dans la langue vulgaire de leur pays,
& leurs premiers aprobateurs ont donné un fuffrage qui n'étoit pas fujet à
erreur. Depuis l'établiffement des nouveaux peuples qui habitent aujourd'hui
l'Europe, aucune nation n'a préferé
aux ouvrages de ces Poëtes, les Poëmes compofez en fa propre langue.
Toutes les perfonnes qui entendent les
Poëfies des Anciens, tombent d'accord
dans le Nord comme dans le Midi de
l'Europe, dans les pays Catholiques
comme dans les pays Proteftants, qu'ils
en font plus touchez & plus épris que
des Poëfies compofées dans leur langue
naturelle. Voudroit-on fupofer que
tous les habiles gens qui vivent ou qui
ont vécu depuis que ces nations fe font
polies ayent confpiré de mentir au defavantage de leurs concitoyens, dont
la plûpart morts dès long-temps ne leur

étoient connus que par leurs ouvrages,
& cela pour faire honneur à des Auteurs Grecs & Romains qui n'étoient
pas en état de leur fçavoir gré de cette
prévarication Les perfonnes dont je
parle ne fçauroient s'eftre trompées de
bonne foi, puifque c'étoit de leur propre fentiment qu'elles rendoient compte.
Le nombre de ceux qui ont parlé autrement eft fi petit, qu'il ne merite pas
d'exception. Or s'il peut y avoir quelque queftion fur le merite & fur l'excellence d'un Poëme, elle doit eftre
decidée par l'impreffion qu'il a faite
fur tous les hommes qui l'auront lû
durant vingt fiecles.

L'Efprit Philofophique qui n'eft autre
chofe que la raifon fortifiée par la reflexion & par l'experience & dont le
nom feul auroit efté nouveau pour les
Anciens, eft excellent pour compofer
des livres qui enfeignent à ne point
faire de fautes en écrivant, il eft excellent pour mettre en évidence celles
qu'aura faites un Auteur, mais il aprend
mal à juger d'un Poëme en general.
Les beautez qui en font le plus grand
merite fe fentent mieux qu'elles ne fe
connoiffent par la regle & par le compas. Quintilien n'avoit pas calculé les
bevûës ni difcuté en détail les fautes

réelles & relatives des Ecrivains, dont il a porté un jugement adopté par les fiecles & par les nations. C'eſt par l'impreſſion qu'ils font fur les lecteurs que ce grand homme les définit, &, le public qui en juge par la même voye a toûjours eſté de ſon avis.

Enfin dans les choſes qui ſont du reſ-ſort du ſentiment, comme le merite d'un Poëme, l'émotion de tous les hom-mes qui l'ont lû & qui le liſent, leur veneration pour l'ouvrage, ſont ce qu'eſt une démonſtration en Geometrie. Or c'eſt ſur la foi de cette demonſtration que les peuples ſe ſont entêtez de Vir-gile & de quelques autres Poëtes. Ain-ſi les hommes ne changeront point d'o-pinion ſur ce point là, que la machine humaine ne ſoit changée. Les Poëmes de ces Auteurs leur paroîtront des ou-vrages d'un merite mediocre, quand leurs organnes ſeront aſſez alterez pour leur faire trouver le ſucre amer, & le jus d'abſinthe doux. Ils répondront aux Critiques ſans entrer en diſcuſſion de leurs remarques, qu'ils reconnoiſſent déja des fautes dans les Poëmes qu'ils admiroient, & qu'ils ne changeront pas de ſentiment, parce qu'ils y verront quelques fautes de plus. Ils répon-dront que les compatriotes de ces grands

hommes devoient connoître dans leurs
ouvrages bien des fautes que nous ne
sommes plus capables aujourd'hui de
remarquer. Ces ouvrages étoient écrits
en langue vulgaire , & ces compatriotes sçavoient une infinité de choses
dont la memoire s'est perduë, lesquelles devoient donner lieu à plusieurs
Critiques bien fondées. Cependant ils
ont admiré ces Ecrivains illustres autant
que nous. Que nos Critiques se bornent donc à écrire contre ceux des
Commentateurs qui voudroient eriger
en beautez ces fautes , dont il est
toûjours un grand nombre dans les meilleurs ouvrages. Les Anciens ne doivent
pas estre plus responsables de leurs pue-
rilitez , qu'une belle femme doit estre
responsable des extravagances que la
passion feroit faire à des adorateurs
qu'elle ne connoîtroit pas.

Le public est en possession de laisser
discuter aux Sçavants les raisonnements
qui concluent contre son experience , &
de s'en tenir à ce qu'il sçait certainement par voye de sentiment. Son propre sentiment , confirmé par celui des
autres , le persuade suffisament que tous
ces raisonnements doivent estre faux,
& il demeure tranquillement dans sa
persuasion en attendant que quelqu'un

se donne la peine d'en faire voir l'erreur methodiquement. Un Medecin homme d'esprit & grand Dialecticien fait un livre pour établir que dans nôtre pays & sous nostre climat, les legumes & les poissons sont un aliment aussi sain que la chair des animaux. Il pose methodiquement ses principes. Ses raisonnements sont bien tournez, & ils paroissent concluants. Cependant ils ne persuadent personne. Chacun, sans se mettre en peine de démêler la source de son erreur, le condamne sur sa propre experience, qui lui aprend sensiblement que dans nostre pays la chair des animaux est une nourriture plus aisée & plus saine que les poissons & les legumes. Les hommes sçavent bien qu'il est plus aisé d'éblouïr leur esprit que de tromper leur sentiment.

Deffendre un sentiment établi, c'est faire un livre dont le sujet n'excite gueres la curiosité des contemporains. Si l'Auteur, écrit mal, personne n'en parle. S'il écrit bien, on dit qu'il a exposé assez sensement ce qu'on sçavoit déja. Attaquer le sentiment établi, c'est se faire d'abord un Auteur distingué. Ce n'est donc pas d'aujourd'hui que les gens de Lettres ont tâché de s'acquerir, en contredisant les opinions reçûës, la reputation d'hommes qui avoient des vûës superieures & qui étoient nez pour donner le ton à leur siecle, & non pour le recevoir de lui. Ainsi toutes les opinions établies dans la litterature ont déja esté attaquées plusieurs fois. Il n'y a point d'Auteurs celebres que quelque Critique n'ait entrepris de dégrader, & nous avons vû même soûtenir que Virgile n'avoit point fait l'Eneïde, & que Tacite n'avoit point écrit l'Histoire & les Annales qui sont sous son nom. Tout ce qu'on peut dire contre la reputation des bons ouvrages de l'antiquité a esté écrit, ou du moins il a esté pensé. Mais ils demeurent toûjours entre les mains des hommes. Ils ne sont pas plus exposez à estre degradés qu'à perir comme une partie d'eux-mêmes perit dans les devastations des Barbares. L'impression en a trop multiplié les exemplaires, & quand l'Europe seroit boulversée au point qu'il n'y en restat plus, les Biblioteques qui sont dans les Colonies des Europeans établies en Amerique & dans le fond de l'Asie, conserveroient à la posterité ces monuments prétieux.

Je reviens aux Critiques. Quand nous remarquons des deffauts dans un livre reconnu generalement pour

un livre excellent , il ne faut donc pas
penfer que nous foyons les premiers
dont les yeux ayent efté ouverts. Peut-
eftre les idées qui nous viennent alors
font-elles déja venuës à bien d'autres
qui dans un premier mouvement auroient voulu pouvoir les publier le jour
même pour defabufer inceffamment le
monde de fes vieilles erreurs. Un peu
de reflexion leur a fait differer d'attaquer encore fi toft le fentiment general qui leur paroiffoit une pure prévention , & un peu de meditation leur
a fait comprendre qu'ils ne s'é-
toient cru plus clairvoyants que les
autres, que parce qu'ils n'étoient pas
encore affez éclairez. Ils ont conçû que
le monde avoit raifon de penfer comme il penfoit depuis plufieurs fiecles,
que fi la reputation des Anciens pouvoit eftre afoiblie, il y avoit déja long-
temps que le flambeau du temps l'a-
voit fait diminuer, en un mot que leur
zele étoit un zele inconfideré. Un jeune
homme qui entre dans un emploi confiderable, debute par blâmer l'adminiftra-
tion de fon predeceffeur. Il ne fçauroit comprendre que le monde l'ait
loüé, & il fe promet d'empêcher le
mal & de procurer le bien mieux que
lui. Les mauvais fuccès de fes tentati-

ves pour reformer les abus & pour établir l'ordre qu'il avoit imaginé dans
son cabinet, les lumieres que donne
l'experience & qu'elle feule peut donner, lui font bien-toft connoiftre que
son prédeceffeur s'étoit bien conduit &
que le monde avoit raison de le loüer.
De même nos premieres meditations
nous revoltent quelquefois contre les
opinions que nous trouvons établies
dans la republique des Lettres, mais
des reflexions plus fenfées fur la maniere dont ces opinions fe font établies,
des lumieres plus étenduës & plus dif-
tinctes fur ce que les hommes font capables de faire, noftre experience enfin
nous rameinent nous-mêmes à ces opinions. Un Peintre François de vingt
ans, qui arrive à Rome pour étudier,
ne voit pas d'abord dans les ouvrages
de Raphaël un merite digne de leur
reputation. Il eft quelque fois affez leger pour dire fon fentiment, mais un
an après & lorfqu'un peu de reflexion
l'a ramené lui-même à l'opinion generale, il eft bien faché de l'avoir fait.
C'eft parce qu'on n'eft pas affez éclairé qu'on s'écarte quelque fois de l'o-
pinion commune dans ces chofes, dont
le merite peut-eftre connu par tous les
hommes. *Nihil eft pejus ijs qui paulu-*

luim aliquid ultra primas litteras progreffi,   *Quint.*
falfam fibi fcientiæ perfuafionem inducrunt. *lib.* I. *cap.*
                                                 2.

SECTION XXXV.

*De l'idée que ceux qui n'entendent point
les écrits des Anciens dans les originaux, s'en doivent former.*

Quant à ceux qui n'entendent point
les langues dans lefquelles les
Poëtes, les Orateurs & même les Hiftoriens de l'antiquité ont écrit, ils font
incapables de juger par eux-mêmes de
leur excellence, & s'ils veulent avoir
une jufte idée du merite de ces ouvrages, il faut qu'ils la prennent fur le
raport des perfonnes qui entendent ces
langues & qui les ont entenduës. Les
hommes ne fçauroient bien juger d'un
objet dès qu'ils ne le connoiffent point
par le raport du fens deftiné pour le
connoiftre. Nous ne fçaurions bien juger de la faveur d'une liqueur qu'après
l'avoir goûtée, ni de l'excellence d'un
air de violon qu'après l'avoir entendu. Or le Poëme dont nous n'entendons point la langue, ne fçauroit nous eftre connu par le raport du
fens deftiné pour en juger. Nous ne

fçaurions difcerner fon merite par la voye du fentiment, qui eft ce fixiéme fens dont nous avons parlé. C'eft à lui qu'il apartient de connoiftre fi l'objet qu'on nous prefente eft un objet touchant & capable de nous attacher, comme il apartient à l'oreille de juger fi les fons plaifent , & au palais fi la faveur eft agréable.

Tous les difcours des Critiques ne mettent pas mieux celui qui n'entend pas le Latin au fait du merite des Odes d'Horace, que le raport des qualitez d'une liqueur dont nous n'aurions jamais goûté, nous mettroit au fait de la faveur de cette liqueur. Rien ne fçauroit fupléer le raport du fens deftiné à juger de la chofe dont il s'agit, & les idées que nous pouvons nous en former fur les difcours & fur les raifonnements des autres, reffemblent aux idées qu'un aveugle né , peut s'eftre formées des couleurs. Ce font les idées que l'homme qui n'auroit jamais efté malade peut s'eftre faites de la fievre ou de la colique.

Or comme celui qui n'a pas entendu un air n'eft pas reçû à en difputer l'excellence à ceux qui l'ont entendu , comme celui qui n'a jamais eu la fievre n'eft point admis à contefter fur l'im-

preſſion que fait cette maladie, avec
ceux qui ont eu la fievre, de même celui qui ne ſçait pas la langue dans laquelle un Poëte a écrit ne doit pas être
reçû à diſputer contre ceux qui l'entendent de ſon merite, & de l'impreſſion qu'il fait. Diſputer du merite d'un
Poëte & de ſa ſuperiorité ſur les autres
Poëtes, n'eſt-ce pas diſputer de l'impreſſion que leurs Poëſies font ſur les
lecteurs, & de l'émotion qu'elles cau-
ſent ? N'eſt-ce pas diſputer de la verité
d'un fait naturel, ſur laquelle les
hommes croiront toûjours pluſieurs temoins oculaires uniformes dans leur
raport, preferablement à tous ceux qui
voudront en conteſter la poſſibilité par
des raiſonnements metaphiſiques.

Dès que ceux qui n'entendent pas la
langue dont un Poëte s'eſt ſervi, ne
ſont point capables de porter par eux-
mêmes un jugement ſur ſon merite &
ſur ſa claſſe, n'eſt-il pas plus raiſonnable qu'ils adoptent le ſentiment de
ceux qui l'ont entendu, & de ceux qui
l'entendent encore, que d'épouſer le
ſentiment de deux ou trois Critiques
qui aſſurent que le Poëme ne fait pas
ſur eux l'impreſſion que tous les autres
hommes diſent qu'ils ſentent en le liſant. Je ne mets ici en ligne de compte

que le fentiment des Critiques, car on
doit compter pour rien les analifes &
les difcuffions en une matiere qui ne
doit pas eftre décidée par voye de raifonnement. Or ces Critiques qui difent
que les Poëmes des Anciens ne font
pas fur eux l'impreffion qu'ils font fur le
refte des hommes, font un contre cent
mille. Ecouteroit on un Sophiftequi voudroit prouver que ceux qui fentent du
plaifir à boire du vin, ont le goût corrompu, & qui fortifieroit fes raifonnements par l'exemple de cinq ou fix
perfonnes qui l'ont en horreur. Ceux
qui font capables d'entendre les Anciens & qui en font dégoûtez, font en
auffi petit nombre par raport à ceux
qui en font épris, que les hommes qui
ont de l'averfion naturelle pour le vin,
font en petit nombre par raport aux autres. Car il ne faut pas fe laiffer éblouïr
aux difcours artificieux des *Contempteurs*
des Anciens, qui veulent affocier à leurs
dégoûts les Sçavants qui ont remarqué
des fautes dans les plus beaux ouvrages de l'antiquité. Ces Meffieurs habiles dans l'art de falfifier la verité fans
mentir, veulent nous faire acroire
que ces Sçavants font de leur parti.
Ils ont raifon en un fens de le faire.
Dans les queftions qui *giffent en fait*,
comme

comme est celle de sçavoir si la lecture d'un Poëme interesse beaucoup ou
si elle n'interesse pas , le monde juge
comme les Tribunaux ont coûtume de
juger, c'est-à dire qu'il prononce toûjours en faveur de cent temoins qui déposent avoir vû le fait, au mépris de
tous les raisonnements d'un petit nombre de personnes qui disent qu'elles ne
l'ont point vû & qui le soûtiennent
même impossible. Mais les *Contempteurs* des Anciens ne sont en droit de
reclamer comme des gens de leur Secte
que ceux des Critiques qui ont avancé
que les Anciens ne devoient qu'à de vieilles erreurs & à des préjugez grossiers une
reputation dont leurs fautes les rendent
indignes. On feroit en deux lignes le
catalogue de ces Critiques, & des volumes entiers suffiroient à peine pour
faire le catalogue des Critiques du goût
opposé. En verité, pour braver un con-
sentement si general, pour donner le
démenti à tant de siecles passez , &
même au nostre, il faut croire que le
monde ne fait que sortir de l'enfance
& que nous sommes la premiere race
d'hommes raisonnables que la terré ait
encore portée.

Mais, dira-t'on , des traductions faites par des Ecrivains sçavants & habiles,

Tom. II. X

ne mettent-elles point, par exemple, ceux qui n'entendent pas le Latin en état de juger par eux mêmes, en état de juger par voye de fentiment de l'Eneïde de Virgile.

Je tombe d'accord que l'Eneïde de Virgile en François tombe, pour ainfi dire, fous le même fens qui auroit jugé du Poëme original, mais l'Eneïde en François n'eft plus le même Poëme que l'Eneïde en Latin. Une grande partie du merite d'un Poëme Grec ou Latin, confifte dans le rythme & dans l'harmonie des vers, & ces beautez très fenfibles dans les originaux ne fçauroient eftre, pour ainfi dire, tranfplantées dans une traduction Françoife. Virgile lui même ne pourroit pas le faire, d'autant que noftre langue n'eft pas fufceptible de ces beautez, autant que la langue Latine, comme nous l'avons expofé dans la premiere partie de cet ouvrage. En fecond lieu la Poëfie du ftile dont nous avons encore parlé fort au long dans cette premiere partie, & qui decide prefque entierement du fuccès d'un Poëme, eft fi défigurée dans la meilleure traduction qu'elle n'y eft prefque plus reconnoiffable.

Il eft toûjours difficile de traduire avec pureté, comme avec fidelité, un

Auteur , même celui qui ne fait que raconter des faits, & dont le ſtile eſt le plus ſimple , principalement quand cet Ecrivain a compoſé dans une langue plus favorable pour s'exprimer, que la langue dans laquelle on entreprend de le traduire. Il eſt donc très difficile de traduire en François tous les Ecrivains qui ont compoſé en Grec & en Latin : Nous en avons déja allegué les raiſons. Q'on juge donc s'il eſt poſſible de traduire le ſtile figuré des Poëtes qui ont écrit en Grec & en Latin, ſans énerver la vigueur de ce ſtile, & ſans le dépouiller de ſes plus grands agréments.

Ou le traducteur ſe donne la liberté de changer les figures & d'en ſubſtituer d'autres qui ſont en uſage dans ſa langue, à la place de celles dont ſon Auteur s'eſt ſervi , ou bien il traduit mot à mot ces figures, & il conſerve dans la coppie les mêmes images qu'elles preſentent dans l'original. Si le traducteur change les figures, ce n'eſt plus l'Auteur original , c'eſt le traducteur qui nous parle. Voilà un grand déchec quand même, ce qui n'arrive guere, le traducteur auroit autant d'eſprit & de genie que l'Auteur qu'il traduit.

On exprime toûjours mieux ſon idée

qu'on n'exprime l'idée d'autrui. D'ailleurs il eſt très rare que les figures qu'on regarde comme relatives en deux langues, y puiſſent avoir préciſement la même valeur. Il peut encore arriver qu'elles n'ayent pas la même nobleſſe, quand elles auroient la valeur. Par exemple, pour dire une choſe impoſſible aux efforts humains, les Latins diſoient, *arracher la maſſuë à Hercule*, & nous diſons en François, *prendre la Lune avec les dents* : La figure Latine eſt-elle bien renduë par cet figure Françoiſe?

Le déchec eſt du moins auſſi grand pour le Poëme, quand ſon traducteur en veut rendre les figures mot pour mot. En premier lieu le traducteur ne ſçauroit rendre les mots avec préciſion, ſans eſtre obligé de coudre ſouvent à un mot qu'il traduit des Epithetes pour en reſtraindre ou pour en étendre la ſignification. Les mots que la neceſſité fait regarder comme ſynonimes ou comme relatifs en Latin & en François, n'ont pas toûjours la même proprieté ni la même étenduë de ſignification, & c'eſt ſouvent cette proprieté qui fait la preciſion de l'expreſſion, & le merite de la figure dont le Poëte s'eſt ſervi. On traduit ordinairement en François

le mot d'*Herus* par celui de Maître,
quoique le mot François n'ait pas le
sens précis du mot Latin, qui signifie
proprement le maître par raport à son
esclave. Il faut même quelquefois que
le traducteur employe une periphrase
entiere pour bien rendre le sens d'un
seul mot, ce qui fait traîner l'expression & rend la phrase languissante dans
la version, de vive qu'elle étoit dans
l'original. Il en est d'une phrase de
Virgile comme d'une figure de Raphaël.
Alterez tant soit peu le contour de Raphaël, vous ôtez l'énergie à son expression & la noblesse à sa teste. De
même pour peu que l'expression de
Virgile soit alterée, sa phrase ne dit
plus si bien la même chose. On ne retrouve plus dans la coppie l'expression
de l'original. Quoique le mot d'Empereur soit derivé de celui d'*imperator*,
ne sommes nous pas obligez par l'é-
tenduë differente de la signification de
ces deux mots, d'employer souvent
une periphrase pour marquer précise-
ment en quel sens nous usons du mot
d'Empereur, en traduisant *Imperator*.
Des traducteurs excellents ont choisi
même quelquefois d'employer dans la
phrase Françoise le mot Latin d'*Imperator*.

Un mot qui aura precifement la mê-me fignification dans les deux langues, ne peut-il pas encore, quand il eft con-fideré en tant que fimple fon , & pris independament de l'idée , laquelle y eft attachée , fe trouver plus noble en une langue qu'en une autre langue , de ma-niere qu'on rencontrera un mot bas dans une phrafe de la traduction où l'Auteur avoit mis un beau mot dans l'original. Le mot de *Renaud* eft t'il auffi beau en François que *Rinaldo* l'eft en Italien ? *Titus* ne fonne-t'il pas mieux que *Tite* ?

Les mots traduits d'une langue en une autre langue peuvent encore y de-venir moins nobles & y fouffrir pour ainfi dire , du dechec, par raport à l'i-dée attachée au mot. Celui d'*Hofpes* ne prend-il pas une partie de la digni-té qu'il a en Latin , où il fignifie un homme lié avec un autre par l'amitié la plus intime, un homme lié avec un autre jufqu'à pouvoir ufer de la maifon de fon ami comme de la fienne propre, quand on le rend en François par le mot d'*Hofte* , qui fignifie communement celui qui loge les autres, ou qui loge chez les autres à prix d'argent. Il en eft des mots comme des hommes. Pour im-primer de la veneration , il ne leur suffit pas de se montrer quelquefois dans des fonctions ou dans des significations honorables, il faut aussi qu'ils ne se presentent jamais dans des fonctions viles ou dans des significations basses.

En second lieu, supposant que le traducteur soit venu à bout de rendre la figure Latine dans toute sa force, il arrive très souvent que cette figure ne fait pas sur nous la même impression qu'elle faisoit sur les Romains, pour qui le Poëme a esté composé. Nous n'avons qu'une connoissance très imparfaite des choses dont la figure sera empruntée. Quand même nous en avons pleine connoissance, il se trouve que par des raisons que je vais exposer, nous n'avons pas pour ces choses le même goût qu'avoient les Romains, & l'image qui les remet sous nos yeux ne peut nous affecter comme elle les affectoit.

Ainsi les figures empruntées des armes & des machines de guerre des Anciens, ne sçauroient faire sur nous la même impression quelles faisoient sur eux. Les figures tirées d'un combat de Gladiateurs, peuvent-elles frapper un François qui ne connoist guere, ou du moins qui ne vit jamais les combats de l'Amphithéatre, ainsi qu'elles affec-

toient un Romain épris de ces spécta-
cles ausquels il assistoit plusieurs fois en
un mois ? Croyons nous que les figures empruntées de l'Orchestre, des chœurs
& des danses de l'Opera, affectassent
ceux qui ne virent jamais ce spectacle,
ainsi qu'elles affectent ceux qui vont à
l'Opera toutes les semaines ? La figure,
Manger son pain à l'ombre de son figuier,
doit - elle faire sur nous la même impression qu'elle faisoit sur un Syrien
presque toûjours persecuté par un soleil ardent, & qui plusieurs fois avoit
trouvé du plaisir à se reposer à l'ombre des grandes feuilles de cet arbre,
le meilleur abri de tous ceux que peuvent donner les arbres des plaines de
son pays. Les peuples Septentrionaux
peuvent-ils estre aussi sensibles à toutes
les autres figures qui peignent la dou-
ceur de l'ombre & de la fraicheur, que
les peuples qui habitent des pays chauds,
& pour lesquels toutes ces images furent inventées. Virgile & les autres
Poëtes anciens auroient employé des
figures d'un goût opofé, s'ils eussent
écrit pour les nations Hyperborées.
Au lieu de tirer la plûpart de leurs mé-
taphores d'un ruisseau dont l'eau fraiche
defaltere le voyageur, ou d'un bou-
quet de bois qui donne un ombrage

delicieux aux bords d'une fontaine, ils auroient empruntées d'un poêle ou des effets du vin & des liqueurs fpiritueufes. Ils auroient peint le plaifir vif que fent un homme penetré du froid en s'aprochant du feu, ou bien le plaifir plus lent mais plus doux qu'il éprouve en fe couvrant d'une fourure. Nous fommes bien plus fenfibles à la peinture des plaifirs que nous éprouvons tous les jours, qu'à la peinture des plaifirs que nous n'avons jamais goûtez, ou que nous avons goûtez rarement, & que nous ne regrettons guere. Indifferents & fans goût pour le plaifir même que nous ne fouhaittons pas, nous ne pouvons eftre affectez vivement par fa peinture, fut elle faite par Virgile. Quel attrait peuvent avoir pour bien des perfonnes des nations du Nord qui ne burent jamais une goute d'eau pure, & qui ne connoiffent que par imagination le plaifir décrit par le Poëte, les vers de la cinquiéme Eglogue de Virgile, qui font une image fi pleine d'attrait pour les peuples des pays chauds.

Quale fopor feffis in gramine, quale per æftum
Dulcis aqua faliente fitim reftinguere rivo.

C'eft la deftinée de la plûpart des ima-
X v

ges dont les Poëtes anciens se sont ser-
vis judicieusement pour interesser leurs
compatriotes & leurs contemporains.
Une image noble dans un pays, est encore une image basse dans un autre.
Telle est l'image que fait un Poëte
Grec d'un animal qui dans son pays
étoit bien fait & qui avoit le poil lui-
sant, au lieu qu'il est vilain dans le
nostre. Un animal que nous ne voyons
jamais que couvert pauvrement & aban-
donné à la populace pour la servir dans
les ouvrages les plus vils, sert ailleurs de
monture aux personnes principales de
la nation, & souvent il paroist couvert d'or & de broderies. Voicy, par
exemple, ce qu'écrit un Missionnaire
sur l'opinion qu'on a des Asnes en certaines contrées des Indes. Orintales.

I et. Edif *On trouve icy des Asnes comme en Eu-*
tom. 11. *rope. Vous ne vous imagineriés pas Ma-*
pag. 96. *dame, que nous avons icy une Caste en-*
tiere qui prétend descendre en droite ligne
d'un Asne, & qui s'en fait honneur. Vous
me direz que la Caste doit estre des plus
basses. Point du tout, c'est celle du Roi
même. Devroit-on juger sur nos idées
un Poëte de ce pays là qu'on auroit
traduit en François. Si nous n'avions
jamais vû d'autres chevaux que ceux
des paysants de L'Isle de France, se-

rions nous affectez ainsi que nous le
sommes par toutes les figures dont le
cheval est le sujet. Mais, dira-t'on,
il faut passer au Poëte à qui l'on fait
le procès sur une traduction, toutes les
figures & toutes les prosopées fondées
sur les mœurs & sur les usages de son
pays. Voilà en premier lieu ce qu'on
ne fait pas. Je ne pense pas que ce soit
par prévarication, & j'accuse seulement
les Critiques de n'avoir point assez de
connoissance des mœurs & des usages
des differents peuples, pour juger quelles figures ils autorisent ou n'autorisent pas dans un certain Poëte. En second lieu, ces figures ne sont pas seulement excusables, elles sont belles
dans l'original.

Enfin qu'on interroge ceux qui sçavent écrire en Latin & en François. Ils
répondront que l'énergie d'une phrase
& l'effet d'une figure tiennent si bien,
pour ainsi dire, aux mots de la langue
dans laquelle on a inventé & composé
qu'ils ne sçauroient eux-mêmes se traduire à leur gré, ni donner le tour original à leurs propres pensées, en les
mettant de François en Latin, & encore moins quand ils les mettent de
Latin en François. Les images & les
traits perdent toûjours quelque chose

quand on les tranfplante de la langue
en laquelle ils font nez.

Nous avons des traductions de Virgile & d'Horace auffi bonnes que des
traductions peuvent l'être. Tous ceux
qui entendent le Latin ne fe laffent
point de dire que ces verfions ne donnent pas l'idée du merite des originaux,
& leur dépofition eft encore confirmée
par l'experience generale de ceux qui fe
laiffent guider aux attraits des livres
dans le choix de leurs lectures. Ceux
qui fçavent le Latin ne fçauroient fe
raffafier de lire Horace & Virgile, tandis que ceux qui ne peuvent lire ces
Poëtes que dans les traductions, y
trouvent un plaifir fi mediocre qu'ils
ont befoin de fe faire effort pour achever la lecture de l'Eneïde. Ils ne fe
peuvent laffer d'admirer qu'on life les
originaux avec tant de plaifir. D'un
autre cofté ceux qui font furpris que
des ouvrages dont la lecture les charme, dégoûte ceux qui les lifent dans
des traductions, ont autant de tort que
les premiers. Les uns & les autres devroient faire reflexion que ceux qui
lifent les Odes d'Horace en François,
ne lifent pas les mêmes Poëfies que
ceux qui lifent les Odes d'Horace en
Latin. Ma reflexion eft d'autant-plus

vraie , qu'on ne sçauroit aprendre une
langue sans aprendre en même temps
plusieurs choses des mœurs & des usages du peuple qui la parloit , ce qui
donne une intelligence des figures & de
la Poësie du stile d'un Auteur que ne
peuvent avoir ceux qui n'ont pas ces
lumieres.

Pourquoi les François lisent-ils avec
si peu de goût les traductions de l'A-
rioste & du Tasse , quoique la lecture
du *Roland furieux* , & de la *Jerusalem*
délivrée , charme avec raison tous les
François qui sçavent assez bien la langue Italienne pour entendre ces Poëmes
sans peine. Pourquoi la même personne qui aura lû six fois les Oeuvres de
Racine ne sçauroit-elle achever la lecture d'une traduction de l'Eneïde, quoi
que ceux qui sçavent le Latin ayent
lû dix fois le Poëme de Virgile , s'ils
ont lû trois fois les Tragedies du Poëte
François. C'est qu'il est de l'essence de
toute traduction de rendre aussi mal les
plus grandes beautez d'un poëme, qu'elle rend fidellement les deffauts du plan
& des caracteres. S'il est permis de parler ainsi , le merite des choses est presque toûjours *identifié* avec le merite
de l'expression dans la Poësie.

Ceux qui lisent pour s'instruire ne

perdent que l'agrément du ftile de l'hiftorien en le lifant dans une bonne traduction. Le merite principal de l'hiftorien ne confifte pas comme ce-luy du Poëte à nous intereffer, & le ftile de l'hiftorien n'eft pas même la feule chofe qui nous intereffe dans fon ouvrage. Les évenements importants nous attachent par eux mêmes, & la verité feule leur donne du pathetique. Le merite principal de l'hiftoire eft d'enrichir noftre memoire, & de for-mer noftre jugement. Mais le merite principal de la Poëfie confifte à nous toucher. C'eft l'attrait de l'émotion qui fait lire un Poëme. Ainfi tout le plus grand merite d'un Poëme nous échape quand nous n'entendons pas les mots choifis par le Poëte, & quand nous ne les voyons point dans l'ordre où il les avoit arrangez pour plaire à l'oreille, & pour former des images capables de remuer le cœur.

En effet qu'on change les mots des deux vers de Racine que nous avons déja citez.

Enchaifner un captif de fes fers étonné
Contre un joug qui lui plaift vainement mutiné.

Et qu'on dife en confervant la figune. *Mettre des fers à un prisonnier de guerre qui en est surpris & qui fait en vain le mutin contre un joug plaisant pour lui,* on ôte à ces vers l'harmonie & la Poësie du stile. La même figure ne forme plus la même image. On barbouille pour ainsi dire, la peinture que les vers de Racine offrent dès qu'on dérange ses termes & qu'on substituë la definition du mot à la place du mot. Que ceux qui auroient encore besoin de se convaincre à quel point un mot mis pour un autre énerve la vigueur d'une phrase, qui même ne sort pas de la langue où elle a esté composée, lisent le vingt-troisiéme chapitre de la Poëtique d'Aristote.

Ceux qui traduisent en François les Poëtes Grecs & Latins sont reduits à faire bien d'autres alterations dans les expressions de leur original, que celles que j'ai faites dans les vers de Phedre. Les plus capables & les plus laborieux se dégoûtent des efforts infructueux qu'ils tentent pour rendre leurs traductions aussi énergiques que l'original où ils sentent une force & une précision qu'ils ne peuvent venir à bout de mettre dans leur coppie. Ils se laissent abbatre enfin au genie de nostre langue, & ils se soumettent à la destinée des traductions après avoir lutté contre durant un temps.

Dès qu'on ne retrouve plus dans une traduction les mots choisis par l'Auteur, ni l'arrangement où il les avoit placez pour plaire à l'oreille & pour émouvoir le cœur, on peut dire que juger d'un Poëme en general sur sa version, c'est vouloir juger du tableau d'un grand maître, vanté principalement pour son coloris, sur une Estampe où le trait de son dessein seroit encore corrompu. Un Poëme perd dans la traduction l'harmonie & le nombre que je compare au coloris d'un tableau, Il y perd la Poësie du stile que je compare au dessein & à l'expression. Une traduction est une Estampe où rien ne demeure du tableau original que l'ordonnance & l'attitude des figures. Encore y est-elle alterée.

Juger d'un Poëme sur la traduction & sur les critiques, c'est donc juger d'une chose destinée à tomber sous un sens sans la connoistre par ce sens là. Mais se faire l'idée d'un Poëme sur ce que les Personnes capables de l'entendre en sa langue déposent unanimement de l'impression qu'il fait sur elles, c'est la meilleure maniere d'en juger quand nous ne l'entendons pas.

Rien n'eft plus raifonnable que de fupofer que l'objet feroit fur nous la
même impreffion qu'il fait fur eux, fi
nous étions fufceptibles de cette impreffion autant qu'eux. Ecouteroit-on
un homme qui voudroit prouver par
de beaux raifonnements que le tableau
des Nopces de Cana de Paul Veronefe
qu'il n'auroit pas vû, ne fçauroit plaire
autant que le difent ceux qui l'ont vû,
parce qu'il eft impoffible qu'un tableau
plaife lorfqu'il y a dans la compofition
Poëtique d'un ouvrage autant de deffauts
qu'on en peut compter dans le tableau
de Paul Veronefe. On diroit au Critique d'aller voir le tableau, & l'on s'en
tiendroit au raport uniforme de tous
ceux qui l'ont vû & qui affurent qu'il
les a charmez malgré fes deffauts. En
effet le raport uniforme des fens des
autres hommes, eft après le raport de
nos propres fens, la voye la plus certaine que nous ayons pour juger du merite des chofes qui tombent fous le fentiment. Les hommes le fçavent bien &
l'on n'ébranlera jamais la foi humaine,
ou l'opinion prife fur le raport uniforme des fens des autres. On ne fçauroit donc fans une temerité inexcufable
dire d'un Poëme qu'on n'entend point,
que l'opinion que les hommes ont de

son excellence, *n'est qu'un préjugé d'é-*
ducation fondé sur des aplaudissements qui,
à remonter jusqu'aux premiers suffrages, ne
sont la plûpart que des échos les uns des
autres, & c'est estre encore plus temeraire que de composer l'histoire imagi-
naire de ce préjugé.

SECTION XXXVI.

Des erreurs de ceux qui jugent d'un
Poëme sur une traduction & sur les
remarques des Critiques.

QUe penserions nous d'un Anglois,
supposé qu'il en fut un assez leger
pour cela, que penserions nous, dis-
je, d'un Anglois qui sans entendre un
mot de François feroit le procès au
Cid sur la traduction de Rutter, & qui
le termineroit en prononçant qu'il
faut attribuer l'affection des François
pour l'original aux préventions de l'enfance? Nous connoissons les deffauts
du Cid encore mieux que vous, lui
dirions nous, mais vous ne pouvez pas
sentir aussi-bien que nous les beautez
qui nous le font aimer avec ses deffauts.
On diroit enfin à ce Juge temeraire

Imprimée
en 1637.

tout ce que fait dire la perſuaſion fondée ſur le ſentiment, quand on ne ſçauroit trouver aſſez toſt les raiſons & les
termes propres pour refuter methodiquement des propoſitions de l'erreur,
deſquelles nous ſommes bien aſſeurez.
Il eſt difficile qu'il n'échape point alors
des choſes dures aux perſonnes les plus
moderées. Or tous ceux qui ont apris
le Grec & l'Anglois ſçavent bien qu'un
Poëte Grec qu'on traduit en François
perd beaucoup plus de ſon merite
qu'un Poëte François qu'on traduit en
Anglois.

Tous les jugements & tous les paralelles qu'on peut faire ſur les Poëmes
qu'on ne connoiſt que par les traduction
& par les diſſertations des Critiques,
conduiſent infailliblement à des conclu-
ſions fauſſes. Supoſons, par exemple,
que la Pucelle & le Cid ſoient traduits
en Polonois, & qu'un Sçavant de Cra-
covie, après avoir lû ces traductions,
juge de ces deux Poëmes par voye d'examen & de diſcuſſion. Supoſons qu'a-
près avoir fait methodiquement le procès au plan, aux mœurs, aux caracteres & à la vrai-ſemblance des évenements, ſoit dans l'ordre naturel, ſoit
dans l'ordre ſurnaturel, il les aprétie,
certainement il décidera en faveur de

la Pucelle, qui fe trouvera dans cett
operation un Poëme plus regulier &
moins deffectueux en fon genre que le
Cid ne l'eft dans le fien. Si nous fupo.
fons encore que ce Polonois raifonneu.
vienne à bout de perfuader à fes com
patriotes qu'on eft capable de juge &
d'un Poëme dont on n'entend point l
langue, après en avoir lû la traductio
& la critique, ils ne manqueront pa
de prononcer que Chapelain eft u
meilleur Poëte que le grand Corneill.
Ils nous traiteront de gens efclaves d
préjugez, parce que nous ne nou
rendrons pas à leur décifion. Que penf.
d'une procedure laquelle aboutit à d
pareils jugements?

SECTION XXXVII.

Des deffauts que nous croyons voir dan
les Poëmes des Anciens.

QUant à ces deffauts que nou
croyons voir dans les Poëmes de
Anciens, & que déja nous comprom
par nos doits, il peut bien eftre vra
que fouvent nous nous trompions e
imputant au Poëte des fautes qu'il n'

Par exemple, quand Homere composa son Iliade, il n'écrivoit pas une fable inventée à plaisir qui lui laissât la liberté de forger à son gré les caracteres de ses Heros, de donner aux évenements le succès qu'il lui plairoit, & d'embellir certains faits par toutes les circonstances nobles qu'il auroit pû imaginer. Homere décrivoit en Poëte environ cent cinquante ans après l'évenement, c'est l'opinion la plus reçûë, quelques incidents d'une guerre que les Grecs avoient faite réellement, & dont la tradition étoit encore recente. Le Poëte a vû des hommes qui avoient oüi-parler de ses Heros à des personnes lesquelles avoient vecu avec eux. Comme Poëte, Homere a dû traiter les évenements autrement qu'un simple historien. Il a dû y jetter le merveilleux compatible avec la vrai-semblance, suivant la religion de son temps. Il a dû les embellir par des fictions, & faire en un mot tout ce qu'Aristote le loüe d'avoir fait. Mais Homere, en qualité de citoyen & d'historien, a souvent esté obligé de conformer ses récits à la notorieté publique.

Nous voyons par l'exemple de nos Ancestres, & par ce qui se pratique encore aujourd'hui dans le Nord de

Poët.
chap. 24.

l'Europe & dans une partie de l'Amerique, que les premiers monuments hiftoriques que les nations pofent pour conferver la memoire des évenements paffez, & pour exciter les hommes aux vertus les plus neceffaires dans les focietez naiffantes, font des Poëfies. Les peuples encore groffiers compofent donc des efpeces de cantiques pour celebrer les loüanges de ceux de leurs compatriotes qui fe font rendus dignes d'eftre imitez, & ils les chantent en plufieurs occafions. Ciceron nous aprend que même après Numa les Romains *Tufcul.* étoient dans le même ufage. Ils chan- *lib. 4.* toient à table de ces cantiques compofez à la loüange des hommes illuftres.

Les Grecs ont eu des commencements pareils à ceux des autres peuples, & ils ont efté une focieté naiffante avant que d'eftre une nation polie. Leurs premiers hiftoriens ont efté des *Geog.* Poëtes. Strabo nous aprend même que *lib. pr.* Cadmus, Pherecides & Hecateus, les premiers qui écrivirent en profe, ne retrancherent de leur ftile que la mefure des vers. L'hiftoire s'eft fentie chez les Grecs pendant plufieurs fiecles de fon origine. La plûpart de ceux qui dans la fuitte l'écrivirent en profe, con-

ferverent la Poëfie du ftile, & ils gar-
derent même durant long-temps la liberté de jetter du merveilleux dans les
évenements. *Græcis hiftoriis plerumque
Poeticæ fimilis ineft licentia.* Homere
n'eft pas de ces premiers faifeurs de
cantiques dont j'ai parlé. Il n'eft venu qu'après eux.

Quint.
inft. lib. 2.
cap. 4.

> *Poft hos infignis Homerus*
> *Tirtæusque mares animos in Martia bella*
> *Verfibus exacuit.*

Horat.
de Arte.

Mais on étoit encore acoûtumé de fon
temps à regarder les Poëfies comme des
monuments hiftoriques. Homere auroit
donc efté blâmé s'il avoit changé certains caracteres, ou s'il avoit alteré
certains évenements connus, & fur
tout s'il avoit obmis dans fes dénom-
brements ceux qui veritablement y parurent. Il eft aifé de fe figurer les plaintes de leurs defcendants contre le Poëte.

Tacite raconte que les Allemands
chantoient, dans le temps où il écrivoit
fes Annales, les exploits d'Arminius
mort quatre vingt ans auparavant. Etoit-
il libre aux Auteurs de ces Cantiques
Cherufques d'aller contre la verité des
faits connus & de fupofer par exem-

ple, pour faire plus d'honneur au Héros, qu'Arminius n'euſt jamais prêté ſerment de fidelité aux Aigles Romaines qu'il abbatit. Lorſque ces Poëtes auront parlé de ſon entrevûë ſur les bords du Weſer avec ſon frere Flavius, qui ſervoit dans les troupes Romaines. Auront-ils pû lui faire finir le pour-parler avec décence & avec gravité quand le General des Allemands & l'Officier des Romains en étoient venus aux injures en preſence des armées des deux nations, diſpoſez d'en venir aux coups, ce qui ſeroit arrivé ſans le fleuve qui les ſeparoit.

Prenons un exemple qui nous frappe encore davantage. Nous avons des hiſtoriens & des annaliſtes que nous liſons quand nous voulons nous inſtruire de la verité des faits, & nous ne cherchons que de l'agrément dans la lecture de nos Poëtes. Croyons nous cependant que Chapelain qui écrivit ſon Poëme de la Pucelle autant d'années environ après l'évenement qu'il chantoit, que les Grecs en comptoient depuis la priſe de Troye juſqu'aux temps où Homere compoſa ſon Iliade ? Croyons nous, dis-je, que Chapelain fut le maître de traiter & d'embellir à ſon gré le caractere de ſes acteurs princi-

paux ?

paux ? Pouvoit - il faire d'Agnés Sorel
une fille violente & fanguinaire, ou une
perfonne fans élevation d'efprit& qui auroit confeillé à Charles V I I. de vivre
avec elle dans l'obfcurité ? A - t'il pû
donner à ce Prince le caractere connu
du Comte de Dunois ? A-t'il pû changer à fon plaifir les évenements des
combats & des fieges ? A - t'il pû taire
certaines circonftances connuës de fon
action, qui font peu d'honneur à Charles VII. La tradition fe fut foulevée
contre lui. D'ailleurs, comme nous l'a-
vons expofé dans la premiere Partie de
cet ouvrage, rien ne détruit plus la
vrai-femblance, qui eft l'ame de la
fiction, que de voir la fiction démentie par des faits generalement connus.

Si les Heros d'Homere ne fe battent
pas en duel auffi-toft qu'ils fe font que-
rellez, c'eft qu'ils n'avoient pas pris les
loix fur le point d'honneur des Gots ni
de leurs pareils. Les Grecs & les Romains qui ont vecu avant la corruption
de leurs nations, avoient encore moins
de peur de la mort que les Anglois,
mais ils penfoient qu'une injure dite
fans fondement ne deshonorat que celui
qui la proferoit. Si l'injure contenoit
un reproche fondé, ils penfoient que
celui qui l'avoit effuyée n'avoit d'autre

voye de reparer fon honneur que celle
de fe corriger. Les peuples polis ne s'é-
toient pas encore avifez qu'un combat
fingulier, dont le hazard, ou tout au
plus l'efcrime, qu'ils regardoient comme l'art de leurs efclaves, doit décider,
fut un bon moyen de fe juftifier fur un
reproche, qui fouvent ne touche pas à
la bravoure. L'avantage qu'on y remporte prouve feulement qu'on eft meilleur Gladiateur que fon adverfaire,
mais non-pas qu'on foit exempt du vice
dont on peut avoir efté taxé. Fut-ce la
peur qui empêcha Cefar & Caton de fe
voir fur le pré après que Cefar eut fa-
crifié en plein Senat le billet galand de
la Sœur de Caton. La maniere dont
l'un & l'autre arriverent à la mort,
montre affez qu'ils ne la craignoient
guere. Je ne me fouviens point d'avoir
lû dans l'hiftoire Grecque ou Romaine
rien qui reffemble aux duels Gothiques,
hors un incident arrivé aux Jeux fune-
bres que Scipion l'Afriquain donna
fous les murs de la nouvelle Carthage
en l'honneur de fon pere & de fon oncle. Tous deux avoient perdu la vie
dans les guerres d'Efpagne. Titelive
Hift. lib. raconte que les Champions ne furent
28. pas des Gladiateurs ordinaires pris chez
le marchand, mais des Barbares dont

peut-eſtre Scipion étoit bien aiſe de ſe
défaire, & qui ſe battirent l'un contre
l'autre par differens motifs. Quelques-
uns, dit l'hiſtorien, étoient convenus
de terminer leurs diſputes & leurs procès à coups d'épée. Les Grecs & les
Romains, ſi paſſionnez pour la gloire,
ne s'imaginerent jamais qu'il fut hon-
teux au citoyen d'attendre ſa vengean-
ce de l'autorité publique. Il étoit re-
ſervé à ces peuples que la miſere feroit ſortir un jour des neiges du Nord,
de croire que le meilleur Champion devoit eſtre neceſſairement le plus honeſte homme, & qu'une Societé où
l'honneur obligeroit les citoyens à van-
ger eux-mêmes à main armée leurs injures, ou vrayes ou pretenduës, pouvoit meriter le nom d'Etat. Si Quinault
ne fait pas tirer l'épée à Phaëton dans
la converſation qu'il lui fait avoir avec
Epaphus, c'eſt qu'il introduit ſur la
Scene deux Egyptiens & non-pas deux
Gots ou deux Vandales.

Phaëton.
Aδe 3.

La prévention où la plûpart des hommes ſont pour leur temps & pour leur
nation, eſt donc une ſource feconde
en mauvaiſes remarques comme en
mauvais jugemens. Ils prennent ce qui
s'y fait pour la regle de ce qui ſe doit
faire par tout, & de ce qui auroit dû ſe

faire toûjours. Cependant il n'y a qu'un petit nombre d'ufages, & même un petit nombre de vices & de vertus qui àyent efté loüez ou blâmez dans tous les temps & dans tous les pays. Or les Poëtes ont raifon de pratiquer ce que Quintilien confeille aux Orateurs, c'eft de tirer leurs avantages des idées de ceux pour lefquels ils compofent, & de s'y conformer. *Plurimum refert qui fint audientium mores, quæ publice recepta perfuafio.* Ainfi nous devons nous transformer en ceux pour qui le Poëme fut écrit, fi nous voulons juger fainement de fes images, de fes figures & de fes fentimens. Le Parthe qui s'éloigne à bride abbatuë après n'avoir pas réüffi dans une premiere charge pour prendre mieux fon temps & pour ne pas s'expofer fans fruit aux traits d'un ennemi qui ne plie point, ne doit point eftre regardé comme coupable de lacheté, parce que cette maniere de combattre étoit autorifée par la difcipline militaire des Parthes, fondee fur l'idée qu'ils avoient de la fureur & de la valeur veritable. Les anciens Germains, fi renommez pour leur bravoure, croyoient auffi que c'étoit prudence & non-point lâcheté que de fuir dans l'occafion pour revenir à la charge plus à propos.

Inft. lib.3. cap. 9.

Cedere loco dum rursus instes magis con-   *Tacit. de*
silii quam formidinis arbitrantur.   *mor. Ger.*

Nous avons vû blâmer Homere d'a-
voir décrit avec goût les Jardins du
Roi Alcinoüs, semblable, disoit-on, à
celui d'un bon vigneron des environs de
Paris. Mais supolé que cela fut vrai,
imaginer un Jardin merveilleux, c'est
la tâche de l'Architecte. Le faire planter à grands frais, c'est, si l'on veut,
le merite du Prince. La profeſſion du
Poëte eſt de bien décrire ceux que les
hommes de ſon temps ſçavent faire.
Homere eſt un auſſi grand Artiſan dans
la deſcription qu'il fait des Jardins
d'Alcinoüs, que s'il avoit décrit ceux
de Verſailles.

Après avoir reproché aux Poëtes anciens d'avoir rempli leurs vers d'objets
communs & d'images ſans nobleſſe, on
ſe croit encore fort moderé quand on
veut bien rejetter la faute qu'ils n'ont
pas commiſe ſur le ſiecle où ils ont
vecu, & les plaindre d'eſtre venus en
des temps groſſiers.

La maniere dont nous vivons avec
nos chevaux, s'il eſt permis de parler
ainſi, nous revolte contre les diſcours
que les Poëtes leur font adreſſer par
des hommes. Nous ne ſçaurions ſouffrir que le maître leur parle à peu près

comme un Chaſſeur parle à ſon chien
couchant. Mais ces diſcours étoient
convenables dans un Poëme écrit pour
eſtre lû par des peuples chez qui le
cheval étoit en quelque façon un animal commenſal de ſon maître. Ces diſcours devoient plaire à des gens qui
ſupoſoient dans les animaux un degré
de connoiſſance que nous ne leurs ac-
cordons pas, & qui pluſieurs fois en
avoient tenu de pareils à leurs chevaux.
Si l'opinion qui donne aux bêtes une
raiſon preſque humaine eſt fauſſe ou
non, ce n'eſt point l'affaire du Poëte.
Un Poëte n'eſt pas fait pour purger ſon
ſiecle des erreurs de Phiſique. Son ouvrage eſt de faire des peintures fidelles
des mœurs & des uſages de ſon pays,
pour rendre ſon imitation la plus apro-
chante du vrai-ſemblable qu'il lui eſt
poſſible. Homere par cet endroit là
même qui le fait blâmer icy, plairoit encore à pluſieurs peuples de l'Aſie
& de l'Afrique, qui n'ont point changé
la maniere ancienne de gouverner leurs
chevaux, non-plus que beaucoup d'autres uſages.

Voici ce que dit Boeſbeck, Ambaſſadeur de l'Empereur Ferdinand I. auprès du Grand Seigneur Soliman II.
ſur la maniere dont on traite les Che-

vaux en Bithynie, pays très voifin des
Colonies Grecques de l'Afie, & contrée limitrophe de la Phrygie, où étoit
la patrie de cet Hector qu'on voudroit
faire interdire pour avoir parlé aux fiens.
J'obfervai dans la Bithynie que tout le   Epiftola
monde , & même les Payfans y traitent tertia.
leurs poulains avec humanité, qu'ils les
careffent comme on fait les enfans lorfqu'ils
veulent leur faire faire quelque chofe, &
qu'ils leur laiffent la liberté d'aller & de
venir par toute la maifon. Volontiers, ils
les feroient mettre à table avec eux. Les
Palefreniers gouvernent les chevaux avec
la même douceur. C'eft en les flatant,
c'eft prefque en les harangant qu'ils les
conduifent , & jamais ils ne les batent
qu'à l'extremité. Auffi les chevaux fe
prennent d'amitié pour les hommes, & il
eft très rare d'en trouver qui ruent ou qui
foient vitieux en aucune maniere. En nos
contrées ils font nourris bien differament.
Nos palefreniers n'entrent jamais dans l'é-
curie fans tempefter contre eux, & ils ne
croiroient point les avoir bien penfez s'ils
ne leur avoient pas donné cent coups à pro-
pos de rien, traitement qui leur fait crain-
dre & hair les hommes. Les Turcs font
encore aprendre aux chevaux à fe mettre
à genouils , afin qu'on puiffe monter deffus
plus aifement. Ils leur montrent à ramaffer

*à terre avec les dents un bâton ou un fa-
bre pour le prefenter au cavalier, & ils
mettent des anneaux d'argent au nez de
ceux qui font dreffez à faire ce manege,
comme une diftinction & une recompenfe
de leur docilité. J'en ai vû d'inftruits à
demeurer dans la même place fans que
perfonne les tint après que le cavalier
avoit mis pied à terre, & d'autres faire
feuls le manege & obéir à tous les com-
mandemens que leur faifoit un Ecuyer qui
fe tenoit à une affez grande diftance. Les
miens*, ajoûte Boefbeck quelques lignes
après, *me donnent tous les foirs un paffe
temps fingulier. On les tire dans la cour,
& celui que j'apelle par fon nom me regarde fixement en banniffant. Nous avons
fait connoiffance par le moyen de quelques
côtes de melon que je vais moy même leur
mettre dans la bouche.* Il eft bien à croire que cela ne s'étoit point fait fans que
l'Ambaffadeur eut tenu à fes chevaux
des propos capables de le bien faire re-
primander par nos Cenfeurs

　　Il n'y a perfonne dans la Republique des Lettres qui n'ait oüy parler de
Monfieur le Chevalier d'Arvieux, fi
fameux par fes voyages, par fes emplois
& par fon érudition Orientale. On ne
me reprochera point de citer des temoins recufables pour montrer que bien

*Mort en
1702.*

des Asiatiques parlent encore à leurs chevaux comme Hector parloit aux siens en Asie. Monsieur le Chevalier d'Arvieux après avoir discouru fort au long dans le chapitre onziéme de sa Relation des mœurs & des coûtumes des Arabes, de la dolicité, où s'il est permis de parler ainsi, de la debonai- *Pag. 200.* reté de leurs chevaux, & de l'humani- té avec laquelle leurs maîtres les trai- tent, ajoûte : *Un Marchand de Mar- seille qui residoit à Rama étoit ainsi en société pour une cavalle avec un Arabe. Cette cavalle apellée Touysse, outre sa beauté, sa jeunesse & son prix de douze cens écus, étoit de cette premiere race no- ble. Ce Marchand avoit sa genealogie & tous les quartiers de pere & de mere de sa filiation à remonter jusqu'à cinq cens ans d'ancienneté, le tout prouvé par des actes publics faits en la forme que j'ai dite. Abrahim, c'est le nom de l'Arabe, alloit souvent à Rama pour sçavoir des nouvel- les de cette cavalle qu'il aimoit cherement.* *Bourg de la Palesse.* *J'ai eu plusieurs fois le plaisir de le voir pleurer de tendresse en l'embrassant & en la caressant. Il la baisoit, il lui essuioit ses yeux avec son mouchoir. Il la frotoit avec les manches de sa chemise, il lui don- noit mille benedictions durant des heures entieres qu'il raisonnoit avec elle. Mes*

Y v

yeux, lui difoit-il, mon ame, mon cœur,
faut-il que je fois affez malheureux pour
t'avoir venduë à tant de maîtres, & pour
ne te point garder avec moi. Je fuis pauvre, ma Gazelle, tu le fçais bien. Ma mi-
gnone, je t'ai élevée dans ma maifon comme
ma fille, je ne t'ai jamais grondée ni ba-
tuë, je t'ai careffée de mon mieux. Dieu
te conferve ma bien aimée. Tu es belle,
tu es douce, tu es aimable. Dieu te pre-
ferve du regard des envieux, & mille autres femblables difcours. Il l'embraßoit
alors, & fortoit à reculons en lui difant
des adieux fort tendres. Cela me fait fouvenir d'un Arabe de Tunis où je fus envoyé pour l'execution d'un traité de paix,
qui ne voulut pas nous livrer une cavalle que
nous avions acheptée pour les Haras du
Roi. Quand il eut mis l'argent dans le
fac il jetta les yeux fur fa cavalle & fe
mit à pleurer. Sera-t'il poffible, dit-il,
qu'après t'avoir élevée dans ma maifon
avec tant de foin, & qu'après avoir exi-
gé de toi tant de fervice, je te livre en
efclavage chez les Francs pour ta recompenfe ? Non je n'en ferai rien, ma mi-
gnogne. La deßus il jetta l'argent fur la
table, embraßa & baifa fa cavalle, &
la ramena chez lui. Les Relations des
pays Orientaux font remplies de femblables hiftoires. Mais quoi, l'on ne

croit point par tout, & l'on n'a pas cru
toûjours que les bêtes ne fuſſent que
des machines. C'eſt une des découvertes que la nouvelle Philoſophie a faites,
il faut l'avouër, ſans le ſecours de l'experience, & par la voye ſeule du raiſonnement. On ſçait ſon progrès. Je
n'en dirai pas davantage.

Il ne ſuffit pas de ſçavoir bien écrire pour faire des critiques judicieuſes
des Poëſies des anciens & des étrangers,
il faudroit encore avoir connoiſſance des
choſes dont ils ont parlé. Ce qui étoit
ordinaire de leur temps , ce qui eſt
commun dans leur patrie peut paroître
bleſſer la vrai-ſemblance & la raiſon à
des cenſeurs qui ne connoiſſent que
leur temps & leur pays. Claudien eſt ſi
ſurpris que les Mules obéiſſent à la voix
du Muletier, qu'il croit qu'on en puiſſe
tirer un argument pour prouver la fable d'Orphée.

Miraris ſi voce feras placaverit Orpheus

Cum pronas pecudes Gallica verba regant.

Il ſemble que Claudien auroit eu
peine à croire une choſe à laquelle les
Provenceaux ne daignent pas faire attention, s'il ne fut jamais ſorti de l'E-
gypte, où l'on croit qu'il étoit né. Peut-

eftre fes compatriotes l'auront-ils repris de pécher contre la vrai-femblance.

SECTION XXXVIII.

Que les remarques des Critiques ne font
point abandonner la lecture des Poë-
mes, & qu'on ne la quitte que pour
lire des Poemes meilleurs fi l'on
vient à en faire.

QUoi qu'il en foit de ces fautes,
que les Critiques paffez ont trouvées, & que les Critiques à venir dé-
couvriront dans les écrits des Anciens,
elles n'en feront point abandonner la
lecture. On continuera de les lire &
de les admirer, à moins que les Poetes
pofterieurs ne produifent quelque chofe
de meilleur. Ce ne furent point des
Critiques Géometriques qui dégoûte-
rent nos ayeux des Poëfies de Ronfard,
& qui leur en firent abandonner la lecture, mais bien des Poëfies plus inte-
reffantes que celles de Ronfard. Ce font
les Comedies de Moliere qui nous ont
dégoûté de celles de Scarron & des autres Poëtes qui l'avoient precedé, mais

non des livres écrits pour mettre en
évidence les défauts de ces piéces. Lorfqu'il paroiſt des Poëſies meilleures que
celles qui peuvent eſtre déja entre les
mains du public, il n'eſt pas neceſſaire
que les Critiques le viennent avertir
de quitter le bon pour prendre le meilleur. Le monde n'a pas beſoin d'eſtre
éclairé ſur le merite de deux Poëmes,
comme ſur le merite de deux ſyſtémes
de Philoſophie. Il fait le diſcernement
& il juge des Poëmes à l'aide du ſentiment bien mieux que les Critiques ne
le peuvent faire avec leurs regles. Qu'on
faſſe donc un Poëme meilleur que l'E-
neïde, ſi l'on veut diminuer l'admiration que les hommes ont pour cet ouvrage, & ſi l'on prétend lui enlever ſes
lecteurs. Qu'on s'éleve plus haut que
Virgile & que ſes pareils, non-point
comme ce Roitelet qui ſe mit ſur le
dos de l'Aigle pour prendre ſon eſſort
quand l'oiſeau de Jupiter ſeroit las,
afin de pouvoir lui reprocher enſuitte
que ſes aiſles le portoient plus haut que
lui. Qu'on le faſſe en volant de ſes
propres aiſles.

Qu'on choiſiſſe donc dans l'hiſtoire
moderne un ſujet neuf où l'on ne puiſſe
pas ſe prévaloir des inventions ni des
phraſes Poëtiques des Anciens, mais

où il faille tirer de fon genie la Poëfie du ftile & toute la fiction. Qu'on faffe un Poëme Epique de la deftruction de la Ligue par Henri IV. dont la converfion de ce Prince, fuivie de la reduction de Paris, feroit naturellement le dénoument. Un homme capable par les forces de fon genie d'eftre un grand Poëte, & qui pourroit tirer de fon propre fonds toutes les beautez neceffaires pour foûtenir une grande fiction, trouveroit mieux fon compte à traiter un pareil fujet dans lequel il n'auroit point à éviter de fe rencontrer avec perfonne, qu'à manier des fujets de la fable ou de l'hiftoire Grecque & Romaine. Au lieu d'emprunter des Heros aux Grecs & aux Latins, qu'on ofe donc en faire de nos Rois & de nos Princes.

Homere n'a pas chanté les combats des Ethiopiens ni des Egyptiens, mais ceux de fes compatriotes. Virgile & Lucain ont pris leurs fujets dans l'hiftoire Romaine. Qu'on ofe donc chanter les chofes que nous avons fous les yeux, comme font nos combats, nos fêtes & nos ceremonies. Qu'on nous donne des defcriptions Poëtiques des bâtiments, des fleuves & des pays que nous voyons tous les jours, & dont

nous puissions confronter, pour ainsi
dire, l'original avec l'imitation. Avec
quelle noblesse & quel pathetique Virgile auroit-il traité une aparition de
Saint Loüis à Henri IV. la veille de la
bataille d'Yvri, quand ce Prince, l'honneur des descendants de ce Saint Roi,
faisoit encore profession de la confession
de foi de Geneve ? Avec quelle élegance auroit - il dépeint les vertus en
habit de feste, ouvrant à ce bon Roi
les portes de la Ville de Paris ? L'inte-
rest que tout le monde prendroit à ce
sujet par differents motifs, seroit un
garent assuré de l'attention du public
sur l'ouvrage. Mais les raisons que
nous avons exposées dans ces Reflexions
& l'experience du passé, montrent
suffisament que la possibilité de faire
un Poëme Epique François meilleur que
l'Eneïde, n'est qu'une possibilité Meta-
phisique, & telle qu'est la possibilité
d'ébranler la terre en donnant un point
fixe hors du globe.

Tandis qu'on ne fera pas mieux, ni
même aussi-bien que les Anciens, les
hommes continueront de les lire & de
les admirer, & cette veneration ira
toûjours en augmentant à mesure que
les siecles s'écouleront sans qu'il paroîs-
se personne qui ait pû les atteindre.

Nous n'estimons pas leurs ouvrages pour
avoir esté produits en certains siecles,
ce sont certains siecles que nous reve-
rons pour avoir donné le jour à ces
ouvrages. Nous n'admirons pas l'Iliade, l'Eneïde & quelques autres écrits,
parce qu'ils sont faits depuis long tems,
mais parce que nous les trouvons admirables en les lisant, parce que tous
les hommes qui les ont entendus les
ont admirez dans tous les tems. Enfin
parce que plusieurs siecles se sont écou-
lez sans que personne ait égalé leurs
Auteurs en ce genre d'écrire.

SECTION XXXIX.

Qu'il est des professions où le succès dépend plus du genie que du secours que l'art peut donner, & d'autres où le succès dépend davantage du secours de l'art. Il seroit ridicule d'inferer qu'un siecle surpasse un autre siecle dans les professions du premier genre, parce qu'il le surpasse dans les Professions du second genre.

IL ne faut pas entendre de tous les Ecrivains de l'antiquité ce que je dis icy des Poëtes, des Historiens & des Orateurs excellents. Par exemple, ceux des livres des Anciens qui sont écrits sur des sciences dont le merite consiste dans la multitude des connoissances, ne l'emportent pas sur ceux que les Modernes ont écrit touchant ces mêmes sciences. Je serai même aussi peu surpris qu'un homme qui auroit pris son idée du merite des Anciens sur leurs ouvrages de Physique, de Botanique, de Geographie & d'Astronomie, n'admire point l'étenduë de leurs connoissances, que je suis peu surpris de voir

l'homme qui a formé fon idée du merite des Anciens, fur leurs ouvrages
d'hiftoire, d'éloquence & de Poéfie,
rempli de veneration pour eux. Les
Anciens ignoroient dans les fciences
que j'ai citées bien des chofes que nous
fçavons, & par la démangeaifon naturelle aux hommes de porter leurs decifions plus loin que leurs lumieres dif-
tinctes, ils font tombez comme je l'ai
déja dit en une infinité d'erreurs.

Ainfi l'Aftronome d'aujourd'hui fçait
mieux que Ptolomée tout ce que fçavoit Ptolomée, & il fçait encore toutes les découvertes qui fe font faites
depuis les Antonins, foit à l'aide des
voyages, foit à l'aide des Lunettes de
longue vûë. Ptolomée s'il revenoit au
monde fe feroit élever à l'obfervatoire.
Il en eft de même des Anatomiftes,
des Navigateurs, des Botaniftes & de
tous ceux qui profeffent des Sciences
dont le merite confifte plus à fçavoir
qu'à inventer, à connoiftre qu'à produire. Mais il eft d'autres profeffions
où les derniers venus n'ont pas le même avantage fur leurs predeceffeurs,
parce que le progrés qu'on peut faire
en ces fortes de profeffions dépend plus
du talent d'inventer & du genie naturel
de celui qui les exerce, que de l'état

de perfection où ces professions se trouvent lorsque l'homme qui les exerce
fournit sa carriere. Ainsi l'homme qui
est né avec le genie le plus heureux est
celui qui va plus loin que les autres
dans ces professions, independament du
dégré de perfection où elles se trouvent lorsqu'il les exerce. Il lui suffit
que la profession qu'il embrasse soit déja reduitte en art, & que la pratique
de cet art ait une methode. Il pourroit
lui-même inventer l'art & disposer la
methode. La force de son genie, qui
lui fait deviner & inventer un nombre
infini de choses, lesquelles ne sont pas
à portée des esprits ordinaires, lui donne plus d'avantage sur les esprits ordinaires qui professeront un jour le même art que lui après qu'il a esté perfectionné, que ces esprits n'en pourront avoir sur lui, par la connoissance
qu'ils auront des nouvelles découvertes
& des nouvelles lumieres dont l'art se
trouvera enrichi lorsqu'ils viendront à
le professer à leur tour. Le secours que
donne la perfection où l'art est arrivé
ne sçauroit mener les esprits ordinaires
aussi loin que la superiorité de lumieres & de vûës naturelles peut porter un
homme de genie. Telles sont les professions du Peintre, du Poëte, du Ge-

neral d'armée, du Muſicien, de l'Orateur & même celle du Medecin. On
devient grand General & grand Orateur dès qu'on exerce ces profeſſions
avec le genie qui leur eſt propre, en
quelque état qu'on puiſſe trouver l'art
qui enſeigne à les bien faire. Le merite des ouvriers illuſtres & des grands
hommes dans toutes les profeſſions
dont je viens de parler, dépend principalement de la portion de genie qu'ils
ont aportée en naiſſant, au lieu que le
merite du Botaniſte, du Phyſicien, de
l'Aſtronome & du Chymiſte dépend
principalement de l'état de perfection
où les découvertes fortuites & le travail des autres ont porté la ſcience
qu'ils entreprennent de cultiver. L'hiſtoire confirme ce que j'ai avancé icy
ſur toutes les profeſſions qui dépendent
principalement du genie.

Parmi les profeſſions que j'ai citées
comme reſſortiſſantes principalement
du genie, celle du Medecin paroiſt la
plus dépendante de l'état où eſt la Medecine quand un certain homme vient
à la profeſſer. Cependant quand on entre dans le détail de cet art, on trouve
que ſes operations ſont encore plus
dépendantes du genie, à proportion duquel chaque Medecin profite des con-

noiffances des autres & de fes propres experiences , que de l'état où eft la Medecine quand il la fait.

Les trois parties de la Medecine font la connoiffance des maladies , celle des remedes & l'aplication du remede convenable à la maladie qu'on veut guerir. Les découvertes qui fe font faites depuis Hippocrate dans l'Anatomie & dans la Chymie facilirent beaucoup la connoiffance des maladies. On connoît encore aujourd'hui une infinité de remedes dont Hippocrate n'entendit jamais parler , & dont le nombre furpaffe de beaucoup celui des remedes qu'il connoiffoit & que nous avons perdus. La Chymie a fourni une partie de ces remedes nouveaux , & nous devons l'autre aux regions qui ne font connuës des Europeans que depuis deux fiecles. Nos Medecins conviennent néanmoins que les Aphorifmes d'Hippocrate font l'ouvrage d'un homme à tout prendre, plus habile que les Medecins d'aujourd'hui. Ils admirent fans prétendre les égaler, fa pratique & fes predictons fur le cours & fur la conclufion des maladies , bien qu'il les fit avec moins de fecours que les Medecins n'en ont prefentement pour faire leurs prognoftics, Aucun d'eux n'hefite quand on lui demande s'il n'aimeroit pas mieux eſtre traité par Hippocrate dans une maladie aiguë, même en ſupoſant les connoiſſances d'Hippocrate, bornées où elles l'étoient quand il écrivit, que par le plus habile Medecin qui ſoit aujourd'huy dans Paris ou dans Londres. Tous voudroient eſtre remis entre les mains d'Hippocrate. C'eſt que le talent de diſcerner le temperament du malade, la nature de l'air, ſa temperature preſente, les ſymptomes du mal, ainſi que l'inſtinct qui fait choiſir le remede convenable & le moment de l'apliquer, dépendent du genie. Hippocrate étoit né avec un genie ſuperieur pour la Medecine, comme Homere étoit né avec un genie ſuperieur pour la Poëſie, & ce genie lui donnoit plus d'avantage dans la pratique ſur les Medecins modernes, que les nouvelles découvertes n'en donnent aux Medecins modernes ſur Hippocrate.

On dit vulgairement que Ceſar s'il revenoit au monde & qu'il vit les armes à feu & les fortifications à la moderne ſeroit bien étonné. Il lui faudroit, ajoûte-t'on, recommencer ſon aprentiſſage, & le faire même aſſez long avant qu'il fut capable de mener deux mille hommes à la guerre. En aucune façon, disoit le Maréchal de Vauban, qui sentoit d'autant-mieux la force du genie de Cesar, que lui même il en avoit beaucoup. Cesar auroit apris en six mois ce que nous sçavons, & dès qu'il auroit connu les armes dont on se sert pour attaquer, & celles dont on se sert pour se deffendre, dès qu'il auroit connu la nature des traits & celle des boucliers, son genie en sçauroit faire des usages dont peut-estre nous ne nous avisons point.

Quoique l'art de la Peinture renferme aujourd'hui une infinité d'observations & de connoissances qu'il ne renfermoit pas encore du temps de Raphaël, nous ne voyons pas cependant que nos Peintres l'égalent. Ainsi, suposé que nous sachions quelque chose dans l'art de disposer le plan d'un Poëme, & de donner aux personnages des mœurs décentes que les Anciens ne sçussent pas, ils n'auront pas laissé de nous surpasser, s'il est vrai qu'ils ayent eu plus de genie que nous, d'autant-plus qu'il est certainement vrai que les langues dans lesquelles ils ont composé étoient plus propres à la Poësie que les langues dans lesquelles nous composons. Nous ferons peut-estre moins de fautes qu'eux, mais nous n'atteindrons pas au degré d'excellence où ils sont arrivez. Nos Eleves seront mieux instruits que les leurs, mais nos Artisans seront moins habiles. *C'est parmi*

Addison
spectateur
du 3. Sep-
semb.1711. *les Anciens*, dit un des grands Poëtes *d'Angleterre, & principalement parmi les Ecrivains des pays qui sont à nostre Orient, qu'on trouve ces genies rares qui s'élevent au dessus des autres par les forces d'un heureux naturel. Homere prend un effort que Virgile ne sçauroit suivre. On trouve dans l'Ancien Testament des idées encore plus magnifiques & des expressions encore plus ravissantes que dans Homere.* En effet, Monsieur Racine ne paroist plus grand Poëte dans Athalie que dans ses autres Tragedies, que par ce que le sujet tiré de l'Ancien Testament l'autorisoit d'orner ses vers des figures les plus hardies & des images les plus pompeuses de l'Ecriture Sainte, au lieu qu'il n'en avoit pû faire usage que très sobrement dans ses pieces prophanes. On a écouté avec respect le stile Oriental dans la bouche des personnages d'Athalie, & ce stile a charmé. Enfin, dit ailleurs l'Auteur Anglois que nous avons cité, nous pouvons être plus exacts que les Anciens, mais nous ne sçaurions estre aussi sublimes. Je ne

sçais

sçai par quelle fatalité tous les grands Poëtes des nations modernes s'accordent à mettre ce que les Anciens ont composé si fort au dessus de ce qu'ils composent eux-mêmes. C'est même avouër qu'on est incapable d'écrire dans le goût des Anciens, que de tâcher de les rabaisser. Quintilien dit que Seneque ne cessoit point de parler mal des grands hommes qui l'avoient precedé, parce qu'il voyoit bien que leurs ouvrages & les siens étoient d'un goût si different qu'il falloit que les uns ou les autres dépluffent à ses contemporains. Ces contemporains ne pouvoient point admirer les faux brillants & le stile herissé de pointes des ecrits de Seneque, qui annoncerent la décadence des esprits, tandis qu'ils continueroient d'admirer le stile noble & naturel des anciens Ecrivains. *Quos ille non destiterat incessere, cum diversi sibi conscius gene-* **Quint.** *ris placere se in dicendo posse iis quibus* **Inst.lib.x.** *illi placerent diffideret.*

F I N.

APPROBATION.

J'AI lû par ordre de Monseigneur le Garde des Sceaux, un Manuscrit intitulé, *Reflexions sur la Poësie & sur la Peinture*, & j'ai cru que l'impression de cet ouvrage, rempli de recherches sçavantes & de reflexions judicieuses & sensées, seroit plaisir au Public. Ce 25. Septembre 1718. MOREAU D° MAUROUR.

PRIVILEGE DU ROI.

LOUIS par la grace de Dieu, Roi de France & de Navarre : A nos Amez & feaux Conseillers, les Gens tenans nos Cours de Parlement, Maîtres des Requêtes ordinaires de nôtre Hôtel, Grand Conseil, Prevôt de Paris, Baillifs, Sénéchaux, leur Lieutenans Civils, & autres nos Justiciers qu'il appartiendra, Salut. Nôtre bien amé JEAN MARIETTE Libraire à Paris, Nous ayant fait remontrer qu'il lui auroit esté mis en main deux Ouvrages qui ont pour titre, *Reflexions critiques sur la Poësie & sur la Peinture*, & les *Mysteres sur l'Amour Divin*, qu'il souhaitteroit faire imprimer & donner au Public, s'il nous plaisoit lui accorder nos Lettres de Privilege sur ce necessaires ; A CES CAUSES. Voulant favorablement traiter l'Exposant. Nous lui avons permis & permettons par ces Presentes audit Mariette, de faire imprimer lesdits livres en tels volumes, forme, marge, caractere, conjointement ou séparement, & autant de fois que bon lui semblera, & de les vendre, faire vendre & debiter par tout nôtre Royaume pendant le tems de neuf années consecutives, à compter du jour de la datte desdites Presentes : Faisons défenses à toutes sortes de personnes de quelque qualité

& condition qu'elles foient, d'en introduire d'impreffion étrangere dans aucun lieu de nôtre obéïffance, comme auffi à tous Libraires-Imprimeurs & autres, d'imprimer, faire imprimer, vendre, faire vendre, debiter ny contrefaire lefdits Livres en tout ny en partie, ny d'en faire aucuns extraits fous quelque pretexte que ce foit, d'augmentation, correction, changement de titre ou autrement, fans la permiffion expreffe & par écrit dudit Expofant, ou de ceux qui auront droit de lui, à peine de confifcation des Exemplaires contrefaits, de trois mil livres d'amende contre chacun des contrevenans, dont un tiers à Nous, un tiers à l'Hôtel-Dieu de Paris, l'autre tiers audit Expofant, & de tous dépens, domages & interêts ; à la charge que ces Perfentes feront enregiftrées toutau long fur le Regiftre de la Communauté des Imprimeurs & Libraires de Paris, & ce dans trois mois de la datte d'icelles : que l'impreffion de ces Livres fera faite dans nôtre Royaume & non ailleurs, en bon papier & en beaux caracteres, conformément aux Reglemens de la Librairie; & qu'avant de les expofer en vente les Manufcrits ou imprimez qui auront fervi de copie pour l'impreffion defdits Livres, feront remis dans le même état où les approbations y auront efté données, és mains de noftre très-cher féal Chevalier Garde des Sceaux de France, le Sieur de Voyer de Paulmy, Marquis d'Argenfon; & qu'il en fera enfuitte mis deux Exemplaires de chacun dans nôtre Biblioteque publique, un dans celle de nôtre Château du Louvre & un dás celle de nôtre trés-cher & féal Chevalier Garde des Sceaux de France, le Sieur de Voyer de Paulmy, Marquis d'Argenfon ; le tout à peine de nullité des Prefentes : du contenu defquelles vous mandons & enjoignons defaire joüir l'Ex-

posant ou ses ayans cause pleinement & paisiblement , sans souffrir qu'il leur soit fait aucun
trouble ou empêchement : Voulons que la copie
desd. Presentes qui sera imprimée au commencement ou à la fin desdits Livres , soit tenuë pour
dûement signifiée, & qu'aux copies collation-
nées par l'un de nos amez & feaux Conseillers &
Secretaires foy soit ajoûtée comme à l'original :
Commandons au premier nôtre Huissier ou Sergent
de faire pour l'execution d'icelles tous actes requis
& necessaires, sans demander autre permission &
nonobstant clameur de Haro, Charte Normande,
& Lettres à ce contraires : CAR tel est nôtre plaisir.
DONNE' à Paris le huitiéme jour du mois de Decembre l'an de grace 1718. & de nôtre Regne
le quatriéme. Par le Roi en son Conseil.

COBLET.

Registré sur le Registre IV. de la Communauté des
Libraires & Imprimeurs de Paris , page 413. N.
448. conformément aux Reglemens , & notamment
à l'Arrest du Conseil du 13. Aoust 1703. A Paris ce
15. Decembre 1718. DELAULNE , Syndic.

ca.
m
ic
c-
ir
p4
&
nt
is
&

Fin de bobine

NF Z 43-120-3